Sammlung Luchterhand 814

Über dieses Buch: Friedrich Glauser, bekannt geworden mit seinen Wachtmeister Studer-Romanen – Glauser wird der »Simenon der Schweiz« genannt – erzählt in den vorliegenden Geschichten von dem, was ihn zeitlebens umgetrieben hat. Es sind die Geschichten aus der Schweiz, aus der Fremdenlegion, aus Paris, Belgien und Wien. Begegnungen und Erlebnisse, »aus der Existenz des Erzählers erwachsen, aus einem Leben, das selber verlief wie ein großer Kriminalroman, das ihn in tiefste Tiefen gestürzt hat, aus dem heraus keine geheimen Tapetentüren führten ...« (Harry Ruoss, Neue Zürcher Zeitung).

Friedrich Glauser über sich selbst: »1896 geboren in Wien von österreichischer Mutter und Schweizer Vater. Großvater väterlicherseits Goldgräber in Kalifornien (sans blague), mütterlicherseits Hofrat (schöne Mischung, wie?). Volksschule, drei Klassen Gymnasium in Wien. Dann drei Jahre Landerziehungsheim Glarisegg. Dann drei Jahre Collège de Genève. Dort kurz vor der Matur herausgeschmissen, weil ich einen literarischen Artikel über einen Gedichtband eines Lehrers am dortigen Collège verfaßt hatte. Kantonale Matura in Zürich. Ein Semester Chemie. Dann Dadaismus. Vater wollte mich internieren lassen und unter Vormundschaft stellen. Flucht nach Genf. Rest können Sie in »Morphium« nachlesen. Ein Jahr (1919) in Münsingen interniert. Flucht von dort. Ein Jahr Ascona. Verhaftung wegen Mo. Rücktransport. Drei Monate Burghölzli (Gegenexpertise, weil Genf mich für schizophren erklärt hatte). 1921–23 Fremdenlegion ...« Starb am 8. 12. 1938, am Vorabend seiner Hochzeit mit Berthe Bendel, in Nervi bei Genua.

Über den Herausgeber: Frank Göhre, selbst Kriminalautor, edierte die Kriminalromane Friedrich Glausers und stellte das Porträt »Zeitgenosse Glauser« (Arche Verlag) zusammen.

Friedrich Glauser
Mensch im Zwielicht
Lesebuch

Zusammengestellt
von Frank Göhre
Nachwort von Peter Bichsel

Luchterhand
Literaturverlag

Sammlung Luchterhand, Dezember 1988
Luchterhand Literaturverlag GmbH, Darmstadt, 1988. Mit freundlicher Genehmigung der Arche Verlag AG, Raabe + Vitali, Zürich. Umschlagentwurf: Max Bartholl. Umschlagfoto: Arche Archiv. Satz: Uhl + Massopust, Aalen. Druck und Bindung: Ebner Ulm. Printed in Germany.
ISBN 3-630-61814-6

Inhalt

Beichte in der Nacht

Nun, junger Mann? Was sagen Sie jetzt? Sie haben wohl nicht gedacht, daß ich mich an Ihren Tisch setzen würde? Sie waren tapferer, als Sie mit Ihrer Suite zusammensaßen, den aufgedonnerten Mädchen – obwohl aufgedonnert ein altmodisches Wort ist und abgedonnert für Ihre Begleiterinnen besser passen würde. Als Sie in Gesellschaft waren, da hatten Sie ein besseres Maul. Warum sind Sie auch zurückgeblieben, allein? Ein wenig Kater gehabt? Die Gesellschaft ist Ihnen auf die Nerven gegangen? Ja, Sie waren sehr lustig, und ich war die gegebene Zielscheibe Ihrer Witze. Mein altmodischer Smoking, meine Leibesfülle. Glauben Sie mir nur, die täuscht. Ich bin gar nicht so dick, wie Sie meinen, gepolstert könnte man eher sagen, und es gibt Frauen, die dies zu schätzen wissen. Natürlich spreche ich nicht von der Art Dämchen, die Sie da um sich versammelt hatten. Richtige Frauen, meine ich, die noch Gefühl haben für den Wert, den transzendentalen Wert eines Mannes. Und der liegt nicht in einer modischen Kleidung, liegt nicht in der Tatsache, daß einer gut tanzen kann – der Wert, von dem ich spreche, liegt tiefer, glauben Sie mir. Aber das versteht die Jugend nicht, das verstehen die Frauen nicht, solange sie noch noch jung sind, Ausnahmen gibt es natürlich; wissen Sie, was ein großer Dichter über uns Männer sagt, die der Schlankheit entbehren? Natürlich wissen Sie es nicht. Sie sind nur orientiert über den Demi-Final und den letzten Boxsieg, aber daß es einmal einen Dichter gegeben hat, der Shakespeare hieß – was? Sie haben den Namen auch gehört? Den Namen? Haha. Aber sonst wissen Sie nichts von dem Herrn? Oder? Wann er gelebt hat? ... Schulweisheit, selbstverständlich, und Sie stehen im praktischen Leben. Da war doch Ihr Doppelgänger ein anderer Kerl ...

Ja, glauben Sie vielleicht, ich hätte mich zu Ihnen gesetzt, weil Ihre Visage mich angezogen hat? Da trompieren Sie sich schwer. Der Grund liegt viel tiefer. Sie gleichen jemandem,

Sie gleichen ihm dermaßen, daß ich einen Augenblick gedacht habe, er sei es. Darum habe ich auch versäumt, Sie zur Rede zu stellen, als Sie mich auslachten, ob meiner Dicke. Ich bin dick, junger Mann, gewiß bin ich dick, aber kann ich etwas dafür? Mein Vater war dick, meine Mutter war dick, ich selbst, mein Herr, habe zwei Abmagerungskuren durchgemacht. Mit welchem Erfolg? Nun, den Erfolg sehen Sie ja. Wir wollen etwas trinken... Laßt dicke Männer um mich sein, sagt Shakespeare, und die nachts gut schlafen – oder so ähnlich. Aber da macht der englische Dichter einen Fehler. Mein Schlaf ist nicht gut, meine Verdauung will nicht recht funktionieren, das wird es wohl sein. Ich habe übrigens letzthin einen Spezialisten konsultiert, er hat mir Diät verschrieben, gut und recht, er will eine neue Kur an mir probieren. Aber ich kann mich doch nicht einen Monat ins Bett legen. Was denkt er auch! Ich habe Pflichten gegen die Gesellschaft, ich stehe auf einem verantwortungsvollen Posten, wenn ich die Arbeit nicht tue, ist keiner da, der mich ersetzen könnte... der mich ersetzen kann. Aber wenn ich nun sterben sollte, wird man mir wohl einen Nachfolger geben. Nun, der soll dann sehen, wie er zurechtkommt. Glauben Sie mir, ohne mich ist der Finanzdirektor hilflos wie ein kleines Kind. Unsere Stadt würde schon lange mit einem Defizit arbeiten, wenn ich nicht wäre. Ich bin es, der immer alles ins Geleise bringt, der unmögliche Projekte einfach in den Papierkorb wirft oder sie in einem Aktenschrank verschwinden läßt – zur gelegentlichen Erledigung. Haha, hahaha, das ist ein Witz von mir, eine Trouvaille, wie der Franzose sagt. Zur gelegentlichen Erledigung! Gut gesagt, nicht?
Ah, hier kommt der Wein... Aber Emmy, ich habe Ihnen doch deutlich befohlen, den Wein zu temperieren, und er ist eiskalt... Nein, nein, liebes Kind, wo denken Sie hin, ihn wieder mitnehmen, wo er doch schon da ist? Nein, da wärme ich lieber mein Glas in den Händen... Hübsches Kind, nicht wahr?... Nicht Ihr Geschmack? Sie sind wählerisch, aber auf eine falsche Art. Im Grunde sind Sie ein Vielfraß, Sie nehmen

jede, die sich Ihnen anbietet, hab' ich nicht recht?... Nein?... Aber ein Feinschmecker sind Sie nicht, ich sehe das an der Art, wie Sie diesen Wein hinunterschütten. Den Wein läßt man auf der Zunge zergehen, man kostet ihn aus. Und mit den Frauen?... Haha, lieber Herr, mit den Frauen dito, desgleichen. Wie heißt das schöne Lied? »Wenn man fünfzig ist, man noch gerne küßt, besonders wenn man spaaaarsam gewesen ist«, aber »wenn man sechzig ist, schmeckt allaaain nur der Waaaain.« Hehe. Sie hören, wir alten Herren sind auch noch auf der Höhe, wenn es sich um die neusten Schlager handelt. »Schmeckt allaaain nur der Waaain.«
Verzeihen Sie, ich singe nicht mehr gut, aber es gab eine Zeit, da hatte ich eine schöne Stimme, eine richtige Baritonstimme. Und ich habe sogar einmal in unserer Kirche gesungen, im Chor versteht sich, aber ich hatte ein Solo. Alle Leute haben mich nachher beglückwünscht. Sie waren ergriffen. Ich habe mich manchmal gefragt, ob ich nicht hätte zur Oper gehen sollen, mich ausbilden lassen. Theater, Erfolg, das wäre etwas für mich gewesen. Aber ich habe eben die ernstere Seite des Lebens vorgezogen. Lassen Sie sich sagen, und beherzigen Sie meine Worte: Das Leben ist kein Kinderspiel! Ihr Doppelgänger, der Mann, dem Sie ähnlich sehen, er glaubte auch, das Leben sei da zum Spielen, aber er hat sie bitter bereut, seine Einstellung. Er ist verdorben und vielleicht gestorben, das weiß ich nicht. Und ich hatte mir so Mühe gegeben, ihn vor dem Abgrund zu retten, aber er war undankbar, hat mich betrogen, bestohlen, seine Schulden habe ich zahlen müssen. Er war nur zwölf Jahre jünger als ich, ich war wie ein älterer Bruder zu ihm, ich habe ihn bei mir aufgenommen, ich habe ihn aus der peinlichsten Situation gerettet, und wie hat er mir gedankt? Haben Sie die Dame bemerkt, mit der ich getanzt habe? Es war meine Frau... Das täuscht, sie ist gar nicht soviel jünger als ich, obwohl sie so aussieht. Sie versteht es eben, sich zu schminken, herzurichten. Sie haben wohl bemerkt, wie begehrt sie war, nur einmal habe ich mit ihr tanzen können, sonst waren all ihre Tänze versprochen. Ja, es war

meine Frau, sie heißt Emilie mit dem Vornamen, aber ich nenne sie immer Mowgli, das hat sich so gegeben mit der Zeit. Der Name stammt ja nicht von mir. So heißt ein Junge in einem Buch des englischen Dichters Kipling, von dem Sie wahrscheinlich auch nie etwas gehört haben...

Soll das Hohn sein, junger Mann? Sie spotten über meine Belesenheit... Gut, ich will Ihnen glauben, Sie haben das nicht gemeint, ich will es gerne glauben, ich glaube Ihnen alles, was Sie sagen. Sie werden einen Unglücklichen nicht anlügen. Wie habe ich gesagt? Einen Unglücklichen? Ich bin gar nicht unglücklich, Herr, es ist freundlich von Ihnen, daß Sie eine bedauernde Miene ziehen, ich brauche Ihr Bedauern nicht. Ich bin vollkommen glücklich, ich führe die harmonischste Ehe, die Sie sich denken können, wir sind ein Herz und eine Seele, meine Frau und ich... Ja, wenngleich sie heute nicht bei mir geblieben ist, sie ist heimgegangen, sie war müde und hatte Kopfweh, Freunde von uns, eine bekannte Familie, der Mann ist Sekundarlehrer, ich sage Ihnen, ein bedeutender Kopf... ja, mit diesem Sekundarlehrer und seiner Frau (die Frau ist ein wenig klatschsüchtig, aber das schadet nichts, eine ausgezeichnete Hausfrau ist sie und sparsam, sparsamer als...), also dieses Ehepaar hat sich anerboten, meine Frau heimzubegleiten. Ich wollte noch ein wenig bleiben. In Ruhe ein Glas Wein trinken, in angenehmer Gesellschaft. Und die habe ich ja gefunden. Ich hätte nie gedacht, daß ich einen so sympathischen Kumpan finden würde, ich hätte nie gedacht, daß wir uns so gut verstehen würden, damals, als ich bemerkte, daß Sie mich auslachten. Aber sehen Sie, das ist eben der springende Punkt. Ich schmeichle mir, ein Menschenkenner zu sein. Ich habe sofort gesehen, daß Sie tiefer veranlagt sind. Mich täuscht man nicht so leicht. Und ich habe Sie durchschaut, vom ersten Augenblick an, als Sie im Kreise Ihrer Dämchen... Nun, genug davon, ich will Sie nicht beleidigen. Sie gefallen mir, junger Mann, Sie sind ein aufmerksamer Zuhörer, ermüde ich Sie nicht mit meinem Geschwätz? Gut, ich danke Ihnen... Aber dann müssen Sie mir gestatten, mir, als dem Älteren... darf ich Ihnen das »Du« anbieten? Wollen wir Schmollis trinken? Nach alter Väter Sitte, haha. Wie heißen Sie mit dem Vornamen?... Waaas... Da hört doch alles auf. Wirklich Peter?... So hieß er nämlich auch, der Doppelgänger, wir nannten ihn Pit... So nennt man Sie auch? Zeichen und Wunder!... Nun, prost Pit, sollst leben! Aber ex... Ich heiße Hans. So, Pit, das wäre erledigt, deine Hand...

Laß nur, Pit, laß nur. Es geht vorbei. Ich bin sonst nicht sentimental, aber manchmal überkommt es mich. Weißt du, was mir in diesem Moment, den wir wohl als erhebend qualifizieren können, weißt du, was mir in diesem Momente einfällt? Eine andere Szene, aber eine Szene gleicher Art. Und du hast genau das gleiche Gesicht gemacht wie dein Doppelgänger, als ich ihm das »Du« antrug. Jaja, ihr gleicht euch sogar in der Mimik. Ist das nicht merkwürdig?...

Es war am Weihnachtsabend, vor... wart einmal..., vor zehn?... nein vor zwölf Jahren... Jaja, man wird alt... Da hatte ich ihm das Du angetragen. Und er zog genau das gleiche verlegene Maul wie du. Aber wir tranken unsere Gläser aus, mit verschlungenen Armen, wie es sich gehört, und nachher war er sehr rot, dein Bruder Pit... Prost, junger Pit, sollst leben... Und dann wollte auch Mowgli mit ihm Schmollis trinken, natürlich, warum nicht. Da weigerte er sich zuerst. Der dumme Kerl! Als ob ich nicht gemerkt hätte, schon lange gemerkt hätte, daß sie sich duzten, meine Frau und Pit. Was ging das mich an? Nun, gewiß, es tat manchmal weh, wenn ich aus dem Büro heimkam, und die beiden hockten im Wohnzimmer, und wenn ich in der Türe erschien, da lastete plötzlich ein Schweigen über dem Zimmer... Ich machte gewöhnlich recht laut die Korridortüre auf, daß man nur ja nicht etwa meine, ich wolle sie überraschen, aber einmal, und es war lange vor jenem Weihnachtsabend, da bin ich fortgegangen, am Abend, und die beiden haben mich bis auf den Flur begleitet; ich war schon fast an der Haustür, da fiel mir ein, daß ich meine Handschuhe vergessen hatte, und ich stieg wieder in die Höhe, ich hatte Gummisohlen an meinen Halbschuhen, und die beiden standen noch auf dem Gang. Da hab ich es gehört! »Du!« sagte Pit gerade, und es klang sehr zärtlich. Ich bin leise wieder die Treppe hinunter und habe auf die Handschuhe verzichtet... Ja, es war merkwürdig, solche Szenen liest man oft in Romanen, da schießt der Ehemann oder er verprügelt den Nebenbuhler... Das Papier ist geduldig, in der Wirklichkeit sieht es eben anders aus. Warum Pathos? Und dann hatte ich Pit eigentlich ganz gern, so, wie man einen Menschen gern hat, der das gerade Gegenteil von einem selber ist. Dann kommen einem die Berührungspunkte, die man mit ihm hat, doppelt kostbar vor... Was rede ich da für einen Stuß zusammen: Berührungspunkte, die kostbar sind. Aber es ist nun doch einmal so. Siehst du, Pit – du Pit, der da vor mir sitzt –, dem andern, deinem Doppelgänger, habe ich ja die Sache nie erklären können, er hielt so verteufelt auf Distanz; nur ein Beispiel: Ich sang ihm einmal einen Vers vor aus dem schönen Liede »Die Wirtin an der Lahn«, du kennst es doch auch, im Militärdienst haben wir es gesungen, weißt du: »Frau Wirtin hatte auch einen Star, der war ein Vogel sonderbar... und sang die Marseillääse!« Haha, hahahaha, den kanntest du nicht? Haha... »Und sang die Marseillääse«... So lach doch, du bist gerade so steif wie der andere Pit, der hat nämlich auch nicht gelacht. Ganz kalt hat er mir gesagt: »Ich liebe unanständige Witze nur, wenn sie gut sind, für reine Schweinereien habe ich keine Sympathie«... Da stand ich da... und dabei küßte er meine Frau und sagte du zu ihr... »Habe ich keine Sympathie!« ... War doch ganze zwölf Jahre jünger als ich und erlaubte sich, mir... mir... Direktiven zu geben über mein Verhalten... Mir, der damals schon Bürochef war, rechte Hand des Bürgermeisters, ständiger Berater in Finanzdingen... »Und sang die Marseilläse«... Findest du es nicht auch komisch, Pit? Nun, schadet nichts.

Dabei, wenn du ihn gesehen hättest, den Pit, deinen sauberen

Bruder, wie er zu uns gekommen ist. Sein Anzug war zu eng, zu kurz die Ärmel des Rockes, die Hosen ließen die Knöchel frei, er trug Halbschuhe. Was mich aber wunderte, war, daß er sich deswegen gar nicht zu genieren schien, er bewegte sich mit einer Sicherheit, die wundernahm bei einem eigentlich so jungen Menschen, er war erst sechsundzwanzig Jahre alt, zwölf Jahre jünger als ich... Er war Maler, behauptete er wenigstens, und außerdem wurde er von der Polizei gesucht, war ausgeschrieben im Fahndungsanzeiger. Das gab er ohne weiteres zu, schämte sich nicht einmal. Es war wohl eigentlich nichts Wichtiges: Schulden, die man im Begriff war, als Unterschlagung und Betrug auszulegen, ein Herr, der ihm hundert Franken gepumpt hatte auf ein Bild, das schließlich nicht gemalt wurde, so irgend etwas war es. Nun, ich brachte die Sache in Ordnung. Leistete sogar Bürgschaft. Ich kannte den Statthalter, der die Untersuchung zu leiten hatte, ich schrieb ihm, ich bürgte... Habe ich mich nicht etwa anständig benommen? Gewiß, Mowgli war daran schuld, daß ich mich so für ihn einsetzte. Sie kam mich mit ihm an einem schönen Abend vom Büro abholen, und dann sprach ich mit dem Menschen. »Mowgli«, sagte ich zu meiner Frau und faßte sie zärtlich um die Schulter, denn dies Recht hatte ich doch, auch auf der Gasse, als Ehemann, nicht wahr? »Mowgli«, sagte ich, »laß mich mit dem jungen Mann allein, wir Männer können solche Sachen besser ohne weibliche Mithilfe erledigen.« Aber sie schüttelte meinen Arm ab, das fiel ihr nicht schwer, Sie... du wollte ich sagen, du hast ja gesehen, daß sie viel größer ist als ich. Hast du ihr Gesicht gesehen, Bruder Pit? Oder warst du anderweitig beschäftigt? Du hast es gesehen... So... Und was sagst du zu diesem Gesicht? Ja, das sagte er auch, dein Doppelgänger, ein anziehendes Gesicht, sagte er, erinnert an eine Vollblutstute, das macht der Mund, weißt du, der große Mund, der manchmal so zitternd und nervös lächeln kann... Bist du etwa auch Maler? Was treibst du eigentlich? Ich habe dich da apostrophiert und hab dich für einen Ladenschwengel gehalten, der sich um die letzte Schönheitskonkurrenz und das Lächeln der Lilian Harvey mehr kümmert als um... So, so, auch du bist Maler... Brotlose Kunst, oder... Du verkaufst gut? Ja, dann... Natürlich, Plakate und Graphik, das geht noch, da läßt sich wohl ein wenig Geld damit verdienen... Glaub's schon, daß du schwer hast unten durchmüssen... Ihr seid eben Idealisten, ihr Maler und Künstler, aber wenn ihr uns nicht hättet, uns Männer des praktischen Lebens, so würdet ihr ja glatt vor die Hunde gehen... Ich will schauen, ob ich dir nicht... ich kann viel ausrichten... eine Bestellung verschaffen kann. Man fragt mich oft um Rat in Kunstdingen, ich gelte als Sachverständiger, weißt du, der Stadtpräsident hört auf mich, und damals hat er auch auf mich gehört, als ich mit ihm wegen Pit verhandelte... Gib nur acht, daß ich euch beide nicht durcheinanderbringe.

Was wollte ich erzählen? Prost! Auf guten Erfolg... Weißt du, da war auch einmal so ein Abend, es war nach dem Weihnachtsabend, von dem ich dir erzählt habe. Er hatte uns damals ein Bild geschenkt, ich habe es auf den Estrich getan, weil ich es nicht mehr sehen konnte. Denk dir doch, ich hatte ihm bei uns daheim ein Atelier eingerichtet, nun, ein richtiges Atelier war es nicht, eine große Bodenkammer, aber Nordlicht hatte es. Mowgli hatte zu mir gesagt: »Siehst du denn nicht, daß der Junge Ordnung braucht, ein geregeltes Leben? Wir wollen ihn bei uns behalten, die Kammer oben ist frei, da kann er malen oder zeichnen, wenn er Lust hat. Und essen kann er bei uns.« – »Ja«, habe ich gesagt, »bong und schön, aber er muß schauen, daß er uns Miete zahlt, Pension, meine ich, so hundert Franken wird er schon aufbringen können. Ich will schauen, daß ich ihm Bestellungen verschaffe. Aber zuerst muß ich natürlich sehen, was er kann.« Seine Bilder waren irgendwo in der weiten Welt, das eine hier, das andere da, es schien, als sei es ihm ganz Wurst, was mit seinen Werken geschehe. Dann kamen endlich zwei, das eine sollst du sehen, es ist eben jenes, das ich auf den Estrich gestellt habe. Es war merkwürdig, es war sehr, sehr merkwürdig: Stell dir vor, ein Holzpferd, wie man es auf den Karussells sieht, im Vordergrund, und darauf, im Damensitz, ein Weibsbild mit einer ganz weißen, ausdruckslosen Fratze. Dieses Weibsbild trug einen blauseidenen Rock, aber die Seide war so durchscheinend, daß man den roten Unterrock erriet, den sie darunter trug. Und hinter diesem Weibsbild, steif aufgepflanzt, drei Männergestalten, eckig, verschlafen: ein Pierrot, ein Arbeiter in braunem Anzug, und ein Gigolo im Frack. Und die Gesichter der drei waren sehr ähnlich, nur trug jedes einen verschiedenen Ausdruck, einen verschiedenen Ausdruck der Verschlafenheit. Ich hab mir das Bild angesehen, hab den Pit angesehen und gefragt: »Sind das nicht drei Selbstporträts?« – »Vielleicht«, hat er geantwortet. – »Und ist das symbolisch gemeint, diese drei Figuren mit Ihrem Gesicht?« – »Quatsch, symbolisch!« hat er gesagt. »Sehen Sie denn nicht, wie das gelöst ist? Ich meine in den Farben? Ich garantiere Ihnen, so ein verrücktes Violett wie der Rock, der doch eigentlich blau ist, das hat nicht einmal der alte Renoir fertiggebracht, und der konnte doch allerhand...« Ja, siehst du, Pit, das ist es eben, wenn man diesen Leuten mit Höherem kommt, mit urtümlichen Bildern oder mit dem Kollektivunterbewußtsein, da versagen sie, da verstehen sie nichts mehr. Da reden sie von Handwerk... von Handwerk, spielen sich als solide Arbeiter auf, und in ihnen ist das Chaos, das Chaos, ich wiederhole es dir. Und du bist auch nicht anders, das seh ich deinen Augen an; du bist ganz gleich, im Grunde, wie dein Namensvetter, wie dein Doppelgänger... Wenn du mich ansiehst, denkst du nicht an das, was hinter meiner Stirne vorgeht, sondern du siehst nur, wie das Rot meiner Wangen zur Farbe meiner Augen paßt, und welche Farbe du für meine Glatze wählen mußt, damit das Ganze eine Einheit gibt. Du schüttelst den Kopf, meinst, ich sei besoffen? Gar nicht, ich sehe unglaublich klar. Du hast dich schwer getäuscht in mir, Pit, ich bin nicht nur der kleine dicke Mann, der Verse aus dem Wirtinnenlied singt, vielleicht bin ich auch etwas anderes. Wir haben alle zwei Gesichter, wenn nicht mehr ... Jetzt lachst du, das sei eine alte Weisheit, meinst du? Nun, ich bin nicht originell, ich kann es mir nicht leisten. Aber man wird wohl die Erkenntnisse aussprechen dürfen.

Ich habe begonnen, dir etwas zu erzählen ... Was war es nur? Ja, von einem Abend wollte ich dir erzählen, einem Abend, der sehr merkwürdig war. An einem Sonntagnachmittag, im Februar muß es gewesen sein, lud ich Pit ein, mit mir spazierenzugehen. Mowgli hatte Besuch von ihrer Mutter, außerdem war sie nicht wohl und lag im Bett. Da sagte ich, Pit, sagte ich, wir wollen einen Bummel machen. Er nickt, zieht seinen Mantel an und kommt mit (übrigens hatte er sich einen neuen Anzug gekauft, er hatte ganz gut verdient in der letzten Zeit, ein Plakat für unser Schützenfest hatte er gemacht und ein paar Programmentwürfe für Liebhabervorstellungen, auch Zeichnungen hatte er verkauft, es ging ihm nicht schlecht, er hatte auch pünktlich seine Pension gezahlt, aber immer erst, wenn ich ihn daran mahnte). Anderthalb Kopf größer als ich war er, der Pit – weißt du, wie meine Frau ihn nannte? – Teddybär ... Ein merkwürdiger Name, der gar nicht zu ihm paßte, höchstens im übertragenen Sinne. Er sah gar nicht wie ein Spielzeug aus, aber Frauen sehen da manchmal schärfer, vielleicht war er eben doch nur ein Spielzeug, seelenlos ... Was hältst du von der Seele, Pit? Nein, schweig, ich will nichts wissen ... Wir zogen los. Bummelten durch den Wald, der kahl war, und nur ein wenig Wind pfiff durch die Zweige. Wir schwiegen. Ich setzte ein paarmal zum Reden an, aber über den Menschen da neben mir war eine so schwere Traurigkeit hereingebrochen ... hereingebrochen, ich wiederhole das Wort, daß ich mich nicht getraute zu reden. Und ich bin sonst nicht scheu, das kannst du mir glauben. Wenn man mitten im Leben steht wie ich, täglich mit soundso vielen Leuten verhandeln muß, mit unzufriedenen Steuerzahlern, mit schlecht aufgelegten Vorgesetzten, da lernt man das Reden, da könnte man Reisender werden, so gut versteht man es, mit Menschen umzugehen. Aber mit diesem Schweiger da? Er war traurig, sag ich dir, wie ... ich habe einmal eine gefangene Giraffe im Zoologischen gesehen. Wie eine traurige Giraffe sah er aus, mit seinem langen Hals und der vorstehenden Mundpartie, kein Kinn, und auch über dem Mund floh das Profil in schiefer Linie nach hinten. Schön war er nicht, nein, gerade so wenig wie du, ohne dich beleidigen zu wollen ... Warum hast du eigentlich nicht mit meiner Frau getanzt, Pit? War sie dir nicht schön genug ... Nein, schweig, ich will dich ohnehin um etwas bitten, aber später. Jetzt laß mich fertig erzählen. Ich bin ja bald zu Ende.

Wie eine Giraffe habe ich gesagt, und ich begriff da zum erstenmal, warum Mowgli ihn Teddybär nannte. Ich fühlte eine ganz merkwürdige Zärtlichkeit zu ihm, wie zu einem fremden Tier, das sich in ein unbekanntes Klima verirrt hat und mit dem Klima nicht zurechtkommt, krank wird ... was Klima! Mit den Verhältnissen meine ich. Und gerade, wie ich ihn fragen will, ob er sich denn bei uns nicht wohl fühlt, ob er wieder in den Dreck zurück will, aus dem ich ihn gezogen habe, gerade in diesem Augenblick sagt er zu mir: »Du, Finanzminister«, so nannte er mich nämlich immer im Spaß, aber jetzt war kein Spaß in seiner Stimme, und das Wort war ihm nur herausgerutscht, so mehr aus Gewohnheit, »du, Finanzminister«, sagte er, »du solltest deine Frau anständiger behandeln«. Ja, Pit, das hat er gesagt. Ich war sprachlos, dann, als ich mich ein wenig gefaßt hatte und ihm gehörig meine Meinung sagen wollte (obwohl es eigentlich schwer war; denn ich durfte ihm doch nicht sagen, daß ich gehört hatte, einmal vor der Tür, wie er mit meiner Frau stand), da spricht er weiter: »Denn du mußt bedenken, Finanzminister, daß ihr zwei beide nicht auseinander könnt, du kommst von ihr nicht los, und sie ... ja, sie auch nicht von dir, obwohl ...« Dann schweigt er wieder, und ich schaue ihn an, schaue ihn an ... »Du darfst nie vergessen, daß sie es schwer gehabt hat, in ihrer ersten Ehe« (hab ich dir gesagt, Bruder Pit, daß sie sich von ihrem ersten Mann hat scheiden lassen, es ging nicht mehr, er war ein Säufer und schlug sie, ist an

Delirium tremens gestorben) »und nachher, wie sie sich hat ihr Brot verdienen müssen, als Ladenfräulein und dann als Empfangsdame bei einem Arzt. Sie hat's nicht schön gehabt, weiß Gott nicht.« Dann schweigt er wieder. Ich will mit ein paar leichten Worten die Situation retten, das war doch peinlich, was er da sagte, mir, einem Ehemann, Vorschriften zu machen, wie ich meine Frau zu behandeln habe; aber ich muß doch vorsichtig sein, daß ich mich nicht verschnappe, er darf ja nicht wissen, daß ich weiß, und vielleicht weiß er doch... Eine richtige Strindbergsituation, von einem schweizerischen Strindberg entworfen, aber gerade wie ich ansetze zur Rede, fährt er schon fort. »Schau, ich will ganz ehrlich sein mit dir, Finanzminister, ich hätte ja mit ihr durchbrennen können, mit Mowgli, ich hab sie gern, aber das würd nicht gehen. Wir sind einander zu ähnlich, verstehst du? Vorgeschlagen hat sie mir's ja, denk dir, sie hat sogar ihren Schmuck verkaufen wollen. Aber ich hab nein gesagt. Und dafür sollst du mir dankbar sein. Du mußt ihr das aber nicht vorwerfen, sie kann ja nichts dafür, ich werd schauen, daß ich mich so bald als möglich von hier drücken kann. Aber ich weiß nicht recht, was ich anfangen soll. Du verstehst solche Sachen wohl nicht, Finanzminister, nämlich, daß man eine Frau im Blut haben kann. Das ist unangenehm. Was will man da machen?« Ja, da bin ich stehengeblieben. Vorher haben unsere Schritte im Laube gerauscht, und die Zweige der Büsche am Wegrand haben geklirrt, es war elend kalt, und mein Unterkiefer hat angefangen zu zittern, ich mußte die Zähne zusammenbeißen – aber ich brachte kein Wort heraus.

»Komm«, sagt da dein Doppelgänger, »komm, Finanzminister, wir wollen trinken gehen. Kennst du keine Beiz in der Stadt, wo man sich einmal ordentlich besaufen kann?« Und packt mich unter dem Arm und schlägt einen Galopp an, daß ich mit meinen kleinen Beinen gar nicht mitkomme. Es ging bergab, die Wege waren glitschig, aber er hält mich fest, manchmal, wenn ich stolpere, lüpft er mich, so daß ich glaube, ich fliege. Dann waren wir in der Stadt. Und dann hockten wir in der Beiz. Cognac, dann Rotwein, dann Weißen, dann wieder Schnaps. Alles auf nüchternen Magen. »Prost, Finanzminister«, sagt er, aber er blickte mir nie in die Augen, starrte auf den Tisch. Das viele Trinken hat mir Courage gegeben, weißt du, ich kann sehr böse werden, ich bin jähzornig, das ist eine Erbschaft von meinem Vater... der hat mich manchmal geprügelt, im Jähzorn, daß die Mutter mich hat fortreißen müssen, sonst hätte er mich totgeschlagen... Und so eine Wut ist plötzlich über mich gekommen, ich hätte den Kerl da vor mir, der so stumpfsinnig trank und mich verhöhnte mit seinem Finanzminister, glatt erwürgen können. Aber... ja, aber... es stand zu viel auf dem Spiel. In der Stadt klatschten sie ohnehin schon über mich und fragten mich so spöttisch, ob meine Frau denn zufrieden sei mit dem neuen Zimmerherrn, und erzählten mir Witze über Hörner und solche Sachen, und ob ich es bald zu einem Sechzehnender bringen werde, man sehe das Geweih ja wachsen; – wie sie es in einer Kleinstadt eben tun... Aber ich hatte doch nur Verachtung für die Leute... Ich blieb still, aber ich wurde langsam rot, vielleicht habe ich auch mit den Zähnen geknirscht, es war eine aufregende Situation, das begreifst du doch, einem so gerade auf den Kopf zu sagen, daß die eigene Frau einen hat verlassen wollen, mit wem? Mit einem kleinen Kunstmaler? Während man doch selber immerhin ein nützliches Mitglied der Gesellschaft ist und die rechte Hand vom Finanzdirektor, man gilt etwas... ich gelte etwas, eine sichere Position..., und alles nur, weil ich zu gutmütig war, weil ich einen Menschen aus purer Güte vor dem Abgrund gerettet hatte... Purer Güte?... Wir wollen ehrlich sein. Glaubst du, Bruder Pit, ich habe nicht gemerkt, daß meine Frau nicht zufrieden war mit mir? Und ich hab sie doch liebgehabt. Wie sie damals am Abend zu mir gekommen ist und gesagt hat, daß ich dem Menschen da, dem Kunstmaler, der traurigen Giraffe helfen soll, wie hat sie da ausgesehen? Weißt du das, du Stummer? Wie ein junges Mädchen hat sie ausgesehen, zehn Jahre jünger. Und ich hab ihr doch eine Freude machen wollen, ein Spielzeug, nicht wahr? Ihr einen Teddybären schenken. Einen lebenden. Hat sie das nicht verstanden, hat sie nicht begriffen, daß ich gern bereit war, ein Auge zuzudrücken, wenn sie nur ihren Spaß hat? Aber Spaß, wohlverstanden, nur Spaß ... Und da ist es ernst geworden? Kann sie von mir fort? Kann sie mich wirklich verlassen wollen, um mit solch einem Vaganten durchzugehen, und ich soll dem p.p. Vaganten noch dankbar sein, daß er ... daß er nicht eingestiegen ist, sonst wären sie über alle Berge ... Aber nicht lange wären sie über alle Berge gewesen, ich habe meine Connexionen, ich weiß, wie ich mich zu verhalten habe in solchen Situationen, ich hätte die Bundespolizei hinter sie gehetzt, sie wären ins Gefängnis gekommen ... nicht wahr, man kann immer so etwas inszenieren, Anklage auf Diebstahl, nicht wahr? Das wäre doch eine Haupt- und Staatsaktion geworden, ich hätte mich rächen können. Warum ist er nicht mit ihr fort? Sondern erzählt mir noch die Sache? Der soll aber seinen Finanzminister noch kennenlernen, ich will schweigen, sag ich zu mir, aber dich Bürschlein, dich erwische ich noch in der Kurve. Wart du nur, denk ich; und sage in aller Seelenruhe: »Prost, Pit, bist ein guter Kerl.« Er schaut auf, und jetzt zum erstenmal läßt er seine Augäpfel langsam aufwärts rollen, bis wir uns in die Augen schauen. Dann lächelt er mit seinem breiten Mund, zeigt seine gelben Zähne und sagt langsam, während er mit mir anstößt: »Tu's nicht, Finanzminister, ich hab dir ja nicht weh tun wollen. Aber ein wenig Sauberkeit ... Ihr habt alle so wenig Sauberkeit ... Nur Kompromisse kennt ihr. Und dann bildet ihr euch soviel ein, auf eure Zivilisiertheit ... Wir sind doch alle arme Hunde, du, Finanzminister, ich und das Mowgli.« Dann läßt er die Lider zuklappen, fuhrwerkt in seiner Tasche und zündet sich eine Zigarette an. Zieht den Rauch tief ein und sagt: »Wir wollen heimgehen. Aber daß du mir dem Mowgli nichts sagst, sonst ...« Und droht mir mit seiner Spachtelhand.

Dann ging es Schlag auf Schlag. Ob er Mowgli sagte, daß er mit mir gesprochen hat, weiß ich nicht. Aber meine Frau

bekam Angst vor mir. Denk dir doch so etwas: schickt sie mir den Vaganten weiß Gott eines Tages ins Büro, es war an einem fünfzehnten, glaub ich, und läßt mich fragen, ob ich ihr nicht hundert Franken schicken könne, sie müsse Rechnungen bezahlen. Dabei gab ich die Hälfte meines Gehaltes als Haushaltungsgeld, vierhundert Franken, und die Wohnungsmiete hab ich immer selbst bezahlt. Das hab ich nicht verputzen können. Und dann kam's noch ärger. Ich hab natürlich dem Pit zu verstehen gegeben, es wäre mir lieber, er würd nicht mehr bei uns essen, hab ihm eine gute Pension angeraten und ihm ans Herz gelegt, er soll sich ein anderes Zimmer suchen. Tat er dann auch, hat aber keins gefunden, so hockte er immer in seinem Dachzimmer, und ob die Frau ihn noch sah, weiß ich nicht, ging mich nichts an... Ihren Teddybär...
Und dann kam der große Krach. Wir waren alle drei eingeladen, eben bei jenem Sekundarlehrer, es war ein fideler Abend, ich bin richtig aufgetaut, der Wein war gut, und die Frau vom Sekundarlehrer, die war nicht wie üblich, hatte Sympathie für mich, ich war wohl eine angenehme Abwechslung gegen ihren Mann, das Knochengerüst. Nur Mowgli ist den ganzen Abend abwesend herumgesessen; direkt unhöflich war sie diesen netten Leuten gegenüber, und ich brauchte doch den Mann, den Sekundarlehrer, er war Vorsitzender von irgendeiner Wahlkommission. Also, auf dem Nachhausewege sage ich ihr ganz nett und freundschaftlich, sie müsse sich ein wenig mehr zusammennehmen, ihre Launen etwas zügeln... Nun, was man bei diesen Gelegenheiten eben sagt. Sie antwortet spitz, sie werde wohl noch tun und lassen können, was ihr beliebe, und wenn sie Kopfschmerzen habe, so könne sie doch nicht lustig sein, und übrigens ginge ihr die Frau Sekundarlehrer auf die Nerven. – Worauf ich anmerkte, daß sie mir meine Stellung nicht noch mehr erschweren solle, ich hätte ohnehin zu kämpfen genug, und die Mißstimmung in den bürgerlichen Kreisen der Stadt sei ohnehin groß gewesen bei meiner Heirat, und die Leute hätten viel geklatscht. – Gewiß, das hätte ich nicht sagen sollen, aber ich

hatte ziemlich Rotwein genossen. Übrigens ging Mowgli zwischen uns, ich als Eheman ging an ihrer linken Seite, Pit hatte sie rechts untergefaßt. Darauf schweigt Mowgli, dann schluchzt sie einmal trocken auf und macht ihren Arm von mir frei. Aber den Pit läßt sie nicht los. Schwierige Situation, kannst du dir denken; warten wir, bis wir daheim sind, dort wird sich alles klären, sobald uns der Kunstmaler allein läßt. Aber der Pit, der drängt sich uns nach, in die Wohnung, statt in sein Bodenzimmer zu steigen, und nun stehen wir alle im Salon. Mowgli trug eine kurze Pelzjacke und einen kleinen, schwarzen Hut mit einem Schleier, der ihr Gesicht bis zur Nasenspitze bedeckte. Sie setzt sich auf die Ottomane, ich bleibe ihr zu Häupten stehen, Pit pflanzt sich am Fußende auf. Und da stehen wir. Ich rede vernünftig, ich rede ruhig, aber ich muß mich zur Ruhe zwingen, denn ich bin ein jähzorniger Mensch, mein Vater... ich habe das von meinem Vater... Ich ziehe den Mantel aus, Pit behält den seinen an, hat die Hände in den Taschen vergraben und beobachtet mich. Beobachtet mich. Er sieht mich nicht etwa an, er hat einen abwesenden Blick, sehr starr, so, als wären seine Augen die beiden Linsen eines Aufnahmeapparats für stereoskopische Bilder. Mowgli hält den Kopf gesenkt, und da sehe ich plötzlich, wie mein Gegenüber, der Pit, seine Linsen senkt, und ich blicke auch hin, und weiß Gott, Mowgli läßt stillschweigend Tränen in ihren Schoß tröpfeln. Eine Märtyrerin, ich bitte dich, eine Märtyrerin, als ob ich der grausamste Ehemann wäre. Da hat mich die Wut gepackt, der Jähzorn, du weißt, und ich brülle los, das sei eine verdammt niederträchtige Schweinerei, wie man mir mitspiele, mich zum Haustyrannen stempeln wolle. Mowgli schluchzt. Pit schweigt. Ich rede mich immer mehr in Wut, ich fühle, daß ich rot werde, und schon damals hatte mir der Arzt dringend geraten, mich nicht aufzuregen, es könne böse Folgen haben, wegen meiner Korpulenz, die Blutzirkulation sei auch nicht, wie sie sein sollte, wegen meiner sitzenden Lebensweise, aber wie soll unsereiner zu Bewegung kommen... Ich brülle also –

»Finanzminister«, sagt der Pit und grinst unverschämt mit seinen Giraffenzähnen, »Sie sollten Ihre Frau anständiger behandeln«. »Sie«, sagt er, sonst sind es die gleichen Worte wie damals auf dem Spaziergang. Da packt mich erst recht die Wut, ich werfe ihm alles an den Kopf, was ich auf dem Herzen habe, er sei ein Vagant und so und störe das friedliche, harmonische Eheleben eines anständigen Menschen. Pit schweigt. Aber da muß ich Atem holen, ich habe starkes Herzklopfen, der Schweiß steht mir auf der Stirne, und da sagt Pit, während ich in allen Taschen nach meinem Nastuch suche, sagt Pit: »Jetzt sollte man Sie malen, Finanzminister!« Und Mowgli lacht, lacht unter Tränen, ein hohes, kreischendes Lachen, daß mir die Ohren weh tun und ich nur rufen möchte (nicht brüllen): »Hör auf! Hör auf!« Aber ich krieg keinen Ton heraus. Dieser Hohn, wie ein Faustschlag in den Magen. Ich springe vor und haue dem Pit eine herunter. Ganz einfach eine Ohrfeige. Dazu gehörte Tapferkeit, weißt du, denn der Pit war anderthalb Kopf größer als ich. Aber ich lange ihm eine, und dann weise ich ihm mit dem Finger die Tür, er soll meine Schwelle nicht mehr überschreiten, wir sind geschiedene Leute... Und er geht, sieht traurig auf Mowgli, zuckt die Achseln, als ob er sagen wolle, er könne doch nicht helfen. Geht. Und dann höre ich seine Schritte droben in der Bodenkammer.
Er ist dann noch eine Woche im Haus geblieben. Am nächsten Tag hat er sich bei mir entschuldigt, ist ins Büro zu mir gekommen. Ich war ganz kalt und ruhig, denn ich hatte die notwendigen Schritte schon unternommen. Vormundschaftsbehörde antelefoniert, Fall auseinandergesetzt, Kunstmaler, wissen Sie, verkommene Existenz, Talent, gewiß, aber haltloser Charakter, ja, nach meiner Meinung wäre eine zeitweilige Versorgung angebracht, das Gesuch an den Statthalter besorgen Sie? Danke. Werde mich erkenntlich zeigen. Adieu, Herr Doktor, hat mich sehr gefreut, – wie das bei uns so geht.
Und sie wären ihn wirklich abholen gekommen; nach acht

Tagen war die Sache perfekt. Aber ich hatte nicht schweigen können, mit Mowgli hatte ich mich versöhnt; wie sagte der Teddybär? »Denn du mußt bedenken, Finanzminister, daß ihr zwei beide zusammengehört.« Und zusammengeblieben sind wir auch. Mowgli hat den Pit gewarnt, und wie man ihn holen wollte, war er fort, über die Grenze. Ich habe nie wieder von ihm gehört.

Prost, junger Pit, Doppelgänger. Es kommt der Morgen. »Die bange Nacht ist nun herum«, haha, könnte man singen. Oder mit Heine: »Es ist eine alte Geschichte und bleibt doch ewig neu, und wem sie just passieret...« Nun, mir ist das Herze nicht entzweigebrochen, im Gegenteil, unsere Ehe ist die harmonischste Ehe, die man sich denken kann. Ja, traurig ist Mowgli manchmal. Aber ich habe meinen festen Platz im Leben, ich bin unentbehrlich im Getriebe der Stadt... Mowgli ist manchmal traurig.

Sag mal, Bruder Pit, wir müssen uns verabschieden, ich muß heim, obwohl morgen Sonntag ist und ich ausschlafen kann. Aber wir wär's... Komm doch zum Mittagessen zu uns? Weißt du, ganz sans Façon, auf einen Bissen. Und dann lernst du das Mowgli kennen. Weißt du, ich bin nicht so. Man muß mit den Frauen Mitleid haben, es wird sie zerstreuen. Sicher... Sie hat so lange keinen Teddybären gehabt, hehe. Jaja, wenn man älter wird, ein wenig kälter wird, bleibt allein nur der Wein...

Kuik

Daß es Pechvögel gibt, werden nur Pädagogen und Philosophieprofessoren leugnen wollen. Und ihnen hätte ich gerne die Geschichte erzählt vom Ackermann Adolf, der mit mir in Metz engagiert hatte – auf fünf Jahre wie ich. Und warum er engagiert hatte – in die Fremdenlegion nämlich –, das hat er mir dann auf der Fahrt von Marseille nach Oran auf dem »Sidi-Brahim« erzählt. Die anderen waren seekrank, denn der Golf du Lion, der Löwengolf, ist im April immer aufgeregt, aufgeregter, als man es vom braven Mittelmeer erwarten würde. Aber von den Launen dieses größeren Sees, der nicht einmal weiß, was Ebbe und Flut ist und darum wahr- und wahrhaftig nicht zu den Meeren gerechnet werden kann (nur salzig ist er), hat schon der heilige Paulus ein Lied zu singen gewußt.
Nun, der Ackermann erzählte mir, daß er mit seinem Vater in Frankfurt Krach bekommen habe. Man schrieb damals das Jahr neunzehnhunderteinundzwanzig, knapp drei Jahre nach dem Krieg, den gewisse Leute den »großen« nennen, als ob eine Schlachtbank einen Anspruch auf Größe erheben könnte; und damals war der Abgrund, der zwischen zwei Generationen klaffte, sehr groß – unüberbrückbar, würde ich sagen, wenn ich nicht wüßte, daß man mit großen Worten vorsichtig umgehen muß. Papa Ackermann war Großkaufmann zu Frankfurt gewesen, hatte gut verdient während des Krieges, während der nachfolgenden Teuerung – kurz, es war ihm gelungen, in die Kreise einzudringen, die man die »besseren« nennt. Und der Sohn Ackermann (Adolf mit Vornamen, ich nannte ihn schon damals Dolf) hatte sich in eine kleine Verkäuferin vergafft, ein armes, aber wie der alte Gemeinderat gesagt hätte, »honettes Frauenzimmer«. Mit zwanzig Jahren wird eine simple Liebesgeschichte leicht zur Tragödie, und bei Dolf war eine Tragödie daraus geworden. Papa Akkermann wollte nichts von einer Heirat wissen (die »besseren« Kreise!), da nahm der Junge Abschied von seinem ho-

netten Frauenzimmer und von der Stadt Frankfurt und trug seine tragische Liebesgeschichte in die Fremdenlegion. Er war zu jung gewesen, um den Krieg mitzumachen – vielleicht sehnte er sich nach etwas Romantik. Sport hatte er getrieben, hübsch sah er aus mit seinen blonden Haaren über einem blühenden Gesicht. Sein Schädel war lang und schmal, und die Schläfen buchteten sich ein. Ich erklärte ihm, er sei ein Trottel, aber als er darauf Tränen in die Augen bekam, dämpfte ich meine Philippika und sagte ihm: Ja, ich verstünde seinen Kummer.
In Bel-Abbès bekamen wir am zweiten Tag unsere diversen Uniformen: eine blaue, eine resedagrüne, zwei khakifarbene, dazu Bauchbinde, Schuhe und Socken; die Socken hatten die merkwürdige Eigenschaft, nach dem ersten Tragen in Staub zu zerfallen. Sie verschwanden ganz einfach aus den Schuhen. Nun, das sind Dinge, die vorkommen und über die man sich nicht weiter aufregt. Dann wurden wir wie eine Herde Schafe dem Herrn Major zugetrieben – Herr Major nennt man dort unten den Arzt – und alle mit der gleich rostigen Hohlnadel gegen Typhus geimpft. Schwellung des Schulterblattes... Ich kannte das und riet dem Dolf (dem jungen Ackermann also), einen Liter Wein zu trinken. Er folgte leider meinem Ratschlag nicht, bekam Fieber wie die anderen, so daß ich allein das ganze Zimmer versorgen mußte: mit Kaffee am Morgen, mit Mittag- und Abendessen. Die Kost war gut und reichlich, es war wirklich nichts gegen sie einzuwenden.
Am fünften Tage wurden wir getrennt. Weil ich gut Deutsch und Französisch konnte, fischte mich der Hauptmann der Maschinengewehrkompagnie aus dem Rudel der Neuangekommenen und steckte mich in die Unteroffiziersschule. Der Dolf konnte kein Wort von der dort üblichen Sprache, und so kam er in eine Rekrutenschule für Mottenstüpfer, wie wir bei uns sagen.
Nun ist es aber in der Legion mit dem Geld also bestellt: Man bekommt eine »Prime« (wie sie sagen), ein Handgeld von fünfhundert Franken – wenigstens war es damals so, heute soll es mehr sein. Die Hälfte (also zweihundertfünfzig Fran-

zosenfranken) wird einem am ersten Donnerstag nach der Ankunft ausbezahlt, die zweite Hälfte drei Monate später. Logisch. Bekäme einer auf einen Schlag die ganze Summe in die Hand, er wäre wohl am nächsten Tag nicht mehr am Abendappell anwesend, sondern hätte sich empfohlen. Und schwer wäre es, ihn wiederzufinden, da er sozusagen noch unbekannt ist, ein unbeschriebenes Blatt.

Ich traf den Dolf beim Auszahlen der Prime, und ich riet ihm noch: »Sei sparsam mit dem Geld. Man kann nie wissen, wie es uns gehen wird. Vielleicht bist du später froh, ein wenig Geld im Sack zu haben. Komm mit uns, wir gehen irgendwo anständig essen, kaufen uns einen Vorrat Zigaretten, halten uns fein still, im arabischen Quartier gibt es wunderbaren Kaffee, für zwanzig Centimes die Tasse, und Tee, mit Minzenblättern parfümiert, der genau soviel kostet. Du lernst ein wenig das Land kennen und hast deinen Spaß, ohne daß es dich viel kostet.«

Das war sehr weise gesprochen. Und Dolf folgte mir. Er kam am ersten Tag mit uns, am zweiten auch. Am dritten wartete ich vergebens auf ihn.

Aus den vielen Geschichten, die über die Legion geschrieben worden sind, ist bekannt, daß alte Legionäre, seien sie nun einfache Soldaten oder Gradierte, für junge Leute in der Art des Dolf eine große Gefahr bedeuten. Sie biedern sich an (denn sie sind immer auf dem Hund und immer durstig), schmeicheln, und da sie sich eine gewisse primitive Psychologie angeeignet haben, gelingt es ihnen, unschuldige Schäfchen mitzuschleppen, um sie zu verleiten, in ihrer Gesellschaft alles Geld zu versaufen. Es hat's auch einer bei mir probiert – aber nur einmal. Ich hatte immerhin ein Jahr in Paris verlebt, in einer Gesellschaft, die nichts mit den »besseren« Kreisen des Papa Ackermann zu tun hatte, und ich hatte bei meinen Freunden, die gewöhnlich als »lichtscheue Elemente« bezeichnet werden, allerhand gelernt: Kopfstoß unters Kinn und sonst ein paar nützliche Griffe. Dies nur, um zu erklären, daß mich einmal ein alter Legionär ansprach – aber dann nicht

wieder. Und vor den Kollegen dieser flüchtigen Bekanntschaft blieb ich verschont.
Dolf war verschwunden. Ich hatte kein zu übles Leben in der Unteroffiziersschule, vier Stunden Dienst am Morgen – und zwei davon verbrachten wir sitzend, weil der Leutnant uns Theorie gab, eine Stunde Schießen am Nachmittag und von fünf Uhr nachmittags bis zehn Uhr abends freien Ausgang. Die bösen Tage sollten erst später kommen, in Marokko.
Dolf blieb unsichtbar, ein paarmal ging ich zu seiner Kompagnie, quer über den Hof, in dem die Mittagssonne die Luft zum Kochen brachte, und immer hieß es, auch während des Nachmittagsschlafes, der »Sieste«, er sei soeben fortgegangen. »Mit wem?« wollte ich wissen. Achselzucken. »Bald mit diesem, bald mit jenem«, hieß es. Ich ließ die Sache auf sich beruhen, denn ich hatte die Bekanntschaft Baskakoffs gemacht, und da dieser Russe in meiner Geschichte eine Rolle spielt, muß kurz über ihn berichtet werden.
Kennengelernt hatte ich ihn auf folgende Art: Nach drei Wochen war unsere Kompagnie auf Wache kommandiert worden – die ganze Maschinengewehrkompagnie samt uns Schülern. Man zieht um sechs Uhr auf, steht zwei Stunden Wache, ruht vier Stunden, steht wieder zwei Stunden und so fort. Ich hatte die Wache von acht bis zehn. Von zehn bis zwei war ich frei. Um elf Uhr erscheint vor dem Posten ein Sergeant und verlangt einen Mann, um eine Ronde zu machen. Ich bin nicht schläfrig und melde mich; fünf Schritte vom Posten stellt sich der Mann vor, als ob wir auf einer Gesellschaft wären: Baskakoff. Ich nenne meinen Namen. Verbeugung. Händedruck. Nach fünfzig Schritten diskutieren wir über das Ende von Dostojewskys »Schuld und Sühne«: Ob es verfehlt sei, Konzession an die Moral, oder ob es sich dichterisch verantworten lasse. Von Dostojewsky kommen wir auf Schopenhauer, über einen kleinen Umweg zu Rilke – dann erzählt Baskakoff von Tschechow und von Andrejeff. Kurz, aus der Ronde wurde ein ausgedehnter Spaziergang rund um die Stadt Bel-Abbès, und ich kam fünf Minuten vor zwei in

die Kaserne zurück, gerade zur rechten Zeit, um wieder auf Posten zu ziehen. Sie werden mich der Aufschneiderei zeihen, aber mit Unrecht. Baskakoff war ein gebildeter Mann, was ja an sich nichts Außergewöhnliches wäre, es gibt viele Gebildete – aber dazu war Baskakoff noch gescheit, und das ist seltener. Er war Rechtsanwalt in Odessa gewesen und am Morgen in Pyjama und Schlafrock rasch über die Gasse gegangen, um sich von seinem Barbier rasieren zu lassen. Als er zurückkam, hatten die Bolschewiken sein Haus besetzt – er war obdachlos, im Hafen war noch ein französisches Detachement, das einige »Reaktionäre« für die Legion eingefangen hatte. Es war vollständig, bis auf einen Mann, der sich wieder verflüchtigt hatte. Der Fürsprech (seinen richtigen Namen hat er mir nie verraten) nahm die Stelle des Fehlenden ein, der Fehlende hieß Baskakoff und war von Beruf Tischler. So wurde der Herr Rechtsanwalt zum Tischler Baskakoff, was merkwürdige, lustspielartige Verwechslungen ergab, als er in Bel-Abbès ankam. Bis der Colonel (der Oberst) ihn entdeckte. Von da an war er gerettet. Er verfertigte die Anklageschriften fürs Kriegsgericht und war in seinem alten Beruf tätig. Und so zufrieden war der Oberst Desjardin mit ihm, daß er ihn nach Monaten zum Korporal vorschlug. Nach sechs Monaten war Baskakoff Sergeant. Sein Französisch war ein wenig mangelhaft, so gab ich ihm regelrechte Sprachstunden. Er war zufrieden, und wir haben ein paar schöne Abende zusammen verbracht. Aber merkwürdig, geduzt haben wir uns nie ...

Es ist begreiflich, daß ich über meiner Bekanntschaft mit Baskakoff den jungen Ackermann mit den blonden Haaren auf dem langen Schädel vergaß.

Bis ...

Nach drei Wochen zogen wir wieder auf die Wache, und diesmal war ich zum Gefängnis abkommandiert. Das ist ein einstöckiges Viereck, die niederen Bauten, die es einfassen, bestehen aus Zellen: Pritsche, Eimer, Fenster mit vier senkrechten Eisenstangen. In der Mitte ein großer Hof, in dem die

Bestraften von morgens sechs bis um elf Uhr und von zwölf bis sieben Laufschritt, Freiübungen, »nieder! auf!« mit einem zwanzig Kilo schweren Sandsack machen. Wenigstens war dies zu meiner Zeit so, es soll abgeschafft worden sein. Um die Quälerei zu verstärken, wurden den Bestraften die Schnürsenkel aus den Schuhen entfernt. Resultat: blutige Füße. Der Vorsteher dieses Gefängnisses war Korse, und in der Legion herrscht das Sprichwort: Ein Korse ist entweder sehr gut oder teuflisch schlecht. Ich glaube nicht, daß der Teufel so gemein ist, wie der Sergeant Cattaneo es war. Er kannte sich in den Quälereien aus: In die Abendsuppe eine Handvoll Salz und kein Wasser in die Zelle, die Gamelle des Mittagessens diente ihm zum Fußballspielen, wenn sie voll war. Dabei sah er sehr gut aus, der Sergeant. Schlank, mittelgroß, mit bläulich-schwarzen Haaren, stets elegant angezogen (der Regimentsschneider arbeitete seine Uniformen um und gab ihnen Offiziersschnitt), war er der bestgehaßte Mann in der Kaserne. Er wagte es nicht, allein in die Stadt zu gehen, immer mußten ihn drei Kollegen begleiten – und von diesen vier Mann trug jeder einen geladenen Browning in der Tasche. Ich zog auf Wache und hatte die Hälfte des Rechtecks abzupatrouillieren. Hinter mir wurde eine eiserne Türe geschlossen, deren Schlüsssel man mir einhändigte. Aber der Schlüssel paßte nicht in die Schlösser der Zellen. Mit aufgepflanztem Bajonett spazierte ich also auf und ab – es war acht Uhr, im Juni, der Himmel noch sehr hell, erst später ging die Sonne unter. Es stank in den beiden Schenkeln des Rechtecks, die meiner Aufsicht anvertraut waren, es stank ganz gemein, trotzdem der Gang kein Dach trug. Es stank – man möge mir das große Wort verzeihen –, es stank nach Angst. Nach Todesangst, wahrhaftig. Ein Geruch, der sich einem nicht nur auf die Lungen legte, nein, er ging tiefer, er nistete sich in der Magengrube ein. Ich war froh, daß mein Freund Baskakoff, der Fürsprech aus Odessa, geraten hatte, vor der Wachablösung einen Liter Wein zu trinken; aber der Angstgeruch war stärker als der leichte Weinrausch. In meinen

Patronentaschen hatte ich ein paar Päcklein Job-Zigaretten verstaut. Es war verboten, auf der Wache zu rauchen, aber da ich nicht überrascht werden konnte – die eiserne Tür, zu der ich den Schlüssel hatte, war schlecht geölt und kreischte, wenn man sie öffnete –, so hatte ich wenig zu riskieren.
Rot wurde der Himmel, erdbeerfarben, dann violett wie Stiefmütterchen, und die Stadt sandte ihren Staub über die Umfassungsmauer. Acht Zellen im Schenkel, den die Tür verschloß, zehn Zellen im andern Schenkel, der rechtwinklig zum ersten stand und am Ende von einer hohen Mauer abgeschlossen wurde. Achtzehn Zellen...
Zuerst war es still. Es schienen Tote hinter den schweren Türen zu liegen, die nur ein winziges Guckloch in Augenhöhe hatten. Aber um halb neun wachten die gefangenen Vögel auf. Sie pfiffen ganz leise, verschüchtert. Ich horchte an einer Zelle, fragte: »Was gibt's?« – »Zigarette!«
Selbstverständlich. Ich schob die angezündete Job durchs Guckloch. Eine Zelle, zwei Zellen – und so weiter. Das machte siebzehn Zigaretten. Fast ein Paket. Ich war froh, daß ich damals, als mir die »Prime« ausbezahlt worden war, einen ordentlichen Vorrat von Zigaretten angelegt hatte. Und daß ich auch genug Zündhölzchen hatte. Und Wasser wollten die Vögel in den Käfigen auch. Aber Wasser hatte ich keines. Ich versprach, um zwei Uhr eine Feldflasche einzuschmuggeln. Man denkt eben nicht an alles, wenn man so unversehens in die Hölle kommt – überhaupt, man ist meist gedankenlos im Leben, denn dächte man ein wenig nach, so wüßte man, daß die Verdammten Durst leiden.
Siebzehn Zigaretten (drei blieben noch im Zwanzigerpäckchen) und achtzehn Zellen. Eine Zelle, gerade an der Ecke, wo die beiden Schenkel des Rechtecks zusammenstießen, blieb stumm. War sie leer? Nein. Ich hatte die »Consigne«, den Wachtbefehl erhalten. In ihm war mir mitgeteilt worden, daß alle Zellen besetzt seien. Ein guter Gefangenenwärter muß das wissen.
Eine Zelle blieb also stumm. Ich klopfte vorsichtig mit dem

Zeigfingerknöchel an die dicken Bohlen – keine Antwort. »Ist er tot?« fragte ich mich, »oder krank?« und überlegte, ob ich den Doktor, den Herrn Major, alarmieren solle. Aber nein, das ging nicht. »Hallo!« rief ich, leise noch immer, »schläfst du?«
Schweigen.
Das war unheimlich. Ich rief lauter, auf die Gefahr hin, von draußen gehört zu werden. Da endlich kam eine Antwort.
Die Stimme! Die Stimme kannte ich, obwohl sie rauh war. Und die Stimme rief mich beim Namen: »Chlaus!« sagte sie. »Bist du da?«
»Aber Kind Gottes!« ruf ich und muß mich zusammennehmen, um nicht allzu laut zu schreien. »Was machst denn du hier?« Und ich bin erstaunt. Denn bei der Wachablösung hatten wir die Bestraften noch im Hofe exerzieren sehen (das, was der korsische Hund Exerzieren nannte), ein paar Kameraden hatte ich erkannt – aber ich war sicher, daß Dolf, der blonde Ackermann, nicht unter ihnen gewesen war.
»Ich werde erschossen!« sagte Dolf. »Sie haben mich angeklagt wegen Mord. Sie lassen mich nicht aus der Zelle heraus. Ich bekomme nur gesalzene Suppe, mittags und abends, und keinen Schluck Wasser. Und er gibt mir Fußtritte. Fünfmal war ich schon vor dem Hauptmann, und ich soll gestehen, daß ich den Fleiner umgebracht habe, wegen seiner ›Prime‹, um ihm das Geld zu rauben, und ich bin es nicht gewesen.«
»Du?« sag ich. »Den Fleiner umgebracht? Das ist doch Blödsinn.« Und ich erinnere mich gut an die Geschichte.
Vor vierzehn Tagen war es. Da mußten wir eines Morgens im Kasernenhof antreten. Unsere Kompagnie zuerst, in Ausgehuniform, die weiße Flanellbinde um die Hüften und darüber am Koppel das Bajonett. Zwei Zivilisten schreiten unsere Reihen ab. Wir müssen das Bajonett, das aussieht wie ein langes Stilett aus bläulichem Stahl, vorzeigen und die Binde auftun und die Ärmel zurückschlagen, damit man das Hemd sehen kann.
Die beiden Zivilisten schreiten unsere Linien ab, unser Capi-

taine, dicht hinter dem Obersten Desjardin, trabt hinter den beiden. Jeden von uns besehen sich die zwei – schwer ist es nicht, ihren Beruf zu erraten: kleiner Schnauz, breite Schuhe, steifer Kragen mit fertiger Masche; einer raunt es dem andern zu: »Geheimpolizei«. Aber wir wissen noch gar nicht, was passiert ist. Die beiden Detektive, die der Franzose respektlos »Kühe« nennt, sind mit unserer Kompagnie fertig.
»Abtreten.«
Nachher erfahren wir, daß ein Deutscher, namens Fleiner, der mit dem letzten Transport gekommen ist, an selbigem Morgen ermordet aufgefunden worden ist. Im schlammigen Bett des Bächleins, das östlich vom Araberviertel vorbeifließt. Drei Bajonettstiche: Lunge, Herz, Unterleib. Taschen leer. Ausgeraubt. Von unserem Zimmer aus sehen wir, wie die anderen Kompagnien der Garnison antreten, die beiden mit den breiten Stiefeln und den in dieser Hitze höchst lästigen steifen Hüten, schreiten auch dort die Front ab. Aber dann bläst das Horn zum Essen, wir sehen nicht mehr zu. Am Abend heißt es, einer von der zweiten Instruktionskompagnie sei verhaftet worden. Der Name war nicht zu erfahren, und wir haben auch nicht weitergeforscht.
Also den Dolf, den Sohn des Kaufmanns Ackermann aus Frankfurt, hat es erwischt. Große Neuigkeit! Warum hat mir mein Freund Baskakoff nichts von der Geschichte erzählt? Und ich frage auch gleich: »Aber Dolf, hast du nie mit dem Sergeanten Baskakoff gesprochen?«
»Nein«, sagt Dolf. »Nur mit dem Hauptmann von der Militärjustiz und den zwei Polizisten aus der Stadt.«
»Haben sie dich geschlagen?«
»Nein. Aber einmal zehn Stunden ausgefragt.«
Zehn Stunden! Allerhand! Und daneben Salzsuppe und kein Wasser!
»Willst du eine Zigarette, Dolf?«
»Doch gern, gern, sehr gern!« Und dann Schluchzen. Ich muß gestehen, daß ich sonst nicht sentimental bin. Aber mir sitzt auch eine Kugel im Hals. Das also war's! Der Gestank

nach Todesangst! ... Drei Zigaretten, und eine ist angezündet ... »Und um zwei bring ich dir Wasser. Morgen sprech ich mit Baskakoff. Aber jetzt sei still. Die Ablösung kommt. Und paß auf mit meinem Nachfolger. Er ist nicht dicht.«
»Danke«, sagte die heisere Stimme. Das Schloß kreischt. Ablösung.
Zehn Uhr. Nein; Baskakoff kann ich jetzt nicht aufsuchen. Der ist in der Stadt. Er kennt eine Dame, die ihn manchmal zum Tee einlädt, in allen Ehren, jawohl.
Wir sind allesamt Sünder, und ich will gestehen, daß ich in der ersten halben Stunde nur an eines dachte: »Hast du dich«, dachte ich, »so sehr getäuscht? Hat dich der Dolf angeschwindelt? Ist er gar kein Kaufmannssohn, sondern ein verlottertes Bürschlein der Nachkriegszeit, das aus Frankfurt geflohen ist (Frankfurt? Es kann geradesogut Essen oder Hamburg oder Mannheim oder Karlsruhe sein), weil es etwas ausgefressen hat und ihm die Luft zu dick geworden ist?« Wie gesagt, wir sind allesamt Sünder und eitel obendrein. Es ist doch nicht gut möglich, daß man sich so getäuscht hat.
Bei mir war es verletzte Eigenliebe. – Aber dann sehe ich den Dolf auf dem Schiff, und deutlich klingt in meinen Ohren seine Stimme. Ich höre ihn die Geschichte erzählen von seiner unglücklichen Liebe, höre ihn von seinem Vater sprechen ... Jung, kaum zwanzig. So sauber ist sein blondes Haar, seine Ohren sind wohlgeformt, sein Schädel ist lang, gesund und glatt seine Gesichtshaut. Schließlich und endlich, ich bin doch kein heuriger Hase, ich habe schon genug Menschen gesehen ...
Aber andererseits: Man mag über die Legion denken wie man will. Wenn nicht Indizien, schwerwiegende Indizien, wie die Kriminalisten sagen, vorhanden gewesen wären, dann hätte man den Dolf nie eingesperrt. Unnütz, über die Frage weiter nachzudenken, man wird den Dolf fragen müssen ...
Zwei bis vier – acht bis zehn – und wieder zwei bis vier morgen nachmittag. Das sind die Stunden, die ich noch stehen muß. Sechs Stunden. Zeit genug. Und dann hab ich

gedankenlos die Feldflasche ausgetrunken – zwei Liter faßt sie, ich habe sie füllen lassen, bevor ich auf die Wache gezogen bin, ein Liter war noch vorhanden. Schwerer Rotwein ... Und dann schläft man ein, tief und fest. Aber man wacht auf, ohne Wecker, Viertel vor zwei, und hat gerade noch Zeit, die Feldflasche mit Wasser zu füllen ...

Den andern habe ich nichts gegeben. Dolf hat zwei Liter Wasser getrunken, nun ist ihm besser, seine Stimme tönt nicht mehr heiser, er kann Antwort geben. Aber es ist nicht viel, was er zu berichten weiß.

Seine »Prime« hat er schon am Sonntag verputzt gehabt. Nun ja, begreiflich. Wenn die Erzählung von seinem Leben richtig ist, so ist er in einem gutbürgerlichen Haus aufgewachsen. Dort ist das Taschengeld immer knapp. Und nun bekommt er plötzlich eine größere Summe in die Hand. Was tut er damit? Er ist glücklich, wenn er sie verputzen kann. Eine sehr verständliche Reaktion. Wahrscheinlich hätte ich es vor fünf Jahren nicht anders gemacht. Gut. Er hat kein Geld mehr. Aber er möchte die Herrlichkeiten weiter genießen. Sold? Fünfundzwanzig Centimes im Tag? Es langt kaum für Zigaretten. Fleiner ist ein Landsmann. Dolf ist mit ihm ausgegangen. – Fleiner, der Ermordete, ist ein Landsmann! ... Er hat ihn freigehalten. Man – das heißt viele Kameraden – hat die beiden zusammen ausgehen sehen.

Und dann?

An jenem Abend, an dem Fleiner ermordet worden ist, hat Dolf kaum den Heimweg gefunden. Heimweg! Das ist auch so eine Redensart: den Weg in die Kaserne. Dolf war betrunken, Fleiner auch. Unterwegs ist Dolf eingeschlafen, dann ist er aufgewacht, Fleiner war verschwunden, und dem Dolf hat es geschienen, als habe sich jemand an seinem Rock zu schaffen gemacht. Mehr noch, es kommt ihm vor, als habe er nicht mehr den gleichen Uniformrock an. Es ist ein Rock aus Khakistoff, natürlich, in der Legion trägt man ihn nicht, wie gewöhnliche Sterbliche ihn tragen, nein, man zwängt seine Schöße in die Hosen, knöpft die Hosen darüber zu und

windet sich dann die flanellene Leibbinde, dreifach zusammengelegt, um die Hüften.
Der Rock war ein anderer – er hatte einen höheren Kragen –, und die Leibbinde war ganz lose.
Und am nächsten Tage, als die Geheimpolizisten die Front der zweiten Instruktionskompanie abschritten, fanden sie, daß die Ärmel von Dolfs Khakirock vorn Blutspuren trugen. Wenige zwar, aber gut sichtbare – wenn man aufmerksam hinsah. Und das Bajonett – stilettartig, aus bläulichem Stahl – trug in seinen Rinnen Rostflecken. Kein Rost, nein, die nähere Untersuchung zeigt, daß es Blut ist. Menschenblut. Mein Gott, sogar in Bel-Abbès hat die Polizei gelernt, die Hämoglobin-Probe zu machen und die roten Blutkörperchen unter dem Mikroskop zu untersuchen. Ja, mehr noch: Das Blut am Bajonett, das Blut an den Ärmeln gehört zur selben Blutgruppe wie das Blut des ermordeten Fleiner...
Das alles hat man in den Verhören, die jeweils acht bis zehn Stunden dauerten, dem Dolf hundert-, zweihundertmal an den Kopf geworfen. Und der korsische Sergeant hat dafür gesorgt, daß der Durst die begonnene Einschüchterungsarbeit mit Erfolg kröne...
Mit Erfolg kröne... So spricht Dolf. Er scheint ein wenig Mut gefaßt zu haben. Aber wir haben so lange miteinander geflüstert, daß ich nach meinen anderen gefangenen Vögeln sehen muß. Sonst werden sie eifersüchtig. Ein zweites Päcklein Job muß daran glauben.
Vier Uhr... Bis acht schlafe ich. Nützlicheres kann man nicht tun. Um acht Uhr ist der korsische Sergeant Cattaneo vollauf beschäftigt, seine Tiere zu dressieren. »Auf! Nieder! Laufschritt! Eins – zwei – drei – vier! Nieder! Auf! Kniebeuge! Eins – zwei!« Alles mit einem zwanzig Kilo schweren Sack auf dem Buckel, Steine und Sand.
Ich habe also nur den Dolf zu bewachen. Aber am Tage heißt es vorsichtig sein. Der Sergeant ist ein schlauer Hund. Also frage ich zuerst, ob Cattaneo schon seine Morgenvisite gemacht hat. – Nein. – Gut. Also warten.

Nach einer Viertelstunde kommt er. Das Kommando im Hof hat er seinem Assistenten, einem Korporal, übergeben. Es geht dort stiller zu, scheint es. Der Korse blickt mich böse an, wie eine Katze, die Lust hat, einem gerade ins Gesicht zu springen; denn er hat so kleine Ohren, daß es aussieht, als lege er die Ohren zurück. Mit viel Gerassel schließt er Dolfs Zelle auf, schnuppert... Der Rauch hat sich verzogen.
Dafür schreit er: »Mörder! Raus mit dem Mörder!« Ein ganzer Rosenkranz von Flüchen wird heruntergeleiert – und sie gelten alle dem Sohn des Herrn Kommerzienrat Ackermann aus Frankfurt.
Schön sieht er nicht aus, der Sohn. Kahlgeschoren, der Kopf voll Schorf. Hebt nicht Cattaneo gerade den Schlüsselbund? Da stehe ich ganz zufällig neben ihm, Gewehr bei Fuß, das Bajonett aus bläulichem Stahl drängt sich, als habe es einen eigenen Willen, zwischen den Herrn Gefängnisdirektor und sein Opfer – da sinkt der Schlüsselbund herab. Danke für den Blick! Dolf trägt einen Khakirock mit hohem Kragen – aber was ist das? Während Dolf in der Tür steht, den vollen Kübel in der Hand, beuge ich mich über den Ärmel.
Fadenenden, schwarze Fadenenden. Ein, zwei, drei Knöpfe, wie man sie eben in das Fadenende knüpft, wenn man verhindern will, daß der Faden wieder aus dem Stoff rutscht. Am rechten Ärmel ist es deutlich, am linken weniger...
Was näht man auf einen Ärmel? Zwischen Handgelenk und Ellbogen? Die »Schnüre«, die Abzeichen des Grades. Korporal, Wachtmeister tragen die »Schnüre« zwischen Ellbogen und Handgelenk, Fourier und Feldwebel noch andere zwischen Ellbogen und Schulter. Zwischen Ellbogen und Schulter ist der Ärmel von Dolfs Khakirock glatt. Nicht einmal leere Nadelstiche sind sichtbar, die ja immer entstehen, wenn wir etwas annähen. Wir brauchen dicke Nadeln zum Nähen und nicht feine. Wir sind keine Schneiderinnen...
Korporal? Sergeant?...
Dolf scheint nicht gelogen zu haben mit seiner verworrenen Erzählung vom Vertauschen seiner Khakikutte. Die Ärmel

blutig, vorn am Rand ... Ja, die Militärjustiz arbeitet anders als die Ziviljustiz. Sie läßt dem Angeklagten ruhig das Corpus delicti. Nur das Bajonett wird sie beschlagnahmt haben ...
Sonst noch etwas?
Der Rock ist umgearbeitet worden. Der Kragen ist höher, als beispielsweise bei meinem Rock, er ist auf Taille geschnitten ...
Eigentlich war meine Inspektion sehr kurz.
Ich schultere nachlässig das Gewehr und kehre dem Gefängnisdirektor und seinem Opfer den Rücken. Ich habe gar keine Lust, daß mich der Korse auf den Rapport gibt, besonders jetzt könnte ich das durchaus nicht brauchen, heute abend muß ich unbedingt mit Baskakoff sprechen ... Mit Baskakoff, dem Juristen ... Vielleicht hat er mich angeschwindelt – es wird soviel geschwindelt hier, alle Deutschen sind mindestens Grafen und alle Russen Fürsten oder Prinzen ... Vielleicht ist Baskakoff gar kein Fürsprech? Dummes Zeug! Auch Skepsis kann weiter nichts sein als ein Zeichen von Müdigkeit – eine Reaktion ...
Es ist gefährlich, aber ich tue es doch. Um zwei schmuggle ich noch einmal eine Feldflasche ins Gefängnis: halb Wasser, halb Wein. Die Feldflasche hat an der Seite ein dünnes Röhrchen, aus dem man trinken kann, das paßt gerade ins Guckloch der Zellentür. Der Dolf bekommt einen leichten Rausch. Aber er ist folgsam und legt sich auf sein Bett ... Sein Bett! Ein würfelförmiger Zementklotz, aus dessen rauher Oberfläche scharfe Kieselsteine ragen. Dolf weiß, daß ich seine Angelegenheit mit anderen besprechen will ...
Ein Sergeant? Ein Korporal?
Eher ein Sergeant. Die Korporale der Garnison, die ihre Uniformen zum Umschneidern geben, lassen sich an den Fingern einer Hand abzählen: Pierrard, der Klavierspieler, der nie Dienst tut, weil er den Kindern des Colonels Musikstunden geben muß (Pierrard: 1. Preis des Brüsseler Konservatoriums), Lavery, der Küchenkorporal (paßt nicht, ist zu klein); wer noch? ...

Sechs Uhr: Ablösung. Ins Zimmer hinauf, Patronentaschen abgeschnallt, Capotte fortgeworfen. Kein Hunger.
Am Tor wartet Baskakoff.
»Hören Sie, Baskakoff, haben Sie von diesem Mordfall gehört? Ackermann?«
Zuerst sieht sich Baskakoff um, und so habe ich Zeit, ihn wieder einmal in Augenschein zu nehmen. Er ist häßlich. Unzweifelhaft. Eine lange Nase, die vorne dick wird, hängt über seine Lippen, die bläulich angelaufen sind. Schlechte Blutzirkulation. Dazu ist er mager, mit richtigen Kavalleristenbeinen – O-Beinen, besser gesagt. Und ganz zusammenhanglos frage ich ihn: »Haben Sie eigentlich bei den Kosaken gedient?«
Baskakoff nickt schweigend, läßt einen Augenblick Stille herrschen und sagt dann leise: »Ich war He –« und schlägt sich auf den Mund.
Hetman hat er sagen wollen, denke ich. Ist das nun wieder gelogen (obwohl Baskakoff mich noch nie angelogen hat, soweit ich dies kontrollieren kann) oder ... Aber ein Rechtsanwalt Hetman einer Kosaken ... Wie sind die Kosaken eingeteilt? In Schwadrone? Gleichgültig. Wir laufen schweigend nebeneinanderher.
Geschminkte Offiziersfrauen führen ihre Männer spazieren – am Tage machen uns diese Männer Angst. Aber jetzt im staubigheißen Abend sehen sie aus wie blaugestrichene Riesenköter, die brav neben dem »Fraueli« herzotteln. Wo ist die Leine? Unsichtbar.
»Am besten«, sagt Baskakoff, »wir gehen ins Hammam. Dort kann man ungestört reden. Dorthin verirrt sich kein Europäer.«
Also, auf ins Dampfbad! Eintritt fünfzig Centimes. Das demokratischste Lokal von ganz Bel-Abbés. Dort hockt der reiche Seidenhändler neben dem Straßenkehrer, der eine seift dem andern den Rücken ein, und der reiche Handelsmann vergilt gleiches mit gleichem. Vor Allah sind alle Menschen gleich. Aber was das Wichtigste ist, im Hammam wird nicht gestohlen.

Wir schweigen, während wir schwitzen, wir schweigen, während man uns massiert – eine andere Massage ist das, als die in Europa. Ein riesiger Neger renkt uns nach und nach alle Gelenke aus und wieder ein und grinst mit seinen schneeweißen Zähnen. Dann liegen wir auf Alfamatten, und der Besitzer bringt uns eigenhändig eine Tasse Kaffee. Der ist im Badepreis inbegriffen.
»Der Colonel!« sagt Baskakoff, »hat sich über den Fall Akkermann sehr aufgeregt.« Baskakoff spricht ein ausgezeichnetes Deutsch, er hat sicher lange im Baltikum gelebt. »Aber der Fall ist ihm aus den Händen genommen worden. Erst wenn die Untersuchung reif ist und eine Klage für das Kriegsgericht fällig, wird ihm der Fall unterbreitet werden – vorgekaut, ja. Und was haben Sie von der Sache erfahren?«
Ich erzähle: Die Überfahrt, Ackermanns Lebens- und Liebesgeschichte und auch vom Kommerzienrat Ackermann in Frankfurt. Baskakoff nickt. Er liegt auf seiner Matte, eingehüllt in ein weiches, weißes Tuch. Sein Hinterkopf ruht, wie der meine, auf einer Rolle, die hart ist wie Holz. So reden wir beide in die leere Luft hinein, aber beileibe nicht aneinander vorbei. Und dann berichte ich von meinen Beobachtungen, von den abgetrennten Schnüren am Rocke Dolfs. Ich bin fertig und schweige.
Da reckt Baskakoff seine schwarzbehaarte Hand in die Höhe und beginnt aufzuzählen: »Dunoyer, Sergeant, erste Kompagnie, dritte Sektion; Veyre, erste Kompagnie, zweite Sektion; Schützendorf, zweite Kompagnie, zweite Sektion; Hassa, zweite Kompagnie, vierte Sektion. Vier Sergeanten mit über zehn Jahren Dienstzeit. Alkoholiker, alle vier. Nie einen Centime Geld im Sack. Und vergessen Sie nicht bei Ihrer Untersuchung: Cattaneo, Sergeant, Prison.« Er sagt Prisong und meint damit das Gefängnis. Ich korrigiere mechanisch und spreche ihm den Nasallaut »on« überdeutlich vor. Er wiederholt, sagt danke, schweigt.
»Aber, Baskakoff, ich kann doch nicht die Zimmer von fünf Sergeanten durchsuchen!« jammere ich.

»Es zwingt Sie niemand dazu. Ich dachte nur, Sie wollten Ihrem Freunde helfen.«

Ich wollte widersprechen: Dolf ist nicht mein Freund. Aber da sind Baskakoffs graue Augen auf mich gerichtet. Merkwürdige Augen, streng, mit einem kleinen Lächeln, das auftaucht, verschwindet, wie der Hals eines Schwanes auf ruhigem Wasser.

»Ich will Ihnen schon helfen«, sagt Baskakoff. »Wir können in die Kaserne zurück, ich führe Sie zu den Zimmern der vorhin aufgezählten Sergeanten, Sie machen Ihre Untersuchung, während ich draußen Wache stehe. Mir wird niemand etwas vorwerfen, wenn ich meine Kollegen besuchen gehe. Kommen Sie?«

Es ist erst halb acht, als wir durch das Tor der Kaserne schreiten.

Was hoffe ich zu finden? Ich weiß es selbst nicht. Angenommen, ein Sergeant hat Dolfs Rock angezogen, dann muß er sich mit einem Mannschaftsrock begnügt haben. A priori, wie die Herren Philosophieprofessoren sagen, von vornherein, wie wir gewöhnlichen Sterblichen dies ausdrücken, wäre der Sergeant verdächtig, der einen frisch umgearbeiteten Rock in seinem Spind hätte...

Dunoyer (tätowiert am ganzen Körper) liegt auf seinem Bett. Baskakoff ist die Freundlichkeit selbst. Er lädt den Dunoyer zu einem Liter Wein in die Kantine ein. Ich bleibe zurück. Dunoyer: nichts Verdächtiges...

Veyre, in der gleichen Kompagnie, hat sein Zimmer nebenan. Das Zimmer ist leer, der Spind offen. Der arme Veyre! Er kann mit seinen Uniformstücken keinen Staat machen. Ein verrumpfelter Khakirock, sonst nichts...

Aber vielleicht trägt er den andern auf sich? Nein, da kommt er gerade über den Hof. Er ist lang, lang und dürr. Er kommt nicht in Frage. Denn der Rock, den Dolf trug, der saß! Hätte Veyre mit Dolf den Rock getauscht, das Kleidungsstück würde meinem Freund (gut, sei's drum! meinem Freund!) fast bis an die Kniekehlen reichen.

Nichts bei Hassa, nichts bei Schützendorf. Übrigens erinnerte ich mich jetzt, daß Schützendorf sehr korpulent ist, er ist Bayer und pflegt seinen Bierbauch. Er kann dies ungescheut tun, denn er hat einen Druckposten in der Küche. Und Hassa? Hassa ist fast ein Zwerg, ein Zwerg, der aus dem Riesengebirge stammt. Kein Rübezahl... ein Zwerg, ein Gnom, mit schmalen Schultern. Dolf würde den Rock sprengen, zöge er ihn an...

Warum kommen die Überlegungen postnumerando – nachträglich?

Bliebe also nur – es fröstelte mich –, bliebe nur der Korse. Aber des Korsen Zimmer liegt im Gefängnis. Ich habe keinen Zutritt dazu. Ich stehe vor einer Mauer...

Halt! Und Baskakoff? Wer sagt eigentlich, daß es ein Sergeant sein muß, der viele Dienstjahre hat? Ein Rengagierter, wie wir sie nennen?

Merkwürdig ist doch immerhin, daß Baskakoff, der jahrelang Advokat gewesen ist, sich keinen Deut um die ganze Kriminalaffäre gekümmert hat. Er, der doch die Klage fürs Kriegsgericht aufzusetzen hat.

Wovon hat er zuerst mit mir gesprochen? Von Dostojewskis »Schuld und Sühne«. Von Raskolnikoff. Raskolnikoff, dem Studenten, der eine Wucherin und ihre blödsinnige Schwester ermordet. Warum hat er nach fünfzig Metern von diesem, immerhin abgelegenen Thema angefangen? Hier in der Legion, wo man sich, weiß Gott, nicht mit literarischer Kritik beschäftigt? Und dann noch zu mir, den er gar nicht kannte? Das schlechte Gewissen nimmt sonderbare Verkleidungen an. Es treibt nur allzu oft Mummenschanz, das schlechte Gewissen. Weiß ich das nicht? Gewiß! Ich weiß es nur zu gut...

Die Kantine. Sie liegt merkwürdigerweise gerade neben dem »Prisong«, wie Baskakoff sagt, neben dem Gefängnis. Ein dicker Spaniol schenkt dort Wein aus. Gläser gibt es nicht, man trinkt aus den Flaschen. Auch Sardinenbüchsen sind erhältlich, Brot, Wurst, Schokolade, Zigaretten.

Blau ist die Luft im Raume. Die Tische, die nie recht gefegt werden, haben einen schwarzen Schmutzüberzug, der in allen Regenbogenfarben schillert, wie Teer. In einer Ecke sind sechs versammelt. Zehn Flaschen vor ihnen. Sie singen:

»Ja, das war die böse Schwiegermamama,
Schwiegermamama, Schwiegermamama...«

Dort sitzt er, vor dem Schanktisch. Aber nicht Dunoyer sitzt bei ihm, sondern wahrhaftig der Korse.

Der Korse ohne Leibgarde. Ganz allein. Vielleicht fühlt er sich in Begleitung eines Kollegen sicher?

Baskakoff?... Cattaneo?...

Ganz unmerklich, nur mit den Augen, winkt mir Baskakoff, näher zu treten. Vor dem Korsen steht eine Flasche jenes giftgrünen Gesöffs, das aufgekommen ist, als der Absinth verboten wurde. Zur Hälfte leer. Cattaneos Backen glühen, und dies ist keine Metapher – sie glühen wirklich, oder, um ganz genau zu sein, sie erinnern mich an glühende Holzkohlen.

Baskakoff ist nüchtern und bleich, seine Nase hängt traurig über seine Lippen. Und jetzt erst bemerke ich, daß der Rechtsanwalt aus Odessa, der für einen Tischler, der sich verflüchtigt hatte, eingesprungen ist, einen simplen Uniformrock trägt, der von keinem Schneider einen Offiziersschnitt erhalten hat. Lose sind die goldenen Borten, der spitze Winkel auf dem Unterarm, lose sind sie angenäht.

Die beiden diskutieren. Auch das stimmt nicht ganz. Der Korse erzählt etwas, mit leicht gelähmter Zunge (der Pernod, wie man den Absinthersatz getauft hat, ist ein verräterisches Gesöff), und hin und wieder wirft der ehemalige Fürsprech ein Wort ein. Sie sprechen Französisch. Cattaneo erklärt etwas und fährt mit dem Zeigefinger in einer Lache herum, die von verschüttetem Wein herrührt. Ich schleiche näher der korsische Sergeant bemerkt mich nicht, auch dann nicht, als ich endlich das Hockerli neben seinem Stuhl eingenommen habe. Es scheint, als sei er blind.

Er hebt die Flasche, nimmt einen langen Zug. Und beginnt

wieder zu sprechen. Seine Rede ist klar. Er hat sich nüchtern getrunken, aber mir scheint, ich weiß es nicht warum, daß es eine gefährliche Nüchternheit ist.

»Kuik«, sagt er. Er hat aus der Weinlache einen Mann gemacht – das heißt, die primitive Zeichnung eines menschlichen Wesens: der Kopf: ein Kreis, der Rumpf: ein größerer Kreis; zwei waagrechte Striche: die Arme; zwei senkrechte Striche: die Beine. »Kuik«, wiederholt er und trennt mit dem Zeigefinger den Kopf vom Rumpf – will es vielmehr tun, aber der Wein ist klebrig. Es gibt nur einen Strich, der dem Arm zur Linken des Korsen parallel läuft. »Kopfabhauen, das wird das beste sein. Sind alles Mörder, Spione, Verräter, Diebe. Die Neuen, die kommen. Spione, von Deutschland gesandt. Man muß sie vertilgen. Fort mit dem Hals, fort mit dem Kopf. Aber ich darf nicht, nur quälen! Das ist erlaubt! Sandsack schleppen! Auf! Nieder! Laufschritt! Hahahahah ...«

Und dabei paßt der Ausdruck gar nicht zum Gesprochenen. Die Augen sind braun, sanft, mild. Sie schauen in weite Fernen.

»Bei uns daheim – Blutrache!« sagt er leise, und seine Hände (schöne, glatte Hände) trommeln auf dem Tisch. »Blutrache! Heilig! – Aber hier? Das gleiche. Ein ganzes Volk übt Blutrache am andern.«

Ganz leise, kaum hörbar, sagt Baskakoff: »Und das Geld?« Er macht den gleichen Fehler wie vorhin, spricht die Endsilbe von »argent« zu hart aus, mit einem »g« am Ende.

»Ich brauche kein Geld«, sagt Cattaneo ruhig und läßt seine Finger kleine Tänze aufführen. »Ich habe zehn Jahre Dienst. Zweihundertfünfzig Franken im Monat, und ich gehe nicht in die Meß. Nein, nein. Ich esse Mannschaftskost. Meine Vögel müssen fasten, dann singen sie schöner. An einem Tag dieser, am anderen jener ... Ich bekomme immer genug. Und spare. Aber du brauchst Geld!« schreit er plötzlich Baskakoff ins Gesicht. »Sechs Monate hast du erst und issest in der Meß. Hundert Franken Meß, bleiben dir lumpige zehn Franken.

Glaubst du, ich habe dich nicht durchschaut? Hast Geld gebraucht, hast dem... dem Ackermann deinen Kittel angezogen, hast dem Fleiner das Geld genommen. Aber...« Flüsternd: »Das bleibt unter uns. Ein Kamerad verrät den andern nicht. Denk an die plombierten Wagen, Kamerad – Revolution in plombierten Wagen, wunderbarer Import. Wer hat importiert? Die Deutschen! Die Deutschen sollen die Suppe auslöffeln – und auch der... der ... Ackermann!«
Schweigen! Am Tisch der sechs singen sie jetzt: »Ich weiß nicht, was soll es bedeuten...«
»Ruhe dort!« schrie der Korse. Baskakoff war ein wenig blaß geworden. Seine Lippen hatten ihre Bläue verloren, und seine Nasenspitze war weiß. Auf den Nasenflügeln standen winzige Schweißtropfen. Der Korse hatte den Kopf gesenkt. Da blickte mich Baskakoff voll an, und seine Lippen, seine bleichen Lippen formten ein Wort, ein deutsches Wort. Dreimal mußte er seine Lippen verziehen, deutlich die Zähne des Oberkiefers zeigen, den Mund weit öffnen, ihn schließen, bis ich verstand: »Wache!«
Ich sollte die Wache rufen! Nein, ich wollte nicht. Sachte rutschte ich von meinem Stuhl herab, zahlte beim Kantinenwirt eine Flasche, schlich zum Tisch der sechs Sänger, zog einen am Ärmel (er war von meiner Kompagnie), zeigte ihm die Flasche und flüsterte ihm ins Ohr: »Für dich, wenn du zwei Mann von der Wache holst. Sag, es sei Befehl vom Obersten.«
Der Sänger glaubte mir. Er nahm die Flasche, ließ sie in seiner Capotte verschwinden. Dann stand er auf und ging. Ich wollte die Wache dirigieren, wenn sie kam. Baskakoff oder der Korse? Fünf Minuten, dann war es entschieden.
»Sergeant«, sagte Baskakoff (und wenn er hundertmal geduzt wurde, immer siezte er seinen Partner), »Sergeant«, wiederholte Baskakoff, und sein Zeigefinger tippte auf das Männchen, das aus einer Weinlache entstanden war. »Sie haben gesagt: Kuik! und dazu die Gebärde gemacht des Halsabschneidens...« Wie mühselig war Baskakoffs Französisch;

ohne Zweifel, das Schreiben in dieser Sprache ging ihm besser von der Hand. »Kennen Sie den Bach beim Araberviertel?«
»Den Bach? Gewiß kenn ich den Bach.« Lachen. Schluck aus der Pernodflasche. »Was weiter?«
Baskakoff schwieg. Er saß mit dem Rücken zum Schanktisch und behielt die Türe im Auge. Der Korse sah nur die vielfarbigen Flaschen, die der spanische Kantinenwirt sehr malerisch auf seinen Gestellen gruppiert hatte: den braunen Wermut, den purpurnen Byrrh, die giftgrüne Minze, den wasserhellen Dattelschnaps und die Pernodflasche mit dem silbernen Hut...
»Ich brauche Geld«, sagte Baskakoff leise. Und als wolle er die Worte verwischen, fügte er hinzu: »Trinken Sie!« So zwingend war die Aufforderung, daß der Korse einen langen Schluck aus der Pernodflasche nahm. Das war unvorsichtig, denn ich sah es ganz deutlich, wie seine augenblickliche Nüchternheit plötzlich verflog und ein ganz schwerer Rausch seine Zunge lähmte.
»Ich brauche Geld«, sagte Baskakoff lauter. »Können Sie mir etwas leihen? Fünfzig Franken? Sie bekommen sie zurück am Ende des Monats.«
»Geld?« lallte Cattaneo. Er griff in seine Hosentasche, zog Banknoten hervor. »Geld haben wir genug.« Und warf eine Fünfzigernote über den Tisch. Ich konnte sie nicht recht sehen. Der Korse hielt seine Hand darüber.
»Aber natürlich!« Die glatte, schöngeformte Hand gab die Note frei. »Bei mir«, sagte Cattaneo, »ist immer Geld. Wenn sie ins Prison kommen, meine Vögel, haben manche die Taschen voll Geld. Das sehen sie nie wieder. Wozu auch? Hahahaha. Gegen Sergeant Cattaneo aufmucken? Gibt es nicht. Da hast du. Willst du mehr?«
Eine Hunderternote, noch eine.
Die Tür der Kantine ging auf. Im Türrahmen standen zwei Mann mit aufgepflanztem Bajonett. Ein Korporal begleitete sie.
»Mein Herr«, sagte Baskakoff und wandte sich an mich. »Sie

sind Zeuge, daß mir Sergeant Cattaneo zwei blutbefleckte Banknoten übergeben hat. Korporal, treten Sie näher. Führen Sie den Mann ins Zivilgefängnis. Sie sind verantwortlich für ihn. Sie haften dem Obersten! Verstehen Sie?« Baskakoff sprach Deutsch, sonderbarerweise, und der Korporal von der Wache verstand ihn und seine Begleiter auch. »Im Wachtlokal können Sie ihn fesseln. Ihren Rapport erwarte ich im Büro des Obersten.«

Einen Augenblick zweifelte ich noch. War es nicht ein Taschenspielerkunststück meines Freundes Baskakoff? Hatte er vielleicht die Noten, die der Korse aus der Tasche gezogen hatte, vertauscht? Aber dann sah ich das Gesicht Cattaneos. Keine Spur von Rausch war mehr in den Zügen festzustellen. Die kleinen Ohren verschwanden fast, wie bei einer wütenden Katze, die ihre Muscheln fest an den Kopf gepreßt hält und faucht. Die zwei Soldaten der Wache (kräftige, junge Kerle) packten den Gefängnisdirektor, zogen ihn hoch. Ein Stuhl fiel um. Die Sänger schwiegen. Und plötzlich war es, als habe den Korsen ein Faustschlag an der Schläfe getroffen. Er sank zusammen. Die beiden von der Wache, die nicht recht wußten, was sie mit dem Gewehr anfangen sollten, stützten ihn – und so, die Fusspitzen am Boden schleifend, verließ Sergeant Cattaneo (glasig und halbgeschlossen waren seine Augen) die Kantine.

Ich starrte ihnen nach. Da weckte mich eine Stimme, und die Stimme sagte: »Die Flasche Pernod müssen Sie bezahlen, mein Freund. Das ist meine Spesenrechnung. Und nun gehen wir wieder fort. Im arabischen Viertel werden Sie mich zu einem Tee einladen. Das werde ich als mein Honorar betrachten. Denn Sie wissen ja«, ein Glucksen, das wie ersticktes Lachen klang, »wir Rechtsanwälte stellen immer eine ziemlich hohe Rechnung für unsere Arbeit.« Er sah meinen Blick, der sich an seinem Soldatenrock festgesehen hatte. »Ich bin zu arm, um mir schneidern zu lassen«, sagte er. »Und ein Hexenstück war das Ganze nicht. Ich weiß seit einer Woche, daß Cattaneo manchmal ohne Begleitung in die Stadt geht.

Eine schwarze Brille verbirgt seine Augen, nur lose sind seine Galons angenäht. Und haben Sie gehört, mit welchem Plaisir (Plaisir! sagte Baskakoff) er vom ›Kuik‹, vom Halsabschneiden, vom Mord sprach? Ich freue mich, ich werde eine schöne Klage zu schreiben haben für das Kriegsgericht, denn wissen Sie, diesmal werde ich den Angeklagten selbst verhören. Aber ich verdiene nichts dabei. Untersuchungsrichter sind Staatsangestellte. Darum habe ich meine Sporteln als Advokat auf Ihre Rechnung geschrieben ...«
Er schritt zur Türe. Der Abend, der im Kasernenhof ruhte, war still und staubig. Ein Horn blies irgendein Signal. Wir kümmerten uns nicht darum.

Kif

Mammut war mein Freund. Nach seinem Berufe habe ich ihn nie gefragt, denn es ging mich nichts an, womit er sich sein Leben verdiente in dem einzimmrigen Haus an der Grenze zwischen dem Araberviertel von Bel-Abbès und dem sogenannten »Village nègre«, dem Dorf der billigen Lust.
Einmal war ich in eine Schlägerei geraten, unvermutet. Matrachen-Hiebe fielen rund um mich, dicht wie Hagel. Da nahm mich jemand einfach unter den Arm, trug mich aus dem Getümmel und stellte mich in einem weißgekalkten Zimmer ab, über das eine Karbidlampe grelles Licht spuckte.
Von da an kam ich Mammut jeden Abend besuchen, und stets war er umgeben von einem Kreis schwarzer keifender Straßenverkäufer. Sobald ich unter der Tür erschien, stand er auf, streckte mir die Hand entgegen, und es war eine wahrhaft königliche Gebärde, führte den Zeigefinger an die Lippen: »La bes, Chuja?«
»La bes, la bes.« (Geht's gut, Bruder? – Es geht, es geht.) Mammut war groß. Fast zwei Meter hoch; er trug einen blauen Mantel über einem weißwollenen Hemd, dazu gelbseidene Pumphosen, die knapp unter dem Knie aufhörten. Um die Waden spannten sich nagelneue Sockenhalter, an denen die Socken hingen. Ihr Rot erinnerte an gepunschten Wein.
An einem Abend fiel mir sein Tun auf. Er war damit beschäftigt, getrocknete Tabakblätter zwischen seinen Handballen zu zerreiben. Dann stand er auf, holte aus einem Wandschrank andere Blätter, grüne, zerrieb auch diese und mischte ihren Staub unter das braune Pulver. Hernach stellte er in die Mitte des Kreises eine alte Champagnerflasche mit weitem Hals. Durch ihren Korken war ein Röhrlein getrieben, das bis auf den Grund der Flasche reichte, die bis zur Hälfte mit Wasser gefüllt war. Oben trug das Röhrlein einen Pfeifenkopf. In die gläserne Seitenwand war ein Loch gebrochen worden und in diesem mit Glaserkitt ein zwei Spannen langes

Schilfrohr befestigt, von mindestens zwei Zentimetern Durchmesser. Das Ganze war eine sehr primitive Wasserpfeife. Den Kopf füllte Mammut mit dem Gemisch, das er hergestellt hatte, legte eine glühende Kohle darauf und nahm den ersten Zug. Er sog ihn tief in die Lunge, nahm noch einen und gab dann die Pfeife an mich weiter.

»Was ist das?« frug ich.

»Lakef.«

»Was ist Lakef?«

»Man sagt auch Haschisch.«

Ich war nicht frei, ich hatte Rücksichten zu nehmen. Ich konnte es mir nicht leisten, um zehn Uhr betrunken heimzukommen. Mammut, der Mulatte, erriet meine Gedanken. Er betrachtete mich lächelnd, und es war ein brüderliches Lächeln.

»O Chuja!« sagte er, »o Bruder! Glaubst du, daß ich will, daß du bestraft wirst? Du sollst gut schlafen heute nacht, aber trink keinen Wein!«

Ich folgte seinem Rat und trank nur Tee. Er ließ ihn holen für mich vom nahen Kaffeetatschi.

Dreimal noch wurde die Pfeife gefüllt, geleert, dann ging Mammut wieder an den Wandschrank, kam zurück mit einer Handvoll grüner Blätter, die er zerrieben in einen alten Teetopf schüttete; dann vermischte er sie mit entkernten Datteln, zermahlenen Erdnüssen und Honig.

»In zwei Wochen«, sagte er, »darfst du die Konfitüre kosten, nicht früher.«

An diesem Abend geschah weiter nichts. Ich kehrte heim und schlief, schwer und tief.

Nach vierzehn Tagen gab mir Mammut von der Konfitüre zu kosten. Es war ein Sonntagnachmittag. Ich schluckte einen vollen Kaffeelöffel von dem Zeug, und da ich den Geschmack merkwürdig fand, nahm ich nach dem ersten Löffel einen zweiten, obwohl mir Mammut mit dem Zeigefinger drohte, der lang war und schlank, braun, wie der gestutzte Schößling eines Apfelbaums.

»Haschisch!«
Ich hatte Haschisch gegessen und erwartete nun, ein Paradies Mohammeds zu sehen.
Es war etwa drei Uhr, als ich die Mixtur schluckte. Sie schmeckte körnig, würzig, und roch ein wenig, ein ganz klein wenig nach faulem Fleisch. Und dann sang Mammut. Das Instrument, mit dem er sich begleitete, bestand aus einem getrockneten Kürbis, auf den ein Stecken genagelt worden war. Eine einzige Metallsaite spannte sich vom Stiel des Kürbisses bis zum Ende des Steckens. Auf dieser Saite fuhr Mammuts Daumen hin und her, und die Finger seiner Rechten zupften an ihr.
Um vier Uhr empfahl ich mich, denn ein alter, magerer Kerl war gekommen, der mit Mammut wichtige Geschäfte zu besprechen hatte. Und beim Fortgehen machte ich mich über Mammut lustig: »Dein Haschisch«, sagte ich »wirkt gar nicht, ich spüre nichts!«
»Wart ab, Bruder, wart ab«, sagte Mammut.
Ich bummelte heim, trank unterwegs ein Glas Weißwein mit Zitronensirup und spürte noch immer nichts. Es wurde fünf, es wurde halb sechs – nichts.
Um sechs Uhr wurde bei uns zu Nacht gegessen. Es gab Schafragout und weiße Bohnen, daran erinnere ich mich noch genau, und ich aß viel, denn ich hatte Hunger.
Nachher ging ich hinunter in den Hof – und spürte die erste Wirkung des Hanfes, des Haschisch.
Ein weißes Hündlein lief im Hof herum, beschnupperte Baumstämme, Ecksteine, und schließlich schnupperte es auch an den blankgewichsten Gamaschen eines Offiziers. Des Hündleins Schwanz war geringelt. Und dieses Schwänzlein, verbunden mit den blankgewichsten Gamaschen, ließ eine riesige Woge aus dem Boden wachsen, sechsmal höher als ich, glasklar und bläulich. Doch sie bestand nicht aus Wasser, diese Woge, sondern aus Gelächter. Sie rollte heran und überflutete mich, das heißt, ich mußte lachen, ich bog mich vor Lachen, doch war das nicht lustig – durchaus nicht,

denn es tat verteufelt weh. Das Zwerchfell krampfte sich schmerzhaft zusammen, lockerte sich, und wieder begann der Krampf.
Eine tiefe Stimme herrschte mich an. Sie gehörte dem Besitzer der blankgewichsten Gamaschen.
»Ihnen geht's wohl zu gut?«
Aber ich mußte weiter lachen. Die Tränen liefen mir über die Backen, ich hielt mir den Magen – und da ließ mich der Gamaschenbesitzer in Frieden ziehn; es war eben Sonntag.
Einen Augenblick lang hatte ich Ruhe. Das Hündlein war verschwunden. Ich sah den Frühlingsabend, er war sonnig; ich sah das zarte Grün der ersten Blätter, und die Luft war ganz leicht mit Staub gezuckert.
Da kam die zweite Woge ... Sie war nicht mehr bläulich und glasklar, sie bestand nicht mehr aus eisigem Gelächter, nein, unsichtbar war sie und stieg in meinem Innern auf, so zwar, daß mein Blut sich ausdehnte, mein Körper wuchs. Plötzlich war ich größer als der zweistöckige Kasernenbau vor mir, ein Gigant war ich!
Die Woge hatte mich zu riesenhafter Größe auseinandergezerrt. Mit einem Schritt hätte ich, davon war ich tief im Innern überzeugt, über den Bau vor mir schreiten können, mühelos. Unendlich lange Zeit schien dieser Zustand zu dauern, und dann zersprang er wie Glas, weil ihn der Stundenschlag einer nahen Glocke anrührte.
Einen Augenblick war ich wieder ganz nüchtern, und in dieser kurzen Spanne faßte ich den Entschluß, schleunigst ins Bett zu kriechen. Oh, diese Arbeit!
Unser Schlafraum lag im ersten Stock. Die Stiege, die dort hinaufführte, wurde in der Mitte durch einen Absatz unterbrochen, der durch ein Fenster Licht empfing, dann kehrte die Treppe. Ich habe dreiviertel Stunden gebraucht, nur um den Absatz zu erreichen, denn ich war ja so riesig groß, daß ich Angst hatte, mit einem Schritt den Absatz zu verfehlen und mit dem Fuß durch das Gangfenster zu fahren. Also Vorsicht! Vorsicht! – Zum Glück war ich allein im Stiegen-

haus und konnte meine akrobatischen Übungen ohne Zuschauer ausführen.

Als ich endlich im Bett lag, verlor der Rausch seinen Reiz. Ich träumte dunkel von Parfümfabriken und von Färbereien.

Nach zwei Tagen war das ärgste Kopfweh vorbei, und ich konnte Mammut besuchen. Er drückte mir sein Mißfallen aus.

Warum hatte ich ihn am Samstagabend im Stich gelassen? Warum war ich nicht gekommen?

Ich erzählte ihm, was geschehen war. Da begann Mammut zu lachen, er lachte, wie nur Neger oder Mischlinge mit schwarzem Blut zu lachen verstehen.

»Lach nicht, Chuja!« bat ich; denn die große Gelächterwoge, die mich überschwemmt hatte beim Anblick eines Hündleins Schwanz, wollte wieder auf mich stürzen, und Mammut, der ein Gentleman war, hörte auf zu lachen und schlug mir vor – königlich war seine einladende Gebärde –, mit ihm ins Hammam, ins Dampfbad zu gehen. Dort hat mir ein Masseur den letzten Rest Gift aus dem Körper geknetet.

Der Hund

Ich weiß ja nicht, wo Sie arbeiten und was Sie für Ansichten haben, junger Mann... – Ja, ein kleines Helles, Jungfer... – Aber gerade heute ist es mir so recht einsam zumute. Witze haben wir uns genug erzählt, all die letzten Abende, und der Dritte, der sonst mit uns einen Zuger gemacht hat, ist heute auch nicht da. Soll ich Ihnen einmal eine ernste Geschichte erzählen? Natürlich, Sie glauben, daß wir Reisende es immer leicht haben, aber einmal bin ich durch Zufall in eine komplizierte Affäre hineingerissen worden, und das war unangenehm. Denn so etwas stört bei der Arbeit. Und wenn wir nicht immer auf dem Sprung sind und die Kunden bearbeiten, dann kommt ein Jüngerer und stößt uns beiseite.

Nein, Komplikationen liegen mir gar nicht. Ich bin dick und gemütlich, das kann ich sagen, habe auch nie jemandem etwas zuleide getan. Aber die Geschichte, die ich Ihnen erzählen will, hat mich doch eine ganze Zeitlang aus dem Gleichgewicht gebracht, und ich frage mich noch heute, ob ich da nicht etwas hätte verhindern können. Auf alle Fälle hat sie mich vom Heiraten endgültig kuriert... Und auch von den möblierten Zimmern. Dinge können einem da passieren!...

Ich habe Ihnen ja schon erzählt, daß ich für eine Zigarettenfabrik reise, für eine bekannte Marke, aber die Direktoren wollen eben auch auf ihre Rechnung kommen. Nun, ich habe es mir vielleicht ein wenig zu wohl sein lassen in Zürich, war nicht genug hinter den Kunden her, ein paar haben reklamiert, der Reisende sei nicht zur rechten Zeit vorbeigekommen, ihr Vorrat sei aufgebraucht. Mehr ist nicht nötig gewesen. Der Direktor hat mir die Kutteln geputzt und mir einen andern Rayon gegeben. Irgend so ein kleines Kaff, von dem aus ich die Krämer der Umgebung hätte besuchen sollen. Froh war ich, daß er mich nicht entlassen hat, aber ich verstehe das Geschäft, es war also mehr eine Art Strafversetzung;

denn ich bin schon Jahre und Jahre in der Branche und sonst ganz brauchbar.
Es war ein wüstes kleines Dorf, in das ich gekommen bin. Es ging auf den Abend zu, und ich war müde; denn ich bin den ganzen Tag mit dem Töff herumgefahren. Zuerst bin ich in eine Wirtschaft gegangen, habe etwas gegessen und so nebenbei den Wirt gefragt, wo hier ein möbliertes Zimmer frei sei. »Gehen Sie zum Notar Schneider«, hat er gesagt, »der sucht schon lange einen Mieter. Aber es sind ungemütliche Leute. Irgend etwas stimmt nicht bei ihnen. Man weiß nicht was. Eine Garage haben sie auch, wo Sie Ihr Motorrad einstellen können, und die Emma, das ist die Stieftochter vom Notar, ist ein flottes Meitschi. Man mag sie gern hier.«
Ich fuhr also zum Notar. Eine Jungfer machte mir auf. Ein währschaftes Meitschi, mit einem Gesicht... Und die Augen!... Ich muß an ein junges Pferd denken. Sie trägt einen unordentlichen Haarknoten im Nacken... Sie hat mir gleich gefallen. Dann hat sie mir das Zimmer gezeigt. Es war ganz anständig, mit Diwan und einem großen Schrank. Fünfzig Franken im Monat... Und das Frühstück könne ich auch haben, wenn ich wolle... Ich war sehr höflich.
»Frühstück nehme ich schon gern«, sag ich, »aber ich muß etwas essen, was vorhält, weil ich bis Mittag zu tun habe und das Töffahren hungrig macht. Speck und Eier möcht ich. Über den Preis werden wir uns schon einigen«, meine ich. Dann zahl ich die fünfzig Franken, das Meitschi gibt mir den Hausschlüssel und sagt noch, ich solle doch leise machen, wenn ich spät heimkomme; denn die Mutter sei herzkrank und erschrecke leicht, wenn man die Türen zuschlage. Ich antworte: Sie brauche keine Angst zu haben, wir schweren, dicken Männer seien manchmal viel leiser als die jungen, mageren Fisel, die so ungeschickt sind, daß sie an keinem Stuhl vorbeikönnen, ohne ihn umzuschmeißen. Da hat sie lachen müssen, die Emma. Schöne Zähne hat sie gehabt, wissen Sie: so breite... Vielleicht war das ein Grund mehr, daß sie wie eine junge Stute ausgesehen hat – und ich habe Pferde gern.

Beim Wirt habe ich noch einen Zweier getrunken, Zeitungen gelesen (es war grad niemand da, der einen Jass hat klopfen wollen), und ich hab angefangen, mich mit meiner Strafversetzung auszusöhnen. Das Haus, in dem ich wohnen sollte, hat mir zwar nicht so recht gefallen, es sah aus, wie eben ein verschuldetes Haus aussieht. Und die Luft drin hat mir doch ein wenig den Atem verschlagen, wie ich die Stiegen hinauf bin. Aber ich hab mir gedacht, das ist nur Einbildung. Man muß sich wieder an die Atmosphäre der Dorfhäuser gewöhnen, wenn man aus der Stadt kommt. Da gibt's nichts anderes.
Um zehn Uhr bin ich heimgegangen. Mein Töff hatte ich in die Garage gestellt, ich hab die Haustür leise aufgesperrt, und da seh ich die ganze Familie unter einer Petroleumlampe um einen runden Tisch im Zimmer sitzen. Die Türe zum Gang ist weit offen, die Emma liest in einem Buch, der Notar, ein dürrer, alter Mann mit einer unregelmäßigen Glatze, die aussieht, als hätten ihm die Ratten hier und dort ein Büschel Haare herausgenagt, tut nichts; er hockt nur da und starrt auf seine Nägel. Ein wenig im Schatten, zwischen der Jungfer und dem Alten, sitzt ein gebücktes Weiblein, mit gebleichten Haaren. Die hält ein Strickzeug in der Hand, und die Nadeln bewegen sich so langsam, daß es aussieht wie eine Zeitlupenaufnahme im Kino. Die drei haben mich nicht kommen hören. Ich mache die Türe leise zu, aber wie ich weitergehe, knarren meine Stiefel. Sie können es mir glauben oder nicht: Ich kann Schuhe kaufen, wo ich will, immer knarren die Sohlen. Schon als ich klein war, ist es so gewesen, es ist eine Art Fluch, der über meinem Leben liegt, diese knarrenden Schuhe; aber daran kann man eben nichts ändern.
Der Notar schaut auf, die Emma kommt auf mich zu, nimmt mich an der Hand und zieht mich ins Zimmer. Dann stellt sie mich vor. Der Alte knurrt mich an, die Mutter reicht mir zwei Finger. Und dann kann ich wieder gehen. Die Emma lächelt mir nach. Herzlich war die Begrüßung nicht.
Wie ich schon im Bett liege und das Elektrische ausgedreht habe, merke ich, daß ich durstig bin. Ich zünde wieder an,

aber das Wasser in der Flasche ist abgestanden, und das Glas ist mit kleinen Blasen tapeziert. Bei einem großen Hellen mag ich das nicht ungern sehen – aber beim Wasser!... Nein! Da wirkt es wie ein Brechmittel auf mich. Also geh ich mir frisches Wasser holen, denk ich, ziehe den Schlafrock an, schlürfe in die Pantoffeln und gehe auf die Suche nach dem Wasserhahnen. Im Gang hat eine rötliche Birne gebrannt. Wissen Sie, eine von den halbausgebrannten Kohlenfadenlampen. Ich probiere ein paar Türen, aber entweder waren sie verschlossen oder es waren Schlafzimmer. Schließlich komme ich vor eine Türe, eine kleine, niedere Türe, wie für einen Wandschrank. Das wird das richtige sein, denk ich mir. Aber es steckt kein Schlüssel im Schloß. Und eine Klinke ist auch nicht vorhanden. Ich will schon weitergehen, da hör ich hinter der Türe ein Winseln, wie von einem eingesperrten Hund. Ein Bieridee! denk ich. Ein Tier in einer finsteren Kammer einzusperren! Das muß ich dem Notar sagen; denn das Einsperren verdirbt die Hunde; ich habe die Erfahrung selbst gemacht, mit einem Schäferhund, den ich immer einsperrte, wenn ich fort mußte. Das Winseln wird stärker, wie ich da vor der Türe stehe. Da rufe ich ein paar tröstende Worte durch das Holz: Braver Hund! oder so ähnliches; denn das Tier tut mir leid. Dann suche ich weiter, und plötzlich steht der alte Notar vor mir, faucht mich an und sieht aus wie ein Kater, den man in seinen Liebesangelegenheiten gestört hat. Ich soll hier nicht herumspionieren; was hier vorgehe, gehe mich gar nichts an – und dann sagt er noch, zum Abschluß gewissermaßen: »Verstehen Sie, ich sage die Sachen gerade heraus, damit die Leute wissen, woran sie sind.«
Ich denke mir mein Teil, setzte mein öligstes Kundenlächeln auf und frage ihn, wo ich frisches Wasser finden kann.
»Im untern Stock«, knurrt er böse. »Und machen Sie nicht zuviel Krach! Meine Frau ist sehr schreckhaft.«
»Das weiß ich schon«, sage ich und wünsche ihm eine gute Nacht. Der alte Kracher gibt mir keinen Bescheid, humpelt davon. Am liebsten hätt ich ihm eine geklepft...

Wie ich dann wieder im Bett liege, kann ich nicht einschlafen. Ich höre Flüstern im Gang, dann dreht sich ein Schlüssel in einem Schloß, das Winseln wird deutlicher, es klingt bösartig – ein Schrei steigt auf, ein langgezogener Schrei, und es klatscht. Ein Riemen wird geschwungen, ein Riemen knallt auf einen Körper, der Schrei wird stärker... Misch dich in deine Angelegenheiten! denk ich. Nach und nach wird der langgehaltene Schrei schwächer, wandelt sich wieder in ein Winseln. Und endlich verstummt auch dies. Ich kann einschlafen.
Sie wissen ja, wie das ist, wenn man schläfrig ist oder Zahnweh hat oder Bauchweh. Dann will das Mitleidsgefühl nicht mehr recht funktionieren. Man hat genug mit sich selbst zu tun und nur Gleichgültigkeit übrig für die Leiden seiner Mitkreaturen.
Am nächsten Morgen hat mir die Jungfer Emma pünktlich mein Frühstück gebracht. Der Kaffee war stark und ohne Zusatz gekocht – das riecht so ein alter Hotelwanderer wie ich auf fünf Schritte –, auch die Eier waren frisch und der Speck richtig gebraten. Ich hab mich ein wenig geniert vor dem Meitschi; denn ich seh nicht schön aus am Morgen, unrasiert, mit einem verschlissenen Nachthemdkragen. Dazu kommt noch, daß meine Glatze gut zu sehen ist, wenn ich meine Haare nicht auf eine bestimmte Manier gestrählt habe. Die Emma sieht müde aus, immer wieder habe ich an ein Pferd denken müssen, wenn ich sie sah. Aber an ein Pferd, das man zu früh an die Deichsel gespannt hat und zu schwer hat ziehen lassen. Sie hat das Tablett mit dem Frühstück abgestellt und wieder fort wollen. Aber ich habe sie doch gefragt – denn ich bin neugierig, und meine Neugier ist stärker als meine Eitelkeit –: »Warum sperren Sie eigentlich Ihren Hund ein?« – Sie antwortet nichts. Zwei Falten zerschneiden die Haut um den Mund. Und sie sieht plötzlich alt und böse aus. Dazu schaut sie zum Fenster hinaus, obwohl dort nur ein Schornstein zu sehen ist. Der gehört zu einer Fabrik, wie sie jetzt überall auf dem Lande aus dem Boden

schießen: irgend so eine Hackmaschine für Murtenchabis. Dann geht die Emma fort und schletzt die Türe, trotz der herzkranken Mutter.
Wie ich dann die Stufen hinuntergegangen bin, ist mir die Mutter begegnet. Verfallen hat sie ausgesehen – verfallener als der Notar... Rote Augen, Verzweiflung im Gesicht: Die Verzweiflung ist darauf gesessen wie eine Maske. Nein, schon damals habe ich mir gedacht, daß nicht alles stimmt in diesem Hause.
Am Abend bin ich dann noch in die Wirtschaft gegangen, trotzdem ich müd war wie ein Hund. Den ganzen Tag im Regen herumgefahren, auf diesen verfluchten Straßen, auf denen an jeder Biegung ein Karren voll Mist steht und den Weg versperrt und die Rueche meinen, die Straßen gehören ihnen. Dazu die Krämer in den kleinen Dörfern, die jeden Reisenden empfangen, als gehöre er einer Einbrecherbande an und wolle auskundschaften, wo ihr Geld sei. Man muß freundlich lächeln, wie ein Großrat vor den Wahlen, um es ja mit niemandem zu verteufeln. Beim Wirt also, während wir einen Zuger schmettern, frag ich so nebenbei, ob denn der Notar einen Hund habe. »Hund?« fragt der Wirt... »Nein. Der Schneider kann doch Tiere nicht leiden. Meinem Barry hat er einmal einen Fußtritt gegeben, nur weil der Hund ihm die Hosenbeine beschnüffelt hat...«
Wir spielen weiter, und der Wirt erzählt so nebenbei: Ja, der Notar habe es schwer. Früher sei er in der Stadt gewesen und habe dort eine gute Praxis gehabt, aber da sei eine dunkle Geschichte gewesen mit seiner jetzigen Frau. Das sei nämlich e G'schydni, und der erste Mann sei in einer Anstalt versorgt worden, weil er getrunken habe. Man habe den Notar beschuldigt, daß er bei der Internierung mitgeholfen habe, weil die Frau Geld gehabt hätte. Er, der Wirt, glaube das nicht, aber abstinent sei der Notar auf alle Fälle. Darum sei er auch so verhaßt bei den Bauern rund herum, sie gingen nur zu ihm, wenn es unbedingt nötig sei, und zahlen täten sie erst, wenn der Schneider sie betreiben lasse. Er habe auch schon Hypo-

theken auf das Haus genommen und sicher das letzte Geld der Frau hineingesteckt.
Wie ich heimkomme, sitzen die drei wieder stumm um den Tisch, wie am gestrigen Abend. Der Alte fährt auf und sieht mich böse an, weil meine Schuhe knarren. Nur die Mutter bleibt ruhig hocken und strickt, strickt so langsam, daß ich in Versuchung komme, die Feder aufzuziehen, damit das Stricken ein wenig gleitiger läuft. Wenn Sie meine Großmutter hätten stricken sehen – und daneben diese alte Frau!
Nur die Emma steht auf und fragt, ob nichts fehle in meinem Zimmer. Und sie wolle morgen sicher nicht vergessen, mir warmes Wasser zum Rasieren zu bringen. Vor einer Viertelstunde habe sie die Flasche mit frischem Wasser gefüllt. Ich danke ihr freundlich.
Mitten in der Nacht wache ich auf, weil etwas an meiner Türe kratzt. Ich will schon aufstehen, um nachzuschauen, was es denn gibt, da höre ich ein böses Geflüster im Gang. Die Stimme der Emma und noch eine. Und dann eine Art Ringen und heftige Atemzüge. Ich will gerade in meine Hosen fahren, da wird es draußen still. Mira! denk ich. Vielleicht ist es die alte Frau, die nicht stricken kann... Sie kann wohl auch nicht schlafen. Drehe mich auf die andere Seite und schlafe wieder ein. So im Einschlummern höre ich wieder das Winseln und das Riemenklatschen, aber wenn man am Tage fünfhundert Kilometer auf schlechten Straßen gemacht und sich die Kehle wundgeredet hat, interessiert einen wenig mehr.
Die nächsten Tage ist nicht viel passiert. Die Emma hat mir am Morgen immer mein Frühstück gebracht. Sie hat wohl gemerkt, daß ich sie gerne mag, denn sie ist immer daneben stehen geblieben, während ich im Bett, wie ein Prinz, gefrühstückt hab. Einmal hab ich sogar ihre Hand genommen und recht lang gehalten – sie hat sie mir nicht entzogen. Dann hat sie angefangen zu weinen, so ein trockenes Aufschlucken ohne Tränen, und ich dummer Kerl bin so verlegen geworden, daß ich nichts zu sagen gewußt habe. Wenn

ich sie damals gefragt hätte ... Sie hat dann richtig vergessen, das Frühstückstablett mitzunehmen.
Das Wetter ist immer gleich geblieben. Geregnet hat es, und ich hab aufpassen müssen, damit ich nicht ausgleite mit meinem Karren. Aber nachgedacht hab ich doch. Das Meitschi muß das Haus verlassen! Weggehen von den beiden Alten! Die ganze Luft in dem Haus ist vergiftet, hab ich mir gesagt. Mir schadet es nichts: Erstens, weil ich nur dort schlafe, und zweitens, weil ich robust bin. Gern hätt ich die Emma eingeladen, einmal am Abend mit mir spazierenzugehen. Aber bei diesem Wetter ... An was für Kleinigkeiten manchmal ein Schicksal hängt. Wenn es damals Juni gewesen wäre, statt November, so wäre vielleicht alles gut gekommen ...
Und dann hat mir der Wirt einmal erzählt, daß der Notar mit seiner Stieftochter Arm in Arm spazierengehe ..., die beiden seien sehr zärtlich zueinander. Da habe ich mir den Mann richtig angeschaut. Er war gar nicht so alt, höchstens vier bis fünf Jahre älter als ich, und vielleicht wartete er nur auf den Tod seiner Frau; die Frau könnte ja seine Mutter sein. Und herzkrank war sie auch ... Wie ich das hab festgestellt, bin ich kühler gegen die gute Emma geworden. Es ist mir vorgekommen, als sei sie nicht mehr so sauber, wie ich sie mir vorgestellt hatte ... Das merkte sie und wurde reizbar. Wenn ich zum Beispiel am Abend heimgekommen bin und die drei wie Wachsfiguren unter der Lampe gesessen sind, hat sie immer für ihren Stiefvater ein böses Wort gefunden, sobald ich die Stufen hinaufgestiegen bin, so daß mir schließlich der Alte richtig leid getan hat und ich seine Partei gegen die Stieftochter genommen habe. Überhaupt, diese Ehe! Ich hab ja nie viel davon gesehen, höchstens am Sonntag, wenn ich daheim blieb, weil mir der ewige Hock in der Wirtschaft verleidet war. Natürlich werden Sie mir sagen, ich hätte auch wegfahren können in die nächste Stadt. Aber was dort tun? Einen öden Film ansehen? Ich hab nichts übrig für die schönen Weiber auf der Leinwand ... Sie sind so flach! Wenn ich

sie bewundern soll, komme ich mir vor wie ein Vierzehnjähriger, der aus einem französischen illustrierten Blatte ein paar Weiber ausgeschnitten hat und sie versteckt, um sie am Abend vor dem Schlafengehen anzustieren.

Ja, die Ehe der beiden! An einem Sonntagnachmittag hab ich sie zusammen sprechen hören. Das war auch das erste Mal. Ich stand oben an der Treppe und wollte gerade fortgehen. Die beiden Alten saßen im Wohnzimmer am runden Tisch, und der Mann sagte: »Das beste wäre doch, ihn fortzuschaffen.« – »Nein«, antwortete die Frau mit weinerlicher Stimme. Und wirklich, es hat so getönt wie das Winseln in der Nacht. »Nein, das gibt's nicht! Ich hab ja sonst nichts auf der Welt. Die Emma will ja auch fort von mir. Und du bist auch den ganzen Tag nie daheim, und wenn du einmal da bist, so langweilst du dich mit mir. Oh, ich weiß schon, die Emma gefällt dir viel besser, und du willst sie nicht gehen lassen, obwohl sie eine schöne Stelle haben könnte, bei ihrem Onkel in Rom. Ich weiß ja nicht, was ihr beide hinter meinem Rücken tut, aber meinen einzigen Trost laß ich mir nicht nehmen. Und wer kann wissen, wie man ihn behandeln wird? Hier hat er doch wenigstens mich. Wer weiß, ob sie ihn nicht einfach umbringen im Spital.«

Ich dummer Esel hab gemeint, sie spricht noch immer von einem Hund.

Dann sind noch vierzehn Tage vergangen, es war schon um Weihnachten herum, als die Katastrophe passierte. Mit dem Wirt, dem dicken, habe ich gute Freundschaft geschlossen. Es war so ein Mensch in meiner Art: ruhig, dick und freundlich. Und wir mußten beide dasselbe tun, immer ein freundliches Gesicht schneiden, um keine Kunden zu verlieren. Der Kari also, der Wirt, hat sich an einem Abend zu mir gesetzt und gesagt: »Ich weiß nicht, was bei deinen Wirtsleuten los ist, aber etwas wird sicher in der nächsten Zeit passieren. Letzthin ist die Emma aus dem Haus gelaufen, weinend, mit verstrubbelten Haaren, in Filzpantoffeln. Und die Mutter hinter ihr her. Und irgend jemand im Haus hat geschrien wie ein Tier, das man metzgen will. Der Notar war's nicht, den hab ich gesehen aufs Bezirksamt gehen.« – »Ach«, sag ich, »das wird der Hund gewesen sein; ich höre ihn jede Nacht winseln.« – »Also«, hat der Kari gesagt, »wenn es etwas gibt, mußt du mir es zuerst erzählen, das bist du mir schuldig, als deinem alten Freund.« Ja, der gute Kari! Er war die ungedruckte Zeitung vom Dorf; ein Wirt muß so etwas machen, dann hat er immer genug Kunden. Ich hab's ihm versprochen.

Es war in der Nacht vom Samstag auf den Sonntag. Mir ist es in den letzten Tagen auch aufgefallen, wie aufgeregt die Emma war. Nie ist sie mehr am Morgen neben meinem Bett stehen geblieben, um mit mir z'brichte...

In dieser Nacht bin ich also gegen zwei Uhr aufgewacht von einem wüsten Krach vor meiner Zimmertür. Ich fahr' in die Hosen und reiß die Tür auf. Da seh ich einen Bub, rote Haare und schmutzige, zerrissene Hosen, der hat sich an der Hand von der Emma festgebissen. Die immer verschlossene Tür, hinten im Gang, ist offen, aus den Angeln gerissen und hängt nur noch am Schloß. Ich seh die Emma, sie hält in der rechten Hand eine Hundepeitsche und schlägt auf den Buben los; aber der ist wie ein junges Tier, tritt und strampelt mit den Füßen, und seine Zähne lassen die Hand, in die er sich verbissen hat, nicht los. Ich muß schon sagen, das Ganze hat mich aufgeregt. Ich bin näher getreten, hab dem Buben die Hände von hinten um den Hals gelegt und die Daumen gerade vor den Ohren fest angesetzt – und dann gedrückt, bis er losgelassen hat. »Wer ist denn das?« hab ich ganz dumm gefragt. – »Mein Bruder!« sagt die Emma. Sie trägt einen blauen Morgenrock über dem Nachthemd. Ganz bleich ist sie, und ihre Hand blutet. Der Kleine liegt am Boden und schreit mit weit offenem Munde – brüllt. Da kann ich auch nicht anders und gebe ihm eine Ohrfeige. Er schweigt. In einer Ecke vom Gang, beleuchtet von der halb ausgebrannten Birne, so daß sie beide wie Gespenster aussehen, stehen die beiden Alten. Plötzlich stößt die alte Frau einen kurzen Schrei aus und fällt um. Wir tragen sie aufs Bett, die Emma und ich. Und dann verbind ich der Emma die Hand. »Er ist wie sein Vater«, sagt die Emma leise. »Der hat auch in der letzten Zeit, bevor er in die Anstalt gekommen ist, solche Anfälle gehabt. Und wir haben den Buben immer nur eingesperrt halten können, weil er oft mit einem Messer auf uns losgegangen ist. Und die Mutter will ihn nie in eine Anstalt versorgen lassen, sie würden ihn dort töten, meint sie.« Während sie das erzählt, höre ich hinter mir einen leisen Schritt. Der Notar steht da. In einer alten Hose und in einem zerrissenen Hemd. Wahrscheinlich will er seiner Stieftochter helfen. Er setzt sich ganz leise auf einen Stuhl. »Sie ist tot«, murmelt er. »Jetzt ist doch alles umsonst gewesen. Und ich kann wieder irgendwo von neuem anfangen.« Dabei wischt seine Rechte immer wieder übers Gesicht, als ob dort Spinnweben wären. Aber weinen kann er nicht. Dann gehen die Emma und ich in den Gang und sehen nach dem Buben. Der liegt am Boden und schläft. Zur Sicherheit binden wir ihn. Ich nehme die Hundepeitsche auf und schau die Emma an. Sie wird rot, zuckt mit den Achseln und sagt: »Ja, ich hab mir nicht anders zu helfen gewußt; am Anfang hat mir der Doktor noch Schlafmittel gegeben – aber dann wollt sie der Bub nicht mehr nehmen. Und wenn er wild wurde in seinem Zimmer, mußt ich ihn verprügeln, damit er schwieg. Wir hätten Sie ja nie ins Haus genommen, wenn wir das Geld nicht so notwendig gebraucht hätten.« Sie schaut mich ängstlich an, ob ich ihr auch glaube. Dann geht sie weg. Ich gehe zum Notar in die Küche, führe ihn in mein Zimmer und lege ihn ins Bett. Telephoniere dem Doktor. Der ist dann bald gekommen, und noch in der gleichen Nacht haben sie den Buben in eine Anstalt gebracht. Ich habe bei der Toten Wache halten wollen, aber ich bin so müde gewesen, daß ich gegen Morgen eingeschlafen bin. Und da war die Emma fort. Sie hat noch in der Nacht ihre Sachen gepackt und ist zu ihrem Onkel nach Rom. Einmal hat sie mir eine Karte geschickt.

Ich hab dem Kari die Geschichte erzählt, und er war zufrie-

den, sie als erster zu erfahren. Er hat dann viel dazu beigetragen, daß die Bauern von da an den Notar besser behandelt haben. Und ich warte immer noch, bis die Emma einmal von Rom zurückkommt...
Loset, Jungfer!... Jungfer!... Ich hätt noch gern einen Kognak! Sonst kann ich diese Nacht nicht schlafen...

Der Schloßherr aus England

Der Mann trug einen dunklen Mantel, der auf dem Rücken Falten warf. Die Absätze seiner Schuhe waren schiefgetreten, die Hosen unten ausgefranst und bis zur halben Höhe der Waden mit Kot bespritzt. Das Wetter war auch danach. Die Bäume glichen Besen, die man zu lange eingeweicht hat.

Der Mann hatte einen unsichern Schritt; er hinkte leicht. Den Kopf hatte er nach vorn sinken lassen, er ging auch sonst gebeugt: Vielleicht war der Mantel schwer, der Mantel, der sich mit Feuchtigkeit vollgesogen hatte.

Seit etwa fünf Minuten folgte Schwester Klara dem Mann. Sie hatte eine Besorgung gemacht, nun wollte sie wieder ins Gemeindespital zurück, wo sie Oberschwester war. Das Dorf war lang, das Spital lag am andern Ende. Sie hätte den Mann leicht überholen können, aber sie war neugierig. So folgte sie ihm, um ihn zu beobachten.

Der Mann schlurfte weiter über die verlassene Dorfstraße. Vor der Wirtschaft zum »Klösterli« blieb er einen Augenblick stehen, grübelte in den Hosentaschen, dann schüttelte er den Kopf und knöpfte seinen alten Mantel wieder zu. Er preßte die Hand aufs Herz und ging weiter, mit schiefem Oberkörper.

Dem Gemeindespital gegenüber stand eine Bank. Der Mann ging auf sie zu, ließ sich niederfallen und blieb regungslos sitzen. Sein Kopf war tief herabgesunken, der Schirm seiner grauen, verwaschenen Mütze verbarg das Gesicht. Schwester Klara ging zögernd an der Bank vorbei, öffnete die Gattertüre, ging aufs Spital zu, kehrte wieder um, als sie ein leises Stöhnen hörte.

»Fehlt Ihnen etwas?« fragte sie, als sie neben dem Mann stand.

»Herz, das Herz!« flüsterte der Mann und hob ein wenig den Kopf. Seine Lippen zitterten.

Schwester Klara griff nach seinem Handgelenk; ganz mecha-

nisch, weil sie die Bewegung gut einige tausend Male in ihrem Leben gemacht hatte, legten sich Zeige- und Mittelfinger auf die Pulsader. Der Schlag war unregelmäßig, manchmal stockte er – der Pulsschlag ähnelte entschieden dem Gang des Mannes. Und dann hustete der Mann. Es klang erbarmungswürdig, ganz tief aus der Brust heraus.
»Kommen Sie mit«, sagte Schwester Klara energisch. Sie half dem Mann von der Bank aufstehen, hieß ihn den Arm um ihre Schultern legen und sie selbst umspannte mit dem ihren seinen mageren Oberkörper. Der Mann ließ sich gut führen.
Drinnen war es warm, aber angenehm trocken. Der Mann hustete stärker.
»Wir haben Platz«, sagte die Schwester, »ich kann Sie als Notfall vorläufig aufnehmen. Natürlich müssen wir den Entscheid des Doktors abwarten. Aber der Doktor Niederhäuser ist kein ungäbiger Mann.«
Eine Tür. Ein weißgekachelter Raum. Eine Wanne und eine Bank an der Wand.
»So, sitzen Sie da ab. Ich rüste Ihnen ein Bad. Und dann will ich Ihnen oben ein Bett überziehen. Es ist ein Zweierzimmer leer. Sie werden ganz allein sein.«
Das Wasser rauschte. Der Raum füllte sich mit Dampf. Zusammengesunken saß der Mann auf der Bank. Er hatte erst drei Worte gesprochen: »Herz, das Herz«, hatte er gesagt. Aber nachher hatte er geschwiegen.
»Wie heißen Sie eigentlich?« fragte Schwester Klara. Sie beugte sich über die Wanne und rührte das Wasser mit dem Thermometer, der mit Holz umkleidet war.
»Louis Armstrong«, sagte der Mann. Er hatte die Mütze neben sich gelegt. Eine spitze Nase sprang vor. Seine Eckzähne trugen goldene Kappen.
»Engländer?«
»Auslandschweizer.«
Das Haar des Mannes war grau gesprenkelt. Über den Ohren, im Nacken, stand es in kleinen Wirbeln auf. Es war lange nicht geschnitten worden. Auch unrasiert war der Mann.

Er sprach hochdeutsch mit einem leichten Akzent. Vielleicht war es diese Tatsache, die Schwester Klara für ihn einnahm. Wenn man tagein, tagaus Bauern zu pflegen hat und Bauernfrauen, manchmal Knechte, im besten Fall einen Ladenjüngling oder eine Ladentochter, dann ist ein Fremder immerhin eine interessante Neuigkeit. Ein Fremder mit einem englischen Namen und einem fremden Akzent.

»Ich werde«, sagte der Fremde mühsam, »ich werde mich erkenntlich zeigen können. Es ist mir passiert ein Unglück, aber ich habe Freunde, einflußreiche Freunde. Und glauben Sie mir, ich habe gehabt Schlösser in Schottland und ein Haus in London, aber alles verloren ...«

»Sagen Sie, haben Sie Fieber?« fragte Schwester Klara. »Sie hoffen doch nicht, daß ich Ihnen glauben werde? So dumm bin ich nicht!« Sie stand vor dem Mann, die Fäuste in den Seiten, ihr Gesicht war sehr rot, auf den Wangen traten einige geplatzte Äderchen deutlich hervor.

»Ich verlange nicht, Sie sollen mir glauben, obwohl ich beweisen kann, was ich sage zu Ihnen ...« Der Mann sprach gut, und die ungewohnten Umstellungen waren eigentlich ein Reiz mehr. Schwester Klara wurde noch röter.

»Wir können dies alles später besprechen, jetzt baden Sie, ich hab das Wasser extra nicht zu heiß gemacht, wegen Ihrem Herz. Dann will ich Ihnen noch einen Rasierapparat bringen, und nachher steck ich Sie ins Bett, bis der Arzt kommt.«

»Ich werde schon auslösen können mein Gepäck«, sagte der Fremde. »Es liegt in Bern. Ich wollte gehen einen Freund besuchen, der wohnt in Thun, er hätte mir geholfen.«

»Zu Fuß, von Bern bis Thun? Haben Sie nicht schreiben können?«

»Sie haben mich ... wie sagen Sie? ... hinausgeworfen aus Hotel in Bern, weil ich nicht hab zahlen können. Ich danke sehr, Sister, für Ihre Humanität.« (Er sprach Hjumäniteed aus.)

»Ja, ja, ziehen Sie jetzt Ihren Mantel aus ...«

Sie prüfte den Anzug. Der Rock ging noch an. Das Hemd

auch. Es war cremefarben, ein wenig schmutzig, aber immerhin Rohseide. Die Schmetterlingsschleife war grau mit roten Tupfen.

Es war früh Abend geworden, denn man war erst Anfang Jänner. Im Zimmer war ein gelber Schein, weil die Stehlampe auf dem Nachttisch einen orangenen Schirm trug. Im Bett lag der Mann. Er war sauber rasiert und las, oder tat wenigstens so. Denn von Zeit zu Zeit ließ er das Buch auf das Deckbett fallen und gähnte so hemmungslos, daß ihm das Wasser in die Augen trat. Dann war der Titel des Buches zu sehen: »Der Gott suchende Mensch.« Auf dem Nachttisch stand noch eine Kanne mit Tee und eine Tasse. Hin und wieder trank der Mann. Schritte im Gang. Der Mann griff nach dem Buch und las aufmerksam. Dann ging die Türe auf, und Schwester Klara trat ein. Sie trug eine weiße Ärmelschürze, auf ihrem dunklen Haar saß eine gestärkte Haube.

»Gefällt Ihnen das Buch?« fragte sie und legte eine Injektionsspritze auf den Tisch.

»Kraft, ja, es gibt Kraft«, sagte der Mann ernst. Ein unterdrücktes Gähnen ließ die Muskeln seiner Wangen hervortreten, so stark preßten sich die Kiefer zusammen.

»Ja«, sagte Schwester Klara, »Kraft brauchen wir. Ich auch. Wissen Sie, wieviel ich im Monat bekomme? Fünfzig Franken. Dabei zahlt die Gemeinde für den Posten hier zweihundert Franken mit freier Kost und Logis. Aber hundertfünfzig Franken gehen ans Mutterhaus. Damit ich ein ruhiges Alter habe, wenn ich arbeitsunfähig geworden bin. Aber bis dahin hab ich noch Zeit...«.

Sie hatte während des Sprechens einen Wattebausch mit Alkohol getränkt und den Oberarm des Mannes abgerieben. Dann drang die Nadel unter die Haut. Der Patient stöhnte leise.

»Das tut doch nicht weh...« Zuerst war die Stimme der Schwester hart gewesen, bei den letzten beiden Worten wurde sie weich. Der Mann hatte die Hand, die die Spritze hielt, ergriffen und hatte sie geküßt.

Das war etwas ganz Ungewohntes für Schwester Klara. Nie-

mand hatte ihr bis jetzt die Hand geküßt. Sie war verlegen, gerührt, und um dies zu verbergen, begann sie sich mit den Leintüchern, mit den Kissen zu schaffen zu machen.
»Sie sind gut, Sister«, sagte der Mann. »Niemand ist gut gewesen mit mir in der letzten Zeit. Und früher? Ich war einmal in einem Sanatorium an der Côte d'Azur, in Cannes. Aber niemand war so gut zu mir wie Sie. Immer haben sie gewartet auf große Pourboires – wie sagt man – Trinkgelder. Jetzt ich kann keine Trinkgelder geben. Wer zahlt hier für mich?»
»Ich denk, die Heimatgemeinde«, sagte die Schwester und versuchte, die Auskunft so trocken als möglich zu geben. Es gelang nicht ganz. »Die Heimatgemeinde Frutigen, denn in Ihren Papieren steht doch, daß Sie in Frutigen beheimatet sind.«
»Oh, ich war nie dort. Ich bin aufgewachsen in der Fremde. Werden Sie schreiben gleich an die Gemeinde? Ich möchte lieber zahlen selber. Mein Freund, der ist in Thun, der wird schon schicken mir Geld, wenn ich bin gesund. Sie können warten so lange?«
»Nicht gern«, sagte Schwester Klara. »Aber wenn's sein muß...«
»Ich wäre Ihnen dankbar, sehr dankbar. Wirklich. Was hat gesagt der Doktor?«
»Eine beginnende Pleuritis, und auch Ihrem Herz geht's nicht besonders. Haben Sie viel geraucht?«
»O ja, früher. Hundert Zigaretten im Tag, wie ich war in England. Viel zu tun hatte ich, und da...«
»Na, einen Monat wird's schon gehen, bis Sie wieder gesund sind. Wollen Sie nicht Ihrem Freund schreiben?«
»Ja, ich werde schreiben... Danke, Sister.«
Wieder ergriff der Mann Schwester Klaras Hand, aber die Frau zog sie schnell zurück. Es wäre ihr nicht unangenehm gewesen, wenn der Mann ihr wieder die Hand geküßt hätte, und doch wehrte sich etwas in ihr.
Von den Papieren des Mannes hatte Schwester Klara nur den

Heimatschein gesehen, ein altes, vergilbtes Blatt, ziemlich schmutzig, das erklärte, Ludwig Armstrong sei als Sohn des Peter Armbruster, genannt Armstrong, am 5. Juli 1880 in London geboren. Der Kranke besaß noch eine Brieftasche, die ziemlich vollgepfropft schien, aber die behielt er immer unter seinem Kissen. Schwester Klara bekam den Inhalt nie zu sehen. Einmal nur, an einem sanften Februartage, entnahm der Mann der Brieftasche in paar Photographien. Ein englisches Landhaus im Hintergrund, im Vordergrund eine Koppel Jagdhunde und ein Mann, dessen Gesichtszüge nicht deutlich zu erkennen waren. »Das bin ich«, sagte der Mann und wies auf die Gestalt im Vordergrund. »Und das sind Betty und Maisy, meine beiden Hunde. Das ist mein Schloß in Devonshire.« Schwester Klara wußte, daß Devonshire eine Grafschaft oder etwas Ähnliches in England war. Der Mann hatte also doch ein Schloß besessen – obwohl er nicht recht zu erkennen war auf dem Bild, konnte er es doch vielleicht sein. Es war eine Ähnlichkeit vorhanden. Schwester Klara redete es sich ein.
Der Handkuß war übrigens ein bleibender Ritus geworden. Schwester Klara hatte die Bewegung gelernt, mit der elegante Damen diese Huldigung entgegennehmen. Er tat es gerne, obwohl Schwester Klaras Hand rot war und oft nach Desinfektionsmitteln roch.
In den Nächten aber überfielen die Schwester sonderbare Gedanken. Sie war über Dreißig, und bis jetzt war ihr Leben ruhig verlaufen. Einzig mit ihren Eltern hatte sie sich gezankt, weil diese sie hatten verheiraten wollen, damals, als sie einen Abscheu vor Männern gehabt hatte. Darum war sie in eine Pflegerinnenschule eingetreten. Mit achtzehn Jahren. Zuerst hatte sie schwere Arbeit gehabt. Fegen, Putzen. Sie verlor den Mut nicht. Dann war sie von einer älteren Schwester bearbeitet worden. Eine Art religiöser Schwärmerei war das Resultat: der leidenden Menschheit helfen, Bibel lesen, Kirchenlieder singen ... Die ältere Schwester hatte sie protegiert. Sie war als Aushilfe in den Operationssaal gekommen.

Dort begann die Stufenleiter von neuem: Putzen der Bestecke, Sterilisieren. Aber man sah manches. Man lernte. Die leidende Menschheit trat etwas in den Hintergrund, auch die religiöse Schwärmerei. Man interessierte sich für den »Fall«, manchmal konnte man mit einem Assistenten diskutieren. Bis der Tag kam, an dem man zum ersten Male bei einer Operation assistieren konnte. Man durfte den großen Chef bedienen, ihm behilflich sein, sich anschnauzen lassen. Und dann, fast ein Festtag: die erste Narkose. Daneben etwa einmal ein Konzert, ein großes Geiger, den man hörte. Am Sonntag Kirche. Zweimal in der Woche Bibelstunden. Aushilfe in den Krankensälen. Am Abend mit lauter Stimme den Kranken Kapitel aus der Bibel vorlesen, während ein paar Abgebrühte ihre Witze dazu machten – und man wurde rot. Die Assistenzärzte sahen einen kaum, der Chef war unnahbar, die Mitschwestern paßten auf, aber sie fanden nichts. Und dann war man des sanften Gezänkes, der spitzigen Bemerkungen überdrüssig geworden, und als eine Oberschwester in ein Gemeindespital verlangt worden war, hatte man sich gemeldet. Man kannte eigentlich nur die Schattenseite des Lebens – sie war traurig. Kranke Körper, unzufriedene Patienten – immer hatten sie etwas zu reklamieren ... Dankbarkeit?
Der Mann, den man aufgelesen hatte, gerade vor der Türe des Spitals, der schien dankbar zu sein. Er war höflich, von einer seltsam fremden Höflichkeit, die wirklich etwas Ungewohntes war. Er war zart, nie sprach er ein rohes Wort aus – und er küßte einem die Hand ... Ein Vagant? Vielleicht. Ein Hochstapler? Auch möglich. Aber immerhin ...
Der Freund des Mannes hatte zweihundert Franken geschickt. Schwester Klara hatte den Brief, den der Mann geschrieben hatte, eigenhändig auf die Post getragen. Adressiert war er an: »Herrn Eugen Frutiger, Grand Hotel Palace, Thun«. Die Antwort war schon nach zwei Tagen gekommen, ein eingeschriebener Brief – und Geld war auch darin gewesen. Das Kuvert trug den Aufdruck des Hotels.

Die Thujahecken, die den Garten des Spitals umgaben, waren braun, die Rosenstöcke noch in Tannenreiser eingepackt. Einzig ein Haselbaum trug gelbe Kätzchen, und diese stäubten, wenn Vögel sich auf die dünnen Zweige setzten und dann wieder fortflogen. Die Sonne war warm und machte müde. Schwester Klara strickte an einem schwarzen Wollstrumpf. Neben ihr saß der Mann, blinzelte und lächelte manchmal. Er schien sich über irgend etwas zu freuen.
»Warum lachen Sie?« fragte Schwester Klara.
»Ich lache nicht«, sagte der Mann leise, »ich freue mich nur. Es ist schön, wenn die Sonnenstrahlen machen Regenbogenfarben um die Wimpern...«
»Sie reden wie ein kleines Kind, manchmal...« Und Schwester Klaras Stimme klang wirklich wie die Stimme einer Mutter, wenn sie sich über eine spaßige Antwort ihres Sprößlings freut.
»Meine Mutter«, sagte der Mann, »ich habe nie gekannt meine Mutter. Ihre Eltern, sie leben noch?«
»Nein, die sind vor drei Jahren gestorben. Und ich hab noch mit der Oberin vom Mutterhaus fast Krach bekommen, weil die gewollt hat, ich soll die Erbschaft hergeben. Aber was soll ich anfangen, wenn mir einmal der Dienst verleiden würde? Soll ich dann in ein Altersheim einziehen? Hier hab ich's ja ruhig. Die Schwester, die mir hilft, ist ein guter Kerl. Aber wenn Sie wüßten, wie es anderswo ist... Vielleicht bin ich ja schuld. Man hat mir immer gesagt, ich hab einen schwierigen Charakter.«
»O nein, Sie haben sehr guten Charakter. Ausgezeichneten. Und viel haben Ihnen die Eltern hinterlassen?«
»Brauchen Sie etwas?« fragte Schwester Klara spöttisch. »Ich kann Ihnen schon etwas leihen, denn ich bin ja sicher, daß ich es nie mehr zurückbekommen werde. Trotz Ihren Schlössern in England. Die sind doch in England, die Schlösser, oder auf dem Mond?«
Der Mann schwieg. Sein Gesicht war starr. Schwester Klara beobachtete ihn aus den Augenwinkeln. Dieses starre

Schweigen überfiel ihn manchmal. Schwester Klara hätte gern gewußt, was der Mann in diesen Augenblicken dachte. »Ich will Sie nicht beleidigen. Sie brauchen Geld, und Ihr Freund will Ihnen wohl nicht mehr helfen? Für einen Monat haben Sie ja Ihr Kostgeld hier bezahlt. Und die letzten Tage haben Sie mir ja geholfen ... Sie scheinen etwas zu verstehen von Abrechnungen und solchen Sachen. Den Jahresabschluß für das Spital haben Sie mir ganz ordentlich gemacht. Sie haben eine schöne Schrift. Was wollen Sie jetzt eigentlich anfangen?«
»Oh, ich habe gedacht zu übernehmen ein Sanatorium«, sagte der Mann sehr ruhig. »Kleineres Sanatorium für leichtere Gemütskranke, so sagt man doch, und ich möchte suchen eine geeignete Kraft, eine wie Sie, Sister, als Aufsicht, als Oberschwester ... Sie verstehen. Aber Sie müßten austreten aus – wie soll ich sagen – aus Ihrem Verband, Ihrem Orden ...«
»Ein Sanatorium? Ein Schloß? Mit Ihrem Mantel und Ihren zerrissenen Schuhen?«
»Was hat zu tun meine Kleidung mit einem Projekt?« fragte der Mann. »Sie sagen, Sie haben Geld, ich habe Erfahrung ... Aber wenn Sie spotten ... Lassen wir es sein, Sister. Ich will noch fertigmachen eine Abrechnung.«
Der Mann stand auf. Er trug einen alten Schlafrock, der ihm bis zu den Knöcheln reichte, eine braune Kordel hielt ihn um die Hüften zusammen. Sein Haar war während dieses Monats fast weiß geworden. Er ging ins Haus. Schwester Klara blieb sitzen, strickte weiter an ihrem Strumpf. Die Sonne war noch immer ermüdend warm, und auf dem Haselbaum saß ein kleiner Fink, der sang. Der gelbe Staub der Kätzchen flimmerte im Licht.
Am nächsten Morgen war der Mann verschwunden, und mit ihm sein alter Mantel, seine zerlöcherten Schuhe und seine verwaschene Schirmmütze. Schwester Klara hatte erwartet, daß auch Geld fehlen würde. Aber da war alles in Ordnung. Was Schwester Klara in den nächsten Tagen am meisten

fehlte, war merkwürdigerweise der Handkuß. Sie hatte sich an diese respektvolle Liebkosung gewöhnt. Und da der Handkuß zu dem Mann Armstrong gehörte, begann ihr auch der Mann Armstrong zu fehlen. Sie hatte die Achseln gezuckt, als sie am Morgen das Zimmer leer gefunden hatte: »Ein Vagant, der wieder Sehnsucht nach den Landstraßen bekommen hat ...« Aber die Verachtung, die in diesen Worten steckte, war nicht ganz echt. Erstens sah der Mann trotz seines schäbigen Mantels und seiner Mütze nicht ganz nach einem Vaganten aus. Er sprach gut, er war nicht grob, er erzählte keine unanständigen Witze (»Was man in den Krankensälen sonst zu hören bekommt! Du lieber Gott! Nur gut, daß man an Schmutz gewöhnt ist!« murmelte die Schwester), es war etwas um den Mann gewesen – und erst jetzt in der Erinnerung wurde diese zitternde Atmosphäre, die ihn umgeben hatte, deutlicher: Atmosphäre von Abenteuer, Geheimnis, von dem, was man sich unter Welt vorstellt, wenn man sie nie gesehen hat. Die Art, wie der Mann den Löffel hielt, die Gabel. Daß er, als er aufstehen konnte, gebeten hatte, sich jeden Morgen im Badzimmer waschen zu dürfen (und er wusch jeden Morgen den ganzen Körper!), daß er sich von dem Geld, das nach der Bezahlung der Spitalrechnung übriggeblieben war, eine gute Seife, Kölnischwasser gekauft hatte, einen Rasierapparat – und sich jeden Morgen rasierte ...
Sie hatte ihn zuerst ausgelacht. Dann bewundert, im stillen. Jetzt ging sie manchmal in das verlassene Zimmer und schnupperte in der Luft. Es roch noch schwach nach der Seife und dem Kölnischwasser. Wohin hatte er die Toilettengegenstände gepackt? Er hatte ja keinen Koffer! War er weiter gewalzt, nach Thun, zu seinem Freunde? ...
Am dritten Tage hielt sie die Ungewißheit nicht mehr aus und telefonierte nach Thun ans Grand Hotel Palace und verlangte Herrn Frutiger zu sprechen.
»Frutiger? Wir haben keinen Herrn Frutiger als Gast.«
»Herr Eugen Frutiger. Vor drei Wochen war er noch bei Ihnen.«

»Ach, Sie meinen den Maître d'Hôtel. Ich will ihn rufen.« Schwester Klara lächelte, während sie wartete. Der reiche Freund im Palace Hotel war Kellner. Und dann zuckte sie die Achseln, und der Mann Armstrong wurde ihr eigentlich noch sympathischer. Sie dachte, daß es unangenehm sein mußte, in einem triefenden Mantel von der Landstraße aufgelesen zu werden, man machte eine trostlose Figur, man mußte Eindruck schinden – was war da weiter dabei? Nur hätte er nicht mit den englischen Schlössern kommen sollen ... Da meldete sich eine ängstliche Stimme am Apparat, und Schwester Klara konnte sich nach der Stimme den Mann vorstellen: korrekt, devot und die ständige Furcht in den Knochen, in dieser Krisenzeit durch eine Komplikation die Stelle zu verlieren. Es geschah wohl nicht oft, daß ein Kellner ans Telefon gerufen wurde, von auswärts noch.

»Ja, ja hier Frutiger Eugen ...« Wie mußte der Mann verlegen sein, daß er den Vornamen nachstellte, wie ein Bauernknecht!

»Guten Tag, Herr Frutiger. Ich wollte Sie nur fragen, ob Sie mir sagen können, wo sich Ihr Freund Armstrong augenblicklich aufhält ...«

»Armstrong? Tut mir leid. Kenne ich nicht.«

»Hier spricht die Oberschwester vom Gemeindespital. Sie haben doch dem Herrn Armstrong«, Schwester Klara betonte das ›Herr‹, »hierher zweihundert Franken geschickt, und da sagen Sie, Sie kennen ihn nicht?«

»Ach so, ja, Verzeihung, pardon, ich hatte den Namen nicht verstanden. Ja, Armstrong, ganz recht. Aber ich weiß nichts. Hat er etwas ... etwas ... wieder etwas ...?«

»Beruhigen Sie sich, er hat nichts angestellt. Aber er hat uns etwas plötzlich verlassen, und er war noch nicht ganz geheilt, und darum hätte ich ihm gern geschrieben, und er hat einiges bei uns vergessen, was ich ihm nachschicken sollte ...«

Jetzt war es Schwester Klaras Stimme, die nicht mehr ganz sicher klang. Der Maître d'Hôtel schien es zu merken, seine Stimme wurde fester.

»Leider weiß ich nichts von ihm. Auch seine Adresse nicht.

Aber ich möchte Sie gerne... gerne... warnen, er ist ein guter Mensch, aber gefährlich für... Sie entschuldigen... für Frauen...«
»Danke«, sagte Schwester Klara trocken, »ich bin mündig. Also Sie wissen nichts? Dann entschuldigen Sie die Störung, guten Tag.«
Gefährlich für Frauen? Der Mann mit dem durchweichten Mantel und der grauen Schmetterlingsschleife mit den roten Tupfen?... Zwar gab es da noch den späten Februarnachmittag mit der Sonne, die warm und ermüdend schien, und dem gelben Staub des Haselbaums. Er hatte doch kein Geld gewollt... Was trieb er jetzt?... Die fremde Welt, aus der der Mann gekommen, war doch merkwürdig anziehend. Er hatte so gar nichts aus dieser Welt erzählt! Und die Schlösser in England! Er hatte einen Freund, der Kellner war...
Übrigens, diese Idee mit dem Sanatorium, die war gar nicht so dumm. Wenn man sich den Mann Armstrong vorstellte als Empfangschef etwa... Gut angezogen würde er vertrauenerweckend aussehen mit seinem weißen Haar, in der letzten Zeit hatte er seine Nägel gepflegt, er hatte schöne Hände...
Schwester Klara betrachtete ihre Hand, die rot war, wie gepolstert. Aber hatte sie der Mann nicht geküßt? Und manchmal war der Kuß respektvoll zärtlich – zärtlich, ja. Man hatte wenig Erfahrung in Zärtlichkeiten...
Wachtmeister Studer von der Kantonspolizei hatte einen kleinen Spitzbart und den Ansatz zu einem Kropf. Sonst war sein Gesicht sanft gerötet und durchaus vertrauenerweckend. Als Schwester Klara vor ihm stand, fühlte sie Vertrauen zu dem kleinen dicken Mann und sagte zielbewußt: »Ich möchte Auskunft über einen gewissen Louis Armstrong.«
»Haha«, sagte der Wachtmeister, er sprach die beiden Laute, er lachte sie nicht, »sind Sie ihm auf den Leim gegangen, Schwester? Aber sitzen Sie ab. Ich will Sie nicht beleidigen. Erzählen Sie...«
»Sie sollen erzählen, nicht ich«, sagte Schwester Klara.
»Ja, der Armbruster«, sagte Studer. »Zechprellerei, Heirats-

schwindel, Hochstapelei, Betrug, Unterschlagung, aber vor allem, als Spezialität ist er Heiratsschwindler.«
»Heiratsschwindler?« fragte die Schwester zurück. Und dann, sie wußte selbst nicht, wie die Behauptung über ihre Lippen kam, die im Gegensatz stand zu ihrem Denken, zu ihrem Leben – wollte sie dem Wachtmeister imponieren, oder hatte auch auf sie der auflockernde Einfluß des Mannes Armstrong gewirkt? –, kurz, Schwester Klara sagte trocken und überzeugt: »Nun, dann wird er wahrscheinlich die Frauen gut behandeln – mit seiner Erfahrung!«
Wachtmeister Studer schwieg. Die runzligen Oberlider verbargen seine Augen fast vollständig. Dann lachte er: »Auch ein Standpunkt. Übrigens, er ist kein übler Kerl. Ich verdanke ihm eine nette Reise. Einmal habe ich ihn von Calais abholen müssen, er erzählt gut, ich hab mich nicht gelangweilt mit ihm. In England war er während des ganzen Weltkrieges. Er hat sicher auch dort geschwindelt, wenigstens hab ich von einer reichen Witwe gehört, der er ... Aber dann hat er, glaub ich, noch Spionage getrieben, darum hat man ihn in Ruhe gelassen ... Kurz, was ich Ihnen habe erzählen wollen, es zeichnet ihn gut: In Basel sagt er mir, er wolle noch seine Schwester besuchen. In der Steinenvorstadt hat sie gewohnt. Ich bin mitgegangen. Die Schwester war verheiratet, der Mann im Büro. Ich hab natürlich nicht gesagt, wer ich bin. Die beiden Geschwister reden zusammen, eine Viertelstunde lang, es wird langweilig, der Armbruster verabschiedet sich. Da kommt im letzten Moment der Sohn der Schwester ins Zimmer, ein kleiner Bub, sechsjährig etwa. Mein Armbruster legt dem Bübli die Hand auf den Kopf und sagt mit tönender Stimme: ›Ja, Albertli, für dich hat der Onkel gesorgt. Dein Vermögen liegt auf der Bank, du wirst keine Not leiden ...‹ Und dabei hatte ich das Portemonnaie des Armbruster im Sack. Zwei Schilling und drei französische Franken.«
»Und was hat er seither gemacht?«
»Auslandsreisen und Rundfahrten durch die Schweiz. Reiche

Witwen, Schauspielerinnen, Lehrerinnen – immer Niveau. Nie Dienstmädchen. Aber was er jetzt tut? Wo er ist? Ich weiß es nicht...«

Schwester Klara bedankte sich für die Auskunft und ging. Die Art, wie Entscheidungen im Innern eines Menschen gefällt werden, wird für uns, die nicht in ihn hineinblicken können, stets rätselhaft bleiben. Die sogenannte Psychologie ist ein recht nettes Gesellschaftsspiel – es gibt sogar Leute, die eine Wissenschaft in ihr sehen wollen, wir wollen ihnen die Freude lassen. Tatsache ist wohl, daß es im Leben vieler Menschen sogenannte Krisen gibt, in denen sie so merkwürdig handeln, daß die Außenstehenden jene Menschen für verrückt halten. Und doch ist die Sache, wenn man sie mit der notwendigen Ehrfurcht behandelt, gerade so natürlich oder gerade so geheimnisvoll wie die Tatsache, daß ein Apfelbaum, den man verdorrt glaubte, plötzlich zu blühen beginnt.

Schwester Klaras Krise dauerte drei Tage. In diesen drei Tagen lief sie herum, niemand sah ihr etwas an, sie zankte sich mit dem Spitalarzt, war freundlich mit der kleinen Schwester, die ihr half. Sie schrieb einen Brief, den sie einschreiben ließ (dies am zweiten Tag), und der Brief war an den Berner Notar adressiert, der das Vermögen ihrer verstorbenen Eltern verwaltete. Dies war der Auftakt zum großen Entschluß, der am dritten Tag folgte. An diesem Tage nahm sie frei, fuhr ins Mutterhaus, hatte dort eine erregte Auseinandersetzung mit der Oberin, fuhr von dort in ein Kleidergeschäft, ließ sich einkleiden, hernach in ein Hutgeschäft, dann in einen Wäscheladen... Ihre Schwesterntracht, die Schuhe mit den niederen Absätzen wurden verpackt und an das Gemeindespital geschickt. Hernach (das Konfektionskleid saß nicht ganz richtig, aber Schwester Klara sah gar nicht übel aus) fuhr sie nach Thun und verlangte im Palace Hotel den Kellner Frutiger zu sprechen. Es war elf Uhr morgens.

Er solle keine dummen Sprüche machen, eröffnete Klara dem Mann, der wirklich so aussah, wie sie ihn sich nach seiner Stimme vorgestellt hatte. Wo der Herr Armstrong sei?

Der Kellner Frutiger in seinem Frack war verlegen, schwieg. Klara machte einen Umweg. Wie er ihn denn kennengelernt habe? Und wie er dazu gekommen sei, ihm Geld zu schicken?
Eine merkwürdige Geschichte. Frutiger war während des Krieges in London krank geworden. Keine Stelle, kein Geld. Da hatte ihn der Mann Armstrong aufgenommen, gepflegt, und als der Kellner gesund geworden war, ihm noch eine Stelle verschafft und Geld gegeben.
»Ich hab ihm doch auch helfen müssen«, sagte der Maître d'Hôtel und wand sich verlegen, weil der Chef de réception hinten in der Halle aufgetaucht war und das Paar mit mißbilligenden Blicken musterte. »Er war doch ein guter Kamerad.«
»Und wo ist er jetzt?«
»Ich hab ihm eine Stelle verschafft, in Mürren, als Plongeur...«
»Plongeur? Was ist das?«
»Casserolier, wenn Sie lieber wollen.«
»Mürren? Welches Hotel?«
Französische Dichter behaupten, daß Frauen mit bewegter Vergangenheit die besten Hausfrauen gäben, sobald sie einmal zur Ruhe gekommen sind. Warum sollte dies nicht auch bei Männern der Fall sein? Auf alle Fälle hat sich Klara »bis anhin« nicht über ihren Mann zu beklagen. Es ist ja auch nicht gesagt, daß sich jede Liebesgeschichte nach dem Schema »Tristan und Isolde« abspielen muß. Das Sanatorium geht vorzüglich. Es ist immer ein Vorteil, wenn ein Mann Erfahrung hat, wie man reiche Leute behandelt.
Übrigens brachte Armstrong immerhin ein Kapital mit in die Ehe. Dies zeigte sich bald. An einem Abend nämlich fragte Klara: »Du, wie hast du die Schauspielerin hereingelegt?«
Und Louis Armstrong, recte Armbruster, begann zu erzählen... Erlebnisse – ein nicht zu unterschätzender Notgroschen in den flauen Zeiten, den Zeiten, da die Langeweile in der Ehe gähnt...

Totenklage

Jetzt sind fünf Minuten vergangen, und niemand ist gekommen. Den Schuß hat also im Hause keiner gehört. So kann ich noch eine halbe Stunde bei dir sitzen und mit dir sprechen. Du hörst mich nicht mehr, und das ist gut so. Komm, ich will dir die blaue Pyjamajacke noch über der Brust schließen, damit ich das kleine dunkle Loch nicht mehr sehen muß. Es hat fast gar nicht geblutet. Und den Browning, der aussieht wie ein Spielzeug, will ich dir in der Hand lassen. Wie hast du das zuwege gebracht, ihn mir noch aus der Hand zu nehmen? Ja, du warst immer geschickt.

Morgen werden sie dich finden, und ich werde schon weit weg sein. Niemand hat mich kommen sehen, ich habe gut achtgegeben, und es wird mich auch niemand aus dem Haus gehen sehen. Morgen ... morgen werde ich heiraten. Er ist ein guter Kerl und hat mich lieb. Ich werde ein Heim haben und Kinder und die sechs Jahre vergessen, die ich mit dir verloren habe. Weißt du, sechs Jahre sind eine lange Zeit für eine Frau. Schau, ich bin jetzt schon neunundzwanzig, und wie habe ich mich mit dir herumgequält! Du bist wahrhaftig nicht jemand, mit dem man Staat machen kann, du bist kein Mann, auf den eine Frau stolz sein kann. Du brauchst gar nicht so niederträchtig zu lächeln. Hast du eigentlich meine Briefe verbrannt? Bei deiner bekannten Unordnung ...

Ja, so anständig bist du gewesen ... Aber was ist das? Hast du das heute abend geschrieben? Hast du denn gewußt? ... »Ich habe es satt. Ich mache Schluß. Da ich nichts besitze, ist auch ein Testament unnötig.« Und deine Unterschrift. Kurz und bündig, nicht sehr geschmackvoll. Warum nicht einige traurige Worte? Es hätte sich so schön in der Zeitung gemacht. So wird es nur zu lesen sein, ganz klein, unter »Unglücksfälle und Verbrechen«: »Gestern erschoß sich in seiner Wohnung ein gewisser N. N. Not wird wohl die Triebfeder dieser traurigen Tat gewesen sein.« Punkt. Schluß. Und unter »Gesell-

schaftliches« wird es heißen: »Die bekannte Geigenkünstlerin X. Y. hat sich heute mit Herrn Direktor Soundso vermählt. Die Trauung fand statt und so weiter, und so weiter.« Ja, so wird es sein, denn heutzutage muß ja alles in der Zeitung stehen. Und niemand wird wissen, daß wir sechs Jahre zusammen waren. Denn dich kennt niemand, und ich war immer so vorsichtig... Die Einzimmerwohnung hier hab ich dir doch gemietet, du hast doch von meinem Geld gelebt, sechs Jahre lang. Nicht ganz. Im Anfang hast du ja auch etwas verdient und hast mir geholfen, als es mir schlecht ging. Aber nachher... Um gerecht zu sein, muß ich ja sagen, daß ich dir immer freiwillig geholfen habe, du hast mich nie angebettelt. Aber faul warst du! Mein Gott! Immer hast du schlafen wollen, und wenn du schlafen wolltest, durfte ich nicht einmal üben. Wozu taugen solche Menschen wie du? Warum gibt es die auf der Welt? Verkommene, nutzlose Existenzen, da haben die rechtschaffenen Leute ganz recht, die Leute, die du immer Spießbürger nanntest. Was hast du schon geleistet? Ein paar Gedichte, die schlecht sind, ein paar Kritiken, die unreif waren, unreif wie du... Es ist dir ganz recht geschehen... und glaub nur nicht, daß ich dir nachtrauern werde, du... du... Schmarotzer...
Die Männer, die richtigen Männer, die mitten im Leben stehen, die haben die Achseln über dich gezuckt. Und du bist ihnen aus dem Weg gegangen. Natürlich, du hast Furcht vor ihnen gehabt. Feig warst du. Nur mit Tieren, mit Kindern und alten Frauen, da fühltest du dich wohl. Weißt du noch, damals vor sechs Jahren? Ich hatte einen Hund. Der war sehr treu, er lief mir überall nach – aber kaum warst du im Haus, so wollte er nur bei dir sein. Hast du ihn verhext? Mit deinen Händen? Du hast so merkwürdige Hände, immer heiß und trocken. Ich habe deine Hände sehr lieb gehabt. Jetzt sind sie kalt, jetzt werden sie niemanden mehr streicheln, nie mehr den Hals eines Pferdes tätscheln – weißt du noch, das Pferd von unserem Milchfuhrmann, es kannte dich, es drehte immer den Kopf, wenn du vorbeigingst... Und dann nahmst

du die Hände aus den Taschen, zogst es an der Mähne und sprachst zu ihm, viel besser als zu einem Menschen. Mit Menschen hast du nie gut reden können – außer mit mir. Und eigentlich hast du manchmal ganz klug geredet. Du hast sogar etwas verstanden von Musik, ja, ich muß es zugeben, das Violinkonzert von Mozart, ich hätte es nie so gespielt, wenn du es mir nicht erklärt hättest; du hast mir damals den Schlüssel gegeben: »Ein Totentanz«, hast du gesagt, »du mußt es wie einen fröhlichen Totentanz spielen. Der Tod ist fröhlich, weißt du das nicht?« Ich hab mir dann Mühe gegeben, und dann haben die Kritiker etwas von ganz persönlicher Interpretation geschrieben. Diese Schafsköpfe.
Ja, so hab ich die Kritiker damals genannt. Und was hast du geantwortet? Du hast gesagt: »Ach, es sind auch nur arme Hunde. Warum sich über die Leute ärgern?« Für dich waren alle Leute arme Hunde. Ein bequemes Mittel, sich erhaben zu fühlen. Denn auf was hättest du dir etwas einbilden können? Auf nichts. Eine Null warst du ... Eine Null? Doch nicht so ganz. Du hast allerlei gewußt. Weißt du noch, im Anfang hab ich dich immer das wandelnde Konversationslexikon genannt. Die Bücher haben dich verdorben. Was hast du vom Leben gekannt? Du bist doch jedem Kampf aus dem Weg gegangen. Jedem Streit. Wir haben uns – ja wirklich –, wir haben uns nie gestritten. Bis heute abend, und da hast du den Streit vom Zaun gebrochen, du bist gemein geworden, bis ich die kleine Pistole genommen habe – sie ist losgegangen, und dann bist du aufs Bett gefallen. Und wie ich mich über dich gebeugt hab, hast du mir die Waffe ganz sanft aus der Hand genommen, hast gelächelt – und das Lächeln ist auf deinem Gesicht geblieben. War das alles vorbereitet? War das dein Hochzeitsgeschenk? Dein Tod? Damit ich Ruhe habe? Antworte doch! Schweig nicht so verstockt! Ich will dir die Augen zudrücken ...
Du hast brave Füße gehabt. Ich habe immer gesagt, daß deine Füße so brav ausehen. Richtige Kinderfüße, im Ausdruck meine ich. Denn auch nackte Füße können einen Ausdruck

haben. Und einen lieben Rücken hast du gehabt. Ich hab ihn gern gestreichelt. Es war warm bei dir, und ich habe immer so viel gefroren. Du warst ein guter Ofen...

Nun muß ich fast lachen, und eigentlich ist es doch traurig, daß du da so starr liegst, und deine Füße sind streng und gerade aufgerichtet, gar nicht mehr wie früher... Wach doch auf. Wir wollen... ja, was wollen wir? Von neuem anfangen? Sechs Jahre sind eine lange Zeit im Leben einer Frau... Und ich will Kinder haben, ich will einen Mann haben, ein Heim... Kannst du mir das geben? Nein. Ich soll immer nur helfen. Und wenn du dann Geld hast, gehst du dich betrinken. Nein, wir wollen Schluß machen, ich hab genug Geduld gehabt mir dir. Verstehst du?... Ach, es hat ja keinen Sinn mehr.

Geduld? Hab ich wirklich soviel Geduld mit dir gehabt? War ich nicht auch manchmal unausstehlich? Du hast mir nie etwas davon gesagt, du warst überhaupt meistens still. Zu still. Du hättest mehr reden sollen, mehr unter die Menschen sollen. Du hattest gute Anlagen. Aber immer hast du behauptet, das interessiere dich nicht. Was hat dich eigentlich interessiert?

Doch, das glaub ich dir schon, daß du mich liebgehabt hast. Du hast mir soviel komische Namen gegeben. Ich erinnere mich nicht an alle. Tiernamen waren es meistens. Nun, das ist eine alltägliche Sache, daß Verliebte sich »Täubchen« oder so ähnlich nennen. Warum hast du mich »Wolkenreh« getauft? Das hat doch keinen Sinn. Es klang schön, wenn du es sagtest, aber es war doch eine Kinderei. Wir waren immer kindisch zusammen. Haben wir manchmal auch ernst gesprochen? Ich glaube. Aber das hab ich vergessen. Das Wolkenreh... Seh ich wirklich aus wie ein Reh? Ich bin doch eine robuste Frau, die weiß, was sie will, ich will hinaufkommen, nicht ewig unten vegetieren. Und darum heirate ich auch den Herrn Direktor, einen Mann, hörst du? Klärli nennt mich der Herr Direktor, und er wird mich immer Klärli nennen, später vielleicht »Mama« oder »Mutter«, wenn wir Kinder haben.

Aber es wird ihm niemals einfallen, mich Wolkenreh zu nennen...
Er wird freundlich zu mir sein, der Herr Direktor, gelassen leidenschaftlich, ein Mann im besten Alter, aber ich werde mich hüten müssen, vor ihm zu weinen... Er hat mir schon mitgeteilt, daß er hysterische Weiber haßt. Ich werde mir das hinter die Ohren schreiben. Vor dir hab ich weinen dürfen, dann hast du mir die Haare gestreichelt und womöglich Morgenstern zitiert:

»Ich bin so dumm, du bist so dumm
Wir wollen sterben gehen, kumm...«

Du bist sterben gegangen. Und auch das Wolkenreh ist nun tot. Weißt du, wenn ich recht zufrieden war und wir nebeneinander gelegen sind (und draußen hat's geregnet, auf das Glasdach von unserem kleinen Atelier hat der Regen getrommelt), dann hab ich gesungen, ganz leise, für dich. »Ja, kann das Wolkenreh denn auch singen?« hast du gefragt. Und dann hab ich weiter gesungen. So wie ein kleines Kind, wenn es ganz zufrieden ist. Es war eine merkwürdige Zeit. Erinnerst du dich, daß unsere Schrift fast gleich geworden war? Es hatte keiner die des andern nachgemacht. Die beiden Schriften waren aufeinander zugekommen, wie wir selbst, damals. Und auch getanzt haben wir zusammen, ganz allein, im Atelier, die Gasflamme hat gebrannt. Dort steht ja auch mein altes Grammo. Hast du die Hawaiian-Platten immer noch so gern? Ich fand sie schrecklich süß, aber du mochtest sie, und es ließ sich gut dazu tanzen. Du hast nie gewollt, daß ich die Küche mache. Immer hast du selber gekocht und abgewaschen. »Du ruinierst dir nur die Finger«, hast du gesagt. Du hast gut gekocht. Risotto besonders. Weißt du noch? Und den Boden hast du auch gefegt. Du warst eigentlich ein guter Kerl...
Du liegst so still. Nur deine Haare sind verstrubbelt, wie immer. Komm, ich will sie dir kämmen. Damit du nicht so unordentlich aussiehst, wenn sie dich morgen finden. Was werden sie mit dir machen? Sezieren werden sie dich und

dann eingraben. Es wird wohl niemand zu deinem Begräbnis kommen. Und deine braven Füße...

Wir wollen an anderes denken. Weißt du noch, der Sommer am See? Siehst du, damals hast du mich angelogen. Du hast gesagt, du könnest glänzend schwimmen, und dann hast du nicht einmal Wasser treten können. So einer warst du. Und ich bin doch so gern geschwommen, das Wasser war lau, du bist am Ufer gehockt und hast ein Feuer angezündet, um die Mücken zu vertreiben. Und hast mit unserem Hund gespielt. Und ich war eifersüchtig auf den Hund und hab ihn weggeschenkt... Du bist am Ufer gesessen und hast gehustet, wenn der Rauch dir in die Nase gefahren ist. Aber dazu hast du doch ununterbrochen Zigaretten geraucht. Und immer diese starken französischen. Beinahe hättest du mich angesteckt mit diesem Laster. Weißt du noch, eine Zeitlang habe ich viel geraucht, du hast es mir beigebracht. Und dann hab ich es mir abgewöhnt.

Damals, das letzte Jahr am Konservatorium. Ich hatte kein Geld. Da bist du hingegangen und hast auf einem Bau geschafft, als Handlanger. Wir waren sehr sparsam. Und dann hab ich die Erbschaft gemacht. Ich muß sagen, du hast mir eigentlich immer geholfen, wenn es nötig war. Und schließlich, ist Geld denn eine so wichtige Sache? Ich weiß, es ist dir damals nicht leicht geworden, wieder so einfache Handarbeit zu verrichten, aber du hast es doch getan, eigentlich für mich.

Komisch siehst du aus, wie du da liegst, mit deinem eingefrorenen Lächeln. Du hast auch im Schlaf manchmal so gelächelt. Ja. Dann hab ich mich immer geärgert. Denn ich hab gedacht, du lachst mich aus. Du warst doch ein komischer Kerl. Weißt du noch, damals, als ich den Rappel hatte und mich in diesen Idioten, diesen Arzt, verliebt hatte und es dir erzählte? Da hast du auch gelächelt. Und das hat mich so wütend gemacht, daß ich hingegangen bin und dich mit ihm betrogen habe. Und habe dir auch das erzählt. Du hast nicht einmal geweint damals, aber ich hab geheult, weil ich immer denken mußte, daß ich etwas Schönes zerstört hatte. Denn der Mensch, der Arzt, war ja ganz unmöglich, ungeschickt, eingebildet. Ich hab ihn nicht mehr sehen können, nachher. Du hast mich dann trösten müssen, und weißt du, was du gesagt hast? »Das scheint mein Schicksal zu sein«, hast du gesagt, »zuerst probieren die Frauen, mich zu betrügen, wie man so sagt, und dann muß ich auch noch trösten.« Und dann hast du gesagt, daß gar nichts kaputt sei, im Gegenteil, wir würden jetzt noch näher beieinander sein. Und das war richtig. Dann kam diese schöne, reife Zeit; wie lang hat sie gedauert? Ein Jahr? Ich hatte Erfolg. Du hast nie in ein Konzert kommen wollen. Aber daheim hast du mich immer korrigiert. Und du verstandest, weiß Gott, etwas von der Sache. Solche Menschen wie du, was tun die eigentlich auf dieser Welt? Schau, du mußt mir verzeihen. Ich hab soviel Bürgerliches noch in mir. Ich hätte dich gern geheiratet. Aber du hast nie gewollt. Es war dir zu kompliziert. Zu bürgerlich.

Ja, das Jahr. Es war schon merkwürdig. Wir hatten nicht nur fast die gleiche Schrift, wir sprachen die gleiche Sprache. Eine stumme Sprache. Komisch, wir verstanden uns, nur mit den Augen. Weißt du noch, wie uns einmal der Impresario besucht hat, damals in Paris, ich sollte irgendwo auftreten, und er die Flucht ergriff, weil es ihm unheimlich wurde? Wir sprachen beide nichts, und er hatte wohl den Eindruck, daß er Gespenstern gegenübersäße. Und es waren doch nur ein Wolkenreh und ein Brüderlein.

Ich habe dich damals immer Brüderlein genannt. Wohl wegen dem Lied:

»Brüderlein fein, mußt nicht böse sein ...«

Sag mir doch, du hast doch alles erklären können, warum werd ich so sentimental? Sind Erinnerungen denn immer sentimental? Oder verwechsle ich da wieder etwas? Ich bin doch nicht gefühlvoll, oder »voll Gefühl«, wie du immer sagtest. Ich seh nur Bilder, und auf all diesen Bildern bewegst du dich, Brüderlein. Ich darf ja heute abend noch weinen, das letzte Mal, bei dir. Und morgen werde ich eine große Dame,

werde repräsentieren, am Arme meines Gemahls (du hättest gegrinst, wenn du das Wort gehört hättest, er wird nie lachen, wenn er sagen wird: »Meine Gemahlin, siehst du, es kommt doch nur auf den Standpunkt an ...«), wenn ich am Arme meines Gemahls die Gratulationen entgegennehmen werde.
Brüderlein, er hat kein Grammophon, der Herr Direktor, er hat nur ein Radio. Wenn sie nur keine Hawaiian-Platten übertragen, sonst garantiere ich für nichts ... Ich werde sagen, ich hab den Schnupfen ... Wenn ich nämlich heulen muß. Und Morgenstern werd ich nie mehr lesen.
Du hast's hinter dir, kleiner Junge, mein kleiner Junge. Weißt du, ich hab dich oft so genannt, wenn du Angst gehabt hast. Du hast so oft Angst gehabt. Mußt ich dich da nicht schützen? Wie eine Mutter ihr Kind? Vielleicht werd ich jetzt wirkliche kleine Kinder haben, nagelneue Kinder, wie du immer gesagt hast. Und hast immer so Angst gehabt, daß ich von dir ein Kind kriege. Dummer kleiner Junge. Jetzt ist die halbe Stunde vorbei. Ich hab gar nicht geweint. Du liegst so still. Du hast dich gedrückt. Auf eine originelle Manier, muß ich sagen. Indem du mich zur Mörderin gemacht hast. Mörderin? Ich hab gar kein Schuldgefühl. Was wäre aus dir geworden ohne mich? Denn das hast du ja wohl begriffen, daß ich dir nicht mehr ausgeholfen hätte, als Frau Direktor. Und du hättest mich nicht erpreßt. Dazu warst du doch zu anständig. Was wäre aus dir geworden? Sie hätten dich irgendwo versorgt. Jetzt hast du's besser. Hör, Brüderlein, du mußt wirklich nicht mehr böse sein. Du hast nur zweimal vor mir geweint, das erstemal, weißt du noch?, weil du glücklich warst. Und dann, vor einer Woche, als ich dir sagte, ich würde heiraten. Du hast nicht schön ausgesehen, wie du geweint hast. Wie ein kleiner Junge. Aber ich hab dich nicht trösten können. Begreif doch, daß ich hab hart bleiben müssen. Ich mußte heraus aus dem Schmutz, du hättest mich immer tiefer gezogen, in deine Faulheit, deine Bequemlichkeit, deine Gleichgültigkeit. Ich will leben, verstehst du? Nein, du bist nicht böse, du lächelst ja. Du verstehst eben

alles. Bist ein guter Kerl. Verzeih, daß ich dich Schmarotzer genannt habe. Das bist du ja eigentlich nicht. Und Seelenkrüppel hab ich dich auch einmal genannt. Verzeih auch das böse Wort. Du warst es doch gar nicht. Du warst ein guter Kerl, ich hab viel von dir gelernt. Bist du zufrieden? Was ich gelernt hab? Vielleicht, mich selbst nicht mehr so wichtig zu nehmen. Meine Geige... Nun ja, die Frau Direktor wird manchmal, wenn sie Gäste hat, eins aufspielen. Und man wird diskret klatschen, flüstern: »Schad um das blendende Talent...« Brüderlein, gelt, du verzeihst mir?

Ich hör dich sagen: »Wolkenreh, es war ein Dienst auf Gegenseitigkeit. Du hast mir die Mühe genommen, mich umzubringen, ich hab dir einen Ballast abgenommen. Wir sehen uns wieder, Wolkenreh. Glaub mir's.«

Du warst nie gläubig. Aber du hast doch manchmal von einer andern Welt gesprochen. Es wird anders dort sein, Brüderlein, als hier, hoffen wir es, weniger gemein... Nun werd ich dir niemals mehr in die Ohren blasen, und du wurdest immer so böse, wenn ich's tat. Lebwohl, das Wolkenreh geht.

Lebwohl, Brüderlein, mein kleiner Junge, mein Kind...

Nausikaa

Wenden Sie bitte das Gesicht ein wenig von mir weg... so... jetzt ist es besser. Ihr Profil ist ein wenig hart, wie überhaupt Ihr Gesicht zwei verschiedene Ausdrücke hat... Und diese Zweiheit ist das Interessante an Ihnen... Nein, durchaus nicht, ich sage das nicht jedem Kunden, ich meine es wirklich ehrlich... Sie glauben mir nicht?... Ich weiß, ich weiß, Sie meinen, es sei eine erniedrigende Beschäftigung, sich den Kunden dieses Lokals allabendlich aufzudrängen und sie inständig zu bitten, sich abzeichnen zu lassen, der Lohn ist gering, und wenn Sie finden, daß meine Zeichnungen auch künstlerisch nichts taugen, so kann ich Ihnen nur recht geben... Aber was wollen Sie, man muß leben, ich bekomme keine Arbeitskarte hier in Frankreich, ich muß sehen, wie ich mich durchschlagen kann... Und einen Vorteil hat ja diese Beschäftigung, ich habe die Nacht für mich, und am Tage kann ich schlafen; so vermeide ich es, gewisse Blicke zu sehen, Blicke... Ich bin nämlich verheiratet...

Wenn Sie tanzen wollen, mein Herr, bitte... Lassen Sie sich nicht abhalten, ich kann die Zeichnung auch später beenden. Und wenn ich Sie ein wenig beobachten kann, während Sie sich bewegen, so wird es dem Ausdruck, den ich Ihrer Physiognomie zu geben gedenke, nichts schaden. Es hängt doch alles zusammen. Der Gang und das rhythmische Schreiten übers Parkett, wenn Sie eine Frau im Arm halten – es sind gute Mädchen hier, geben Sie der Erwählten ein kleines Trinkgeld, und Sie werden mit Erstaunen feststellen, daß Sie plötzlich wunderbar tanzen können, auch wenn Sie in Ihrem Heimatland bei Hausbällen nie fähig gewesen sind, einen Tango zu tanzen. Es sind gute Mädchen, ich kann sie Ihnen warm empfehlen, sie werden Sie nicht ausplündern, im Gegenteil. Und wenn Sie sich ein wenig am Tanze erfreut haben, haben Sie vielleicht Zeit... Gegen drei Uhr leert sich das Lokal, und dann können wir plaudern... Ich plaudere

gern ... Der Patron des Lokals ist mir wohlgeneigt, und wir können dann einige Flaschen Vouvray trinken, und ich erzähle Ihnen ... Lieben Sie Monologe? ... Ich erzähle übrigens interessant, ohne mich rühmen zu wollen ... Ich will Ihnen dann die Geschichte Nausikaas erzählen, Nausikaas, der Tochter des Phäakenkönigs, aber der Schluß wird anders sein als beim alten Homer ... Mein Odysseus hatte keine Penelope daheim, die auf ihn wartete, und darum hat meine Geschichte auch eine andere »moralité«. Geschichten sind wie Fabeln, sie müssen einen belehrenden Schluß haben, finden Sie nicht? ... Aber ich schwatze und schwatze, gehen Sie jetzt tanzen. Darf ich Ihnen Fräulein Berthe vorstellen? Berthe, du darfst dann mit uns eine Flasche Wein trinken, der Herr lädt dich ein. Tanze recht gut mit ihm, mein Kind, während ich an meiner Zeichnung herumstrichle und mir, mit Ihrer Erlaubnis, mein Herr, einen Cognac mit Selterswasser zu Gemüte führe. Mein Gemüt braucht derartige Stärkungen, es ist ein wenig abgestumpft und dennoch so zart, daß es leicht, sehr leicht umkippt, und dann gibt es Tränen ... Das wollen wir verhüten ...
Sie sehen, meine Prophezeiung war richtig. Die Musik packt ihre Instrumente zusammen, der Chasseur bringt den letzten Pärchen ihre Garderobe, manchmal, wenn die Tür sich öffnet, hören Sie das Surren eines Anlassers, müde, wie das Summen einer Hummel im Herbst ... Wollen wir Wein trinken? Er ist nicht teuer ... Ich will Ihnen gestehen, daß ich zehn Prozent vom Preis der Flasche bekomme, ich werde sie redlich mit Fräulein Berthe teilen; denn Berthe braucht Geld. Sie hat eine kranke Schwester daheim – früher war sie ... Aber das interressiert Sie wohl nicht ... Setz dich neben den Herrn, mein Kind, er wird nichts dagegen haben. Gib ihm die Geduld, die er nötig haben wird, um mir zuzuhören, und wenn du müde bist, mein Kind, leg deinen Kopf an seine Schulter, er wird nichts dagegen haben ... Und er wird es auch nicht seiner Frau erzählen ... Frauen brauchen nicht alles zu wissen ... Übrigens, hier ist Ihr Bild. Gefällt es

Ihnen? Ein wenig merkwürdig vielleicht, aber das schadet nichts. Ich kann Ihnen ein Geschäft empfehlen, dort werden Sie einen passenden Rahmen finden. Nein, haben Sie keine Angst, dort bekomme ich keine Prozente ... Ein Freund von mir führt dieses Rahmengeschäft ...

Nun will ich beginnen. Sie haben auch das Gymnasium besucht. Ja? ... Desto besser. Ich bin in Genf in die Schule gegangen ... Wir hatten einen Lehrer, sein Bart war lang und grau, er gab uns pedantische Noten und trug sie mit kleinen Ziffern in ein Büchlein ein, manche mit roter Tinte, manche mit schwarzer ... »Gunumai se anassa« ... »Ich knie vor dir, o Jungfrau ...« Anassa! Ist das Wort nicht schön? Die drei »A«, sie klingen so weiß ... Können Sie sich die Szene vorstellen? Odysseus, mit Schlamm bedeckt, nackt, sicher war sein Gesicht voll Schrammen und sein Bart verklebt und verwildert ... Im Schilf hat er sich versteckt, als er den Gesang der Mädchen hörte, die zum kleinen Bach herniederstiegen, um Wäsche zu waschen. Und die Jüngste, sehr schlank war sie, und sicher trug sie einen weißen Chiton, an ein kleines, schmales Segelboot mußte sie erinnern, Nausikaa, Anassa – die Jungfrau. Er hatte sie erkannt, sogleich, der göttliche Dulder Odysseus ... Ja, wissen Sie, damals waren die Dulder noch göttlich. Es gab nicht viele, die das weinrote Meer befuhren und Schiffbruch erlitten, und darum ...

Gewiß, auch ich trage einen Bart, einen kurzen schwarzen Bart, gelockt, und ich finde, er steht mir gut ... Sie müssen mir meine Eitelkeit zugute halten ... Ich besitze nur wenig, und auf etwas muß der Mensch doch stolz sein dürfen, ich bin stolz auf meinen kurzen, gelockten Bart. Gefällt er dir auch, Berthe, mein Kind? Trinken Sie, mein Herr, Sie sind heute zu Gast bei Odysseus, und Sie werden es erzählen dürfen in Ihrer Heimat, daß Sie ihn getroffen haben in einer Bar, angetan mit Smoking und Pumps, ihn, der einmal besungen worden ist in der Menschheit Jugend von einem blinden Sänger – aber der jetzt nicht einmal einen Reporter finden wird, der ihm einige Zeilen widmet in einer Tageszeitung ...

Verlassen wir den pompösen Stil, er wird Sie ermüden ... Ich habe nicht vor Troja gekämpft, ich bin nur vor Verdun verwundet worden. Sehr jung war ich damals. Kaum achtzehn Jahre. Aber ich war begeistert und habe mich anwerben lassen ... Und dann habe ich mich nicht mehr zurechtgefunden. So ließ ich mir von einem Freunde ein kleines Segelboot kaufen und beschloß, damit den Atlantik zu überqueren ... Jawohl, ich war der erste, der diesen Gedanken hatte, Alain Gerbaut ist nur ein kleiner Nachahmer ... Und an diesem, ich gestehe es, etwas verrückten Plan war jener Lehrer schuld, der mit uns den Homer gelesen hat, sein Bart war lang und grau – sicher hat er nie Sehnsucht gehabt nach dem weinfarbenen Meer ... Der Atlantik ist nicht weinfarben, nicht einmal, wenn ihn die untergehende Sonne bescheint ... Ich gebe zu, es war Verrücktheit, mich in einem einsamen Boot aufs Wasser hinauszuwagen, ich, der ich das Segeln auf dem Genfersee erlernt hatte. Gewiß, ein wenig hatte ich geübt, Proviant hatte ich mitgenommen für zwei Monate ... Aber dann kam ein Sturm, er war schön, gewiß, er war sehr schön – aber ich wurde schwach, bekam Fieber ... Ich will Ihnen nicht alle meine Leiden aufzählen, ich war nach Süden abgetrieben worden, und halb bewußtlos wurde ich an eine Insel gespült. Graziosa hieß sie, wie ich später erfuhr, und sie gehört zu den Azoren. Dort traf ich Nausikaa zum ersten Male, aber ich war noch kein Odysseus ... Ich war jung, sehr jung, obwohl ich älter aussah – der Bart war mir gewachsen auf meiner verrückten Reise. Ich wurde an Land gespült, mein kleines Segelboot ging in Brüche, ich lag im Sand und streckte sicher die Zunge heraus wie ein durstiger Hund. Durst hatte ich, das kann ich Ihnen restlos bestätigen, jawohl mein Herr, und der Durst war so stark, daß ich an nichts anderes denken konnte, als an Wasser und wieder Wasser ...

Finden Sie diesen Vouvray nicht ausgezeichnet? Auf Ihr Wohl, mein Herr, auf dein Wohl Berthe, mein Kind ... Und vergessen Sie nicht, mein Herr, daß ich zehn Prozent von jeder Flasche erhalte ... Wir wollen noch eine bestellen. Es dauert noch zwei Stunden, bis die Putzfrau kommt, dann gehe ich am liebsten heim, jetzt steht der Nebel schon dick in den Straßen, ich werde das erste Métro nehmen und heimfahren und schlafen. Heimfahren zu Nausikaa, denn, um die Pointe vorwegzunehmen, später habe ich die zweite Nausikaa getroffen und sie geheiratet – eben, weil ich keine Penelope daheim hatte und keinen göttlichen Schweinehirten...

Graziosa hieß die Insel, und der mich fand, war ein kleiner Plantagenbesitzer. Er hatte Reben und Ananas, er exportierte brav und fleißig, er tyrannisierte die andern Bewohner der Insel – er hatte sich das Exportmonopol gesichert... Glauben Sie nicht auch, daß jener Vater der Nausikaa, der König der Phäaken, etwas Ähnliches gewesen ist? König? Was waren damals schon Könige? Großbauern wahrscheinlich, schlau wie unsere Bauern... Und sie trieben Handel, verkauften ihre gemästeten Kälber, vielleicht exportierten sie Pferde und Wein nach Ithaka... Sie hatten Sklaven und Diener, sie hatten sicher auch Mißernten, und ich bin überzeugt, es gab bei ihnen auch Krisenzeiten und eine soziale Frage... Aber Homer erzählt uns leider nichts davon...

Der Bauer, der mich fand, der ungekrönte König der Insel, hatte nur eine Tochter. Sie war sechzehn Jahre alt, trug lange schwarze Zöpfe, und dazu waren ihre Augen blau... Ich blieb auf der Insel zwei Monate, ich zeichnete Nausikaa, und Nausikaa liebte mich... Nein, das ist keine Eitelkeit. Zeigen Sie mir ein junges, naives Mädchen, das sich nicht in einen weitgereisten Mann verliebt... Viele sind nicht einmal so erpicht auf Tenöre, glauben Sie mir... Giganten der Landstraße und des Meeres sind ihnen manchmal lieber... Mein Gott, eine alte Wahrheit! Junge Mädchen lieben die Liebe, und sie haben Sinn für Heldentum, auch wenn das Heldentum uns ein wenig abgeschmackt vorkommt. Schelten Sie sie darum nicht... Berthe, mein Kind, du bist müde, der Rauch brennt dir in den Augen, laß deine Lider darüberfallen und lehn den Kopf an die kräftige Schulter des Herrn, der uns diesen Abend schenkt... Aber bleib noch ein wenig bei uns.

Ich brauche deine Gegenwart, und meine Worte klingen besser, wenn du auch flüchtig nur ihnen lauschest.
Ich hätte sie heiraten können, die kleine Nausikaa auf der Insel Graziosa, dann wäre ich der Nachfolger geworden des ungekrönten Königs, hätte das Exportmonopol geerbt... aber wahrscheinlich wäre ich schon lange vorher in der fruchtbaren Erde der Insel begraben worden. Am Ende der ersten Woche schon, kaum erholt, mußte ich einige portugiesische Jünglinge verboxen, und ich war froh, daß ich oft die Schule geschwänzt hatte, um boxen zu lernen. Ich hatte einen guten Schlag mit der linken Hand – der ist mir oft zustatten gekommen. Aber diese Portugiesen kamen gleich mit dem Messer – das war ungemütlich. Mein rechter Unterarm war gewöhnlich verbunden. So war ich froh, daß ich mich einmal auf einem Schiff des Königs von Graziosa verstecken konnte, das nach Vigo fuhr. Nausikaa weinte nicht, als ich Abschied nahm. Übrigens, ich weiß gar nicht mehr, wie sie in Wirklichkeit hieß...
Trinken wir noch eine Flasche? Bleiben Sie ruhig sitzen, sonst stören Sie Berthe, das arme Kind. Wissen Sie, daß dieses kleine Mädchen sehr tapfer ist und dazu noch »honnête«, wie wir hier sagen? Unglaublich, aber wahr. Die Stammgäste haben sie lieb. Man kann sprechen mit ihr, sie ist klug, das Kind, und es gibt immer noch Männer, die solche Eigenschaften zu schätzen wissen. Wenn manchmal ein Mann, ein Betrunkener meistens, allzu zudringlich wird, flüchtet das Kind zu mir. Ich habe auch hier schon boxen müssen, der Patron war wütend, fast hätte er mir sein Lokal verboten, aber dann hat er es sein lassen. Ich bin so etwas wie eine Attraktion, eine bescheidene natürlich. Und manchmal kann ich Betrunkene sogar ohne Uppercut beruhigen... Das sind ganz wertvolle Kenntnisse, glauben Sie mir, in solch einer Umgebung...
Gunumai se anassa... Ich knie vor dir, o Jungfrau, seist göttlich du oder sterblich... Warum kann ich diese Hexameter nicht mehr vergessen? Neunundneunzig von hundert lesen sie in der Griechischstunde, neunundneunzig vergessen

sie, und beim Hundertsten klingen sie nach, ein Leben lang, bestimmen das Leben, biegen es ab. Mein Lehrer, sein Bart war lang und grau, nicht kurzgelockt wie der meinige, er trug kleine Ziffern in sein Büchlein ein, und mir gab er einmal eine Sechs, das war die beste Note, weil ich die Stelle auswendig gelernt hatte, jene Stelle, die beginnt: Gunumai se anassa... Anassa! Wieviel schöner ist das Wort als unseres: Jungfrau! Vierge, Virgo, die Worte der anderen Sprachen, sie sind alle dumpf, sie haben nicht das Königliche, den weißschreitenden Gang wie das alte griechische »Anassa«...

Damals bin ich glücklich in Vigo angekommen. Den Magen hatte ich mir ein wenig verdorben... Zu viele Ananas, zuviel süßer Wein... Was wieder ein Beweis ist, daß sogenannte Delikatessen eigentlich verflucht langweilig und ungesund sind, so für den täglichen Gebrauch. Wie Ihnen auch dieser exzellente Vouvray verleiden würde, müßten Sie ihn jeden Tag zum Mittag- und Abendessen trinken... Wie Ihnen jede schöne Frau endgültig unerträglich wird, sobald Sie sie geheiratet haben... Eine Ehe... Wissen Sie, eine Ehe ist eine komplizierte Sache. Penelopen sind selten, aber Penelopen sind unersetzlich. Sie können stricken und nähen, sie können braten und einen Haushalt führen... Sicher war Penelope nicht schön, und wenn die Freier so zudringlich wurden, so war es wohl nur, weil sie die Frau des Odysseus für eine reiche Witwe hielten. Aber Penelope hatte ihren Mann gern, solche Frauen sind immer treu, von einer guten, warmen Treue, sie wissen zu schweigen, sie sind anspruchslos, sie wollen nicht immer Romantik und Heldentum, sie sind zufrieden mit wenigem, und vor allem, sie haben Sinn für Humor. Nausikaa, so sehr ich sie verehrt habe in meiner Phantasie, Nausikaa, mein Herr, ist Romantikerin. Und bekannt dürfte es sein, daß Romantiker weiblichen oder männlichen Geschlechts keinen Sinn für Humor haben. Sie wollen Steigerung, sie wollen das Absolute – mein Gott, das Absolute! Als ob es so etwas gäbe im menschlichen Leben! Ich habe Nausikaa geheiratet – und...

Nein, es ist keine Barphilosophie, die ich Ihnen hier auftische. Glauben Sie, ich hätte es einmal zustande gebracht, meine Frau zum Lachen zu bringen? Niemals! Und eine Frau, die nie lacht!... Sie hat damals gemeint, sie heirate ein Ideal, einen göttlichen Dulder, und ich bin nur ein einfacher Mensch, der durch den Krieg einen kleinen Knacks bekommen hat, eine gewisse Wandersucht... Ich bin ein harmloser Mensch, trotz all meinen scheinbar romantischen Erlebnissen... Ich konnte gut erzählen, und ich erzählte ihr mein Leben, so, wie sie es wünschte, dargestellt zu hören... Denn wir passen uns ja immer unwillkürlich unserem Zuhörer oder unserer Zuhörerin an. Und das ist ein Fehler, ein großer Fehler...

Ich habe ihr vom Amazonenstrom erzählt und von einem Ameisenvolk, das alle Gesetze der Strategie kannte, besser als die Indianer – gegen die Indianer konnten wir uns wehren, aber die Ameisen haben uns gezwungen, den Rückmarsch anzutreten... Ich habe ihr erzählt von einem Flug über den Atlantik – natürlich mißlang er, genauso wie meine Segelbootfahrt, ein anderer hat ihn dann ausgeführt – was wollen Sie, ich bin der Vorläufer, und Vorläufer sind die Sündenböcke der Erfolgreichen, sie nehmen das Pech auf sich, um es von den Erfolgreichen abzuwenden. Es gibt auf der Welt nur ein gewisses Quantum Pech, ist dieses verbraucht, so steht dem Erfolg nichts mehr im Wege. Zu bedauern sind die Pechvögel, aber sie sind notwendig. Gewöhnlich feiert man sie nach einigen hundert Jahren, aber was nützt es diesen armen Teufeln...

Vor diesem Flug über den Atlantik habe ich etliches unternommen, das dürfen Sie mir glauben. Ich kenne das Riff, ich kenne Borneo, ich habe versucht, die Wüste zu durchqueren, auf einem kleinen Auto, das ich selbst entworfen hatte – Citroën hat mir dann meine Erfindung gestohlen, und er ist mit einer Kolonne bis Timbuktu gekommen... Dann mißlang mir der erste Flug, ich stürzte ins Wasser. Aber diesmal war keine Graziosa in der Nähe, ich war weit nach Norden abgetrieben worden, so nahm mich eine Fischerbarke auf. Wie ich das Geld aufgetrieben habe zu all diesen Unternehmungen? Ich weiß es heute selbst nicht mehr. Ich habe es immer gefunden. Freunde, die mir glaubten, Zeitungen, die Vertrauen hatten... So durfte ich den Flug zum zweiten Male wagen... Mit technischen Einzelheiten will ich Sie verschonen. Es kam wieder ein Sturm, der mich bedenklich an jenen Sturm erinnerte, der damals mein kleines Boot so schlecht behandelt und all mein Süßwasser ausgetrunken hatte... Ich fiel wieder ins Meer, und ich hatte Glück im Pech. Denn es war an einer Stelle, die auf der Route der großen Luxusdampfer lag. Und solch ein »schwimmendes Hotel«, wie man diese Schiffe in der blumenreichen Sprache der Zeitungen nennt, fischte mich halb verhungert auf. Ich war natürlich ein Held und wurde als solcher behandelt. Wenn Sie wüßten, wie langweilig Heldenverehrung für die Helden selber ist! Ich bin ein einfacher Mensch, und ich trinke gern einen guten Tropfen Wein, ich esse mit Behagen Chateaubriand aux pommes oder Hommard à l'américaine, und wenn ich mein ganzes Leben lang versucht habe, verrückte Sachen auszuführen, so war es ganz sicher nicht um der Sensation oder des Heldentums willen, sondern einfach, weil ich keine andere Möglichkeit fand, mein Leben zu fristen. Ich fristete buchstäblich mein Leben, indem ich es aufs Spiel setzte. Und ich versichere Ihnen, daß fünfundneunzig Prozent – übrigens sehen Sie an meiner Vorliebe für Prozentrechnungen, daß ich eigentlich ein mißratener Kaufmann bin –, daß fünfundneunzig Prozent aller sogenannten Helden, als da sind: Rennfahrer, Flugkünstler, Forschungsreisende, Rekordschinder – Menschen sind, die Angst vor der Arbeitslosigkeit haben –, die restlichen fünf Prozent, die wirklichen Helden, die um des Ruhmes willen sich anstrengen – sind Idioten. Ich gebe zu, auch bei uns, den Arbeitsuchenden, sind Spuren dieser Renommiersucht vorhanden, dieser Romantik... Bei einem ist diese Sucht begründet in etwelchen Minderwertigkeitskomplexen, er will seinem Vater, der ihn verachtet hat, einmal zeigen, was er für ein Kerl ist, beim andern ist es etwas anderes ... Bei mir war der alte Homer schuld, der alte Homer und jener Lehrer, dessen Bart lang und grau war und der mich mit »Gunumai se anassa« vergiftet hat ...

Man träumt sich in eine Situation, man wünscht sich diese Situation herbei, mit allen Fasern, möchte ich sagen, wenn der Ausdruck nicht so verbraucht wäre. Aber er ist wirklich gut, insofern man ihn wörtlich nimmt: mit allen Fasern.

Sie hören, ich schweife ab, nur um dem Zwang zu entfliehen, Ihnen meine traurige und groteske Geschichte zu erzählen. Traurig und grotesk ist sie nämlich, wie alles im Leben, und nur Dichter verstehen es, das Traurige und Groteske so zu komponieren, daß es schön wirkt und versöhnlich. Ich bin kein Dichter ...

Ich wurde also als Held gefeiert auf jenem Schiff. Es war ein großes deutsches Schiff, es gab viele Passagiere darauf, und ein reicher Herr zahlte meine Überfahrt. Ich erhielt eine Luxuskabine ... Aber nicht das wollte ich Ihnen erzählen. Als ich aufgefischt wurde (ein Matrose war ins Wasser gesprungen, um einen Strick um mich zu schlingen, ich war so schwach, daß ich mich nicht hätte halten können – denken Sie, zwei Tage in einem Rettungsring, und das viele Salzwasser, das ich geschluckt hatte ...), als ich endlich an Bord gezogen wurde, sah ich wohl nicht viel anders aus als der göttliche Dulder Odysseus. Ich war fast nackt, meine Unterhosen waren zerfetzt, mein Hemd hatte keine Ärmel mehr, ich hatte das Bewußtsein verloren ... Als ich die Augen aufschlug, lag ich auf den harten Planken des Decks, und ein Matrose schien meine Arme für Brunnenschwengel zu halten. Er pumpte ununterbrochen. Es war heller Tag, eine ganz freundliche Sonne schien mir in die Augen, ich schloß sie halb, weil das Licht mich blendete. Da hörte ich Schritte, die näher kamen. Ganz deutlich das Klappern hoher Stöckelschuhe. Und als ich die Augen aufmachte, den Kopf zur Seite wandte, der Richtung zu, aus der die Schritte kamen – sah ich

Nausikaa... Sie trug ein kurzes weißes Kleid, einen Chiton, ihr Haar war blond und bedeckte gerade den Nacken, ihre Beine waren sehr gerade, sie trug keine Strümpfe, nur weiße Stöckelschuhe... Diese Schuhe störten mich – Nausikaa hat sicher Sandalen getragen. Aber dies war auch das einzig Störende... »Gunumai se anassa«, flüsterte ich, und ich war wieder ein Gymnasiast und ein Romantiker. Denn Romantik ist eine Pubertätserscheinung, und es gibt Menschen, die ihr Leben lang nicht aus der Pubertät herauskommen... Ich hatte gedacht, ich sei von dieser Kinderkrankheit endgültig kuriert, nach dem Erlebnis auf Graziosa... Aber wer von uns wird jemals vollständig immun sein gegen gewisse Krankheiten?

Sie hieß Dora, und schon der Name hätte mich stutzig machen sollen. Sie pflegte mich, wie sicher Nausikaa den göttlichen Dulder gepflegt hatte. Und sie hielt mich für einen Heros, für einen Übermenschen, für einen Mann auf alle Fälle, der Übermenschliches geleistet hatte. Und ich hatte den Flug doch nur gewagt (um ganz ehrlich zu sein), weil er mir alles in allem wohl eine halbe Million Dollar eingebracht hätte, und damit hätte ich meine Schulden zahlen können... Aber versuchen Sie einmal zu widerstehen, wenn eine Frau Sie anbeten will... Sie lassen es sich gefallen, sie zitieren Homer, plötzlich sind Sie in eine ganz literarische Situation verstrickt, und wenn eine Situation einmal literarisch wird, dann sind Sie rettungslos verloren... Die Literatur macht es sich so einfach. Da gibt es wenig tägliche Sorgen, und wenn einer Schulden hat, gewinnt er das große Los oder begeht Selbstmord – zwei schöne, endgültige Lösungen, nach denen der Roman schließen kann...

Mein Roman läuft weiter, und es ist kein Roman mehr. Es ist alltägliche Wirklichkeit, und die ist schwerer zu formen. Jawohl...

Und doch, beachten Sie einmal, wie klug das Leben im Grunde ist. Es hat mich gewarnt, es hat mir gezeigt, wie kitzlig im Grunde diese ganze Nausikaa-Situation war (ent-

schuldigen Sie den Ausdruck). Das Leben, es hatte mich einmal an die Insel Graziosa gespült, hatte mir deutlich gesagt: Hier hast du das Glück, das du ersehnst, hier hast du die kleine Königstochter und den Vater, der König ist. Und zugleich hatte es mir eine Lektion erteilt – das Leben. Messerstiche, Eifersucht der Bevölkerung, so als wolle es sagen: Es ist aussichtslos, das Ganze, sobald man nicht eine Penelope daheim hat, die jede Nausikaaverführung neutralisiert. Ich hätte mich nach einer Penelope umtun sollen, aber ich war immer gehetzt. Das ist wohl meine Entschuldigung, bleibt wohl meine Entschuldigung... Ein gescheiter Kerl war Odysseus. Er beugte vor. »Nur keine Sentimentalitäten!« sagte er, und schlau wie er war, pries er den am glücklichsten – makartatos exochon allon –, der durch die Gabe reicher Brautgeschenke Nausikaa in sein Haus werde führen können... Mit reichen Brautgeschenken... Nausikaa war schon reich, aber ihr Zukünftiger mußte auch Geld haben. Und Odysseus war ein Schiffbrüchiger, der nicht einmal ein Hemd hatte... Das konnte nicht gut enden...
Auch ich war ein Schiffbrüchiger, auch ich hatte kein Hemd... und Dora war reich. »Es wird für uns beide langen«, sagte sie, »mein Vater hat Geld...« Er war nicht gerade reich, er war wohlhabend, ein Weinhändler aus der Provence, der in Paris ein kleines Vermögen erworben hatte und eine Schwedin geheiratet hatte – darum waren Doras Haare blond...
Ich bin von Nausikaa geheiratet worden... Das ist ein trauriges Los. Ich werde nie mehr eine Penelope finden. Sie werden es mir ersparen, Ihnen unsere Verlobungszeit zu schildern... Ich spielte meine Rolle gut, nur allzu gut. Der Vater war dagegen, die Mutter war dafür... In New York haben wir uns trauen lassen... Der Vater bezahlte meine Schulden. Dann sollte ich noch einmal versuchen, den Ozean zu überqueren. Aber ich hatte genug und drückte mich. Das war die erste Enttäuschung für Dora-Nausikaa... Wir kehrten nach Frankreich zurück. Der Vater ver-

lor sein Geld in einem Schwindelunternehmen. Ich sollte Arbeit suchen...

Wissen Sie, solange man allein ist und einem Traum nachjagt, ist man fähig, etliche Verrücktheiten zu begehen – um Geld zu verdienen? Um Nausikaa zu finden?... Aber wenn Sie einmal mit Nausikaa verheiratet sind, ist der Traum zu Ende. Sie kann nicht einmal ein Beefsteak ordentlich braten! Und Nausikaa konnte Wäsche waschen. Ich gebe meine Smokinghemden in eine Wäscherei. Der alte König säuft, die alte Königin ist recht lieb zu mir, sie braut mir jeden Abend einen starken Kaffee, das kann sie... Und Nausikaa? Nausikaa verwelkt und liest Alexandre Dumas, Victor Hugo und Musset. Den Grafen von Monte Christo hat sie schon dreimal gelesen... Und Blicke wirft sie mir zu! Verstehen Sie jetzt, daß ich lieber in einer Bar sitze und Fremde abkonterfeie? So geht die Nacht herum... Am Tage schlafe ich. Man kann mir daheim nicht viel vorwerfen... Ich bringe Geld, nicht viel, es langt gerade... Und dann hab ich ein paar gute Kameraden, Flieger, die manchmal hierherkommen, und kleine Freundinnen, in allen Ehren natürlich, wie Berthe zum Beispiel – ich bin kein Schürzenjäger... Man arrangiert sich sein kleines Leben, es ist nicht mehr heroisch, es ist still geworden... Die Menschen sind interessant, besonders wenn sie sich zeichnen lassen oder wenn man sie beobachten kann, welche Mühe sie sich geben, lustig zu sein, wenn sie sich einmal vorgenommen haben, sich zu amüsieren...

Berthe, mein Kind, wach auf. Dein Kopf war sicher den starken Schultern des Herrn ein leichtes Gewicht. Aber nun will er heim... Ich werde dich bis zum Métro begleiten, und wir fahren zusammen bis Denfert-Rochereau. Dort muß ich umsteigen, und du fährst weiter.

Und Ihnen, mein Herr, danke ich für das freundliche Zuhören. Hier ist Ihr Porträt, es kostet hundert Franken, was in der Währung Ihres Landes nur wenig macht. Und morgen werde ich die zehn Prozent beim Wirt einziehen, die zehn Prozent, die ich von unseren geleerten Flaschen zugute

habe ... Die Putzfrau erscheint. Louis, der Herr will zahlen, er ist ein nobler Herr, du wirst zufrieden sein, Louis ...
Und dann, mein Herr, vergessen Sie nicht, Berthe ein kleines Geschenk zu machen. Sie hat bei uns ausgeharrt – ein Mädchen hat an Ihrer Schulter geschlafen, diese Augenblicke werden eine schöne Erinnerung für Sie sein, Sie werden an Paris nicht als an einen Ort des Lasters denken ... Glauben Sie mir, die zarten Erinnerungen sind die schönsten ...
Und Sie werden zurückkehren zu Ihrer Penelope. Denn dies sehe ich Ihnen an, Sie haben eine Penelope gefunden. Halten Sie sie fest, auch wenn Sie sie manchmal langweilig finden, auch wenn Sie sich sehnen nach Abwechslung, nach einer ... Nausikaa. Seien Sie dankbar, mein Herr, dankbar dem Schicksal, dankbar dem Leben. Sie haben die Sicherheit – auch wenn es Ihnen einmal schlechtgeht –, jemand wird Ihnen zur Seite sein, der mit Ihnen steht und fällt ... Das ist viel, mein Herr, glauben Sie mir das, und dies ist die »moralité« meiner Geschichte ...
Denn, mein Herr, ich bin Moralist. Ich kenne mich ein wenig aus in den Menschen. Sie traten so unternehmungslustig in dies Lokal. Sie wollten sich eine vergnügte Nacht leisten, mein Herr, einen kleinen Seitensprung. Die Frau wird es nie erfahren, dachten Sie. Penelope sitzt daheim und hütet Telemachos. Ich bin noch jung, dachten Sie, Abwechslung muß sein. Und Sie suchten mit den Augen nach einem hübschen Gesicht ...
Nun, mein Herr, ich habe mich an Sie herangemacht. Ich habe Sie gezwungen, mir zu einem Porträt zu sitzen, ich habe Sie mit Berthe, dem Kinde, tanzen lassen, denn ich kenne Berthe, sie ist lieb und gut, sie kann reden, aber sie ist ungefährlich wie jedes Mädchen, das daheim Kummer hat ... Und dann habe ich Sie festgehalten, die ganze lange Nacht ... Danke, Paul. Geben Sie Paul, dem Chasseur, auch ein Trinkgeld, er ist sechzehn Jahre alt und müde; siehst du, Paul, das ist ein nobler Herr, schlaf wohl, mein Junge ... Sagte ich Ihnen nicht, daß der Nebel dicht sein wird in den Straßen ...

Wünschen Sie ein Taxi?... Hole dem Herrn ein Taxi, Paul... die ganze lange Nacht habe ich Sie festgehalten mit meiner Erzählung von Nausikaa, und Sie haben gut zugehört... Und glauben Sie, ich hätte dies getan, um hundert Franken für meine schlechte Zeichnung herauszuschinden? Weit gefehlt, mein Herr. Ich habe es getan, um Ihrer Penelope einen kleinen Dienst zu erweisen... Sie sind kein Odysseus, Sie sind ein seriöser Herr, Sie sollen seriös bleiben... Es klingt reichlich moralisch, ich weiß es. Aber glauben Sie, Ihre Frau hätte nichts gemerkt? Penelopen haben den Fehler, klug zu sein. Sie hätte es erraten, sie hätte nichts gesagt, aber sie hätte gelitten, mit einem kleinen Lächeln in den Mundwinkeln. Sie saß den ganzen Abend neben Ihnen, haben Sie das nicht bemerkt? Ich habe sie gesehen, Ihre Penelope, sie hat große Augen, sie ist nicht schön, ihre Freundinnen behaupten, sie hätte Kuhaugen, und vergessen, daß Juno, die große Göttin, bei Homer immer die Kuhäugige heißt, was sicher ein Kompliment war... Hier kommt Ihr Taxi, mein Herr, steigen Sie ein. Ich will dem Chauffeur noch sagen... Hören Sie, Jean, überfordern Sie den Herrn nicht, er ist ein Freund von mir... Wissen Sie, ich kenne alle Chauffeure hier in der Gegend...

Und nun schlafen Sie wohl, mein Herr, gehen Sie morgen Ihren Geschäften nach, bringen Sie Penelope das Bild, das ich von Ihnen gezeichnet habe... Und grüßen Sie Madame sehr ehrfürchtig von einem, der auf Nausikaa hereingefallen ist...

Juliette

Lege dich nicht auf die Kiesel, sie sind hart. Aber auf dem Hügel unter den Korkeichen, von deren Stamm sie die Borke geschält haben, ist der Boden weich. Und auch das Meer kannst du sehen. Lange genug bist du geschwommen; hab keine Angst, auch dort oben wirst du nicht frieren. Der Wald ist gedeckt gegen den Wind, der von den Bergen kommt; und durch die Blätter dringt die Abendsonne noch warm und geduldig.

Liegst du gut? ... Komm, ich will dir noch meinen Bademantel unter den Kopf legen; ich bin zufrieden mit dieser Wurzel ... Sieh, durch die Blätter flimmert der Himmel, wie eine bunte Zimmerdecke im Fiebertraum ...

Schläfst du? ... Du hast nur die Augen geschlossen, weil das Licht dich blendet? Frierst du nicht? ... Du bist noch feucht und riechst nach Meer ... Warum ich lache? ... Weil nicht viel gefehlt hätte und ich läge nicht neben dir, hier, wo es warm ist und hell und die strengen Berge Linien zeichnen gegen die Wolken, die stets am Vergehen sind ... Und weißt du, gerade hier muß ich an die graue Stadt denken, die fast niemals Sonne hatte. Dort gilbten die Blätter schon im Juli, denn voll Staub und voll giftiger Gase war die Luft. Immer sank dort der Regen, der schwarze Regen, der Flecken zurückließ auf der Haut. Klein waren die Menschen, die durch die Straßen liefen, häßlich, mit schwarz gesprenkelter Haut.

Laß mich nachdenken. Wo habe ich sie nur zuerst getroffen? Sonderbar, sogar ihren Vornamen habe ich vergessen. Deutlich sehe ich nur ein Bild von ihr: Sie saß auf meinem Bett, es war Nacht, die Knie hatte sie gegen das Kinn gedrückt und starrte ins Leere. Manchmal erzählte sie.

Damals wohnte ich in einem möblierten Zimmer, das mit einem Kochherd und mit Kochgeschirren vermietet wurde. Ein Tisch stand darin, zwei wacklige Stühle und ein sehr breites Bett.

Wie ich das nur vergessen konnte!... Natürlich, im Zirkus hatte ich sie getroffen. Sie saß neben mir in der leeren Stuhlreihe, die Vorstellung war schlecht besucht. Zuerst bemerkte ich sie nicht. Dressierte Hunde wurden vorgeführt, und diese fesselten mich sehr. Sie starrte mich an, und dann mußte ich sie doch ansehen...

Warum kehrst du dein Gesicht ab? Stört dich die Sonne? Bald wird sie untergehen, und der warme Abend ist dann da, der seinen schweren Mantel über das Meer legt.

Was ist schließlich ein Gesicht? Man kann es beschreiben. Aber von den Worten zum Bild ist ein weiter Weg, den keiner schier zurückzulegen vermag. Wenn ich dir diese Frau schildere, siehst du doch nur einen zerfließenden Schatten vor dir...

An deiner Hand sehe ich, daß du ungeduldig wirst. Komm, laß mich deine Finger halten, damit du nicht meinst, ich sei fort. Immer bin ich da, auch wenn ich Vergangenes träume, Vergangenes, das irgendwann doch Gegenwart war.

Die Straßen waren mit dickem Nebel angefüllt, als wir durch das Tor traten. Im Zirkus selbst hatten wir nicht miteinander gesprochen, aber sie fühlte wohl, daß ich ihr die Stufen hinunter gefolgt war. Denn sie zögerte auf der Straße, schritt nur langsam aus, so, als habe sie Angst, mich zu verlieren. Ich bin sehr ungeschickt, wenn es gilt, Frauen anzusprechen. Das kennst du ja. Wenn du mir damals nicht zugenickt hättest, weißt du, an jenem Abend, als wir zum erstenmal zusammen tanzten, wir hätten uns wohl verfehlt. Ganz anders als du war sie, als du, die du schlank bist und blond. Nicht ganz so groß wie du, breiter gebaut, mit sehr dunklen Haaren und einem runden Gesicht. Ich ging neben ihr und begann zu sprechen, ohne Begrüßung. Von den Hunden erzählte ich, die wir gesehen hatten. Sie schwieg. Ich aber wollte ihre Stimme hören. Wo sie denn wohne, fragte ich sie. Da sprach sie zum erstenmal: sie sei Krankenschwester.

Siehst du, wieder will ich in den Fehler verfallen, dir ihre Stimme zu schildern. Nachmachen könnte ich sie nicht, und wenig Worte stehen uns zur Verfügung, um den Ton einer Stimme zu verdeutlichen. Es war die Stimme einer schweigsamen Frau, die des Redens ungewohnt ist, nicht aus Schwerfälligkeit oder Dummheit, sondern, so schien es mir, aus Angst vor dem entstellenden Wort und Klang. Eine graue Stimme, möchte ich sagen. Irgendwo klirrte ein Sprung darin, ein seelischer Riß wohl mehr als eine Verletzung der Stimmbänder.

Du lächelst? Ein wenig höhnisch wohl... Nun, mach dich nur lustig über mich und meine papierenen Vergleiche... Du schüttelst den Kopf?... Und willst nicht sagen, warum du mich auslachst?...

Ich begleitete sie bis vors Spital. Was wir noch gesprochen haben, ich weiß es nicht..., denn ich war es wohl, der die ganze Zeit redete. Ich war damals ziemlich einsam, und dann geschieht es eben, daß er plötzlich losbricht, der Redestrom.

Sie machte mir selbst den Vorschlag, mich besuchen zu kommen. Sie sprach ganz natürlich; sie sagte: »Wo wohnen Sie? Ich werde morgen abend zu Ihnen kommen.« Ich gab ihr meine Adresse.

Nun saß sie in meinem Zimmer auf einem der Stühle. Es war warm. Vor den Fenstern stand eine zähe Dunkelheit.

Du kannst dir diese Dunkelheit nicht vorstellen, besonders hier nicht, wo der Abend klar und hell, die Nacht aber getränkt ist von dem Licht, das ihr der Tag schenkte. Dort brennt die hellste Lampe trüb wie ein Grubenlicht, es ist, als steige die Dunkelheit mit den Kohlen empor aus den Schächten, als vergifte sie jegliches Licht.

Sie sagte, sie habe Hunger, sie sei gleich nach dem Dienst aus dem Spital fortgelaufen. »Du hast mir gefallen«, sagte sie. Ich war nicht weiter erstaunt über das Du. Sie sah erhitzt aus. Auch daß ich ihr gefalle, freute mich. So lange hatte niemand nach mir gefragt, und nach diesen Worten lockerte sich das Einsamsein.

Ich brachte eine Serviette, die ich über den Tisch breitete, ich selbst hatte auch noch nicht gegessen. Eine Fleischsuppe hatte

ich gekocht, mit viel Gemüse drin. Das ganze Zimmer roch danach.
Zwischen uns stand die Petroleumlampe; zackig leuchtete die Flamme durch den staubigen Zylinder. Weißt du, wenn man allein ist, hat man keine Lust zum Putzen.
Jetzt habe ich ganz deutlich den Geschmack des Roßfleisches im Munde, das ich damals gekocht hatte. Roßfleisch war billig und nahrhaft, und ich hatte wenig Geld. Viel hat sich ja seither nicht geändert. Und an die Fische, die hier nach dem harten Licht schmecken, das über dem Meere liegt, mußte ich denken, nur wegen des Roßfleisches. Ich arbeitete damals in einem Büro, so Übersetzungen, weißt du. Und vorher hatte ich in den Gruben auf Nachtschicht gearbeitet.
Immer schweife ich ab, weil es so schwer ist, von dieser Sache zu erzählen. Geschehen ist ja weiter wirklich nichts. Nun, eingescharrt wäre ich fast worden, dort oben, in der kalten, schwarzen Erde, die vollgesaugt ist mit Feuchtigkeit. Zuerst erzählte sie vom Spital. Sie schien seit dem ersten Abend ein Hindernis beiseite geschafft zu haben, denn ihre Rede war zusammenhängend, obwohl die Worte nur langsam von den Lippen geformt wurden, diesen Lippen, die viel Farbe hatten, obwohl sie nicht geschminkt waren.
Sie sprach von den Kranken, besonders von denen, die noch zäh am Leben hingen und sich wehrten, obwohl keine Hoffnung mehr für sie war. Diese pflege sie mit Vorliebe, und im Spital rufe man sie auch immer zu diesen Fällen; denn die Wirkung ihrer Gegenwart sei bekannt. Ganz ohne Beruhigungsmittel käme sie aus, sie brauche sich nur neben den Kranken zu setzen, der ungebärdig sei; er werde sogleich still, wenn sie seine Hand nehme, und dann bleibe sie bei ihm, bis er erlöst sei. Erlöst, sagte sie.
Wieso erlöst? fragte ich, sie sei doch sicher gläubige Katholikin wie all ihre Landsleute. Sie wurde verlegen. Ja, antwortete sie, gläubig sei sie wohl, aber sie wisse, daß die Kranken, die neben ihr stürben, Ruhe gefunden hätten.
Daß sie weder in die Hölle noch ins Fegefeuer kämen, son-

dern auf dem geradesten Wege ins Paradies? Ich mußte lächeln, während ich diese Frage stellte. Aber sie blieb ernst. Weder ins Paradies noch in die Hölle, entgegnete sie, nicht einmal ins Fegefeuer. Sie würden sich auflösen, wie Rauch in klarer Luft (diesen Vergleich gebrauchte sie), und weder Schmerz noch Freude mehr empfinden ... Während sie dies sagte, blickte sie abwesend aufs Tischtuch und zeichnete mit der Gabel einen kleinen Kreis.

In der Verkürzung sah ihr Gesicht merkwürdig aus. Sehr viel flaches Weiß, nur die Wölbung der Augen warf einen scharfen Schlagschatten auf ihre Wangen. Es sah aus, als seien an diesen Stellen zwei dunkle Löcher.

Ich schwieg und betrachtete sie. Ihre Kleidung war streng; eine schwarze Bluse, die den Hals in einen schwarzen Seidenkragen einschloß. Auch um die Handgelenke legten sich breite Seidenbänder. Die Finger waren kurz und stumpf. Ich bat sie, mir ihre Handfläche zu zeigen. Das, was die Handdeuter die Lebenslinie nennen, war tief eingegraben, reichte kaum bis zur Mitte des Daumenballens und wurde in kurzen Abständen von vielen Fältchen senkrecht durchschnitten.

Auch dir soll ich aus der Hand weissagen? Das kann ich nicht, dazu muß ich ein wenig betrunken sein, und auch dann stimmt es gewöhnlich nicht. Und sind wir nicht vernünftig geworden, wohl allzusehr? Hände oder Sterne, wir glauben nicht mehr an sie, darum glauben auch die Linien, die stets sich kreuzenden, nicht mehr an uns.

Wir sprachen nicht mehr viel. Sie half abwaschen, dann wollte sie noch mein Zimmer in Ordnung bringen, holte sich sogar einen Besen von meinen Nachbarsleuten. Ich lag derweilen faul auf dem Bett und rauchte. Sie rauchte nicht. Ich begleitete sie wieder heim. Ein feuchter Schnee fiel, die Straßen waren schlüpfrig, sie nahm meinen Arm. Ihr Mantel war aus weichem Stoff und fühlte sich an wie die Haut eines Tieres. Sie war nur wenig kleiner als ich. Dann fiel ein Gitter zu, sie stand einen Augenblick als schwarzer Schatten in einer erleuchteten Tür und winkte kaum merklich.

Es wird wohl ein Zufall gewesen sein, daß ich auf dem Rückwege von Betrunkenen angerempelt wurde. Drei waren es, klein zwar, aber breit in den Schultern, mit muskulösen Armen, die lang waren, wie die der Affen. Ich verteidigte mich, den Rücken gegen eine Häuserwand gelehnt. Ganz in der Nähe brannte eine Laterne. Eine Messerklinge spiegelte deren Schein und zuckte wie eines jener bengalischen Zündhölzchen in Kinderhand. Das Messer traf mich nicht. Ich erhielt nur einen starken Schlag auf die Schläfe und fiel hin.
Als ich aufwachte, lag eine dünne Schicht nassen Schnees auf mir. Meine Zunge war aufgequollen und schmeckte schlecht. Ohne Sterne war der Himmel; ich hinkte heim, und mir war sehr übel.
Am nächsten Tage war ich krank. Wohl ein wenig erkältet, mit Fieber und einem dumpfen Kopf. Zum erstenmal empfand ich die Trostlosigkeit meines Zimmers; es war auch noch nie vorgekommen, daß ich in ihm einen Tag zubrachte. Sonntags war ich sonst immer vor seiner Düsternis geflohen, in irgendein Café, und dort geblieben bis zur Dunkelheit, manchmal auch bis tief in die Nacht hinein. In einem Café macht eben die Einsamkeit viel mehr Spaß. Gegen Mittag stand ich auf und kochte mir Tee. Es war still im Haus. Meine Nachbarsleute hatten keine Kinder, der Mann rückte am Morgen aus in die Grube, die Frau schlief lange, und dann beschäftigte sie sich so geräuschlos, daß ich manchmal meinte, der Raum neben meinem Zimmer sei unbewohnt.
Dann schlief ich wieder ein. Mein Zimmer war dunkel und kalt, als ich wieder erwachte. Mir tat der Rücken weh, auch fror ich.
Auch jetzt noch bekomme ich die Gänsehaut. Sieh, mein Arm ist ganz rauh ... aber das vergeht wieder ... Ja, du hast recht, auch der Körper erinnert sich. Warum sollte nicht auch er manchmal in der Vergangenheit leben, wenn es der Seele so gut gelingt.
Ich zog mich an, die Decke auf meinem Bett war dünn, dann legte ich mich wieder hin. Ich war viel zu müde, um die

Lampe anzuzünden. Irgendeine trübe Laterne, draußen in dem Hof, auf den mein Fenster ging, spritzte schmutziggelbe Flecken gegen die Zimmerdecke. Auch meine Uhr war stehengeblieben.

Und in dieser Dunkelheit, in der das Fieber summte und gärte, sah ich die sonderbare Frau wirklich zum erstenmal. Ihr Bild war deutlich, greifbar und sehr nahe, sie lächelte mit geschlossenem Munde, so als habe sie etwas zu verbergen. Dann fiel mir ein, daß ich nicht einmal wußte, wie sie hieß. Auch ihren Vornamen kannte ich nicht, und darum sehnte ich mich nach ihr. Ich wollte fragen, vieles wollte ich sie fragen. Und dann wußte ich plötzlich, daß sie draußen vor der Türe stand.

Es war ihr Klopfen, das nun kam, und ich rief: »Herein.« Sie hatte Blumen mitgebracht, nach dem Geruch mußten es Chrysanthemen sein. Leise sagte die Frau: »Guten Abend«, trat an den Tisch, zündete die Lampe an; sie fand sie ohne weiteres im Dunkel. Und dann legte sie die Blumen auf den Tisch.

»Wie heißt du eigentlich?« fragte ich.

»Juliette.« Und nach einer Weile: »Bist du krank?«

Ich nickte. »Du hast sicher Hunger«, meinte sie. »Soll ich dir etwas kochen?« Sogar eine Schürze hatte sie mitgebracht, eine weiße Schürze, die nach Chlor roch. Sie kniete nieder vor dem Herd, räumte die Asche aus, schnitzte Späne. »Du wirst dich ganz schmutzig machen«, sagte ich. »Soll ich dir helfen?« Sie schüttelte den Kopf. Sie schüttelte den Kopf mit großer Energie. Ihr Haar ging auf, es lag als Knoten auf ihrem Nacken. Nun fiel der Zopf, ein dicker Zopf, über die schwarze Bluse und stach doch schimmernd braun ab von dem dunklen Grunde. Ich habe später oft mit diesem Haar gespielt, es gekämmt, geflochten. Weißt du, meine Mutter hatte ebensolche Haare, und als sie starb, habe ich immer weinen müssen, wenn ich an das Haar der Mutter dachte …

Juliette blieb die Nacht bei mir, und seltsam war diese Nacht. Die Frau saß am Fußende des Bettes, die Knie gegen das Kinn gedrückt, und starrte in das Licht der Lampe. Gegen Morgen erlosch die Lampe. Juliette aber blieb sitzen. Manchmal erzählte sie zwischendurch einiges, in ihrer langsamen, schweren Art...

Zweimal sei sie verlobt gewesen, erzählte Juliette, und beide Male, kurz vor der Hochzeit, seien die Männer gestorben. Der eine sei eine Treppe hinuntergestürzt und habe das Genick gebrochen, der andere sei beim Abspringen von der Straßenbahn unter ein Auto gekommen. Nun glaube sie, sie bringe Unglück – wenn der Tod ein Unglück sei. Bei mir habe sie weniger Angst. Mir werde wohl nichts geschehen. Ihr komme es vor, als stünde ich mit dem Tode auf vertrautem Fuß. Ich mußte ihr recht geben. Ich dachte oft und gern an den Tod. Unangenehm war mir nur der Gedanke, dort oben in der verwässerten, schmutzigen Erde zu liegen. Aber das war doch nur ein Vorteil.

»Auf Wiedersehen«, sagte sie, als sie mich am Morgen verließ. Ich fragte sie nicht, wann sie wiederkommen wolle. Es war zuviel Unwahrscheinliches in ihrem Kommen. Da nützten präzise Fragen nichts.

Damit ging ich ins Büro und arbeitete halb im Schlaf. Es waren ja immer die gleichen Briefe, die ich zu übersetzen hatte. Aber die Frage, die ich am vorigen Abend nicht gestellt hatte, quälte mich den Tag hindurch: Ob sie wohl wiederkommen würde, heute schon?

Sie kam. Wieder zündete sie die Lampe an. Dann setzte sie sich zu mir und legte den Kopf an meine Schulter. Auch ihr Haar roch ein wenig nach Chlor. Ich wußte nicht, an was mich dieser Geruch erinnerte; es hing mit Gräbern zusammen.

Dann schlief sie ein. Ich legte sie zurecht und blieb neben ihr sitzen. Auf ihrem verschlossenen Gesicht lag viel Müdesein.

Die nächste Zeit war seltsam. Ich weiß eigentlich heut noch nicht, war ich in sie verliebt oder nicht. Liebe, mußt du wissen, hat verschiedene Masken. Ich nannte sie »sœurette«, es klingt zärtlicher als das deutsche »Schwesterlein«. Sie kam allabendlich zu mir, blieb manchmal die ganze Nacht, hin und wieder ging sie schon um zehn Uhr fort. Dann lag ich noch wach und dachte an sie. Es waren verworrene Gedanken. Als ob ich sie seit Ewigkeiten kennen würde, so war es; in mein Kinderzimmer war sie getreten, als ich noch klein war, und hatte mit mir gespielt. Und früher noch, vor diesem Kinderzimmer, war sie dagewesen, in jenem dunklen Reich, das voll Trostlosigkeit ist und Versunkensein. Aber ihre stete Gegenwart machte auch die Finsternis jener zeitlosen Ewigkeiten erträglich, in denen kein Tag ist, nur der Schein verblichener Sterne.

Hier, auf Erden, schlichen wir aneinander vorbei wie Schatten, die ihren Leib verloren haben. Manchmal sprach ich von diesen Dingen zu ihr. Dann kam jenes Lächeln wieder, jenes Lächeln mit geschlossenem Mund, das in einem meiner Träume auf ihrem Gesicht entstanden war, bevor ich es in Wirklichkeit gesehen hatte.

Während der Zeit, in der ich mit ihr zusammen war, gab es nur einen Ansatz zu einem Unglück. Wir waren zusammen in die nahe Hauptstadt gefahren, an einem Samstagabend, den Sonntag wollten wir dort verbringen. Der Zug stand still, ich stieg zuerst aus; als ich einen Fuß auf den Bahnsteig setzte, ruckte der Wagen und fuhr einige Meter zurück. Ich warf mich nach vorn und fiel auf die Knie. Juliette stand bleich hinter mir. »Fast wärest du unter den Zug geraten«, stotterte sie. Aber nur der obere Teil ihres Gesichtes zeigte Angst: Die Augen, die gefurchte Stirne; geschlossen lächelte der Mund.

Nach einem Monat merkte ich erst, wie stark ich mich verändert hatte. Ich ging nicht gerne in das Büro, das kannst du mir glauben. Aber nun kam eine Gleichgültigkeit über mich, die ich früher nicht gekannt hatte. Ich verließ meine Stellung und blieb tagsüber zu Hause. Und wartete. Auf was ich wartete, weiß ich nicht, oder besser, ich kann es nicht beschreiben. Ich war immer müde, lag auf dem Bett und redete mir ein, ich warte auf den Abend. Denn am Abend kam sie, immer pünktlich. Aber doch wußte ich, daß ich auch in den Stunden, in denen sie bei mir war, auf etwas wartete. Und sie fühlte es. Einmal erzählte ich ihr, ich hätte fast kein Geld

mehr. Es war eine Lüge, ich hatte noch eine kleine Summe auf der Bank, aber diese wollte ich nicht angreifen. Es war meine Reserve, eine unbewußte Vorsicht vielleicht. Sie bot mir sogleich Geld an. Und ich nahm es.
In der letzten Zeit sprach sie viel vom Tode. Ich wußte genau über die Kranken Bescheid, die in ihrer Pflege starben. Manchmal fragte ich sie auch, was aus uns werden solle; ob wir heiraten wollten, sie habe doch Familie, und im Spital würde doch sicher über unsere Freundschaft geklatscht. Sie zuckte mit den Achseln und schwieg. Nur einmal sagte sie: »Wir werden wohl bald erlöst sein.« Ich lachte ein wenig über diese Antwort.
An einem Abend kam sie nicht, auch am nächstfolgenden fehlte sie. Ich lag in meinem Zimmer und wartete. Viel habe ich nicht gegessen in diesen Tagen und Nächten. Und dann lag ich immer im Dunkeln. Ich durfte die Lampe nicht anzünden, das war ihr Amt und nicht mehr meins. Manchmal war es mir, als riefe sie nach mir. Ihre Stimme war dünn und ängstlich. Endlich am dritten Tag ging ich ins Krankenhaus und fragte nach ihr.
Der Portier war mürrisch. Sie sei gestorben, sagte er, und das Begräbnis sei morgen. Dann schlug er das Tor zu.
Es war etwa vier Uhr nachmittags. Ich ging auf die Bank und holte mein Geld. Aber glaubst du, daß ich wußte, was ich damit anfangen sollte? Einen Augenblick freuten mich die Scheine. Ich könnte damit irgendwohin essen gehen, dachte ich, und nachher in den Zirkus oder ins Kino. Aber dann verschwanden diese Wünsche wieder, und es war sehr einsam auf der Straße. Die Wolken am Abendhimmel waren fettigrot wie zerlaufene Schminke. Darum hab ich sie immer rufen hören, dachte ich, das war, weil sie krank war. Und nun sollte ich sie nie mehr sehen. Aber ich hatte sie doch schon früher gekannt, sie war als kleines Mädchen zu mir gekommen, damals, und sie trug ein rotes Kleidchen und erzählte Märchen. War sie es wirklich, oder hatte ich das nur als Kind geträumt?

Ich war in meinem Zimmer angekommen und packte meine wenigen Sachen zusammen. Die Miete war vorausbezahlt. Was sollte ich noch in der dunklen Stadt? Ich ging zum Bahnhof.

Dort kaufte ich eine Bahnsteigkarte, ja wirklich, ich habe es damals nicht gewagt, ein Billett nach irgendeinem Ort zu kaufen. Ich trat auf den Bahnsteig hinaus und ging neben den Schienen hin und her. Es waren nur wenige Leute da, die auf einen Zug warteten. Aber sie kamen mir außerordentlich unwirklich vor. So verschwommen schienen sie, ohne feste Konturen. Nur einen gelben Herrn sah ich deutlich, der in einem dicken Pelzmantel zu frieren schien. Ich dachte, er kommt sicher aus den Tropen und ist leberkrank. Oder vielleicht ist die Galle nicht in Ordnung. Auch er muß bald sterben. Das letzte muß ich wohl gesagt haben, denn der Herr sah mich an. Die Pupillen seiner Augen waren groß. Ich nickte ihm zu, und er kehrte sich ab.

Dann ging ich auf und ab. Plötzlich wurde es dunkel. Der Bahnhof verschwand, überall lagerten nächtliche Wolken, darüber glänzten faustgroße Sterne und gaben ein mildes, goldenes Licht. Fast sah es aus wie die Dekoration zu einem Zaubermärchen, aber es war viel wirklicher, ohne den widerlichen Beigeschmack der Kartonkulissen. Auf diesen Wolken kam ein Wagen näher gerollt, den vier schwarze Strauße zogen. Die Schwanzfedern der Vögel wehten wie Wimpel, und solche Federbüsche hatte ich auch auf den Köpfen der Pferde gesehen, die einen Leichenwagen zogen. Der Wagen war schwarz, sah aus wie eine altertümliche Chaise. Juliette saß darin. Neben ihr war noch ein Platz frei. Sie winkte mir und sprach – scheinbar. Denn ich hörte keinen Laut. Jetzt erst fiel mir die große Stille auf, die über den Wolken lag. Dann hielt der Wagen an, ich wollte einsteigen, da hörte ich einen dumpfen Donner, dessen Rollen immer mehr anschwoll. Und eine Hand packte mich am Arm.

Ich sah das Gesicht des gelben Herrn. Der Mund darin arbeitete heftig, aber ich verstand kein Wort. Der Donner rollte an meinen Ohren. Da stand ich auf dem Bahnsteig, und eine Schnellzugslokomotive fuhr an mir vorbei. Auf einem Puffer wehte etwas, das aussah wie ein schwarzes Kleid. Ich wollte mich losreißen, dort saß doch Juliette, und ich mußte zu ihr. Aber der gelbe Herr hatte knochige Finger, die hielten mich fest. Nun verstand ich auch, was er schrie (er mußte schreien, der Zug lärmte und pfiff). »Was sind das für Sachen«, schrie der gelbe Herr. »In die Maschine hineinzulaufen. Wollen Sie sich umbringen?«

Ich muß ihn ziemlich dumm angesehen haben, denn er lächelte ein wenig. Dann sah er mich an, so, von oben bis unten, wie etwa ein Roßtäuscher ein Pferd ansieht, das er kaufen will. Inzwischen hatte sich der Zug beruhigt. »Bißchen melancholisch? He?« sagte der gelbe Herr. »Luftveränderung notwendig? Wie?« Er hatte eine Stimme, die sich bei den Fragewörtern überschlug. »Liebeskummer? Was?« Er lächelte immer noch, seine Zähne waren gelb und breit. »Stenografie? Maschinenschreiben? Ja?« Ich nickte. Sein Sekretär sei krank geworden, ob ich mitkommen wolle? Er müsse seine Memoiren weiter diktieren. Er schwenkte ein Fahrscheinheft, packte mich am Arm und schleppte mich in den Zug. Wir fuhren nach Paris.

Ich bin nicht lange bei ihm geblieben. Seine Memoiren waren wirklich schlecht, und ich konnte seine Stimme nicht mehr hören. Aber ich muß ihm wohl dankbar sein. Sonst läge ich wahrscheinlich doch in der feuchten Erde dort oben.

Du schweigst?... Es war doch eine so schöne Geschichte. Aber jetzt will ich meinen Kopf auf deine Schulter legen. Dein Arm ist kühl, und deine Haut schmeckt noch ein wenig nach dem Salz des Meeres. Später wollen wir durch die Rebberge heimgehen und nach reifen Trauben suchen. Die Beeren werden noch warm sein von der Sonne... Ja, und weißt du... Schwestern sind eben selten im Leben, man findet sie nur, um sie wieder zu verlieren. Aber nach dem Tode wird das Leben ja so lange sein. Man muß nur Geduld haben...

Mensch im Zwielicht

Autobiographische Aufzeichnungen

Es gibt Erinnerungen, die wie schillernde Blasen sind. Nach vielen Jahren steigen sie plötzlich auf in einer Nachtstunde, wachsen und wachsen, wollen nicht zerplatzen, sondern blenden die Augen unter den geschlossenen Lidern. Und doch hat man diese Erinnerungen manchem erzählt – vielleicht nur, um sie loszuwerden.

Es gab eine Zeit, da man nicht weiterwußte, weil der Weg vermauert war; da lag man auf einem Ruhebett und mußte einem Manne erzählen von der Kindheit, die man durchlebt hatte; er war unsichtbar, denn er saß einem zu Häupten in einem Ruhestuhl. Im Grunde war es kein richtiges Erzählen – »assoziieren« nannte man diese Beschäftigung, die eigentlich eine Kur war –, eine Heilmethode …

Man lag auf einem Ruhebett, und die Erinnerungen der Kindheit stiegen auf wie Blasen, zerplatzten, und man hoffte, sie von nun an loszusein und niemals mehr das quälende Erscheinen der Bilder zu sehen.

Ein Irrtum war dies.

In den späteren Jahren stiegen die Blasen wieder auf in den Stunden der Nächte – und nun versucht man, sie endgültig zu vertreiben, indem man sie niederschreibt. Man tut dies nicht gerne, weil man unsicher ist: Werden sie andere Menschen interessieren – oder sie vielleicht bloß abstoßen? Und dann: Breitet sich nicht in jedem Leser unter der Oberfläche des Tages ein Moorgrund aus, der gärt und quält? Sind es nicht scheinbar ganz nebensächliche Dinge, die immer wieder auftauchen, schillernden Blasen gleich, überzogen mit einer dünnen Schicht blendender Farben, die schmerzen, so, als habe man die Augen aufgerissen und starre in die Sonne? Nebensächliche Erlebnisse, kleinere Erinnerungen … Und doch wirken sie weiter, bis endlich der letzte, der große Schlaf uns von ihnen erlöst.

Sie wirken und verändern uns. Sie führen uns Wege, die wir nur ungern gegangen sind. Bisweilen machen sie uns krank und unzufrieden und ängstlich. Die Tage leiden unter den schillernden Blasen, die in den Stunden der Nächte aufgetaucht sind und Zeit gebraucht haben, bis ein Platzen sie hat verschwinden lassen. Und oft, wenn in der Dunkelheit die dünne, farbig-blendende Haut der Blase mich gequält hat, denke ich an die Menschen, die uns führen wollen. Ich weiß dann, daß auch sie gequält werden, daß auch in ihnen der Sumpf brodelt; und wenn sie dann, diese Inhaber der Gewalt, schiefe Wege gehen, kann ich sie nicht verurteilen. Denn ich denke, daß auch sie in den schlaflosen Stunden, da sie versuchen zu lesen – und jeder Satz, den ihre Augen aufnehmen, prallt ab und dringt nicht ein, weil zwischen Satz und Aufnehmen sich breitmacht die schillernde Blase, und farbig auf ihrer Oberfläche die Erinnerungen gaukeln. Manchmal geschieht es, daß die Wangen rot werden, weil wir an eine Tat denken, von der uns viele Jahre trennen, die demnach längst vergangen ist und vergessen. Und doch lebt sie weiter...

Ich bin in Wien geboren, in den letzten Jahren des vorigen Jahrhunderts. Mein Vater hatte seine Frau in Aussig kennengelernt – Aussig, jene merkwürdige kleine Stadt in Deutschböhmen, von der man jetzt manchmal hört – und vor einigen Jahren, als er schon alt war, erzählte er mir, er habe sich in meine Mutter beim Eislaufen verliebt. Er schnallte ihr die Schlittschuhe an, kniete vor ihr, dann fuhren die beiden über das Eis, und ein paar Tage später verlobten sie sich. Da aber meine Mutter die Tochter des Direktors der Schule war, an der mein Vater lehrte, mußte er eine andere Stelle suchen und wurde bald darauf Professor an der Handelsakademie in Wien.

Meine Eltern mieteten eine Wohnung in der Starhemberggasse, und dort habe ich meine ersten Jahre verbracht. Die Starhemberggasse liegt im vierten Bezirk, läuft parallel der Favoritenstraße, in der es das berühmte Theresianum – eine Art Kadettenschule – gab, und ganz in unserer Nähe stand der

Südbahnhof. Als erste Erinnerung ist in mir das Pfeifen der Züge haftengeblieben, und fast hat es mich froh gemacht, daß nun die Bahnen elektrisch betrieben werden. Die Pfiffe der Maschinen weckten immer zuviel alte Dinge in mir auf.
Da ist die Erinnerung an das Mädchen Frieda, das eines Morgens im Speisezimmer weint, weil ihm gekündigt worden ist. Ich hocke in einem kleinen Stuhle, der mit einem Tischlein verbunden ist, und dieses Gestell besitzt an seinen sechs Beinen winzige Rädchen, auf denen es weitergerollt werden kann. Das Ganze ist eigentlich ein kleiner Wagen und ich sitze darin, bearbeite mit einem Suppenlöffel eine feuchte Semmel, bis sie wie ein kleiner Kuchen auf der Holzplatte klebt. Die Mutter aber geht im Zimmer herum, trägt einen roten Schlafrock und wischt den Staub von den Möbeln.
Da betritt das Mädchen Frieda das Zimmer und ist sonntäglich zum Ausgehen angekleidet. Das scheint mir merkwürdig, denn ich habe Frieda nie so gesehen; ihr großer Hut, den Blumen schmücken, schwankt auf ihrer Frisur – und dann nimmt Frieda Abschied von mir.
»Mama! Warum muß Frieda fort?«
»Darum!«
Die Antwort wundert mich, denn sonst spricht meine Mutter nie in so verärgertem Tone zu mir. Frieda aber hat verweinte Augen und schneuzt sich in ein großes Taschentuch.
»Bist du traurig, Frieda?«
Da nickt das Mädchen, und ich spüre, daß sie mir etwas erzählen will. Aber sie wagt es nicht, weil die »gnä' Frau« (wie man in Wien sagt) im Zimmer ist. Frieda kommt ganz nahe zu mir, beugt sich über mich und sagt: »Leb wohl, junger Herr...« Das sagt sie laut, dann schielt sie zur Seite, um zu wissen, ob die »gnä' Frau« sie hören kann und flüstert endlich: »Weil ich einen lieb hab, muß ich fort.«
»Gehen Sie jetzt!« sagt meine Mutter. Und das Mädchen stolpert zur Tür, der Blumenhut schwankt auf ihrem Kopf, und der lange Rock schleift auf dem Boden nach. Draußen pfeift ein Zug.

»Weil ich einen lieb hab, muß ich fort...«
Warum sind diese Worte in den Sumpf gefallen, als seien sie ein einziger großer Stein? Warum bleibt dieser Stein auf dem Grunde liegen, warum läßt er Blasen aufsteigen, schillernde Blasen?... Kaum dreijährig hab ich sicher nicht gewußt, was das heißt: »Weil ich einen lieb hab...« Und doch... Ich weiß gut, daß nach dem langen Pfiff des Zuges der Südbahn drunten ein Fiaker über die Pflastersteine ratterte. Es war kein Gummiradler, denn ich hörte die Räder klappern; und die Hufe der Pferde – ich weiß sogar noch, daß es sicher ein Zweispänner war – klopften, klopften... Die Gangtüre fiel zu.
Meine Mutter aber hält das Staubtuch in der Hand und steht mitten im Zimmer. Sie starrt auf den Teppich. Dann schreckt sie auf, blickt mich an und geht zum Schreibtisch. Dort fängt sie wieder an, mit dem Staubtuch zu wischen, denn dieses Möbel ist wichtig. Es ist der Tisch, an dem mein Vater arbeitete. Ich nenne den Vater »Patschika« – warum weiß ich nicht, es ist eine Erfindung, wie eine andere auch – und spreche mit ihm französisch, während ich mit der Mutter nur deutsch rede.
Nach einer Weile fragt mich die große Frau: »Was hat dir die Frieda zugeflüstert, Bub?«
Ich schweige. Die Mama putzt weiter am Schreibtisch; er hat viele Säulchen und ist aus hellbraunem, maseriertem Holz gebaut. Sie dreht sich nicht um, wischt und wischt.
Und da ich nicht antworte, schweigt auch sie. Ein paar Minuten später beginnt sie, mir das Märchen vom »Schaffhauser im grünen Tannenwald« zu erzählen. Die Frieda haben wir nie mehr erwähnt.
Manchmal, am Abend, wenn ich im Gitterbett lag, blieb die Tür vom Schlafzimmer zum Nebenraum, dem Speisezimmer, geöffnet. Denn ich hatte Angst vor der Dunkelheit, und obwohl mein Vater mit dem langen Barte der Meinung war, man müsse mich abhärten, fand meine Mutter, ich sei noch zu klein. Vielleicht hat sie mir später deshalb so gefehlt – denn sie

starb, als ich viereinhalb Jahre alt war –, weil niemand mehr diese meine Angst verstand.
Die Angst ist überhaupt etwas Unerklärliches. Jener Mann, der, sitzend in einem Lehnstuhl, mir zu Häupten, Zigaretten rauchte, jener Mann, der dachte, mir helfen zu können, indem er mich sprechen ließ und meine Träume erzählen, war der Überzeugung, Angst entstehe aus »Verdrängungen«. Ich glaubte ihm eine Zeitlang – halb und halb. Denn zu Beginn jener Kur, welche man die psychoanalytische nennt, hatte er mir folgendes eingeprägt: Die einzige Bedingung dieser Kur sei ein wohlwollender Skeptizismus – mit andern Worten: ich sei nicht verpflichtet, seinen Auslegungen zu glauben und seine Erklärungen für wahr anzusehen. Immerhin ...
Immerhin wird der »Glaube« doch verlangt, unter der Hand; denn ohne Glauben ist eine Änderung der Seele, welche in unserer Zeit die »Psyche« genannt wird, unmöglich. Glauben also ...
Damals, als meine Mutter noch lebte, kam die Zeit, da ich nicht mehr im Stühlchen hockte oder auf dem Boden herumkroch, sondern durch die Stuben lief. Bei Tisch saß ich auf einem Stuhl, und da ich klein war, lagen auf dem Sitz ein paar dicke Bücher. In der Nacht aber schlief ich immer noch im Gitterbettchen und hörte, wie meine Mutter mit meinem Vater »Nathan den Weisen« las. Denn mein Vater war in der französischen Schweiz aufgewachsen, das Deutsche machte ihm Mühe, und seine Frau wollte ihm helfen.
Ich hörte sie damals zum ersten Male, und später, als ich das Stück selber las, stieg sie wieder in mir auf, jene Geschichte von den »drei Ringen«. Sicher verstand ich sie damals nicht, doch ich sah, daß meine Mutter zwei Ringe trug, mein Vater einen, und die Geschichte, welche da am Abend laut vorgelesen wurde, erhielt Wirklichkeit.
Bisweilen auch kam Besuch, denn mein Vater war ein fleißiger Mann und arbeitete mit einem Kollegen an einer französischen Grammatik, die für die Schüler der Handelsakademie bestimmt war. Oft diktierte er meiner Mutter, und ihr Schrei-

ben war eigentlich ein Übersetzen, denn, wie schon gesagt, das Deutsche fiel meinem Vater schwer.
Den Mann mit dem langen Barte fürchtete ich ein wenig und konnte diese Furcht nur dann loswerden, wenn er mich auf den Arm nahm und mir oft und oft wiederholte, ich sei »un citoyen de la libre Helvétie – ein Bürger der freien Schweiz«. Ich wußte weder, was ein Bürger war, noch kannte ich das Land, dem ich angehören sollte, und doch war ich stolz, daß ich in einer in Wien unverständlichen Sprache etwas zu sagen vermochte.
Manchmal blieb der Mitarbeiter meines Vaters länger als sonst, und dann sang meine Mutter und begleitete sich selbst. Es war ein französisches Lied; im Bette, hinter dem Gitter aus dunklen Stricken, schmeckte es süß; vielleicht weil es ein langes Wort enthielt, das ich nicht verstand: »Plein-d'une-ombre-amoureuse...«, ja, dies war ein rätselhaft-schönes Wort – und erst als ich zehn Jahre alt war, erinnerte ich mich wieder daran und verstand endlich die vielen Worte, aus denen es bestand.
Es gab auch wüste Szenen. Wir hatten eine Näherin; sie hieß Frau Macht. Zu dieser Alten sagte ich stets: »Böse Frau Macht, ich mag dich nicht, dort in die Ecke werf ich dich!« und hatte Freude an diesem Reim – eine Freude, die vergrößert wurde durch den Haß, den mir diese bucklige Magere einflößte. Meine Mutter verbot mir oft, diese Worte zu brauchen, sie seien beleidigend, meinte sie. Einmal aber kam mein Vater heim, früher als sonst – es war in der Mitte eines Nachmittags im Frühling. Da holte ich aus der Schublade der Kredenz jenen Schleifer, der sonst auf dem Eßtisch lag und an dem mein Vater das Tranchiermesser wetzte, weil er gerne selber das Fleisch zerschnitt – ich nahm dies spitze Instrument, hielt es wie einen Dolch und ging auf die alte Näherin zu, die ahnungslos am Fenster saß: »Böse Frau Macht...« Die Frau schrie auf vor Angst, mein Vater sah mich in dieser Stellung und ward sehr böse. Er wollte mich prügeln; doch meine Mutter nahm mich in Schutz. Mein Vater aber sagte zu

seiner Frau: »Du wirst sehen, daß du deinen Sohn verdirbst!« Dieser Ausspruch kam mir merkwürdig vor. Ich war also plötzlich nicht mehr der Sohn meines Vaters, sondern nur der meiner Mutter. Darüber war ich froh, denn ich liebte meine Mutter.

Der Sommer in Rasberg, da ich viereinhalb Jahre alt war, gehört auch zu jenen Steinen, die auf dem Grunde des Moores liegen. Eine große Wiese war dort, eine frisch gemähte, und die Stoppeln stachen mich in die Sohlen meiner nackten Füße. Ich hustete viel, und oft übertrieb ich dieses Husten, weil dann meine Mutter mich pflegte. Mein Vater war in der Stadt geblieben. Aus den späteren Jahren weiß ich, daß damals die Ferien der Mittelschulen Anfang Juli begannen und bis Mitte September dauerten – darum glaube ich, daß wir schon in den ersten Tagen des Juni nach Rasberg gefahren sind. Wir waren nicht allein, Kollegen meines Vaters hatten ihre Familien im gleichen Dörflein eingemietet. Einmal hing der Mond am Himmel, groß und dick, über einem Hügel. Er schien mir gerade in die Augen, und ich saß auf dem Boden, den Rücken gegen die steinerne Hauswand gelehnt, die noch warm war von der Hitze des Sommertages. Über meinem Kopfe stand ein Fenster offen, und ein Klavier summte einen leisen Tanz. Gestalten schwebten über die Wiese. Die weißen Kleider der Frauen waren lang und wehten, trotzdem der Nachtwind schlief.

Ich weiß genau, daß meine flachen Hände auf dem warmen, auf dem sandigen Boden lagen, und irgendwo mußten Blumen blühen, die ich nicht sah. Außer den weißen Gestalten gab es noch andere, dunklere, deren Gesichter merkwürdig aussahen, wenn der Mond sie beschien: ihre Wangen und ihr Kinn überwucherten Haare. Denn jeder Mann trug damals einen Bart.

Eine Frau sang leise, und ich erkannte die Stimme meiner Mutter. Sie klang anders als sonst, es war, als sei der Tanz schuld an diesem leisen Klang.

Dann packten mich plötzlich zwei Hände und hoben mich hoch.

»Nun muß mein Bub auch mit mir tanzen. Mein Bub hat doch keinen Bart, wenigstens...« Mit den Fußspitzen berührte ich den Boden, die Hände meiner Mutter waren heiß, ich machte winzige Schritte, und die große Frau paßte sich ihnen an. Schwarze Flecken trug der Mond, dann zog eine Wolke über ihn, das Gestirn bekam eine rötliche Farbe, und eine Stimme fragte: »Hat der Bub wieder Angst?«
Woher wußte meine Mutter das? Überhaupt, was bedeutete Angst? Ich brauchte dieses Wort, um das quälende Gefühl zu benennen, das mich auch des Tags bisweilen überfiel, wenn eine Wolke die Sonne verdunkelte. Dann machte das Atmen mir Mühe, ein unsichtbares Geschöpf saugte an mir und wuchs. Es hockte in der Magengrube... Ich habe nie verstanden, warum dieses Gefühl mich immer gepackt hat, wenn Ruhe und Sicherheit um mich war. Doch nie habe ich unter ihm gelitten, wenn der Tod in meiner Nähe summte. Ich denke noch jetzt an jenen Kampf in Marokko, als ich hinter dem Maschinengewehr saß und eine Räuberbande unsere Sektion stürmte. Damals hab ich gepfiffen, gesungen, und ich war glücklich, weil die Angst überhaupt nicht mehr bestand. Auch als ein Freund in Colomb-Béchar mich in einem Militärflugzeug mitnahm und wir dreimal fast abgestürzt wären, weil die steinernen Berge der Wüste bedeckt waren mit Luftmoränen, über die das Flugzeug abrutschte und nicht mehr zu halten war – auch damals wurde mein Kopf kühl, und mein Mund spitzte sich zum Pfeifen.
Niemand wird wohl erklären können, warum die Angst plötzlich wächst und uns aussaugt in den stillen Stunden, da Sicherheit uns umgibt.
Zwei Tage nach diesem Abend, an dem ich getanzt hatte unter dem blutroten Mond, kam uns mein Vater besuchen, so daß ich glaube, daß jener Tag ein Sonntag hat sein müssen. Ich ging ihm entgegen und sagte ihm: »Maman est au lit...«
Am Morgen war die große Frau nicht aufgestanden, in der Nacht hatte ich sie stöhnen gehört, denn ich schlief mit ihr im gleichen Zimmer. Gegen Mitternacht flammte die Lampe auf,

und der Glaszylinder schepperte leise, während der Geruch von Petroleum das Zimmer erfüllte. Ich wollte fragen, ich wollte sprechen – konnte jedoch den Mund nicht öffnen und schloß daher die Augen. Die Mutter sollte nicht wissen, daß ich wach im Bette lag. Ich hörte sie aufstehen, in der Küche gurgelte Wasser in ein Glas, ich hörte, wie meine Mutter trank und wußte, daß sie wieder ein oder zwei weiße Täfelchen geschluckt hatte. Das kannte ich gut, denn jedesmal, wenn etwas Derartiges vorging, runzelte sich die Stirn meines Vaters, und er fragte in seinem merkwürdig fremdklingenden Deutsch, das er bis an sein Lebensende beibehalten hat: »Du hast wieder Migräne, Friederike?« Dann versuchte meine Mutter ein Lächeln, das ihr schwerfiel, weil man fühlte, daß es nur mühsam die dicke Schicht durchdringen konnte, die unsichtbar sie einhüllte.
Am Tage, da mein Vater kam, stand die große Frau auf und half mir wie immer beim Anziehen. Sie hatte sich nicht gekämmt wie sonst; ihre langen Haare, die ihr bis zu den Hüften reichten, lagen auf ihrem Rücken, und über dem Nacken wurden sie von einem Bande zusammengehalten.
»Mama, hast du Schmerzen?« fragte ich.
Ihr Gesicht hatte eine gelbliche Farbe, sie antwortete mir nicht, sondern ihr Mund verzog sich. Sie, die vor mir kniete, um mir die Schuhe anzuziehen, sprang plötzlich auf und lief hinaus. Nach dem Mittagessen legte sie sich ins Bett und bat mich, die Läden zu schließen. So blieben wir allein im verdunkelten Zimmer, ich hockte auf dem Fußende des Bettes und blickte nur immer auf den Kopf, der im weichen Kissen versank.
Von Zeit zu Zeit hörte ich die Seite eines Buches knistern. Dann lag wieder Schweigen über dem Raum. Das Buch fiel mit einem leisen Knall auf die Marmorplatte des Nachttisches – ein leises Stöhnen –, es ächzten die Federn des Bettes, Schritte tappten über den Holzfußboden, und wieder floß Wasser in der Küche.
Viel habe ich an jenem Nachmittag erlebt.

Als ich meinem Vater gesagt hatte, die Mutter liege im Bett, sah ich, wie die Gesichtshaut des großen Mannes plötzlich sehr bleich wurde. Mein Vater ließ mich stehen, es knarrten die Holzstufen, die hinauf in den ersten Stock führten. Ich setzte mich auf eine Bank neben der Haustür. Der Himmel war schwarz, hin und wieder zerschnitt ein Blitz die finstern Wolken. Doch der Donner schwieg. Nahe war der Abend.
Auf der Straße klapperten Wagen vorüber, die Hufe der Pferde dröhnten. Nun fielen einzelne Tropfen und wirbelten Staub auf. Weit sprang das Dach des Hauses vor und schützte mich; über meinem Kopfe aber hörte ich zwei Stimmen. Eine klagende, hohe und eine tiefe, sorgenvolle. Dann knarrten wieder die Stufen, mein Vater trat aus dem Haus, streckte die Hand aus, schüttelte den Kopf, drückte den Hut in die Stirne und eilte dann davon. Ich sah, wie er den Stall unseres Nachbarn betrat; gar oft war er dorthin gegangen, denn es machte ihm Spaß, dem Bauern beim Melken zu helfen. Ich durfte ihm zuschauen und war stolz auf ihn. Denn ein Professor, der melken kann, ist eine Seltenheit. Mein Vater aber hatte das Warten der Tiere und das Mähen des Grases in seiner Jugend gelernt; mein Großvater, der jahrelang in Kalifornien eine Quarzmühle besessen hatte, war nach Europa zurückgekehrt, um im Waadtland zu heiraten; er erwarb am Ufer des Genfersees ein Landgut und lebte dort als Bauer. Doch von meinem Großvater will ich später erzählen.

Ich sah, wie mein Vater den Stall betrat, nach einer Weile kam er wieder heraus und hielt ein gesatteltes Pferd am Halfter. Er stieg auf und ritt davon. Eine halbe Stunde verging, und er kehrte in Begleitung eines zweiten Reiters zurück. Immer noch bedeckte den Himmel eine schwarze Wolkenschicht.
Mein Vater blickte mich nicht an. Er ließ sich vom Pferde gleiten, band den Zügel an die Dachtraufe, sein Begleiter tat das gleiche. Dann knarrten die Holzstufen wieder unter den schweren Schritten der beiden Männer.

Ich blieb auf der Bank sitzen; sie war hoch, darum konnte ich meine Füße nicht auf den Boden stellen. Ich lauschte, ich hörte eine fremde Stimme: »Guten Abend, gnä' Frau! Schließen Sie das Fenster, Herr Professor!« Die Flügel quietschten, die Feuchtigkeit der Luft hatte sicher das Holz aufgetrieben. Im Stalle drüben brüllte eine Kuh. Der Bauer stand in der Tür und blickte hinauf in die dunkle Wolkenschicht, senkte den Kopf, betrachtete den Horizont und schien zu lauschen. Da hörte auch ich das Rollen des Gewitters, das noch fern war. Und so leise war dieses Rollen, daß es mich an den heutigen Morgen erinnerte. Genau so hatten die Tritte meiner Mutter getönt, als sie von mir weg, über den Holzboden der Kammer, hinausgeeilt war.

Die Blitze kamen näher und näher. Lauter wurde das Rollen. Nun erinnerte es an die Hufschläge eines galoppierenden Pferdes; plötzlich bleibt es stehen – vielleicht, weil der Reiter den Zügel zurückgerissen hat –, bäumt sich auf, zwei-, dreimal noch klappern die Hinterhufe auf der Straße. Dann Stille...

Und oben im ersten Stock wurde knarrend das Fenster wieder geöffnet. Die fremde Stimme sagte: »Heut abend noch laß ich den Krankenwagen kommen, gnä' Frau. Und wenn Ihr Herz es aushält, wird alles gutgehen...«

Die nächsten Tage wohnte ich in einem andern Haus. Der Kollege meines Vaters hieß Husserl und besaß außer seiner Frau noch zwei erwachsene Töchter, die tagsüber mit mir spielten. Ich weiß noch gut, wie lange die Nächte waren, die ich allein in einem kleinen Zimmer verbringen mußte. Immer war der Himmel bedeckt, der Mond konnte nicht mit seinem Licht durchs kleine Fenster leuchten; darum umgab mich das Dunkel, und ich konnte nicht schlafen.

Vielleicht hätte die alte Frau Professor Husserl mir ein Nachtlicht auf den Tisch gestellt, aber ihr Mann war dagegen. Ich hörte ihn sagen: »Flora, denk doch, daß man den Buben abhärten muß. Jetzt, wo er wahrscheinlich keine Mutter mehr haben wird!«

Ich verstand die Worte, jedoch nicht ihren Sinn. Warum sollte ich keine Mutter mehr haben?...

Bis an einem Morgen mein Vater kam und ich ihn kaum mehr wiedererkannte. Seine großen, blauen Augen waren gerötet, sein Bart ungekämmt und wirr sein Haupthaar. Er trug keinen Kragen, keine Krawatte. Niemand hatte mir gesagt, daß er heute kommen würde. Doch stand ich trotzdem am Fenster der kleinen Kammer. Meine Augen überblickten die Straße, die von Wiener Neustadt nach Rasberg führt, und so sah ich den bärtigen Mann kommen; er stolperte bisweilen wie ein müdes Pferd. Seinen breitrandigen Hut trug er in der Hand. Er war schwarz gekleidet.

Die Treppen lief ich hinunter und ihm entgegen. Wenn der müde Mann auch nicht meinem Vater glich, so wußte ich doch, daß nur er es sein konnte. Ich traf niemanden, lief weiter auf der Straße – und dann stand ich plötzlich vor dem müden Manne, der aus unbekannter Ferne kam. Nun stolperte ich, und mein Vater fing mich auf und hob mich in die Luft. Endlich saß ich auf seinem Arm.

Früher konnte ich an dieser Stelle ruhn und wissen, daß ich nicht schwerer war als eine Feder. Heute spürte ich, daß der Mann mich nur mit Mühe trug.

»Soll ich nicht lieber zu Fuß laufen, Patschika?« fragte ich. Doch der Mann schüttelte den Kopf und drückte mich an seine Brust. Wir kamen an einem alten Hause vorbei, über dessen Tür ein Tannenzweig hing.

»Komm, wir gehen hier hinein...« sagte der Bärtige, der mich trug und stellte mich auf den Boden. Dann ergriff er meine Hand. Die seine war kalt wie aufgetautes Wasser, in dem noch Eisstücke schwimmen.

Wir traten ein, setzten uns an einen Tisch und kehrten dem Fenster den Rücken zu.

Es kam hinten aus der Dunkelheit des Raumes eine Frau und fragte nach unseren Wünschen. Die Stimme des Mannes, der neben mir saß und meine Hand nicht losließ, tönte merkwürdig dumpf. Ich hörte nicht, was bestellt wurde. Doch dann stand ein Fläschchen auf dem Tisch, gefüllt mit einer wasserklaren Flüssigkeit und daneben ein kleines Glas. Die Frau blieb vor dem Tische stehen, füllte das Gläslein, der Mann trank es aus, die Frau füllte es noch einmal, der Mann leerte es wieder; wohl sechsmal schlürfte der Bärtige die wasserklare Flüssigkeit, die scharf roch. Und dann fragte ich auf deutsch – und auch die Antwort kam in dieser Sprache: »Was macht die Mutter?«

»Die Mutter? Sie ist beim lieben Gott...« Der Müde räusperte sich, zog ein Taschentuch, wischte seine roten Augen. »Auprès du bon Dieu...« wiederholte er dann französisch.

Manchmal hätte ich gerne gewußt, von welchem Augenblick an wir beginnen, die Zeit zu messen; an welchem Tage, zu welcher Stunde wir zu sagen anfangen: »Dies geschah vor einem Jahr, jenes vor drei Monaten, das dritte genau vor vierundzwanzig Stunden.«

Wann beginnen wir zu messen, wann wird es uns bewußt, daß die Jahre vergangen sind, die Monate, die Wochen, die Tage, die Stunden, von welchem Augenblick an wissen wir, daß wir älter geworden sind?

Nur wenige Menschen hab ich getroffen, die sich nicht um den Ablauf der Zeit kümmerten. Gewöhnlich besaßen diese Leute eine merkwürdige Sicherheit, die tief in ihnen ruhte. Sie waren gewappnet und fühlten nur Gleichgültigkeit für jene beiden Tatsachen, die in den meisten Sorge hervorruft, wenn sie an Reue, Kummer und Alter denken oder an den Tod.

Die wenigen Menschen, bei denen ich jene Gleichgültigkeit für Dinge entdeckte, welche die Mehrheit so wichtig findet, weil sie quälen, hatten die Mutter oder den Vater früh verloren. Daher ist ihnen wohl Kummer und Tod nicht etwas Fremdes, sondern etwas, das zu ihrem Leben gehört. Tod und Kummer tauchen nur als ein und derselbe Schatten auf, welcher die Gestalt des Verstorbenen annimmt. Dies scheint mir selbstverständlich – denn war der Tod in meiner Nähe, so verwandelte er sich in meine Mutter –, wie sollte ich ihn fürchten? Im Gegenteil, ein Glücksgefühl stieg in mir auf: »Nun werde ich die Verschwundene endlich wiederfinden.«

Denn in einem darf man sich nicht täuschen: Auch der Erwachsene sieht, wenn er allein ist, und sobald er sich gehenläßt, die Außenwelt so, wie er sie zum ersten Mal als Kind erkannt hat. In vielem hat die sogenannte Psychoanalyse – jene Kur, von der ich erzählt habe – falsche, überspannte Theorien aufgebaut. In einer Sache aber behält sie recht: Auch der reifste Mensch erlebt Augenblicke, in denen er die Wirklichkeit wahrnimmt, wie er sie als Kind gesehen hat. Und da die andern Menschen, die nur die Folgen dieser Augenblicke sehen, seine Handlungsweise nicht verstehen können, zucken sie die Achseln und behaupten – in unserer Heimat besonders –: Dieser Mensch spinnt...

In den nun folgenden zwei Jahren bin ich viel gereist. Wenn ich später an jene Zeit zurückdachte, kam ich mir immer wie eine unentwickelte Zelle vor, die von einem Zellenstaat ausgestoßen worden ist. Sogar mit meinem Vater hing ich kaum mehr zusammen. Meine Mutter starb im Jahre neunzehnhundert – viele Dichter haben über dieses Jahr geschrieben und versucht, seine merkwürdige Atmosphäre in Worten zu schildern.

Die Familie spielte eine große Rolle; wir beide aber, mein Vater und ich, hatten uns mit zwei Familien auseinanderzusetzen. Die Familien wollten, wenn ein Unglück geschehen war, helfend eingreifen, doch fehlte ihnen das Wichtigste: die Geduld.

Die jüngere Schwester meiner Mutter – ich nannte sie »Tante Nini« – wollte zuerst Erleichterung schenken und meinen Vater trösten. Sie war unverheiratet, und daher fand sie, das beste Mittel, meinen Vater jeglicher Sorge zu entheben, sei einfach genug: sie müsse den armen, verlassenen Witwer heiraten, der noch für einen Sohn zu sorgen hatte. Mein Vater aber wollte nicht.

Sein Bild aus jenen Zeiten ist sehr scharf in mir eingeritzt: Seine Zornesausbrüche, wenn meine ehemalige Kinderfrau, die Frau Fuchs, irgendeine Bemerkung machte wegen der Flaschen, die mittags auf dem Tisch standen. Am Abend standen neue vor meines Vaters Teller, nachher ging ich ins

Bett, die Türe zum Speisezimmer blieb offen (denn plötzlich begriff der einsame Mann, daß ich Angst vor der Dunkelheit hatte), und ich hörte, wie ein Flaschenhals am Rande eines Glases schepperte – Weingeruch wehte zu mir herüber. Der Mann mit dem langen Bart und der hohen Stirn saß einsam am unabgeräumten Tische und trank. Ich aber wartete, bis ich den Stuhl auf dem Parkett rutschen hörte und Schritte, schwere, ein wenig unsichere Tritte, sich meinem Bette näherten ...

»Schläfst du, mein Kleiner?« fragte eine heisere Stimme.

»Gute Nacht, Patschika ...«, antwortete ich leise. Über mein Gesicht strichen die Haare des langen Bartes, ungeschickt versuchten die Lippen, meine Stirne zu berühren.

»Morgen kommt das Bild von deiner Mama«, sagte der Mann, richtete sich auf, schritt langsam auf sein Bett zu und begann, sich zu entkleiden. Manchmal konnte ich unmöglich einschlafen, weil der Müde schnarchte. Doch war ich ihm nicht böse.

Am zweiten November fuhren wir mit der Pferdebahn zusammen hinaus auf den Zentralfriedhof. Ein kalter Wind schüttelte die letzten Blätter von den Bäumen, wir kamen an den großen Gräbern berühmter Männer vorüber, gingen weiter und weiter, schmäler wurden die Wege, und wir sanken ein im feuchten Lehmboden. Dann standen wir beide vor einem Grab, das weit, sehr weit vom Eingang entfernt war. Auf einem an drei Seiten unbehauenen Steinblock stand auf der vierten, glattgehämmerten in Goldbuchstaben folgendes: der Name meiner Mutter, der Tag und das Jahr ihrer Geburt, der Tag und das Jahr ihres Todes. Ganz unten in französischer Sprache ein Bibelvers: »Elle n'est pas morte, mais elle dort ... – Sie ist nicht gestorben, sondern sie schläft ...«

Wir standen vor dem Grab, und uns fror; denn über die Ebene strich der Novemberwind und spritzte uns bisweilen kleine Regentropfen ins Gesicht ...

Die Fahrt mit der Pferdebahn hatte anderthalb Stunden gedauert, darum war der Abend schon nahe und wartete im Osten hinter den dunklen Wolken, die den Horizont verdeckten. Auch im vergangenen Sommer hatte ich einen schwarzen Nachmittag erlebt, aber damals war eine schwüle Hitze um mich gewesen. Ich sah Wälder und das kleine, gemähte Feld, auf dem ich getanzt hatte...

Über dem Marmorblock erhob sich eine zerbrochene Säule. Gerne hätte ich den Mann neben mir, dessen Bart im Winde wehte, gefragt, warum er ein so schweres Denkmal auf das Grab hatte setzen lassen. Aber ich wagte nicht zu sprechen, denn das Gesicht meines Vaters war merkwürdig verzogen, sah alt aus und zu gleicher Zeit kindlich. Es erinnerte mich – wenn ich den Bart fortdachte – an das Gesicht des Bauernsöhnchens droben in Rasberg, mit dem ich oft gespielt hatte. Wie sollte ich den großen, bärtigen Mann trösten, der mich mühelos auf seinen Arm setzen konnte, und zu ihm sagen: »Wein nicht, Patschika!...«

Das durfte ich nicht. Der Mann trug einen schwarzen Havelock, einen jener altertümlichen Mäntel, die ärmellos sind; über den ersten Mantel fällt ein kurzer Kragen, der vom Kinn bis zu den Hüften reicht.

»Komm!« sagte mein Vater. Sein rechter Unterarm hing in einer weißen Schlinge. Kurz vor dem Tode meiner Mutter hatte er sich in den Finger geschnitten, blieb dann neben der Sterbenden sitzen, ihr Haar streichelnd, und in die leichte Wunde war Gift eingedrungen. Nun schmerzte ihn der ganze Arm, in der Achselhöhle saß eine Geschwulst, der Arzt wollte sie aufschneiden, doch der bärtige Mann schüttelte stets den Kopf und wollte sich nicht anrühren lassen. Erst später habe ich meinen Vater verstanden: Er fürchtete sich vor der Leere, in die er plötzlich gestürzt war und sah nur einen Weg, auf dem er aus ihr entfliehen konnte... Er wäre meiner Mutter gerne gefolgt. Und später, als wir oftmals einander feindlich gegenüberstanden – vielleicht ist die Behauptung doch wahr, daß es nur selten Zeiten gegeben hat wie die damalige, da ein so tiefer Abgrund zwei Generationen voneinander trennte – , entstand bisweilen in seinen Augen ein winziges Bild, das wohl nur ich sehen konnte: das Bild eines einsamen Mannes, der verzweifelt die Arme hebt und die Fäuste ballt – plötzlich aber lockert sich der Krampf, und der Oberkörper beugt sich gegen die Erde, weil ein kleines Menschlein seine Arme um die Knie des Einsamen geschlungen hat. Diese winzige Gestalt aber will entweder mitkommen, fort, hinaus aus der Leere – oder sie will, daß der Riese sie nicht verlasse, sondern dableibe und sie schütze.

Am dritten November nahm mein Vater Ferien, und wir fuhren zusammen nach Italien zu meinen Großeltern.

Die »Tante Nini« war allzuoft in die Wohnung des Hauses in der Starhemberggasse gekommen. Sie befahl dem Dienstmädchen, schwatzte und schwatzte mit meinem Vater, sie ließ sich Haushaltungsgeld geben und brachte jede Woche ihrem Schwager das Ausgabenbuch, damit er es durchsehe. »Ich will keine Macht ausüben«, sagte die Tante. »Ich will dir nur helfen!«

Es kamen die Schwiegereltern meines Vaters aus Aussig in Deutschböhmen und schliefen in einem nahen Hotel; doch erschienen sie schon früh am Morgen, blieben den ganzen Tag, stöberten in den Kästen herum; bald nahm mein Großvater, der Herr Regierungsrat, mich auf die Knie, bald die Großmama – und die Tante Nini badete mich alle Tage... »Denn ein kleiner Bub muß sauber sein!« sagte sie. Auch mein Großvater trug einen langen Bart, doch der war weiß und spitz; der Daumen und der Zeigefinger seiner Rechten zwirbelten ihn immer.

»Vielleicht«, sagte die dicke Großmama, »ist es ganz gut, daß die Fritzi gestorben ist...« (Fritzi wurde meine Mutter in ihrer Familie genannt.) »Da können wir jetzt die Nini unterbringen, nicht wahr, mein Alter?«

Ich saß am Fenster vor dem Nähtisch meiner Mutter und flüsterte: »Das hat der Mutter gehört...«, und nahm den Fingerhut, »und das hat auch der Mutter gehört...« und spielte mit dem Nadelkissen.

»Schweig jetzt, Bub!« sagte mein Großvater, der Herr Regierungsrat, und es klang böse.
Am Abend jedoch, wenn ich im Gitterbett lag, klirrte der Flaschenhals gegen den Glasrand, und die Tante Nini sagte: »Du trinkst wirklich zuviel! Du solltest nicht so viel trinken!«
Drei Abende wiederholte sie diese Ermahnungen, dann schreckte ich auf. Mit einem lauten Knall war nebenan eine Flasche auf den Boden gefallen, ein Glas klirrte, und eine Stimme, deren fremdländisches Deutsch ich gut erkannte, sagte laut: »'Inaus! Alles 'inaus! Vers-tanden?«
Es erfolgte keine Antwort. Schritte trippelten, dann fiel die Gangtür zu. Drüben, im Speisezimmer, ging die Lampe aus. Ein leiser Schritt kam näher und näher, die weichen Haare des Bartes strichen über mein Gesicht.
»Wenn du nicht da wärest!« sagte eine dumpfe Stimme. Und eine Hand, schwer, weich, kalt, legte sich auf meine Wange. »Wir bleiben zusammen, willst du?«
»Oui, Patschika!« sagte ich. Das Gitter an meinem Bett zitterte, und wieder sprach die Stimme: »Wir weinen beide, weil wir allein sind. Soll ich die Tante Nini heiraten?«
»Non, Patschika!« sagte ich und schämte mich, weil die Hand, die auf meiner Wange lag, plötzlich feucht geworden war. Ich weinte nicht gerne...
Ich weiß nur noch, daß wir im Südbahnhof eingestiegen sind, doch an die Stunde, in welcher der Zug abfuhr, erinnere ich mich nicht. Jedoch sehe ich heute noch einen regnerischen Morgen, da wir an hohen, senkrechten Abhängen entlangfuhren – Schnee krönte sie schon, aber über ihren unteren Teil strömten weiße Wasserfälle und zeichneten Linien über die graue Fluh. Zwischen den beiden Bänken des Abteils, neben dem Fenster, stand ein Koffer, zwei Decken waren darüber gebreitet, zwei andere hob ich auf und kroch hinab vom Koffer, auf dem ich die ganze Nacht geschlafen hatte, bewacht von dem bärtigen Manne, dessen Augen in der Ecke, der meinen gegenüber, jedesmal, wenn ich in der Nacht die meinen geöffnet hatte, auf mich geblickt hatten. Jetzt, im

grauen und späten Morgen, waren sie müde und entzündet. Der Mann stand auf, befahl mir, ruhig sitzenzubleiben, trat durch die Türe, von mir weg, hinaus auf den Gang, kehrte zurück und brachte eine Flasche, gefüllt mit heißer Milch. Ein Papiersack enthielt frische Semmeln – so frühstückten wir zusammen, während die Räder auf den Schienen ihren eintönigen Wirbel trommelten. Gegen Abend kamen wir in Florenz an.

Die Schwester meines Vaters, welche ich »Tante Ida« nannte, hatte vor einem Jahr einen Italiener geheiratet, der zehn Jahre jünger war als sie. Irgendwo in einer Vorstadt wohnte das Ehepaar, zusammen mit den Eltern meines Vaters, die ich bis jetzt noch nicht kennengelernt hatte.

Denn die Heirat meines Vaters wurde von seiner Familie abgelehnt, und meine Mutter war verachtet worden, weil sie, trotz der katholischen Religion, der sie angehörte, einen Calvinisten zum Manne genommen hatte.

In jenen Jahren, zu Beginn des Jahrhunderts, war eine Familie nur dann zufrieden, wenn sie über ihre Mitglieder zu Gericht sitzen und sie verdammen konnte. Da meine Mutter und mein Vater in Wien ziemlich einsam gelebt hatten und ihren Familien aus dem Wege gegangen waren, wußte ich noch nicht, wie es in einem solchen Zellenstaate zuging. Nur zwei Monate fehlten mir noch, dann war ich fünfjährig – und in diesem Alter versteht man mehr, als die Erwachsenen gewöhnlich glauben.

Aus den Gesprächen, die geführt wurden, während ich verborgen von der Abenddämmerung in einer Ecke saß, habe ich viel gelernt. Ich erfuhr, daß mein Großvater, der gut zu mir war und mir gerne Geschichten erzählte, ein bewegtes Leben geführt hatte. Goldgräber in Kalifornien in den sechziger Jahren, war er als reicher Mann nach Europa zurückgekehrt, hatte meine Großmutter, die fünfzehn Jahre lang Gouvernante in England gewesen war, kennengelernt und geheiratet. Zuerst ging es dem Paare gut, es lebte von den Renten eines Vermögens, das in einer Bank von San Franzisko lag. Trotz den bösen Träumen, die meine Großmutter nächtelang quälten, wollte ihr Mann sein Geld nicht nach Europa kommen lassen, denn die Amerikaner zahlten ihm einen höheren Zins. Und doch stimmten die prophetischen Träume seiner Frau – eines Tages kam die Nachricht von dem großen Bankkrach, in welchem mein Großvater dreiviertel seines Vermögens verlor. Den Rest benutzte er – nachdem er sein Haus verkauft hatte –, um ein Gut am Genfersee zu erwerben. Da mein Vater der Älteste war, mußte er, trotzdem er studieren wollte, daneben die Bauernarbeit verrichten, um drei Uhr morgens aufstehen, Kühe melken, Gras mähen, füttern – dann erst durfte er nach Genf fahren, wo er am Collège – an jener von Calvin gegründeten Mittelschule – lernte. Er bestand die Matur, studierte noch ein Jahr an der Universität und faßte plötzlich den Entschluß, sich in Leipzig weiter auszubilden.

Dem zweiten Kaiserreich, dessen Ende durch das Eindringen der halbverhungerten und halberfrorenen Bourbakiarmee auch in der Schweiz einen Nachklang geweckt hatte, war es gelungen, durch einen seiner Unterrichtsminister eine bisher vernachlässigte Wissenschaft auszubauen: die Neuphilologie, das Studium moderner Sprachen. Meinen Vater hatte dies angeregt, er wollte im Ausland Karriere machen. Einmal hat er mir von seinen drei Leipziger Jahren erzählt. Er brachte sich mit Privatstunden durch, hungerte aber so streng, daß er sich den Skorbut zuzog. Mir ist merkwürdigerweise das gleiche in Zürich passiert – doch ich trieb keine Neuphilologie, sondern beschäftigte mich mit Dadaismus, einer Kunstgattung, über die sogar einmal André Gide geschrieben hat. Jedoch wurde mein Vater wütend, als ich es wagte, ihm zu sagen, ich hätte in meiner Jugend das gleiche wie er erlebt. Nun, er brachte es zum Professor, während ich einen einzigen Titel besitze: Ich bin diplomierter Gärtner – da dies etwas durchaus Ungeistiges ist, darf ich nicht mitreden.

Die Wohnung, welche meine Tante Ida in einer Florentiner Vorstadt gemietet hatte, bestand aus drei Zimmern, und die

Jungverheiratete war froh, ihre Eltern bei sich zu haben. Denn mein Großvater besaß noch ein wenig Vermögen; dieses war sehr nützlich, weil mein italienischer Onkel nur hundertzwanzig Lire im Monat verdiente. Bei einem Heilsarmeefest hatte er meine Tante kennengelernt, war dann aus dieser Vereinigung ausgetreten und Methodistenprediger geworden. Er führte den Titel eines »Ministro evangelico« – ein Beruf, welcher natürlich nichts mit der Stellung eines Ministers zu tun hat.

Giuseppe Malapelle war fünfundzwanzig Jahre alt, und da er zehn Jahre jünger war als seine Frau, gab es häufig Konflikte. In Geschäften zum Beispiel behandelten die Händler ihn wie den Sohn meiner Tante. Im Hause entstanden böse Szenen, welche meine Großmutter schlichten mußte – und darauf verstand sie sich, die alte energische, die gütig-friedsame Frau. Ihre Haare waren schneeweiß, und man möge mir dieses banale Eigenschaftswort vergeben. Die Haare waren wirklich weiß wie Schnee – und trotzdem ich in meinem Leben viele alte Frauen kennenlernte, habe ich an keiner diese Farbe feststellen können. Obwohl sie die schwersten Hausarbeiten selber besorgte, weil meine Tante Ida ein Kindlein zu warten hatte, trug sie immer ein schwarzes Seidenkleid, das unter dem Kinn von einer alten Kameenbrosche zusammengehalten wurde. Sie pflegte ihre Tochter, pflegte ihren Mann – und als wir ankamen, mußte sie auch meinen Vater hüten. Der Knollen, der sich in der Achselhöhle gebildet hatte, war gefüllt mit Eiter, rotentzündet – mein Vater mußte das Bett hüten, da ihn hohes Fieber quälte.

Damals habe ich jene merkwürdige Heilkunst kennengelernt, an die ich ungern glaube, die ich aber, will ich ehrlich sein, nicht ohne weiteres verdammen kann. Meine Großmutter pflegte ihren Sohn und machte ihn gesund auf eine sehr einfache Art. Sie ließ winzige Kügelchen, die so weiß waren wie ihre Haare, in einem Glas Wasser zergehen und flößte meinem Vater allstündlich einen Kaffeelöffel dieser Lösung ein. In einer Holzschachtel lagen, gefüllt mit diesen weißen

Kügelchen, winzige Glastuben, auf denen gedruckte Zettel klebten mit merkwürdigen Namen: »Febrifugo« – »Anticanceroso«, die anderen Namen habe ich vergessen. Diese Heilmittel wurden in Florenz hergestellt unter der Aufsicht eines Grafen Mattei – wenigstens trug diese Medizin den Namen dieses vielleicht schon lange verstorbenen Mannes. Merkwürdigerweise habe ich dieses Mittel später in vielen Ländern wiedergefunden – in Belgien brauchte es Frau Vandevelde, bei der ich wohnte, während ich in den Kohlengruben arbeitete, in Genf bestellte mein Griechisch-Lehrer alle drei Monate eine Holzschachtel, gefüllt mit winzigen Glastuben, auf einem Hochplateau in Algerien kurierte ein »Père blanc«, ein katholischer Missionar, die fiebernden Kinder mit diesem Heilmittel. Immer kam es mit der Post – als kleines Paket –, beklebt mit italienischen Marken. Ein Zettel lag immer in der Holzschachtel, der in vielen Sprachen die Heilungen rühmte, welche diesen »homöopathischen« Mitteln gelungen war.

Es handelte sich hier jedoch um eine andere Homöopathie als die gewöhnliche; die allgemein bekannte vertritt folgenden Standpunkt: In großen Dosen kann ein Gift zum Beispiel Fieber erzeugen. Gibt man es jedoch in minimalen, in winzig kleinen Dosen, so ist die Wirkung eine entgegengesetzte: das Gift, das Fieber erzeugte, läßt, verdünnt, die Körpertemperatur sogleich sinken und bringt baldige Genesung.

Graf Mattei aber, der Erfinder des »Anticanceroso«, ging einen anderen Weg. Nicht Gifte brauchte er, sondern Pflanzenteile – Wurzeln, Blätter, Stengel, Blüten –, deren Form gewissen Körperteilen ähnelte. Ein Blatt kann aussehen wie eine verkrüppelte Hand, ein anderes wie ein aufgetriebener Magen; eine Wurzel wie ein Fuß, wie die Milz, die Leber, die Niere. Die Pflanzenteile werden tagelang in Wasser gelegt, in die so entstandene Lösung werden winzige Zuckerkügelchen getaucht, dann getrocknet und in Tuben verpackt. Nachher sind der Herr Graf – oder seine Nachfolger –

im Besitze unbekannter Heilkräfte, die – so behauptet man – sicherer wirken, wenn sie noch einmal in einem mit Wasser gefüllten Glase gelöst werden...
Man kann über diese Therapie – diese Heilmittellehre – lachen und sie, verdammend, als Aberglauben verurteilen. Im Grunde aber reicht der dilettierende, gräfliche Medizinmann vielen skeptischen Fachkollegen freundschaftlich die Hand. Kennen wir nicht alle jene weißhaarigen Ärzte, die jeden Glauben an die Allopathie – die chemische Heilmittelkunde – verloren haben und selbst bei schweren Krankheiten ein einziges Mittel verschreiben: Himbeersyrup in Wasser gelöst? Sie haben Vertrauen – genau wie ihre Kollegen, die suggestiv arbeiten, mittels übertragener Überzeugung – zum Körper des Kranken, der an die Seele, den Willen, den Wunsch nach Gesundung gebunden ist. Und ich kann diesen alten Ärzten nicht unrecht geben. In der Fremdenlegion war ich auf einem Posten, den der Arzt nur alle vier Wochen besuchte. Ich habe Leute fiebern sehen, ich habe sie über Schmerzen klagen hören – Bauch-, Nieren-, Brust-, Leberschmerzen... Drei, manchmal vier Tage lang dauerte die Krankheit – an einem Morgen aber standen die Leidenden wieder auf, torkelten ein wenig am ersten Tag, und am zweiten liefen sie schon und trugen das zwanzig Kilo schwere Maschinengewehr auf der Schulter. Mich selber hat einmal, während eines Marsches, das Fieber überfallen, und der Hauptmann unserer Kompagnie, der kleine Capitaine Chabert, steckte mir sein Thermometer in den Mund. Das Quecksilbersäulchen stieg auf vierzig-fünf – doch ich mußte weitermarschieren: Eine Stunde laufen, eine Stunde reiten. An jenem Tage habe ich mit der Kompagnie siebzig Kilometer zurückgelegt. Wir kamen in einen anderen Posten – während ich marschieren mußte, hielt ich mich am Schweife eines Maultieres und ließ mich ziehen –, und dort gab es Wein. Am Abend betrank ich mich, aß Chinin, und am nächsten Morgen war ich gesund. Zwar brummte mein Kopf, aber ich konnte wieder kommandieren, denn ich war ja Korporal...

Sie haben so unrecht nicht, die Leute, die versuchen, die Krankheit »psychisch« – durch Beeinflussung der sogenannten Seele – zu heilen. Natürlich werden sie mit ihrer Methode nie ein gebrochenes Bein schienen oder einen Tumor im Kopf vertreiben können. Immerhin... »Eine Lungenentzündung«, soll ein großer deutscher Arzt gesagt haben, »dauert ohne Arzt zwei Wochen, mit einem guten vierzehn Tage. Behandelt sie ein schlechter Arzt, so stirbt der Kranke ganz bestimmt.«
Meiner Großmutter war es gelungen, ihre Tochter zu retten, als diese in Rußland am Typhus erkrankt war. Die alte Frau fuhr mit ihrem Holzschächteli, das die Glastuben und Zukkerkügeli enthielt, mit dem Schnellzug nach Odessa, setzte sich neben das Bett ihrer Tochter und flößte der Kranken alle Stunden einen Kaffeelöffel Wasser ein, in dem sie ein Kügelchen des »Anticanceroso« vom Florentiner Grafen Mattei gelöst hatte. Und meine Tante wurde so gesund, daß sie nach ihrer Rückkehr nach Europa einen jungen Mann heiraten konnte, der mein Onkel Joseph wurde. Sie brachte sogar zwei Mädchen auf die Welt.
Am zweiten Tage, in der kleinen Wohnung in einem Vorort von Florenz, erzählte mir meine Großmutter, sie habe sich über den Tod meiner Mutter gar nicht gewundert, denn von diesem Tode habe sie gewußt, lange bevor das Telegramm meines Vaters eingetroffen sei. Um fünf Uhr nachmittags habe es der Postbote gebracht, in der Nacht vorher jedoch hätten die Holzkohlen, die in einem Sack in der Küche gelegen hätten, angefangen zu lärmen, zu knistern, zu bröckeln. Da habe sie Licht angezündet – (elf Uhr sei es gewesen, und alle in der Wohnung hätten schon geschlafen) – und die Bibel aufgeschlagen.
»Aufgeschlagen...«, sagte die alte Frau. »Du wirst mich auslachen. Ich habe eine Stecknadel genommen und in das geschlossene Buch hineingestochen. Die Seiten, welche die Nadel getrennt hat, habe ich mir dann angeschaut und den ersten Vers, den meine Augen wahrnahmen, gelesen. Er

stand im Evangelium Lukas, im achten Kapitel, und war der zweiundfünfzigste Vers: ›Er aber sprach: Weinet nicht, sie ist nicht gestorben, sondern sie schläft.‹«
Ich weiß, alle Leute, welche dies lesen werden – und vielleicht gibt es nur wenige, die Geduld genug dazu haben–, werden mich anklagen des Aberglaubens. Ich kann nichts dafür. Der Aberglauben wird nie aussterben, weil an ihm ein Teil ist, welcher der Wahrheit nahesteht. Man möge lachen über meine Behauptung – vielleicht klopft jener, der lacht, auf Holz, wenn er Angst hat, daß ein soeben ausgesprochener Wunsch sich nicht erfüllen werde. Doch das Klopfen auf den Tischrand, auf die Stuhllehne kann vielleicht – hoffen wir es – die bösen Geister vertreiben, die feindseligen ... Wir alle behaupten, heutzutage, überzeugt zu sein, daß wir Vernunftsmenschen sind – es ist ein Rest jener Jahre, da die sogenannte Psychoanalyse auch die untersten Schichten der Menschheit durchdrang – in verschiedenen leichtverständlichen Formen und Formeln. Der einfachste Arbeiter war überzeugt, das »Vernünftige«, das »Vernunftmäßige«, das »Rationale« und »Rationelle« werde die Menschheit erlösen. Doch in den letzten Jahren standen die uralten Bilder wieder auf, deren »Symbolik« man erfaßt und deren Macht man glaubte gebrochen zu haben.
Und Sekten entstehen, wachsen, verdorren, verdrängt von andern. Atlantis, der versunkene Weltteil, spukt nicht nur in romanhaften Büchern, sondern auch in Hörsälen. Der »wissenschaftlichen« Chemie geht es gleich; langsam läßt sie die Theorien der verachteten Alchemie auferstehen. Gebildete Männer lächeln nicht mehr über astrologische Prophezeiungen, sondern nehmen sie ernst, weil sie entdeckt haben, daß sie so alt sind wie die Menschheit.
Begreiflich sind all diese verzweifelten Versuche, die nur ein Suchen sind. Denn das Sternenlicht, das als unsichtbarer Schnee auf die Erde schneit, breitet Angst aus, Unruhe, und es wächst tagtäglich die Furcht vor dem neuen Kriege, dicke Schmöker, gedruckt in den letzten Jahren, beschäftigen sich

ernsthaft mit Dämonen, Hexen, sogar der Teufel wird wieder erwähnt. Mitleidlos wird nur die einzige Lehre verwissenschaftlicht und theologisiert, die uns noch helfen könnte: die vier Evangelien. Trotzdem der einfachste Mann sie verstehen könnte, braucht man sie, um tausendseitige Bücher über sie zu verfassen, Gesellschaften zu gründen, welche die ruhigen, die tröstenden Worte und Gleichnisse »modernisieren« wollen, theologisieren und verwissenschaftlichen.

Ich wußte jetzt, warum mein Vater jenen Lukasvers auf den Steinblock über meiner Mutter Grab hatte meißeln lassen. Doch wußte ich damals nicht, daß er noch einmal auftauchen sollte, als Warnung fast; mein Vater aber verstand diese Warnung nicht.

Wenn meine Großmutter zu tun hatte und mein Vater krank und fiebernd im Bette lag, wenn meine Tante Ida und ihr Mann in die Stadt gegangen waren, setzte ich mich zu meinem Großvater, der in einem Lehnstuhl vor dem Fenster ruhte. Die Straße war eng, und nur mittags sandte die südliche Novembersonne einige Strahlen durch die Scheiben. Das Zimmer aber blieb kalt, Torf schwelte im Eisenofen, und wenn die Tramontana blies, erfüllte Rauch das Zimmer. Dann hustete mein Großvater, der sehr unter seiner Schwerhörigkeit litt, seine Augen tränten, und er begann zu erzählen. Sein Französisch klang hart, obwohl schon sein Urahne aus dem Bernbiet ins Welschland ausgewandert war und er die deutsche Sprache gar nicht kannte. Dafür verirrten sich manchmal englische Schlagworte in seine Sätze.

»Weißt du«, begann er, »ich habe nie Gold gekätscht – gegraben will ich sagen. Das war zu mühsam. Die Boys – die Jungen – brachten mir ihre Quarzstücke, und ich ließ sie durch meine Mühle rutschen. Wie eine Cooffii ... eh Kaffeemühle war mein Bau. Ich drehte an einer Kurbel und hörte das Gestein knirschen. Ein Bach floß vorbei an meiner ›Hät‹ – an meiner Hütte –, denn ich war ja ein ›Smelter‹ – ein Hüttenarbeiter. Den Staub, der unten herausfloß, den wusch ich im Bach, bis ich das Goldkorn hatte ...« (Immer sagte er

»Gooold«, und das Wort zerging in seinem zahnlosen Munde wie ein Stück Zucker.) »Meine ›Hät‹ (Hütte) war ›little‹ – klein –, oh, serr klein. Und der Fußboden gestampfte Erde. Mein Bett? Es gab keines. Zwei Decken und ich lag auf dem Boden, ›mai Pillou‹ – mein Kissen – war ein ›Ston‹ – Stein –, wenn du besser verstehst. Weißt du – und einmal in der Nacht höre ich ein Pfeifen unter meinem ›Stone-pillou‹ – unter meinem Steinkissen. Aber ich war müde und lauschte nicht dem Gepfiff. Doch in der nächsten Nacht begann es wieder. Gegen Mitternacht, und es weckte mich auf. Doch dann schwieg es, und ich schlief ein. Am next Morning – am nächsten Morgen – ich hatte das Gepfiff wieder vergessen. Und in der dritten Nacht kam es wieder. Da, am dritten Tage, sprach ich davon zu meinem Kumpan. Er war sehr groß und ein tapferer ›Fellow‹ – ein Junge –, verstehst? ›Pit‹, sagte der Fellow, ›du mußt nachsehen unter deinem Pillou – deinem Kissen!‹ Da habe ich gelacht und ihn gefragt, ob er meint, es seien ›Spirits‹ – Geister in meiner ›Hät‹ – meiner Hütte. Da er lacht, mein Freund. ›Du wirst schon sehen den Spirit‹, meinte er, und so geh ich mit ihm und hob den Stein, der mir diente als Pillou. Weißt du, wer darunter schlief? Ein großer ›Snäk‹, ein großer Schlang; nun bin ich kein ›Snäktscharmer‹ – kein Schlangenbeschwörer –, es gibt solche Menschen – bei die Indianer zum Exempel. Es war ein ›Rättl‹, ein Klapperschlang; dies Tier, es hat einen Schwanz mit Schuppen aus Horn und die rasseln; zwei Meter war es lang, dies Tier. Ich wollte es nicht gerne töten, denn es war gewesen friedlich zu mir und hatte gestört meinen Schlaf vielleicht nur, wenn es selbst gehabt hat einen ›Driim‹ – wie du sagst? A ja! Einen Traum. Warum soll ein Schlang nicht auch Träume haben und dann pfeifen? Dein Vater, er schnarcht, wenn er schläft, nun, ein Schlang pfeift. Aber der ›Fellow‹, er meinte, ich müsse töten dies Tier, denn es sei giftig. Wenn es beißt, du bist dann tot. So habe ich genommen den Eisenstock, mit dem ich gestemmt habe die Blöcke und habe es gehaut über den Kopf. Es war nicht schön. Ein wenig hat noch gerasselt der Schweif – nicht viel. Und dann ich habe gehabt Ruhe und keinen Pfeifer in der Nacht; aber er hat mir gefehlt, der leise Musikant...«

»Was erzählst du wieder für dummes Zeug!« meinte meine Großmutter; sie stand unter der Tür. Ihr schneeweißes Haar war in der Mitte geteilt durch einen Scheitel, der ihre Kopfhaut sehen ließ; diese war von einem hellen Rosa und so dünn, daß ich immer an ein riesiges Rosenblatt denken mußte, das sie unter ihre Haare gelegt hatte. Doch dies erzählte ich niemandem. Sie stand unter der Tür, hielt ein Wasserglas in der Hand, in dem ein Teelöffel steckte und sprach weiter: »Du mußt deine Medizin nehmen!«

»Wie?«

Die alte Frau trat näher, tauchte den Löffel ins gefüllte Wasserglas und steckte ihn meinem Großvater in den Mund. Der ehemalige Goldgräber öffnete die Lippen – dünn waren sie, wie Pergament –, schluckte das Wasser und meinte traurig: »Viele Löffel werde ich schlucken können, aber das Gehör ist aus meinen Ohren fortgewandert... Luck, my boy – schau mein Junge: Ich glaube immer, die ›Snäk‹ – die Schlang –, wo ich hab erschlagen und zertrümmert den Kopf, sie hat mir gesandt zur Strafe ein Wurm, der ist gekrochen in meine Ohren und hat geschluckt das, womit ich habe gehört. Du verstehst?«

»Und du solltest jungen Menschlein nicht so dumme Sachen erzählen, Pierre«, meinte meine Großmutter. Doch ihre Stimme klang nicht böse, sondern sie enthielt viel Verständnis. Und das merkte der alte Mann, der die Worte von den Lippen seiner Frau ablas. Denn ein Lächeln zog seine dürren Lippen auseinander: »Jaja! Yii, yii! Elisa!...« nickte er.

Später saßen wir wieder allein im Zimmer; durch die Fensterscheiben tröpfelte eine frierende Dämmerung. Der ehemalige Quarzmühlenbesitzer hatte eine seiner trockenen Hände auf meinen Kopf gelegt. Der Rücken dieser Hand war knöchern, die Sehnen, die Venen bildeten ein Netz, das mich an das Gitter meines Bettchens in Wien erinnerte. Und ich hörte, in weiter Ferne, eine Stimme sagen, während die Töne der Klavierbegleitung noch leiser waren: »Plein-d'une-ombre-amoureuse...« Das hieß: »Voll eines liebenden Schattens...«

»Weinst du?« fragte der alte Mann. »Du mußt nicht weinen. Eigentlich...« und er räusperte sich. »...geht es mich ja gar nichts an, wenn du weinst, weil deine Mutter gestorben ist. Schau, ich bin aus der Schweiz geflohen, weil der Tod mir meine Mutter geholt hat. Ich hielt es nicht mehr aus und war doch schon neunzehn Jahre alt. So wenig Geld hatte ich!... Da nahm ich ein Schiff und mußte die Überfahrt erarbeiten...«

Ich hörte meinen Vater im Nebenzimmer stöhnen und wußte nicht, war es die plötzlich eindringende Dämmerung des Südens, war es der muffige Geruch des Zimmers – etwas hinderte mich am Atmen. Und in meiner Brust – nein nicht in der Brust, tiefer noch – hockte wieder die Angst. Schwer ist es für einen Fünfjährigen, die Furcht vor der Dunkelheit, in der er die Einsamkeit kennenlernt, zu vertreiben. Einen Gedanken wurde ich nicht los: »Wenn nun dein Vater stirbt, bist du ganz allein...«

»Du!« wiederholte ich unhörbar leise – leise, weil mein Großvater schwerhörig war. »Ist es nicht falsch zu mir selbst ›Du‹ zu sagen? ›Ich‹ wäre viel richtiger!«

Doch auch das »Ich« schien mir nicht zu stimmen, vielleicht, weil das Wort mir in vier Sprachen bekannt war: »je«, »I«, »io« und »ich« in meiner Muttersprache. Die fremden Wörter, die alle ein »I« besaßen, verwandelten sich in Sprossen; eine Leiter, schwach schimmernd in der Dämmerung, stieg hinauf in eine fremde Höhe. Und ich mußte langsam die Sprossen hinaufsteigen; dies war jedoch gefährlich, weil die Leiter genau auf halber Höhe an einem dicken waagrechten Balken lehnte. Und ich wußte, daß ich die Mitte nicht übersteigen durfte, sonst kippte die nicht weit über mir angelehnte Leiter vornüber, und ihr höchstes Ende, dessen Sprosse ich jetzt als winzigen, leuchtenden Punkt hoch über mir sah, fiel auf die Erde, und ich glitt die Leiter hinab, statt weiter auf ihr emporzusteigen. Doch das wahre »Ich«, das »Ich selber«, das ganz oben zwischen den Sternen als unbekanntes Sternlein leuchtete, zog mich an, und ich begann, die Leiter langsam emporzuklimmen. Doch je müder meine Füße wurden, wenn sie eine neue Sprosse erreicht hatten, desto weiter entfernt glänzte der letzte Stern: mein Ziel... Die Zehen meines rechten Fußes berührten den waagrechten Balken, dessen Enden in der Finsternis verschwanden. Wie hoch durfte ich noch steigen, bevor die Leiter nach vorne kippte und der Stern, droben, wieder die Erde berührte? Zwei... drei... vier... fünf...? Nun sank die Leiter, ich konnte mich festhalten an einer Sprosse hinter mir, doch das winzig leuchtende hohe Ende tauchte hinab und fiel in einen schwarzen Teich, verschwand darin, und Wellen kräuselten sich. Jemand stöhnte in weiter Ferne, näher bei mir aber sang eine Stimme: »Plein-d'une-ombre-amoureuse!« Zwei weiße Hände schwebten vor mir, ich ergriff sie, weil ich abspringen und tanzen wollte im Leeren. Doch nun waren die Hände verschwunden, ich rutschte auf den Sprossen immer tiefer... »Ich... ich... ich...« flüsterte ich. Da klirrte Glas, und ein Erdölgeruch wehte durchs Zimmer. Am Tisch stand meine Großmutter und hielt den Zylinder in der Hand, der auf die Hängelampe paßte. Das dünne Glas schepperte, als sie es einsetzte. Der alte Mann, zu dessen Füßen ich nun wieder saß, hielt noch immer seine dürre Hand auf meinen Kopf gelegt. Leise sagte er: »Elise, der Kleine hat sein Ich gesucht!...«

»Daß ihr Männer euch doch immer mit eurem Ich beschäftigen müßt!« meinte die Großmutter lachend. »Kommt lieber essen, ihr beiden. Heut abend sind wir allein, denn Ida ist bei ihrer Schwägerin eingeladen zusammen mit ihrem Manne, und meinem Sohne Karl geht es besser. Wenn ihr auch hören könnt, wie er stöhnt – das hat nichts zu bedeuten. Sein Abszeß ist aufgesprungen, und ich habe recht gehabt, keinen Arzt beizuziehen. Wenn jemand die Geschwulst aufgeschnit-

ten hätte, wäre dein Vater...« (die alte Dame, die in einem Seidenkleid den Haushalt besorgte, wandte sich mir zu) »...entweder an Blutvergiftung gestorben oder ein Krüppel geworden, der nur noch einen Arm hätte brauchen können. Und wenn ich damals gerufen worden wäre, um seine Frau zu pflegen, wärest du vielleicht keine mutterlose Waise, mein Junge. Schneiden und schneiden – immer schneiden... Ich habe gehört, daß die Doktoren sogar beginnen, mit Nadeln zu spritzen...« (Sie hatte recht – in jenen Jahren fingen die Ärzte mit den subkutanen Einspritzungen an.)
Der alte Goldgräber nickte: »Sie hat recht, meine Frau; glaub mir altem Manne. Wenn du gesehen hättest, wie viele von uns gesund geworden sind, drüben in Frisko, wenn sie den Arm oder das Bein voll Eiter hatten und ihre Haut sich spannte, wie gebleichtes Leder auf einer Trommel... Wir legten Blätter auf – und dann wurden die Männer gesund!«
Von diesen Gesprächen ist mir etwas geblieben, doch war ich froh, als ich mit fünfzehn Jahren operiert wurde – ein Weißmantel, der eine Maske trug, schnitt mir in Karlsruhe den Blinddarm heraus. Sonst wäre ich wahrscheinlich meiner Mutter gefolgt. Am Nachmittage, nach der Operation, kam mich mein Vater im Spital besuchen, und sein Gesicht war bleich. Er hatte Angst gehabt, mich zu verlieren. Diese Angst verging ihm später...
Doch zu Beginn des Jahrhunderts waren die alten Leute im Recht – die Chirurgie stand am Anfang. Es liegt mir fern, eine Behauptung aufzustellen. Es ist so, daß ein Wellental einem Wellenberg folgt. Ich blicke gerne dem Spiele des Meeres zu, fülle meine Hand mit Sand und lasse ihn niederrinnen zwischen den gespreizten Fingern. Wenn ich aufblicke, ist eine Welle, weit draußen, winzig klein; ich senke den Blick, und wenn ich wieder aufschaue, ist die Welle gewachsen; sie bäumt sich auf, ihr breiter Fuß berührt den Strand, und rauschend fällt sie vornüber; das salzige Wasser überflutet den Strand, strömt zurück, es rasseln die Kiesel, die fortgeschwemmt werden. Und eine nächste Welle packt wieder die

Kiesel, trägt sie zurück, und weit draußen schimmern winzige Kämme. Heute glaube ich, daß wir nicht auf einer schaukelnden Leiter unser »Ich« suchen. Doch als ich fünfjährig war, kannte ich noch nicht das Meer...
Mitte Dezember kehrte mein Vater nach Wien zurück und versah wieder seinen Dienst. Ich blieb bis zum Frühling bei den Eltern meiner verstorbenen Mutter in Aussig. Noch heute wundert es mich, daß ich fast alles vergessen habe, was in dieser Zeit geschehen ist. Mein Großpapa, der Herr Regierungsrat, ähnelte meinem Vater, weil auch er des Morgens mit einer ledernen Mappe unter dem Arme zur Schule ging. Außer einer Tochter, meiner Tante Nini, hatte er zwei Söhne: meinen Onkel Julius, den ich »Juli« nannte (er war Leutnant in der österreichischen Armee und glatt rasiert, auch trug er ein Monokel) und den Onkel Franz, der aussah wie der alte Kaiser in seiner Jugend. Zwei braune »Koteletten« wuchsen ihm aus den Wangen; er sollte meines Großpapas Nachfolger an der Handelsakademie in Aussig werden, doch ist ihm dies nie gelungen. Später habe ich ihn in Wien wieder getroffen, da war er traurig, weil er stets einsam lebte und nur an einer kleinen Handelsschule unterrichtete; deshalb heiratete er eine Kellnerin und wurde von der Familie verstoßen. Manchmal – damals quälte ich mich am Elisabethgymnasium ab – wartete er um zwölf Uhr vor dem Schultor auf mich, lächelte trübe, wenn er mich kommen sah, packte mich dann am Arm und begleitete mich ein großes Stück. Seine Frau war stets bei ihm, ein großes, rothaariges Mädchen, das eine Kunst besaß, die mir wegen ihrer Seltenheit Eindruck machte: Sie verstand es, Menschen zu trösten – ohne sie niederzudrücken oder zu beleidigen. Und diese Kunst ist wirklich selten; eigentlich bin ich ihr nur in Wien begegnet...
Als wir damals von Florenz zurückfuhren, über Udine, ging es meinem Vater wieder gut. Er trank nur Wasser – und darüber wunderte sich mein Großpapa, der Herr Regierungsrat, als wir in Aussig ankamen.

»Wenn's doch einen so gueten Wei gübt!« meinte er vorwurfsvoll.

Wir saßen um den runden Tisch, eine große Lampe hing von der Decke, der Onkel Juli hatte sein Monokel ins rechte Auge geklemmt und versuchte zu berlinern. Manchmal setzte er sich in Galauniform an den Tisch: Der Säbelgriff ragte links aus dem Mantel heraus, er trug die hohe Offiziersmütze – bisweilen stand er plötzlich auf, schlug die Absätze zusammen und salutierte. Dann sah man, daß seine Hosen sich spannten, weil sie unter den Sohlen der spitzen Lackschuhe von Riemen festgehalten wurden.

Durch die Stadt Aussig floß ein breiter Strom – war es die Elbe? Ich habe diese Stadt nie auf einer Karte suchen wollen. Oberhalb oder unterhalb der Stadt ragt aus den Fluten ein Felsen auf, gekrönt von einer Burg. Er heißt der Schreckenstein. Und die Burg hat sich in ein Wirtshaus verwandelt. Mit einem Kahne fährt man hinüber zum Felsen, klettert hinauf zur Burg und – ist man oben – singt man ein schönes Lied:

Fahr ma, fahr ma, fahr ma mit der Post!
Fahr ma auf Schreckenstein
Dort wird's recht luschtig sein
Fahr ma, fahr ma, fahr ma mit der Post!

Manchmal kam es mir merkwürdig vor, daß ich mit meinem schwerhörigen Großvater, der auf einer Klapperschlange geschlafen hatte, mich besser verstand als mit dem Großpapa, der lustig tat, mit mir auf den Schreckenstein fuhr und doch stets sorgenvoll dreinblickte, wenn sein Sohn, der Leutnant, wieder in die kleine Garnison zurückkehrte, aus der er in die Ferien gekommen war. Sie hatten es nicht leicht, die kleinen österreichischen Offiziere vor dem Kriege. Sie verdienten wenig und gaben viel aus. Sie spielten Tarock – an dies erinnere ich mich noch, weil Onkel Juli mir einmal dieses Kartenspiel beibringen wollte –, machten Schulden und langweilten sich irgendwo in einem Nest in Galizien; sie suchten eine reiche Frau – aber reich waren eigentlich nur Jüdinnen, und ein Leutnant durfte keine Jüdin heiraten, auch wenn er sie liebte und die Frau sich taufen ließ. Es blieb ihm immer ein Fleck auf der Ehre, wie man damals so schön sagte...

Neunzehnhundertzwölf, als ich schon in der Schweiz war, erfuhr ich, mein Onkel Juli habe Selbstmord begangen. Dann kam eine neue Nachricht: Er hat sich in die Schläfe geschossen, der Schuß ihn jedoch bloß verwundet und seine Augen geschwächt. Er wurde degradiert. Als einfacher Soldat machte er den Weltkrieg mit, stieg wieder auf zum Leutnant und fiel in den Karpaten.

Was aus meinem Onkel Franz geworden ist, weiß ich nicht...

Im Juni neunzehnhunderteins erschien plötzlich in Aussig eine der Töchter Professor Husserls, der ein Kollege meines Vaters war, blieb einen Tag und nahm mich am nächsten mit. Sie gab meinen Großeltern Erklärungen, denen ich nicht zuhören durfte. Ich sah nur, daß meine Tante Nini verweinte Augen hatte. Sie begleitete mich auf den Bahnhof, und ihre Wangen waren unangenehm feucht, während sie mich küßte – das haßte ich. Sie sagte mit weinerlicher Stimme: »Jetzt wird mein Bub eine andere Mutter bekommen!«

Ich verstand sie nicht. Als ich das Fräulein Husserl, welche – und dies habe ich wohl die Pflicht zu betonen – nicht mit dem Begründer der berühmten phänomenologischen Schule verwandt war, im Zuge fragte, wohin die Reise ginge, antwortete sie: »Nach Leipzig.«

Das wunderte mich. Wir besaßen keine Verwandten in Leipzig. Warum mußte ich in diese Stadt fahren, in der mein Vater studiert hatte?

»Dein Vater wird Mitte Juli nach Leipzig kommen«, sagte das Fräulein, das stets verlangte, daß ich sie »Tante« nannte. Doch dies wollte ich nicht. Ich fand, daß ich genug Tanten besaß.

In Leipzig wohnte ich einige Tage bei einem Herrn Sußmann – den kannte ich, weil er uns einst in Wien besucht hatte. Und

dann wurde ich in einer reichen und großen Wohnung untergebracht, an deren Türe ein Messingschild angenagelt war: »Witwe Marie Apitsch.«
Eine alte Dame, die ein schwarzes Spitzenhäubchen auf safrangelben Haaren trug, empfing mich und hielt mir einen Trichter vors Gesicht, der oben schmäler wurde und in einem Gummizapfen endete. Diesen Zapfen steckte die alte Dame in ihr Ohr.
»Ich bin näämlich schwäärheerich, junger Mann!« sagte sie.
Zum ersten Male lernte ich die sächsische Sprache kennen, und sie gefiel mir nicht. Die alte Dame roch penetrant nach Kampfer. Sie führte mich in ein Zimmer, in dem ich mich, trotz meiner Kleinheit, kaum rühren konnte. Denn es war überfüllt mit Möbeln und Koffern, mit Blumenkörben und Vasen, mit Schränken und Kredenzen, mit Tischen und Stühlen und Fauteuils. In einer Ecke konnte ein Pianino kaum atmen, und auf einem Tischchen stand ein Phonograph – das Neueste vom Neuen – mit einem Schalltrichter darauf, der zehnmal größer war als das Hörrohr der Witwe Apitsch. Ich mußte mich in einen Lehnstuhl kauern, die alte Dame kramte in einem der Schränke, fand endlich eine Uhrkette aus Silber, an der eine winzige Damenuhr hing. Diese Kette wurde mir um den Hals geschlungen und die Uhr dann in eine meiner Busentaschen verstaut. Die alte Dame redete und redete, der Kampfergeruch wurde immer stärker im Zimmer, alle Fenster waren geschlossen, die Katleyas stanken nach Knoblauch und die Narzissen nach Friedhofblumen, weil sie welk waren. Bisweilen fragte die alte Dame mich irgend etwas, ich antwortete höflich – und dann traf mich, wie eine Ohrfeige, ein gefisteltes: »Wie?«, und als ich meine Antwort wiederholte, pfiff das »Wie?« noch einmal – mit Schritten, die den Boden zum Wanken brachten, kam die verfettete Dame näher, hielt mir den Trichter ihres Hörrohres vor den Mund, und da hinein mußte ich nun meine Antwort rufen. »Ach sooo!« piepste die alte Dame, brachte das gebohnerte Parkett wieder ins Wanken, trat an den Phonographen, schob eine

hohle Röhre über eine Walze, drehte an einer Kurbel und legte eine Nadel auf die sich drehende Röhre. Aus dem für eine Riesin bestimmten Hörrohre sang ein knarrender Bariton, und die alte Dame sang mit – ausgerechnet die zweite Stimme:

»Des Morgens, wenn die Hähne krähn
Und wenn der Wachtel Ruf erschallt...«
(Wiederholung... hierauf:)
»Dann gehet leise
Nach seiner Weise
Der liebe Herrgott durch den Wald...«

Die alte Dame wollte wissen, ob mir das Lied gefalle, und sie siezte mich. Das war mir ungewohnt. Ich wartete mit der Antwort, bis sie wieder in meiner Nähe stand und brüllte dann ein »Nein« ins Hörrohr.
»Reizend«, meinte die Dame mit den safranfarbigen Haaren. »Reizend, daß Ihnen das gefällt...« Ich wagte nicht, mit den Achseln zu zucken. Eigentlich war ich froh, daß sie »Ja« und »Nein« nicht unterscheiden konnte.
Eine Türe ging auf, und eine hochgewachsene Frau betrat das Zimmer. Sie trug einen breiten Hut, dazu ein Ausgehkleid. Sie setzte sich, und ich sah, daß ihre sehr kleinen Füße in Halbschuhen steckten. Sie saß auf der Armlehne meines Stuhles und legte ihren weichen Arm um meine Schultern.
»Bist du gut gereist?« fragte sie. Und sie sprach nicht sächsisch. Ich nickte.
»Willst du mit mir spazierengehn?« Ich nickte.
»Bist du immer so still?« Ich schüttelte den Kopf.
»Stört dich die Mutter?« Mein Kopf blieb reglos. Ein kluges und gütiges Lächeln entstand auf den Lippen der Frau.
»Komm, Kleiner!« sagte sie. »Wir wollen miteinander Bekanntschaft schließen und sehen, ob wir zusammen auskommen, nicht wahr? Willst du Tante zu mir sagen? Tante Kläre?«
Da mir diese Frau besser gefiel als die Tochter Professor

Husserls, hatte ich nichts gegen die Anrede: »Tante«. Und doch seufzte ich, als ich leise wiederholte: »Tante Kläre. Guten Tag, Tante Kläre...« Es fiel mir auf, daß der Kopf der Frau von Zeit zu Zeit nach der rechten Seite schnellte. Manchmal brachte dies ihren Hut ins Wanken. Doch sie wußte, daß sie diese Bewegung vollführte und entschuldigte sich – zum ersten Male entschuldigte sich ein erwachsener Mensch bei mir. Nein, nicht zum ersten Male. Auch meine Mutter hatte dies getan, doch war die Erinnerung daran untergesunken, aber jetzt tauchte sie wieder auf.
Wir gingen durch die Straßen, und eine behandschuhte Hand hielt die meine, die bloß war.
»Wir wollen dir Handschuhe kaufen... Und einen Anzug... Und Strümpfe und Schuhe... Du siehst ein wenig verlottert aus, Junge!...«
Handschuhe wollte ich nicht, denn es war ja schon Juni; und doch mußte ich ein Paar anlegen. Zum ersten Male hörte ich den Ausdruck: »Das schickt sich so...« Die schlanke, hochgewachsene Frau erzählte mir, sie habe zwei Jahre als Sekretärin in China gearbeitet.
»Ich werde dir dann meine Briefe vorlesen, wenn du willst...« Ich nickte. Es war schön, daß eine Frau mir ein so großes Vertrauen schenkte.
»Glaubst du, daß ich deinem Vater gefallen werde?« fragte mich die Schlanke. Ich nickte wieder schweigend. Denn ich verstand, daß diese Dame meine zweite Mama werden sollte. Und ich hoffte, meinem Vater werde diese Schlanke gefallen.
»Aber deine Mutter kommt doch nicht mit, oder?« fragte ich. Wieder entstand das Lächeln; doch war es ein wenig traurig. Die Hochgewachsene sprach zu mir wie zu einem Erwachsenen – und das hat sie immer getan, bis sie, gequält, unsere Wohnung verlassen mußte...
»Weißt du, alte Menschen sind anders als wir. Sie hat immer in Leipzig gelebt, diese Frau. Darum mußt du nicht richten. Man darf nicht richten, verstehst du?« Ich nickte... Richten!... Richten: das hieß den Stab brechen über den Näch-

sten, ihn verurteilen und verdammen. Es war schön, zu erfahren, daß das falsch war. Wir kauften zwei Matrosenanzüge, eine Mütze, zwei Paar Schuhe, Wäsche und trugen zusammen die Pakete heim. Dann ließ die Schlanke eine Wanne vollaufen, zog mich aus, seifte mich ein, duschte mich, rieb mich trocken, steckte mich ins Bett. Am nächsten Tag sah ich anders aus als sonst. Denn die »Tante Kläre« hatte mir noch die Haare schneiden lassen ... Später, wie es mir schlechtgegangen ist, habe ich oft an jene Frau zurückdenken müssen, die mich vom ersten Tage an gefangengenommen hat. Ohne falsche Schmeichelei, ohne Grobheit, ohne Erzieherei. Nur durch ihre merkwürdig-sichere Güte. Dadurch erregte sie in mir die Überzeugung, ich sei nun nicht mehr allein, sondern ein Mensch sorge für mich; ein Mensch, der mich auch später nicht tyrannisieren würde; nur ein Wunsch quälte die Schlanke, und sie schien die Schwierigkeit seiner Erfüllung zu fühlen: Meine Mutter wollte sie werden. Doch dazu brauchte sie meines Vaters Einverständnis.

Aber fast hätte sich die Heirat zerschlagen. Mitte Juli kam mein Vater – er hatte seine zukünftige Frau vor einem Monat zufällig in Brünn kennengelernt. Nun wohnte er in Leipzig bei seinem Freunde Sußmann und ging mit seiner Verlobten und mir spazieren. Manchmal traf mich sein Blick; er enthielt eine Frage, und meine Augen beantworteten diese Frage mit »ja«.

An einem Sonntag ging ich mit dem bärtigen Manne in die Kirche. Es war ein Zufall. Gewöhnlich mied mein Vater die Gotteshäuser. Heute jedoch nahm er mich an der Hand und ging mit mir in eine große Kirche. Die Orgel dröhnte, Menschen, sonntäglich gekleidet, sangen ernste Lieder, und ein Kruzifix hing an der Wand vor uns.

Der Pastor stieg auf die Kanzel, öffnete die riesige Bibel, räusperte sich, sprach liturgische Worte ... Dann las er die Bibelverse, über die er predigen wollte; er nannte das Evangelium und die Nummern der Verse. Ich war zerstreut, hörte ihm nicht zu, sondern blickte umher und betrachtete die

feisten, die mageren, die leeren Gesichter, die sich mühten, ernst dreinzublicken. Endlich blieben meine Augen am Gesichte meines Vaters haften, und ich wunderte mich, weil es mir vorkam, als zittere der Bart; der Mann neben mir hielt meine Hand und hatte seine Lider gesenkt, drei tiefe, waagrechte Furchen spalteten fast seine Stirnhaut. Ich konnte meine Blicke nicht abwenden von diesem Gesichte, darum verhallte der Wörterschwall, der von der Kanzel plätscherte – ernst und doch gleichgültig, oberflächlich überzeugt, verhalten und doch glaubenslos – in dem riesigen Raume. Auf den Rand der Kanzel stützten sich die Hände des Pastors, plötzlich wendete ich den Kopf, weil die Stimme des Lesenden lauter, eindringlicher geworden war, ich sah die Finger sich spreizen und die weiten Ärmel des Talars wie Flügel wehen.
Es las jedoch die eindringliche Stimme – und der Kopf des Kanzelredners blieb gesenkt: »Da Er aber in das Haus kam, ließ Er niemanden hineingehen denn Petrus und Jakobus und Johannes und des Kindes Vater und Mutter. Sie weinten aber alle und klagten um sie. Er aber sprach: ›Weinet nicht, sie ist nicht gestorben, sondern sie schläft...‹«
Und nun wandte ich wieder den Kopf dem breitschultrigen Manne zu, der, sonntäglich gekleidet, mit einer schiefen Krawatte unter seinem Barte neben mir saß. Ich sah, wie der Kopf sich senkte, wie die Hände sich verkrampften und die Rechte, die mir am nächsten war, sich von der Linken löste; nun umkrallten die Finger meinen Arm. Das wohlgebildete, oft streng geformte Gesicht schien alle Härte eingebüßt zu haben, plötzlich sah es aus, als bestünde es aus zu lang gekochtem Fischfleisch. Mein Vater stand auf und hielt seinen Hut fest gegen seine Brust gepreßt, ich drückte mich, gefolgt von dem großen Manne, den ich fast ziehen mußte, an den Andächtigen vorbei, die auf unserer Bank saßen und uns vom Mittelgang trennten. Dann schritten wir auf den Fußspitzen dem Ausgange zu, die Rechte meines Vaters löste sich von meinem Arm und krallte sich in meine Schulter. So ward ich der Stab, auf den der plötzlich Gealterte sich stützte, während

er die Stufen hinabstieg, um die festtäglich-leere Straße zu erreichen.
Mein Vater schwieg.
Immer noch auf mich gestützt, ging er weiter und weiter, bog um eine Straßenecke, schritt die nächste auf dem Gehsteig entlang, bog wieder ab, eine dritte, vierte, fünfte Straße gingen wir entlang, und neben mir schleiften die Sohlen der großen Schuhe über die Steine. Endlich gelangten wir an den Rand der Stadt, einzelne Villen standen inmitten von Bauplätzen, und Schotter lag auf der Straße. Auch die Bauplätze verschwanden hinter uns, ein Zaun umgab eine Wiese, auf der das Gras schon hoch stand. Glockengeläut aus der Stadt warf über das grüne Land ein Netz, das bisweilen zerrissen wurde von den heißen Messerklingen des Mittagswindes. Dort stand ein Apfelbaum und blühte weiß, seine samtenen Blütenblätter schneiten auf die Wiese. Doch der schwere Mann, dessen Stab ich immer noch war, ging durch die hohen Halme – er, der stets sich ärgerte, wenn ein Städter über eine ungemähte Wiese stampfte. Nun stand er vor dem blühenden Baume, seine Hand löste sich von meiner Achsel – und dann brach der Starke zusammen. Doch nicht lange kniete er auf der Erde, er drehte sich um und lehnte seinen Rücken an den Stamm des Baumes. In seinen Haaren, in seinem Bart blieben weiße Blütenblätter hängen; da saß er nun, umgeben von den hohen Gräsern, den Himmel über ihm zersplitterten die belaubten Äste, sein Hut lag neben ihm. Bisweilen öffneten sich die Lippen meines Vaters, schlossen sich wieder, sein Mund schien etwas zu kauen – obwohl er leer war. Nun zog der Sitzende sein Taschentuch und trocknete sein Gesicht; ich sah keine Schweißtropfen, aber eine dünne, feuchte Schicht überzog die Haut.
»Elle n'est pas morte, mais elle dort...«, flüsterte der Mann, und ich sah, daß sein Bart, sein Schnurrbart mit weißen Fäden durchsetzt war. »Sie schläft... Vielleicht schläft sie wirklich? Wer weiß es? Und wenn sie aufwacht und findet eine andere in ihren Räumen, was wird sie dann sagen? Glaubst du...

soll ich? Ich tue es nur, damit du nicht allein bist... Verstehst du? Hast du Angst vor einer Stiefmutter? Ich weiß nicht mehr, wie man fühlt, wenn man klein ist, zu viele Jahre sind seit jener Zeit vergangen. Ich habe nie jemanden um Rat gefragt – und doch frag ich heute dich. Denn du gehörst zu mir. Oder? Gehörst du nicht mehr zu mir? Was hältst du von der anderen? In einem Monat erhältst du eine neue Mutter. Sie ist reich, weißt du? Wir werden eine große Wohnung mieten, ich habe sie schon gefunden. Sechs Zimmer, Küche, Bad, Waschküche, Balkon. Im dritten Stock, weit oben! Und unter uns wird ein Park sein, der Kolschitzkypark... Nächstes Jahr, im Herbst, wirst du in die Schule gehen, in die Volksschule, und nach vier Jahren kannst du dann das Gymnasium besuchen, das ganz in der Nähe unserer zukünftigen Wohnung liegt. Kaum zehn Minuten Weg wirst du haben – aber du wirst mich am Morgen ein Stück weit begleiten –, dann sind wir allein und können miteinander sprechen. Ich war immer der Erste meiner Klasse und habe viele Preise bekommen – Bücher, viele Bücher, und einen Kranz aus Lorbeer. Wirst auch du mir Ehre antun? Sag! Sprich jetzt!«
Das Gesicht war wieder hart geworden. Neben der blauen Iris des rechten Auges stach ein roter Fleck von der weißen Hornhaut ab. Mein Vater fuhr fort – und zeigte auf sein rechtes Auge: »Siehst du den roten Fleck? Auch du hast ihn, an der gleichen Stelle. Das ist ein Zeichen, daß wir vom gleichen Blute sind – er stammt von weit her, dieser rote Punkt. Mein Vater besitzt ihn, und auch mein Großvater war stolz auf ihn. Schau, so leben die Geschlechter weiter. Hast du nie daran gedacht, daß mein Weg ein anderer war, als der meines Vaters? Er war ein Abenteurer und wäre jetzt ein armer Mann, und nie hätte ich mich hinaufarbeiten können, wenn meine Mutter ihren Mann nicht im Zaum gehalten hätte. Und deiner Mutter verdanke ich viel... Ich weiß nicht, darf ich oder darf ich nicht einer anderen den Platz anbieten, den meine Frau einmal einnahm? Was meinst du?«
Ich schwieg. Auf dem Rücken lag ich im hohen Gras und

blinzelte in die Sonne. Es kam mir vor, als sei mein Kopf ein ähnliches Instrument wie jenes, das mit Hilfe einer Nadel ein Lied von einer Walze kratzte. Doch in meinem Kopfe steckte eine leere Walze, und eine Nadel grub Linien ein in sie, denn die Worte, die ich hörte und nicht verstand, brachten die Walze zum Drehen, und ein Stift, von dem ich nichts wußte, kratzte und kratzte die Sätze auf das glatte Wachs.
»Ich weiß nicht, Patschika...«, sagte ich. »Mit mir ist sie gut. Nicht so gut wie...« Ich schwieg, denn das lange Wort, das ich nicht verstand, sang in meinen Ohren: »Plein-d'une-ombre-amoureuse...« Ich lag im Gitterbett, die Türe stand offen, es schwieg das Lied, und die Stimme las laut die Geschichte von den »Drei Ringen«... Am vierten Finger der Rechten trug mein Vater einen doppelten Ring – er hatte den Ehering meiner verstorbenen Mutter vergrößern und mit dem seinen zusammenschweißen lassen.
»Du weißt nicht!« sagte der Bärtige streng. »Du bist groß genug, um es zu wissen! Wenn ich einmal offen zu dir spreche, verstehst du mich nicht! Was sagte die Großmutter in Italien zu dir? Sprach sie zu dir von einer neuen Ehe?«
Ich schüttelte den Kopf. Es war mir, als zerspringe die Walze aus Wachs, die sich in meinem Kopfe gedreht und die Worte aufgezeichnet hatte.
»Komm, laß uns heimgehen! Heut gibt es Gäste. Du wirst deine Kusinen kennenlernen und deine Tante Hedwig und ihren Mann, den Onkel Sachse... Komm!«
Festlich war der Tisch gedeckt. Mein neuer Onkel – der also Sachse hieß – war lange in China gewesen, doch stammte er aus Hamburg und wohnte in einer Stadt am Meere. Sogar den Titel eines Konsuls hatte er sich angeeignet – vertrat er nun Paraguay, Uruguay, Chile oder Honduras, das wußte ich nicht. Ein Fettwanst war er, mit einem Spitzbäuchlein, und eine Glatze glänzte auf seinem Kopf. Er sagte »S-tein« und »ges-tohlen«, doch meine Tante Hedwig sächselte nicht einmal, sondern sprach mit meinem Vater französisch.

Der Tisch war wahrhaftig reich gedeckt, denn Onkel Sachse war Millionär, wie meine Kusine Erika mir vorplapperte. Die blonden Haare dieses Mädchens fielen ihm gelockt über den Rücken, und es gab mir einen Kuß. Mit fünfeinhalb Jahren verliebte ich mich in die siebenjährige, und wir kamen gut miteinander aus. Sie erklärte mir, was das Wort »Millionär« bedeutete. Ob ich mir vorstellen könne, was das bedeutete, eine Million Mark zu besitzen? Ich schüttelte den Kopf. Sie spreizte die Finger der beiden Hände: »Das bedeutet zehn!« sagte sie. Und wenn man sich zweihundert Hände denke, so seien das tausend Finger. Nun müsse ich mir vorstellen, daß ... Sie sprach von zweitausend Händen, die noch einmal zweitausendmal vorhanden seien, dann gäbe es eine Million Finger. Nun müsse ich statt an Finger an Mark denken, an Banknoten, dann könne ich mir erst vorstellen, wie reich ihr Papa sei.
Er besitze eine Villa an der großen Alster, und wenn ich im Winter einmal zu Besuch käme, würden wir dort zusammen Schlittschuh laufen – und sicher würde ich ein großes Zimmer für mich allein bekommen, gleich neben dem ihrigen, und ob ich auch gern in der Nacht Geschichten erzähle und Geschichten zuhöre? Ja? Das sei fein! Sie trug ein weißseidenes Kleid, und über ihrer Stirn wurde ein Teil ihrer Haare von einem blauseidenen Bändchen zusammengehalten. Ich kam mir armselig vor, weil Erika die Art kritisierte, wie ich Messer und Gabel hielt.
»So ißt man nicht in feinen Häusern! Nun, du wirst es schon lernen. Also, die Tante Kläre wird deine Mama? Da hast du nicht viel Glück. Meine Mutter ist eine viel feinere Frau. Die Kläre aber ist ›hüs-teerisch‹, verstehst du?« Nein, ich verstand nicht, was das war: »hüs-teerisch«, doch wollte ich mich nicht blamieren, darum nickte ich weise und sagte: »Soso, also ›hischterisch‹ ist sie! Jaja! Traurig!«
Während Hedwig meine Aussprache ordinär fand, gab es einen Knall. Onkel Sachse hatte kunstgerecht den Pfropfen einer Champagnerflasche springen lassen. Diese schäumende

Flüssigkeit, diese gebauschte Flasche war mir fremd. Man schenkte mir einen Schluck des Getränkes in mein Glas. Es biß mich auf der Zunge und schmeckte süß.
So wurde damals eine Verlobung gefeiert...
Und dann gab es den Polterabend; natürlich war Onkel Sachse – (warum nannte man nur diesen dicken, halbkahlen Mann mit den spärlich-fettigen Haaren bei diesem Namen?) – anwesend und ließ aus den dicken Champagnerflaschen die Pfropfen knallen. Die Damen trugen lange Röcke, die waren stahlblau, rosenrot, grünspanfarbig. Die Herren – außer dem Onkel Sachse und meinem Vater (die beiden Männer haßten einander, was man der süßlichen Art anmerkte, mit der sie miteinander verkehrten) war noch anwesend Herr Sußmann, der auch reich war, sowie dessen zwei Söhne, achtzehn und zweiundzwanzig Jahre alte Studenten –, die Herren also trugen Gehröcke und Stehkragen mit fertigen schwarzen Krawatten, die immer zur Seite rutschten und den Kragenknopf glänzen ließen. Meine Kusine Erika besaß eine Schwester namens Lilli, ein Mädchen in meinem Alter; auch andere, mir unbekannte Verwandte der Familie Apitsch hatten sich eingefunden mit ihrem Nachwuchs. Um zehn Uhr abends mußten wir Kinder eine Pantomime aufführen; die Frauen zogen uns braune Kutten an, klebten uns Wattebärte ans Kinn und über die Wangen und krönten unsere Köpfe mit Spitzenmützen. Wir mußten einen Tanz aufführen, während Tante Hedwig – die Schwester meiner zukünftigen Mutter – den Flügel bearbeitete. Während wir tanzten, sangen wir ein Lied:

»Wir sind die Zwerglein und bringen Gold,
Wir sind dem Paare gut und hold...«

Ich weiß nicht mehr, wer dies schöne Lied gedichtet, wer es komponiert hatte. Unsere Strümpfe verzogen sich über unseren dünnen Waden, uns war heiß – und wir schämten uns. Denn wir alle konnten die Worte des Publikums nicht leiden, das während des Applaudierens gurrte wie Tauben:
»Wie süß sind diese Kleinen! Nein, wie süß und lieblich, findest du nicht auch, Grete? Und du, Hedwig? – Wie schade,

daß du nicht mehr Klavier spielst, du hast ein Talent in dir, das an Schenie grenzt...«
Mir gefiel die Frau des hamburgischen Millionärs, der Konsul eines winzigen südamerikanischen Staates war. Denn ohne daß sie es deutlich zeigte, fühlte ich doch, daß auch sie derartige Familienabende verabscheute. Und dann, einmal – es war schon spät – traf ich sie in der Garderobe, in der ich mein Zwergenkostüm auszog. Ich saß da, allein, denn die anderen Kinder waren an derartige Feierlichkeiten gewöhnt – und darum schnell mit dem Umziehen fertig geworden. Tante Hedwig trat in das Nähzimmer, das an diesem Polterabend als Garderobe diente, setzte sich auf einen lehnenlosen Küchenstuhl und begann ein Loch zu flicken, das sie sich in ihr stahlblaues Kleid gerissen hatte.
»Nanu?« fragte die große Frau, deren sehr langes Gesicht mich an eine Stute erinnerte. »Was machst du da? Gefällt es dir nicht bei uns?«
»Doch... Schon, Tante... Aber...«
»Mhm«, meinte die Frau und zog die Spitze eines Fadens zwischen ihren Lippen durch, weil sie eine winzige Nadel damit einfädeln wollte. Mit den Nägeln packte sie die durchgeschlüpfte Spitze, zog den Faden durch und begann zu sprechen, die Augen auf den Riß in ihrem Kleid gesenkt. »Leicht hast du's nicht, Kleiner. Ich weiß es. Schließlich, man kann sagen was man will, du bist nirgends verwurzelt... Verstehst du? Hast keine Erde, in der du wachsen kannst. Durch den Vater bist du Schweizer, und deine leider verstorbene Mutter war eine Österreicherin. Nicht wahr? Siehst du... Noch immer suchst du den Boden, in dem du wachsen kannst. Du hast es schwerer als die Pflanzen. Die suchen nicht. Entweder trägt der Wind ihren Samen auf ein anderes Feld, oder ein Bauer setzt das Pflänzlein um und es gedeiht dann oder stirbt ab. Du kommst mir vor, kleiner Neffe, wie eine Pflanze, die nicht recht weiß, soll sie wachsen, soll sie abserbeln...« (›Abserbeln?‹ Woher kannte die große, ein wenig dicke Frau dieses Wort?) »Wir wollen schauen, wie es

dir gehen wird, nicht wahr? Weißt du, meine Schwester mag dich gerne, das hat sie mir erzählt, und sie war offen, obwohl sie sonst gerne lügt. Das sollte ich dir nicht erzählen – aber ich halte dich für einen verschwiegenen Jungen, und darum möchte ich dir sagen: ›Paß auf, kleiner Junge!‹ Denn deine neue Mama wird es schwer haben mit ihrem Herrn Gemahl, deinem Vater. Er scheint nicht gerade ein einfacher, ein leicht zu verstehender, ein leicht zu führender Mensch zu sein ... Was für ein Deutsch sprech ich auch heut' abend! Daran ist der Champagner schuld. Nun, du wirst bald in die Schule gehn, in den Ferien lad ich dich ein zu uns. Du hast dich ein wenig in mein Töchterchen vergafft, das schadet nichts. Mit dir komme ich schon aus – aber mit deinem Vater ... Schwer werden für dich die nächsten Monate sein. Hast ja anderthalb Jahre oder noch länger die Rolle einer Hausfrau gespielt, warst die einzige Gesellschaft deines Vaters, oder?«
Ich nahm einen Anlauf: »Du«, sagte ich. »Weißt du, daß meiner Mutter Bild über dem Schreibtisch meines Vaters hängt? Wie wird Tante Kläre das aufnehmen?«
Noch heute weiß ich nicht, wie ich dazu kam, diese sonderbare Frage zu stellen. Die Frau im stahlblauen Kleid spitzte die Lippen, pfiff leise das Stück eines Liedes, während sie weiter nähte. Endlich beugte sie den Kopf herab zu ihrem geflickten Kleid und biß den Faden ab. Ihre Lippen waren geschürzt.
»Ratschläge, kleiner Mann? Ich? Unmöglich! Es wird der neuen Mama schwerfallen, das Bild der Toten so nahe vor ihren Augen zu haben, stets und stets, Tag um Tag. Doch da muß *sie* eine Lösung finden. Ich als Schwester, als verheiratete Schwester mit drei Kindern, habe da wenig zu sagen ... Bist nicht dumm, Bürschchen; werden wir Freunde sein? Kannst du schon lesen?« Ich nickte. Meine Mutter hatte mir die Buchstaben beigebracht, und als ich lesen konnte, fuhr ich mit dem Zeigefinger die Zeilen entlang und verstand, was ich las: den »Kalif Storch« und »Schneewittchen«. Und nach dem Tode meiner Mutter las ich auch des Abends, wenn mein

Vater spät heimkam, um mir die Wartezeit zu vertreiben. Vom Schreiben aber verstand ich nichts.
»Mit fünfeinhalb lesen! Das ist schön! Du bist ganz anders als dein bärtiger Vater. Hast ein anderes Gesicht.«
»Das Gesicht und die Augen meiner Mutter!« sagte ich stolz.
»Sieh mal an! Schaut schon in den Spiegel, der Fratz! ... Na komm, wir wollen wieder zu den andern gehen ...« Sie stand auf. Und ich schreckte zusammen, denn draußen hörte ich viel Geschirr auf dem Boden zerschellen.
»Das nennen wir Polterabend«, sagte die Frau. »Es gibt Leute, die so etwas schön und lustig und originell finden – weiß du, was originell ist? Nein? Macht nichts ... Also schön finden! Ich hab es immer sehr dumm gefunden. Sitzt mein Rock nun, kleiner Mann?«
Ich nickte zuerst, dann sah ich genauer auf das Abendkleid, eine Falte störte mich, ich zog sie glatt. »Jetzt stimmt's!« meinte ich ernst. – Das Lächeln der Frau mit dem hellen Stutengesicht war freundlich und rätselhaft.
»Wo warst du, Vetter?« fragte mich Erika, als ich durch den Gang schritt. Sie hakte sich ein bei mir, und zusammen betraten wir den Salon. In einer Ecke des Sofas saß die alte Frau Apitsch, es umgab sie eine Wolke von Kampfergeruch, sie hielt ihr Hörrohr am Ohr und ließ es hin und her pendeln, so als wolle sie jedes Gespräch einfangen. Der hamburgische Millionär spielte zusammen mit dem alten Sußmann und seinen beiden Söhnen Skat. Auf dem Klavierstuhl, der viel zu klein für ihn war, hockte mein Vater einsam, die Ellbogen auf den geschlossenen Tastendeckel gestützt, und sein Gesicht drückte Langeweile und Unmut aus. Manchmal gähnte der Bärtige, hielt aber nicht die Hand vor den offenen Mund. Dann entstand im Raume ein verurteilendes Schweigen. Meine zukünftige Mutter ging im Zimmer hin und her, bediente hier, servierte dort – Kaffee, Likör, Wein. Ich hörte sie sagen: »Gefällt es dir nicht bei uns, Karl?«
Mein Vater schreckte auf wie aus einem Traum. Er nickte, versuchte ein Lächeln, das mißlang, und antwortete in seinem

harten Deutsch: »Dock, Dock, Klarra!« Beruhigt ging die Schlanke weiter, blieb an der Kredenz stehen und nippte an einem Likörgläschen. Ihre Augen waren verdreht. Es sah aus, als wolle sie prüfen, was mein Vater – ihr zukünftiger Mann – zu dieser »Freiheit«, die sie sich erlaubte, wohl sagen würde.
»Bonsoir, mon fils!« sagte mein Vater, denn er erblickte mich zuerst vor all den andern, die über irgend etwas ziemlich blöde lächelten.
»Bonsoir, Patschika«, antwortete ich und kroch auf seine Knie. Ich legte den Kopf auf seine rechte Brustseite, ein wenig kitzelte sein Bart meine Nase – dann schlief ich ein ...
Am nächsten Tage heiratete der Herr Professor Fräulein Klara Apitsch in der Thomaskirche zu Leipzig. Es war zehn Uhr morgens, und ich trug die Schleppe meiner neuen Mutter. Zu Mittag gab es ein großes Essen in einem bekannten Restaurant, wieder mußte ich als Zwerg auftreten, und um vier Uhr nachmittags fuhren wir zu dritt nach Wien, wohnten in unserer alten Wohnung noch zwei Wochen und siedelten dann in die Kolschitzkygasse über, dort, wo diese Straße zu Ende geht und der Park gleichen Namens beginnt. Die Straße aber ist benannt nach einem Manne, der nach der Türkenbelagerung Wiens die Kaffeesäcke hamsterte und das erste Wiener Café eröffnete.
Meine zweite Mutter brachte eine große Mitgift mit in die Ehe. Das verdroß wohl meinen Vater am meisten. Er fühlte sich nicht mehr unabhängig und vermißte die kleine Zweizimmerwohnung. Die neue war sehr groß: Das Eßzimmer und der Salon blickten mit zwei riesigen Fenstern hinunter auf den Park, in dem die Bäume noch sehr klein waren, denn der Park bestand erst seit vier Jahren. Nach dem Salon gab es eine Ecke, auf die weitere vier Zimmer folgten: ein Gastzimmer, mein Schlafzimmer, der Arbeitsraum meines Vaters und das Schlafzimmer der Eltern. Hinten, auf den Hof hinaus, ging die Küche, an ihr klebte die Mädchenkammer, dann kam eine Waschküche und endlich, ganz nahe beim Salon, der Baderaum.

Die Mitgift meiner neuen Mutter hatte die Möbel angeschafft, die zum Füllen der Wohnung nötig gewesen waren. Mit der schlanken Frau, die ich zuerst Tante Klara genannt hatte, und zu welcher ich nun »Mama« sagte (mit dem Akzent auf der zweiten Silbe), kam ich gut aus. Wir waren an den Abenden viel allein. Dann packte sie aus einer großen Schachtel alte Briefe aus und las sie mir vor. Auf den Etageren des Salons standen ihre Erinnerungen aus China, winzige Pagoden, die klingelten, wenn man durchs Zimmer schritt, kleine Elefanten aus Elfenbein, Dolche und Stäbe aus Ebenholz. Meine Mama las mir vor aus ihren alten Briefen, welche sie von ihrer Familie zurückverlangt hatte. An den Wänden der Wohnung hingen Ölgemälde, die von meiner Tante Ida stammten: Der Genfersee auf ihnen war von süßlich blauer Farbe, in die sich an den Rändern ein Rosa mischte; dann gab es andere Bilder, auf denen das Meer regungslos gefrorene Wellen warf – man mußte die Betonung hören, die meine neue »Mama« dem Worte »Meer« gab –, und Felsen ragten aus der Flut, während am Himmel jagende Wolken vom Maler an den breiten, schwarzen Rahmen geklebt worden waren.
Doch im Arbeitszimmer meines Vaters hingen keine Ölgemälde, nur Fotografien. Seine Mutter hing zwischen den beiden Fenstern, die auf die Kolschitzkygasse blickten, in ihrem schwarzen Seidenkleide und der Kamee unterm Kinn; sein Vater trug an der Wand, neben der Türe zum Gang, ein rundes Käpplein, und sein kurzer Bart war vom Fotografen geweißt worden. Aber auf den mit Säulchen verzierten, maserierten Schreibtisch blickte eine junge Frau – und die brünetten Haare (denn die vergrößerte Fotografie war gefärbt) bildeten ein kleines Gebirge über dem sanften Gesicht. Sie schaute dem bärtigen Manne zu, wenn er schrieb in seiner winzigen Schrift, deren »f«, »g« und »h« verschnörkelt waren. Sie blickte stumm hernieder, und bisweilen wechselte der Bärtige einen Blick mit den Augen des Bildes. Er saß in einem bequemen Schreibtischstuhl, eingehüllt in einen Schlafrock aus Kamelhaar, und seine neue Frau störte ihn nie. In ihrem

Reiche, dem Speisezimmer, dessen Fenster auf den neubepflanzten Park blickten, war der Eßtisch übersät mit alten Briefen, und sie wühlte in den Papierfetzen, holte ein Blatt hervor und begann, es laut vorzulesen. Ich aber lauschte den Worten, gedrückt in eine Ecke des mit grünem Plüsch überzogenen Sofas, die Beine hinaufgezogen, und saugte am Daumen meiner linken Hand. Dieser Finger wurde kleiner als jener der Rechten, so daß ich schon mit fünf Jahren rechts und links unterscheiden konnte – ich brauchte nur meine Daumen zu betrachten...

Ich weiß, viele Menschen werden die Erinnerungen, die ich auskrame, langweilig finden. Wie viele Schreiber haben schon von Onkeln erzählt, welche österreichische Offiziere waren und dann einen Selbstmordversuch begingen; wie viele haben von der Stiefmutter erzählt und von jener Zeit vor dem großen Kriege, in der die Luft sich änderte, der Himmel seine Farbe verlor und die Winde zitternd und schwächlich über die Länder schlichen. Ich weiß auch nur zu gut, daß keine Entschuldigung zu finden ist, wenn ich jene Zeit so darstelle, wie sie in meiner Erinnerung zurückgeblieben ist – aber vielleicht gibt es noch Menschen, welche mir recht geben und sagen: »So war diese Zeit und nicht anders. Jene aber, welche versuchen, ihrer Leere Inhalt zu geben, ihrer Farblosigkeit Buntheit zu schenken – jene lügen...« Ich hoffe, daß es solche Menschen noch gibt, geboren in den letzten Jahren des vorigen Jahrhunderts oder in jener Wendezeit, die keine war, als die drittletzte Zahl unserer Zeitrechnung sich in die folgende Ziffer verwandelte. Denn ein Irrtum ist es, zu glauben, der Krieg und die Krankheit, die noch jetzt als chronische uns bedrückt, habe erst im vierzehnten Jahre des neuen Säkulums begonnen. Der Anfang reicht weiter zurück...

Das österreichische Parlament stand fast gegenüber dem Burgtheater, von ihm nur durch eine breite Straße getrennt, welche der »Ring« hieß. Vor diesem in griechischem Stile erbauten Hause stand die Statue einer riesigen Minerva, deren Helm goldig schimmerte, weil er jede Woche neu poliert

wurde, um nicht glanzlos zu werden. Der Ruß der großen Stadt regnete und regnete, der Wind trieb ihn, denn die alte Haupt- und Residenzstadt der habsburgischen Monarchie hatte früher »Vindobona« geheißen, und uns brachte man in der Schule bei, dieses Wort sei eine Verballhornung von »Windewohn« – die »Wohnung der Winde«.
Die Schule, in welche ich mit sechseinhalb Jahren aufgenommen wurde, nannte sich »protestantisch« und stand dem Naschmarkt gegenüber. Der Naschmarkt war ein freier Platz, auf dem Blumen-, Früchte-, Fische-, Fleisch- und Gemüsehändler und -händlerinnen ihre Ware verkauften. Die Schule aber, in die ich ging, war ein Haus aus roten Backsteinen, in den Mauern seiner Gänge öffneten sich viele Türen, es gab vier erste Klassen, drei zweite, drei dritte und zwei vierte.
Im September neunzehnhundertzwei trat ich in die unterste Klasse ein und brauchte erst nachmittags um ein Uhr in den Unterricht zu gehen, der bis vier Uhr dauerte. Dann kam mich die »Mama« abholen, überquerte mit mir den großen Platz, der vor der Schule zum Teil als Park sich ausbreitete – ein Denkmal stand darin, bestimmt, jenen Mann unsterblich zu machen, der die Schiffsschraube erfunden hatte. Doch vermag ich mich nicht an seinen Namen zu erinnern.
Dieser Platz – zur Hälfte Park – wurde durch eine breite Straße vom Naschmarkt getrennt. In ihm stand ein Holzhäuschen, in dem eine alte Frau Milch verkaufte. Die »Mama« kaufte mir ein Glas und ein Stück Kuchen. Das war mein Vesperessen. Und nachher gingen wir weiter, gelangten zu einem hohen Hause, das neben der Handelsakademie lag, in welcher mein Vater unterrichtete und in dessen Parterre ich mit andern Kameraden, deren Eltern auch wohlhabend waren, Turnstunden nahm, während die Mütter schwatzend längs den Wänden saßen und ihre breiten Hüte wippen ließen. Um sechs Uhr abends kam ich heim, mußte eine Stunde lang Aufgaben machen und diese Arbeit am nächsten Morgen fortsetzen.

Mein Lehrer hieß Sieburg, ein Mann mit einem blonden Schnurrbart, der mich haßte. Den Grund für diesen Haß habe ich nie erfahren können. Das Schreiben machte mir Mühe, daher gab mir Herr Sieburg stets eine »drei« – und die »eins« war die beste Note. Meinen Vater ärgerte es, daß ich so schlecht abschnitt, ich mußte üben und üben, die »Mama« stellte mich in die Ecke, wenn eine Seite verpatzt war, und ich ließ meine Tränen fließen.

Wir haben die Pflicht (so scheint es mir wenigstens), zu erzählen, wie wehleidig unsere Jugend war, verglichen mit der heutigen, die in manchen Ländern als Boy-scouts Mut lernt, in andern schon mit fünf Jahren aus kleinen Gewehren schießt.

Und doch weiß ich nur zu gut, wie böse ich war, als mein Vater mir einmal, vor den Ferien, keine Armbrust kaufen wollte – ich erinnere mich an das große Glück, das ich empfand, als ein Knecht mich lehrte, aus einem dicken Haselstekken einen Bogen zu spannen und aus den dünnen Ruten Pfeile zu schnitzen, in deren Spitze ich einen Schuhnagel schlug, weil das vordere Ende schwerer sein mußte als das hintere. Sonst fiel der Pfeil zu Boden oder drehte sich in der Luft, statt das Ziel zu treffen.

Herr Sieburg beschenkte meine Schreibübungen so lange mit einer »drei«, bis mein Vater mir einen Theaterbesuch versprach, sobald ich eine »eins« heimbrächte. Zwei Tage nach diesem Versprechen kam Herr Sieburg nicht mehr in die Klasse 1a. Er lag mit einer Lungenentzündung im Bett, und sein Vertreter war ein gütiger, älterer Herr. Ich legte ihm zitternd mein Heft auf den Flügel, der in einer Ecke der Klasse stand – auf ihm begleitete der Herr Lehrer stets unseren Gesang –, und der Vertreter sah sich meine Schrift gar nicht an, sondern nur mein Gesicht; er lächelte, nickte, malte mit Rotstift eine riesige »eins« auf die Seite, unterzeichnete diese Note mit seinen Initialen und gab mir das Heft zurück.

Zwei Tage später wurde ich in die Oper geführt und sah Humperdincks »Hänsel und Gretel«. Meine »Mama« war entsetzt, weil mich nur die Musik interessierte und weil ich wissen wollte, wie der Flug der Hexe durch die Luft »gemacht« wurde. Die Schlanke fand, ich habe »keine Phantasie«. Doch da mir die Musik gefallen hatte, durfte ich von nun an nur dreimal in der Woche turnen gehen. An den andern Tagen kam eine stark parfümierte Demoiselle ins Haus und gab mir Klavierstunden. Nachher klagte ich gewöhnlich über Kopfschmerzen. Darum verschwand die Klavierlehrerin wieder nach einem Jahre, und ich mußte die »Urbansche Musikschule« besuchen. Das war mir lieber, denn eine Schulstunde dauerte neunzig Minuten, von denen ich nur eine Viertelstunde spielen mußte. Den Rest der Zeit hörte ich den Übungen meiner Mitschüler zu – und eine halbe Stunde lang trichterte uns die Lehrerin, die keine Wohlgerüche ausströmte, Theorie ein.

Damals besuchte ich schon die zweite Klasse, und ein anderer Lehrer unterrichtete uns, andere Kameraden saßen mit uns auf den niederen Bänken. Viele von ihnen lebten in den Armenquartieren, ihre Hosen waren geflickt, und auf die durchwetzten Ellbogen ihrer Röcke waren andersfarbige Stoffstücke genäht. Auf diese mageren und blassen Bürschchen hatte es der Lehrer abgesehen. Uns, die wir aus »wohlhabenden Kreisen« stammten, rührte er nie an, doch fragte er uns aus, und wenn er einen der »Feinen« dazu bringen konnte, einen »Geflickten« zu verraten, packte er den Armen am Ohr, zerrte ihn bis zu seinem Pulte, legte ihn mit dem Bauch auf den Tisch, der neben dem Pult stand, und begann den Rücken des Jungen mit seinem Rohrstock zu bearbeiten. Die »Feinen« lachten, klatschten, freuten sich, der Herr Lehrer nickte ihnen zu, so als wolle er sagen: »Hab ich nicht recht?« Der »Arme« schlich auf seinen Platz zurück, gebeugt, seine roten Augen tränten, zerrissen war der Stoff seiner Hose und seines Rockes.

Es mag wohl in der zweiten Schulwoche gewesen sein, daß ich eine derartige Exekution, die sich nachher oft noch wiederholen sollte, zum ersten Male sah. Am nächsten Morgen

frühstückte ich zusammen mit meinem Vater – die »Mama« war noch nicht aufgestanden. Er füllte meine Tasse mit Milch, ich trank zwei Schlücke und hatte dann gerade noch Zeit, hinauszulaufen. Denn mein Magen spie die Milch aus.
Als ich zurückkehrte, habe ich wohl sehr gelb ausgesehen, denn mein Vater blickte mich ängstlich an – wahrscheinlich fürchtete er, ich könne auch an einer Blinddarmentzündung erkranken und an dieser sterben. Er läutete dem Mädchen, ließ mir kalte Milch bringen, ich trank, und wieder mußte ich aufspringen und hinauslaufen. Beim dritten Male bekam ich wieder heiße Milch und ein paar Tropfen schwarzen Kaffee in die Tasse. Nun konnte ich mein Frühstück beenden.
Nachher gingen wir zusammen durch die morgendlich-herbstlichen Straßen. Mein Vater trug seine Ledermappe unter dem rechten Arm, der Daumen seiner Linken stach kerzengerade von den geballten Fingern ab und zwang die Manschette, im Rockärmel zu bleiben. All das sah ich undeutlich, wie durch ein durchsichtiges Bild. Dieses Bild jedoch war ein Traum der vergangenen Nacht:
Ich schlief und wußte – im Schlaf –, daß ich wach war. Am Rande meines Bettes stand der Schuldiener. In Wirklichkeit war er ein magerer, dürrer und alter Mann, bekleidet mit einer vielgeflickten Uniform. Doch in der Wachheit des Schlafes trug dieser Alte wohl seine schäbige Uniform, jedoch bestand sein Kopf nur aus Knochen und seine Hände auch. Ich wußte, ein Skelett (dieses Wort hatte ich am Vortage im Lesebuch gefunden) stand an meinem Bettrand, und über den Knochen seines Körpers, an denen Fleisch und Haut fehlte, hing die abgetragene Uniform. Die Gestalt stand regunglos, und ein noch nie gesehenes Licht umgab sie. Es war nicht mehr mein Schlafzimmer, in dem ich lag, mein Bett stand auf einer weiten Ebene, Wolken bedeckten den Himmel und bedeckten zuweilen den Mond. Aus geronnener Milch bestanden diese Wolken. Der Mond stand im Zenit. Noch nie hatte ich ihn so riesengroß gesehen in dieser Höhe – groß war er doch nur, wenn er überm Horizont aufstieg –, der Mond

mußte eine Kugel sein, geformt aus einem unbekannten Metall, dem eine eisige Kälte Glut schenkte ... Die Ebene war beschienen von dem fremden Licht, das diese unbekannte Kugel ausströmte – und doch konnte sie nur der Mond sein! – Der Knochenmann stand immer noch regungslos! ... Da erblickte ich hinter ihm einen Tisch, auf dem mein Kamerad lag; der Junge weinte, weil ein Rohrstock, von niemandem geschwungen, seinen Rücken traf und traf ... Nicht aufhören wollten die Schläge, und ich wünschte dem Knochenmanne zuzurufen: »Schütz doch den Buben, Mann!« Doch ich war ja wach – schlafend wach – und konnte den Mund nicht öffnen. Wie war es möglich, daß der Lehrer sich unsichtbar gemacht hatte und aus der Ferne seinen Stock befehligen konnte? ... »An was denkst du?« fragte mein Vater. »Du zitterst ja ...«

Nun erst sah ich die Häuser wieder, an denen wir entlanggingen, nun erst wußte ich, daß wir die protestantische Schule erreicht hatten.

»Wenn du krank bist, geh dann heim!« befahl mein Vater, nahm die Ledermappe unter den linken Arm und schüttelte mir die Hand ...

Im Klassenzimmer stellte ich fest, daß alle Schüler den Jungen mieden, der gestern vom Lehrer verprügelt worden war. Da der Platz neben ihm frei war und kein anderer ihn einnehmen wollte, setzte ich mich dorthin. Der Junge war größer als ich, stärker, hatte breite Schultern, und seine Gesichtshaut war mit Sommersprossen übersät.

»Wie heißt du?« fragte ich. »Karl ...« »Und?« »Ungar Karl!« Er sagte es so laut, daß die Gespräche der anderen verstummten. Denn alle schwatzten, weil der Herr Lehrer noch nicht eingetreten war.

»Und du?« Wie heißt du?« fragte mich mein Nebenmann. Ich nannte meinen Namen. Da seine Stimme leiser geworden war, hatten die anderen wieder begonnen zu schwatzen.

Mittags gingen wir zusammen heim. Karl Ungar war der Sohn eines Anstreichermeisters, der vor einer Woche sein

Geschäft hatte verkaufen müssen, weil er zu viel Geld schuldig war.
»Patschika«, sagte ich, als mein Vater wie gewöhnlich um halb zwei Uhr heimkam – da er bis ein Uhr Schule hatte, aßen wir immer sehr spät zu Mittag –, »Patschika, ich habe einen neuen Freund.«
»Ich habe dir verboten, mit irgend einem Kameraden zu verkehren, den du mir nicht gezeigt hast!« meinte mein Vater streng. »Wo wohnt er?«
»In der Schönleingasse...« (Das war ganz in unserer Nähe.)
»Wie heißt er?« Ich nannte den Namen meines neuen Freundes und erzählte, ich hätte ihn eingeladen für heut nachmittag. Die »Mama« rümpfte die Nase.
»Stammt er aus einer wohlhabenden Familie?« fragte sie.
»Sein Vater ist Anstreicher«, antwortete ich.
»Pfui!« sagte die Schlanke.
Da protestierte mein Vater. Er wollte, ich solle nicht nur mit reichen Knaben verkehren, sondern auch mit anderen. Als Karl am Nachmittag kam, mußte er zuerst ins Arbeitszimmer meines Vaters gehen, und ich blieb hinter der Türe stehen, um zu lauschen. Wie ein Untersuchungsrichter fragte der Herr Professor den Achtjährigen aus, eine Viertelstunde lang. Dann mußte der Knabe wieder fortgehen und seinen Vater holen. Herr Ungar kam und war klein und mager. Sein Schnurrbart sah aus wie ein rotes Stachelbündel. Er roch nach Wein, darum ließ mein Vater eine Flasche aus dem Keller holen. Ich spielte mit Karl in meinem Schlafzimmer, das neben dem Arbeitszimmer meines Vaters lag. Die zwei Männer tranken die Flasche leer. Um sechs Uhr verabschiedete sich der Anstreichermeister von uns. Seine wulstigen Lippen waren zu einem Lächeln verzerrt unter den Borsten. Mein neuer Freund und ich aber hatten zugehört, wie er meinen Vater überzeugt hatte, ihm sechshundert Kronen zu leihen.
Acht Tage später verließ ich mit meiner »Mama« unsere Wohnung in der Kolschitzkygasse. Der »Hausarzt« hatte mir eine Luftveränderung verschrieben, weil ich an Keuchhusten er-

krankt war. Mein Vater kam uns jeden Sonntag in dem kleinen Hotel besuchen, das in Klamm am Semmering lag. Obwohl es erst Ende September war, fielen schon Schneeflokken. Wir wohnten zu dritt in einem winzigen Zimmer, schliefen zu dritt in einem riesigen Bette. Im November war ich wieder gesund, und zu Weihnachten fuhren wir nach Hamburg, weil uns »Onkel Sachse« eingeladen hatte. Als erste fuhr meine »Mama« schon am fünfzehnten Dezember ab, in einem Abteil zweiter Klasse. Mein Vater und ich folgten ihr acht Tage später, doch wir fuhren dritter Klasse. In Hamburg erwartete uns nur die »Mama« auf dem Bahnhof. Sie gab mir einen oberflächlichen Kuß und raunte mir zu: »Bei Sachses mußt du dann erzählen, daß ihr zweiter Klasse gefahren seid!« Und zu meinem Vater gewandt: »Sag ja, daß ihr zweiter Klasse gefahren seid, nicht wahr?«
Mein Vater nickte. Der Ausdruck seines Gesichtes war trübe. Wir nahmen eine Droschke und fuhren zur Stadt hinaus. An der Gartentüre empfingen uns Tante Hedwig und meine beiden Cousinen: Erika und Lilli. An jenem Abend aß ich zum ersten Male Austern, und der Millionär sagte über den Tisch sehr laut zu meinem Vater: »Was mich bei deiner Hochzeit am meisten gewundert hat, Schwager, war folgendes: Warum ist kein Bein deiner Familie zu diesem Feste gekommen? Weder deine Mutter, noch dein Vater, noch ein Bruder oder eine Schwester? Ich wollte dich schon immer fragen ...«
Mein Vater räusperte sich, ließ seinen langen braunen Bart durch seine Rechte gleiten und antwortete leise: »Sie waren gerade erkrankt – das heißt mein Vater und meine Mutter. Darum mußten meine Geschwister daheim bleiben.«
»Hm«, sagte der Millionär, winkte dem Kammermädchen, und dieses füllte alle Gläser mit Wein. »Liebfrauenmilch, Schwager! Exquisites Weinchen!«
»Mach dich nur nicht zu dicke!« sagte Tante Hedwig. »Bald wirst du ein Korsett tragen müssen!« Worauf meine »Mama« die Partei ihres Schwagers ergriff und einen Streit vom Zaune brach.

Am nächsten Abend war Weihnachtsfest. Mein Vater schenkte mir französische Bücher: Malot, »Sans Famille«, und Jules Verne, »Vingtmille lieues sous les mers«. Ich weinte, weil ich diese Sprache nicht lesen konnte.
»Du lernst sie schon«, behauptete mein Vater und gab mir die Weihnachtsnummer eines französischen Wochenblattes für Knaben in die Hand. »Ich hab dich auf diese Zeitschrift abonniert. Wenn deine Großmutter dann aus Florenz kommt, wird sie dir Englisch und Französisch beibringen. Verstehst du?« Er hielt in der Hand ein Papiermesser: ein kleiner Degen, der in einer Scheide steckte. Mit gerunzelter Stirne betrachtete er dies Geschenk, das er von »Onkel Sachse« erhalten hatte. Und dann murmelte er: »Das wird kein Glück bringen! Denk daran, mein Sohn. Immer zerschneidet ein Messer die Freundschaft...« Er schüttelte den Kopf, und ich wunderte mich, denn Aberglauben war meinem Vater sonst fremd.
Doch dieses eine Mal behielt er recht. Drei Jahre später begann er seinen Scheidungsprozeß, um sich von seiner zweiten Frau trennen zu lassen. Dieser dauerte jedoch weitere zwei Jahre...
Nach der vierten Volksschulklasse bestand ich die Aufnahmeprüfung für das Elisabethgymnasium.
Im Herbst sollte ich eintreten. Den Sommer verbrachten wir in Oberösterreich bei einem Gutsbesitzer namens Haldenwang. Der hochgewachsene Mann besaß zwei Söhne, der ältere war größer als ich, mager und falsch, der jüngere, in meinem Alter, dick und gemütlich. Diesen haßte sein Vater; darum wohl war der Knabe so schüchtern und ängstlich geworden. Er floh, wenn er den Gutsbesitzer kommen sah, denn ließ er sich erwischen, so packte der Vater seinen Sohn bei den Ohren, hob ihn in die Luft und schüttelte ihn vor und zurück. Dann ließ er den Kleinen auf den Boden fallen. Die Ohren des Knaben standen weit ab, und seine Ohrläppchen waren unten abgerissen, stets sickerte Blut über die Haut, die sich über den Unterkiefer spannte.

Bei Herrn Haldenwang – Gutsbesitzer und nicht Bauer – wurde ich zum Lügner. In späteren Jahren ist es leicht, über derartige Dinge zu sprechen, ja sogar sie niederzuschreiben. Doch die Zeit, während der ein derartiges Erlebnis weiter schwärt, ist lang, dann trägt man eine Binde über den Augen. Man trägt sie und sieht nichts – trotzdem muß man weiterwandern auf dem unsichtbaren Wege, den wir Leben nennen. Und wir biegen ab von der breiten Straße, die vielleicht an ein Ziel geführt hätte, stolpern hinein in Gräben, arbeiten uns heraus, wanken über Felder, sehen den Sumpf nicht, der vor uns sich ausbreitet. Plötzlich sinken wir ein in feuchte, weiche Erde und frieren, Nacht ist um uns, so tiefe Nacht, daß wir plötzlich merken, es ist nicht mehr jene Dunkelheit, die wir kennen. Wir greifen uns an die Augen, spüren die Binde, reißen sie ab. Über uns hängt immer noch ein dunkler Himmel, der aber nicht mehr jenem ähnlich ist, den wir jahrelang getragen haben. Eine leichte Helle überzieht ihn, so daß wir einen Berg vor uns sehen können, auf dem ein helles Licht glänzt.

Dies ist unser Ziel! denken wir, und stapfen weiter durch die schlammige Erde. Doch nicht nähert sich der Berg, immer weiter weg entschwindet das Licht, das uns lockte. Da drehen wir uns um.

Und in weiter Ferne sehen wir einen zweiten Berg, einen höheren, dessen Gipfel in der Morgensonne weiß glänzt. Säulen, vom aufsteigenden Lichte durchglüht, wachsen gegen den Himmel und tragen ein flaches Dach.

Plötzlich wissen wir, daß wir nie das Ziel erreichen werden, das uns vorgeschwebt hat. Wir hören aus weiter Ferne den Klang eines Liedes, auf das wir gewartet haben. Verzweifelt versuchen wir noch die Füße zu heben, die tief in den Sumpf eingesunken sind. Wir werden nicht frei, lassen uns müde sinken, sehen, wie die Sonne aufsteigt und uns ihre Wärme verweigert – frierend liegen wir auf dem Boden und warten, warten ... Worauf warten wir noch ...?

Er mag vielen Menschen falsch vorkommen, der Traum, der

mich oft verfolgt hat, falsch und pathetisch. Nicht sachlich genug ...

Auf folgende Art aber begann ich zu lügen.

Es geschah eine Woche nach dem Geburtstag meines Vaters. An jenem siebenundzwanzigsten Juli war er des Morgens auf einer Stute des Gutsbesitzers Haldenwang ausgeritten und am Abend, gegen vier Uhr, zurückgekehrt – bleich, müde, verwirrt. Ich half ihm beim Absteigen, denn ich sah, daß er sich schwach fühlte. Als er auf dem Boden stand, legte er seine weiche Hand, auf deren Ballen noch die Schwielen seiner Jugendzeit hafteten, auf meine Schulter und sagte: »Heute mittag, um halb eins, ist mein Vater gestorben.«

Ich wagte nicht zu sprechen, doch meine zweite »Mama« lachte ihren Mann aus. Am nächsten Morgen aber wurde uns ein Telegramm gebracht, das die Aussage meines Vaters bestätigte. Er fuhr nicht zum Begräbnis nach Italien, denn in jener Zeit herrschte zwischen ihm und seiner Mutter ein Familienzwist.

So kurz als möglich habe ich dieses Erlebnis erzählt, um nicht in den Verdacht zu geraten, ich wolle nur von Telepathie, Homöopathie, Psychoanalyse schreiben.

Acht Tage später jedoch – wir bewohnten seit Anfang Juli eine Wohnung auf dem Gute – geschah folgendes: An einem Nachmittage wollte mein Vater mit Fleisch und Brot, begossen von einem Glase Wein, vespern. Er ging zum Speiseschrank und wollte ein Stück Braten holen, das vom Mittagessen zurückgeblieben war. Die Türe war verschlossen, wie gewöhnlich, doch als er den Teller in die Hand nahm, auf dem das Stück Braten lag, sah er, daß das Fleisch angebissen war.

Er brachte den Teller meiner »Mama« und fragte, ob sie vielleicht ein Stück genommen habe ...

»Nein! Was glaubst du auch! Das war die Köchin! Die Dienstmagd!« Das Mädchen – eine Böhmin – wurde gerufen. Sie leugnete weinend. Mein Vater, der gern den Unter-

suchungsrichter spielte, unterzog sie einem Verhör, das kein Resultat ergab. Die Zähne, die sich an dem Fleischstück abgedrückt hatten, waren nicht die des Mädchens.
Hundezähne konnten es nicht sein – dazu waren die Spuren zu breit; Katzen gab es nicht... Mäuse? Unmöglich.
Da wurde ich gerufen.
Ich kann heute, nach zweiunddreißig Jahren, in Demut gestehen, daß ich unschuldig war, denn weder war ich gefräßig, noch kümmerte ich mich um den Inhalt der Speisekammer. Und doch ähnelte der Zahnabdruck am Bratenstück meiner oberen Zahnreihe.
»Lüg nicht!« sagte mein Vater. »Du warst es!«
»Nein, Patschika, ich war es nicht!« Es stak mir ein Schluchzen in der Kehle, doch das verging.
»Lüg nicht, nur du kannst es gewesen sein.«
»Aber Karl!« sagte die »Mama«. »Quäl doch nicht deinen Sohn! Er hat noch nie gelogen!«
»Er hat einmal eine Näherin mit einer Waffe bedroht. Davon weißt du nichts. Und wer so beginnt, kann auch als Verbrecher enden. Gesteh jetzt!«
Der Schluchzreiz war mir vergangen – auch die Angst. Ich wußte, daß ich unschuldig war und sagte ruhig: »Ich war es nicht, Patschika!«
Vielleicht spielten in diesem Falle zwei Dinge eine unheilvolle Rolle: Mein Vater sah, wie der Gutsbesitzer täglich seinen jüngeren Sohn behandelte – und welchem Erwachsenen fehlt das Bedürfnis, seine Macht an einem Kleineren auszuproben? Dann war da noch der Familienstreit mit der Mutter, der mit dem Tode meines Großvaters zusammenfiel – und dieser mußte viele schillernde Blasen an die Oberfläche getrieben haben: Bilder aus der Jugendzeit...
Mein Vater ergriff eine Bibel, schlug das Evangelium Lukas auf, die Seite, auf welcher der Vers stand, der in Goldbuchstaben auf dem Grabmalsockel meiner verstorbenen Mutter stand. Des bärtigen Mannes Zeigefinger wies auf den Vers: »Elle n'est pas morte, mais elle dort...«

Er ließ mich die Worte laut vorlesen und sagte dann: »Kannst du auf diese Worte schwören, daß du unschuldig bist?«
Ich nickte.
»Oui, Patschika!«
Der große Mann sprang auf, lief im Zimmer auf und ab, die Hände gefaltet auf dem Rücken. (Es war dies eine Bewegung, die ich in den folgenden Jahren oft erblicken sollte.) Und sein Jähzorn brach aus: »Du bist verderbt!« sagte er. »Ich sollte dich prügeln! Ein falscher Schwur! Habe ich darum so für dich gesorgt? Um einen Lügner aufzuziehen?«
Er sprach und sprach und wiederholte seine Sätze. Dann ließ er Fragen auf mich niederprasseln, eine Viertelstunde lang. Immer dieselben Fragen: »Wann hast du das Fleisch gegessen? Wer hat dir geholfen? Dein Freund, den sein Vater züchtigt? Willst du ihn decken?«
Ich schüttelte den Kopf – innerlich aber wußte ich, daß nur der Knabe, den sein Vater an den Ohren in die Luft zog, das Fleisch hatte essen können. Denn oft mußte er hungern.
»Sag, warst du es?« Viermal die gleiche Frage. Die Tränen begannen dem Manne in die Augen zu steigen.
Damals habe ich zum ersten Male erfahren, was eigentlich Müdigkeit ist. Nicht jene körperliche, die jeden von uns nach einem langen Marsche, nach einer schweren körperlichen Arbeit überfällt. Diese ist erträglich – man lebt, sobald man von ihr überfallen wird, in einem sonderbaren Traum, der erlischt, sobald sich der Körper ausstrecken und Schlaf finden kann.
Ich meine die andere Müdigkeit – die unerträgliche –, die uns nach einer Diskussion ergreift, nach einem Verhör, nach einer Schulprüfung; gegen sie sind wir machtlos. Die Leute, welche den »dritten Grad« erfunden haben – in der Fremdenlegion habe ich einen Norweger kennengelernt, der diese moderne Folter einmal hat durchmachen müssen –, waren so klug, die körperliche Müdigkeit zu verbinden mit der seelischen, mit der Müdigkeit der Prüfungen und Verhöre. Und dagegen kommt niemand auf...

Mein Vater befahl mir, in mein Zimmer zu gehen und dort dreihundertmal niederzuschreiben: »Wer hat das Fleisch gestohlen?«

Als ich mit dieser Arbeit fertig war, mußte ich eine Viertelstunde im Hof herumlaufen – mein Vater stand in der Mitte und kommandierte: »Eins, zwei, drei, vier...« Als ich atemlos war, mußte ich wieder hinauf ins Zimmer und wurde wieder ausgefragt.

Ich war müde und sagte: »Ja, ich war's.«

»Klarra!« befahl mein Vater. »Leg ihn ins Bett. Er ist müde...«

Es könnte so aussehen, als wolle ich mit dieser Erzählung mich an meinem Vater rächen und seine »Schlechtigkeit« betonen. Genau das Gegenteil wünsche ich zu beweisen. Er tat es weder aus Schlechtigkeit, noch aus Grausamkeit. Er wollte die Wahrheit wissen. Sonst nichts.

Im Dunkel

Marcel

Der Küchenchef stammt aus der Innerschweiz. Seine Haare sind rot und wachsen sehr spärlich zu beiden Seiten seines Kopfes, nur auf dem Scheitel sind sie dicht und kleben zusammen: darum sieht es aus, als trüge er einen Hahnenkamm. Gewöhnlich betritt er sein Reich um halb zehn Uhr morgens. Früher braucht er nicht zu kommen. Dann habe ich nämlich schon das Feuer im Herd entzündet; die Knochen und die Saucenreste, die ganz hinten auf der eisernen Platte tagelang schmoren und die der Chef zum Würzen braucht, brodeln schon, und es riecht ganz leicht nach Braten.
Ich habe dem Chef den Kaffee aufbehalten. Er schenkt sich eine Tasse voll, tunkt ein Butterbrot darein; dann unterbricht er plötzlich diese Beschäftigung, um einen Schlüsselbund aus der Tasche zu holen. Er steht auf und öffnet den Eisschrank, der kaltes Fleisch, Fisch und Wein enthält. Jeden Abend verschließt er ihn, denn er fürchtet, daß ihm Giovanni, der italienische Maître d'Hôtel, hinter seine Resten gehe. Giovanni hat am abend spät immer Hunger – und zur gleichen Zeit hat der Chef gewöhnlich Durst. Und wenn der Chef den Eisschrank abschließt, so schließt Giovanni den Weinkeller ab und oben, im Office, den Kühlschrank, in dem die Flaschen für die Gäste lagern. So ärgern sich die beiden, das gibt Abwechslung und Grund zum Zanken. Ohne Ärger und Zänkereien wäre das Leben schal...
Der Chef nimmt aus dem Eisschrank ein Stück kaltes Roastbeef, eine angebrochene Flasche Rotwein und setzt sich wieder an den großen, weißgescheuerten Tisch inmitten der Küche.
»Wotsch au?« fragt er über die Achsel.
Ich nicke.
Wenn wir allein sind, redet der Chef Schweizerdeutsch mit

mir. Sind andere zugegen, so spricht er Französisch. Der große Krieg ist erst seit fünf Jahren beendet, und das Wort »Boche« sitzt vielen Leuten in Paris noch locker auf der Zunge.

Das Französische des Chefs ist eine phantastische Sprache, aber trotzdem ein gutes Verständigungsmittel. Im »Hôtel Suisse«, das ganz nahe der Oper liegt, spricht das Dienstpersonal eine Art Esperanto. – Begreiflich. Die Angestellten sind fast alle Ausländer: der Besitzer ein italienischer Jude, Jean, der Valet de Chambre, Elsässer, und seine Frau, das Zimmermädchen, Deutsche, obwohl sie behauptet, Lothringerin zu sein, der Commis endlich, der mit Giovanni bei Tisch serviert, Spanier. Nur das Officemädchen stammt aus Lille, gibt sich sehr englisch und nennt sich »Grace«. Aber wenn man Grace englisch ausspricht, so klingt es wie »Gräss«, und das heißt auf Französisch »Fett«. Alle Männer ärgern das Mädchen mit diesem Kalauer. Aber es rümpft nur die Nase, denn es verachtet uns. Grace darf sich das erlauben, denn jeden Donnerstag nachmittag, wenn sie frei hat, fährt ein älterer Herr in einem Auto vor und holt sie ab. Sie behauptet, der Herr sei ihr Verlobter – in nächster Zeit werde sie heiraten und eine Villa besitzen. Ich habe einen Stein bei ihr im Brett, weil ich ihren Erzählungen gläubig lausche. Sie kommt manchmal am Morgen, wenn der Chef noch nicht da ist, zu mir in die Küche, und dann diskutieren wir, in welchem Warenhaus sie ihre Aussteuer kaufen soll – im »Printemps« oder in der »Samaritaine«.

Übrigens stößt ihr Zimmer an meines, und beide liegen unterm Dach, sechs Stockwerke hoch. Ich schlafe gewöhnlich schon um elf Uhr, aber Grace kommt erst gegen ein Uhr morgens heim; dann klopft sie noch leise an meine Tür und ruft: »Schlaf gut, Frédéric!« Dann brumme ich irgend etwas und bin doch zufrieden, obwohl jede Minute Schlafs kostbar ist. Denn schon um halb sechs Uhr gackert mein Wecker. Dann fahre ich in die Kleider, die noch feucht und klebrig sind vom Tage zuvor und tappe die dunkle Wendeltreppe hinab, die nur

für uns, das Dienstpersonal, bestimmt ist. In den Ecken der Stufen häuft sich der Staub, und auch in meinem Zimmer ist der Boden schwarz. Durch die Dachluke regnet es Ruß...
Ich muß die Warmwasserheizung in Gang setzen; sonst reklamieren die Engländer, die jeden Morgen heißes Wasser zum Rasieren brauchen – ich rasiere mich nur zweimal in der Woche, und das genügt –, und manchmal wollen die Insulaner auch noch baden. Wozu, mein Gott?
Sobald der Kessel die Neigung zeigt, warm zu werden, drücke ich mich. In der Rue Taitbout kenne ich ein kleines Café, das schon offen ist, weil auch die Taxichauffeure Frühaufsteher sind. Dorthin gehe ich einen Kaffee trinken und lasse mir ein kleines Fläschchen mit Rum füllen. Denn am Morgen, wenn ich erwache, komme ich mir vor wie eine ungeölte Maschine, die in allen Lagern kreischt. Und Rum ist ein gutes Öl. Früher – aber das ist schon lange her – habe ich Lehrer gehabt, die Schüler Forels waren und überzeugte Abstinenten –, ich habe damals eifrig bei Ausstellungen mitgeholfen; sie zeigten auf die Schäden des Alkohols, und ich war begeistert. Die Begeisterung hat Zeit gehabt zu verrauchen. Und jetzt tröste ich mich mit der feigen Ausrede, die Maschine müsse geölt werden...
»Wotsch au?« fragt der Chef noch einmal. Ich nicke und greife zu. Der Chef ist guter Laune, er bietet mir sogar ein Glas Wein an. Schließlich, wir sind beide Bewohner des Meeresgrundes, Taucher könnte man sagen... Tagsüber brennen in der Küche und im anstoßenden Raume, in dem ich das Geschirr und die Pfannen wasche, die Lampen – düsterleuchtende Kohlenfadenlampen –, die den beiden Räumen ein submarines Aussehen geben. Und ich bin ja offiziell »Plongeur« – »Taucher«, so nennt man die Geschirrwäscher in Frankreich. Also eine Art Seemann. Und Seeleute lieben Rum. Sie trinken ihr Leben lang Rum und werden doch alt, wenn das Meer sie nicht vorher schluckt. Meine Lehrer, die Abstinenten, waren aber Landratten – darum haben sie wohl die Nüchternheit so überzeugt gepredigt...

Die Weinflasche ist leer. Der Chef geht zu einer Leiter und steigt langsam die Sprossen hinauf, bis sein Hahnenkamm die Decke der Küche berührt. Das Fenster ist etwa drei Meter vom Boden entfernt und sein unterer Rand in gleicher Höhe mit dem Trottoir. Viele Leute gehen vorbei, und der Chef liebt es, Studien über Schuhsohlen zu betreiben. Wenigstens behauptet er es. Ich aber habe ihn im Verdacht, daß es mehr die Waden der Frauen sind, die er studiert... Denn manchmal schmatzt er und ruft: »Lueg einisch!« Ich bin zu langsam, wohl auch zu uninteressiert, denn ich komme immer zu spät. Der Chef murmelt etwas von »glatt« und »rassig«. Dann setzt er die Stricksohlen seiner weißen Leinenpantoffel – Espadrilles nennt man sie – vorsichtig auf die Sprossen und nähert sich dem Boden. Unten angelangt, wischt er sich mit dem Handrücken über die Stirne und stellt fest, es sei »satanisch heiß«. Kein Wunder. Draußen weicht die Julisonne den Asphalt auf.
Die beiden Glühbirnen sind verstaubt, und nun sammelt sich der Küchendampf um sie, sie leuchten wie jene Tiefseefische, von denen man in Büchern liest.
Fahl ist die Gesichtshaut des Chefs und sticht nur wenig ab vom Weiß seiner Koch-Uniform. Wir beide, der Chef und ich, sind meistens stumm wie Fische, und wenn wir einmal ein paar Worte wechseln, wegen der Arbeit oder sonst, so wirkt es genauso gespenstisch, als ob Fische zu reden begännen...
Es ist zehn Uhr geworden, der Chef rasselt mit den Pfannen. Auch dies Geräusch klingt erstickt und unwirklich, denn viel lauter als der Lärm der Pfannen stürzt sich durch die Fenster das Brausen der Straße, und Wogen donnern zu uns herein, wenn ein Autobus vorbeifährt...
Dann kommt Marcel mit dem Fleisch. Er trägt es auf einem ausgehöhlten Holztablett, das er auf der Schulter balanciert; über den gesenkten Arm läßt er es auf den Küchentisch gleiten, ein wenig schaukelt es noch, und dann bleibt es stille stehen.
Marcel lüpft die weiße Serviette, zeigt auf den hellrosa Kalbsbraten und sagt: »Ah! Welch ein Fleisch!«

Der Chef zuckt mit seinen dürftigen Achseln. Er ist gar nicht damit einverstanden, daß ihm das Fleisch ins Haus gebracht wird. Viel lieber würde er am Morgen höchstselbst seine Einkäufe in den großen Markthallen tätigen. Dann hätte er doch eine Möglichkeit, unbescheidene Nebengewinne einzustreichen. So muß er sich mit den lumpigen fünf Prozent begnügen, die ihm Marcels Meister zugebilligt hat. Fünf Prozent vom Preise des Fleisches, das im »Hôtel Suisse« mit dem unschweizerischen Personal verzehrt wird...

»Und, Chef?« fragt Marcel. Der Chef stellt sich taub. Da sagt Marcel auf deutsch: »Nix trinken?«

Der Chef läßt die flachen Hände gegen seine weißen Hosen klatschen und beklagt sich bitter: über den Besitzer, über Giovanni, über Grace – niemand bringt ihm etwas zu trinken. Mittags gibt es nur einen halben Liter Rotwein – Angestelltenwein! Und der Durst, wenn man vor der rotglühenden Herdplatte steht! Tagaus, tagein!... Dabei streckt er seinen Hals, und sein Kopf dreht und wendet sich, hierhin, dorthin. Wirklich, der Chef sieht einem Hahn ähnlich, einem Hahn der bestbekannten Leghornrasse...

Vielleicht habe Frédéric etwas zu trinken, meint er schließlich, während er trübselig die Flasche schüttelt, die er vom Tisch aufgenommen hat: sie ist ganz leer!...

Marcel nimmt das Holztablett auf und kommt in mein Reich. Dort nimmt er Platz auf meinem Tisch, der neben den beiden Wasserhähnen beginnt und an der Kellertür endet. Über ihm, so, daß man sie gerade noch erreichen kann, bilden ein paar ungehobelte Bretter ein Gestell. Darauf liegen schmierige weiße Schürzen, leere Holzkisten, verbeulte Konservenbüchsen; auch ein paar Sachen, die mir gehören: Kamm, Bürste, Seife, Briefblock, Briefumschläge, zwei Bücher. Und ich weiß nicht, warum ich mehrmals des Tags zu diesem Gestell hinaufschielen muß, es ist, als besitze es eine »geheime Anziehungskraft«, wie es in Romanen heißt... Kurz, auch jetzt starre ich auf die Bretter, während ich das Fläschchen Rum, das ich heut morgen geholt und unter dem Tisch versorgt habe, zwischen Marcel und mich stelle. Marcel folgt meinem Blick, fragt nebenbei, ob ich dort oben Schätze verwahrt habe: Ich werde rot, schüttle den Kopf... Schätze!... Marcel sieht mich sonderbar an, ernsthaft fragend: »Was ist mit dir los?« – dann trinkt er aus der Rumflasche, schiebt sie mir zu... Er nickt, zwinkert mit einem Auge. Ich habe ihm meine Stelle im »Hôtel Suisse« zu verdanken, und außerdem kennen wir uns schon seit einer kleinen Ewigkeit, genau gesagt seit anderthalb Monaten. Aber wir haben zusammen eine Nacht durchlebt – und diese Nacht wiegt schwerer als ein Jahr...

Da ist ein Saal zuerst, und er ist hoch und weiß. Vor einem der breiten Fenster hängt eine helle Nacht in den Bäumen, und nur ganz leise sickert durch ihren Vorhang das Summen der großen Stadt.

Es sind viele Betten im großen Saal, und über einer Art Bühne, im Hintergrund, brennt eine grüne Lampe.

Still ist es im großen Saal, still ist die Luft vor den Fenstern, manchmal ist ein dumpfes Trommeln in meinen Ohren, ich weiß nicht, kommt es aus den Straßen der großen Stadt... Wenn ich die Augen schließe, drehen sich bunte Sterne im Tanz nach dem Takte der dumpfen Trommeln. Es ist schwül. Dann schnarcht einer. Oder ist es Vater Andreas, der röchelt?...

Wie lang war der Frühlingstag und wie heiß!... Wie einsam war es in den Straßen, obwohl so viele Menschen in ihnen herumliefen! Wie laut waren die Wagen und die Autos und die Straßenbahnen!... Ich bin gelaufen, gelaufen... die Gesichter waren alle fremd, und ich habe mich gefürchtet, denn es schien mir, als sei ich plötzlich unsichtbar geworden...

In einer Kirche waren viele Stühle in den Ecken aufgestapelt, an der Tür bettelte eine Nonne. Mit ihrem gestärkten Häubchen und ihren weiten Röcken sah sie aus wie ein riesiger Vogel. Jeder, der einging, gab ihr Geld. Sie murmelte Gebete, und ihre Finger hafteten lange an jeder Perle des Rosenkranzes. Aber dennoch verpaßte sie keinen der Vorbeigehenden, sie streckte ihren Arm aus, und ihre Hand hielt ein Zinntellerchen. Mich hat sie böse angesehen, weil ich ihr nichts gab. Ich hatte selbst nichts.

Dann war es heiß auf einer Bank am Fluß. Meine Schuhe waren zerrissen, und ich dachte daran, daß ich sie zerrissen hatte auf den Wegen, die durch die weiten Ebenen über die roten Berge und durch die kleinen Flüsse führen, an denen die Oleanderbäume blühen... Zwei Jahre sind lang, und zwei Jahre sind kurz, sobald sie vorbei sind – in der Erinnerung.

Dann bin ich übers Meer gefahren, zwei Nächte und einen Tag... Dann haben sie mir ein Silberstück in die Hand gedrückt und einen Fahrschein...

Es könnte eigentlich romantisch sein: ein entlassener Söldner, ein Landsknecht. Wir waren keine Landsknechte, wir waren keine Söldner. Es war alles ganz anders, als man es geträumt hatte. Die Ebenen zwar waren schön und auch die Sommernächte auf der bloßen Erde, ohne Zelt – und manchmal schien der Mond: sein Licht lag auf dem Boden, zum Greifen dick, wie geronnene Milch. Aber es glänzte und blendete, wie jetzt der Fluß vor meinen Augen... Der alte Fluß, der die Insel umspült! Auf ihr ragt die Kirche auf, die uralt ist, wie die Insel und der Fluß...

Dann stehe ich von der Bank auf, gehe über eine Brücke, und wieder lärmt eine Straße – aber ein hohes Gitter ist da, und hinter dem Gitter wachsen Bäume, und zwischen den Bäumen laufen weiße Wege; ein runder Teich wirft die Sonnenstrahlen zurück wie ein Spiegel – aber der Spiegel zersplittert plötzlich, denn Knaben werfen Steine darein.

Im Schatten der Bäume schweigen helle Götter. Ich weiß nicht, sind sie steinern oder leben sie. – Aber da winkt mir einer, und ich nehme zu seinen Füßen Platz auf einer Bank, die sehr alt ist. Ihre Farbe ist abgebröckelt, und tiefe Rinnen durchziehen ihr Holz. Ich blicke auf zu dem schweigenden Gott, ich will ihn fragen, warum er mich gerufen hat – aber nun ist er wieder tot und steinern und kalt. So streng ist die Kälte, die von ihm ausgeht, daß es mich friert; das verstehe ich nicht, denn der Frühlingstag ist heiß, die Luft zittert über den Kieswegen, die Knaben setzen Segelboote auf den Spiegel des Teichs, und sie bleiben reglos am steinernen Rahmen kleben...

Ein alter Mann nimmt neben mir Platz. Seine Nase ist gelb und krumm wie ein Papageienschnabel, und so winzig ist sein Kinn, daß es aussieht, als fange sein Hals gerade unter der Unterlippe an. Er entfaltet eine Zeitung und fischt aus der oberen Westentasche eine verbogene Stahlbrille. Dann liest er voll Andacht, aber die Brille, die er auf die Nase gesetzt hat, scheint nur ein Ornament zu sein, denn er schielt über ihre Gläser hinweg.

Er brummt: »Schlecht geht es, schlecht!«

Ich nicke, und es kommt mir vor, als ob mein Kopf ein paar Zentner wiege.

»Hunger?« fragt der alte Vogel. Das französische Wort tönt wie Rabengekrächze.

Ich nicke nur schweigend. Er mustert mich eingehend. Mein Anzug kommt ihm bekannt vor.

»Clémenceau?« fragt er.

Natürlich ist es ein Clémenceau-Anzug. So nennt man in Frankreich die Anzüge, die man bei der Entlassung aus der Armee – also auch aus der Fremdenlegion – gegen die Uniform eintauschen muß. Mit ihnen kehrt man ins Leben zurück – und trägt doch weiter Uniform...

Eine Litewka aus dunkelgrauem Stoff. Röhrenförmige Hosen. Dann: Zerrissene Marschschuhe, ein Paar Unterhosen, ein Hemd, ein Nastuch.

Fünf Franken und ein Fahrschein...

Man ist über die weiten Ebenen gewandert und trägt ihre Stille noch im Blut – ihre Stille, in der unserer Schritte Takt erstickt ist. Und die Signale der Hörner, abends im Lager, klangen nicht lauter als Mückensirren. – Da waren die Ebenen, die sich ausbreiteten zwischen den Bergen aus rotem

Stein. Und wie klein waren unsere Posten mit den Wellblechdächern! Man vergaß, daß es Städte gab, in denen die Menschen wimmelten und die Autos – daß es Häuser gab, hohe Häuser mit Wohnungen und Zimmern und Betten und Tischen und Stühlen und Herden und Pfannen … Daß es Gärten gab …

»Kein Geld?« fragt der alte Vogel. Dann hustet er.

Ich nicke wieder mit meinem schweren Kopf. Es ist so bequem, einfach zu nicken. Nicht sprechen zu müssen. Man hat das Sprechen verlernt auf den langen Märschen – sprechen macht durstig, und die Brunnen sind selten; es ist nicht wie hier, wo an den Straßenecken laufend Brünnlein stehn; es gibt auch keine kleinen Pinten mit kühlen Marmortischen, die ihren frischen Anisduft in die Schwüle des Mittags atmen … Es gibt nur Sand, Alfagras, wilden Thymian; und in der Feldflasche einen Rest von lauem Rotwein, den man besser nicht trinkt, weil er im Magen brennt und den Durst noch verstärkt … »Dort unten«, wie die Leute sagen, wenn sie von Afrika sprechen …

»Ich bin auch dort unten gewesen«, krächzte da der alte Vogel. »Bei den Tirailleurs … Vor zwanzig Jahren … Und du?«

»Fremdenlegion …« sage ich.

»Hm … ja … Kann dir zeigen, wo man billig schlafen kann … Billig! … Umsonst sollt ich sagen … Ich schlafe gern dort, obwohl ich's nicht nötig hätte, hab noch ein wenig Geld … Leibrente, verstehst du? … Hab einmal eine Gärtnerei gehabt … Aber ich schlaf nicht gern im Hotel, so allein in einem Zimmer … Lieber in einem Nachtasyl. Die Betten sind hart, aber man hat Gesellschaft. Könnte ja ins Spital, aber ich mag das Spital nicht … Zuviel Ordnung, zuviel Disziplin … Kommst mit mir, heut abend, gehen zusammen essen, ein Glas Wein trinken. Ich such einen Kameraden … Hab ein schönes Geschäft gehabt, draußen, weit draußen … Gemüse, weißt du? … Jede Nacht mit dem Wagen in die Stadt gefahren, mit dem Wagen und mit dem Schimmel …

Der Schimmel hat Franz geheißen... Gemüse in die ›Hallen‹ gebracht... Blumenkohl, Salat, Rüben, Gurken... Und dann ist Nelly gestorben. Nelly war meine Frau. Hab sie lieb gehabt...«

Der alte Vogel trägt ein Paar Hosen aus gerippptem Sammetstoff, eine zerknitterte helle Leinenkutte und ein blaues Hemd ohne Kragen. Seine Haare sind dicht und weiß und bedecken den Kragen des Rockes.

»Ein Hektar Gartenland... Rüben, Erbsen... Treibbeete, acht Treibbeete... Und alles allein mit Nelly bewirtschaftet... Hat wie ein Roß gearbeitet, die Nelly... Frühgemüse, viel Frühgemüse... Und im Winter Chicorée... Wie ein Roß... Hat sich nicht pflegen wollen, die Nelly, als sie die Lungenentzündung bekam... War gerade im März, und da muß man aufpassen, wegen dem Lüften und dem Decken der Treibbeete... Hat sich nicht schonen wollen – und ist mir gestorben. Dann hab ich alles verkauft, hat mir keine Freude mehr gemacht. Bin nach Paris gegangen... Hier kannst du untertauchen... Keiner fragt dich etwas, hast deine Ruhe... Ein paar Wirte an den Hallen kennen mich noch. Wenn ich komme: ›Hallo, Vater Andreas!‹ rufen sie; ›eine Zwiebelsuppe? Weißwein?‹ Ich sag nicht nein. Mögen mich noch gern. Hab ihnen viel geliefert... Weiße Zwiebeln, schon im April, und die zartesten Karotten... Ja, ja, Nelly hat es verstanden... Und ich schlafe im Nachtasyl, manchmal im Sommer fahre ich nach Versailles hinaus und schlaf dort im Wald... Jetzt ist es noch zu kalt... Aber die Kameraden sind alle fort... Ich bin froh, daß ich dich getroffen hab. Wie heißt du?«

»Frédéric.«

»Gut, Frédéric... Bist nicht sehr gesprächig...«

Er hat recht. Ich strecke die Beine aus und sehe dem Schatten der Bäume zu, die über den Kies wandern...

Es dämmert schon, da steht Vater Andreas auf. Er winkt mir, und langsam gehen wir zum Park hinaus. Er hat seinen Arm unter den meinen geschoben, links stützt er sich auf einen

Stock. So geht es. Sein Kopf schnellt vor, bei jedem Schritt, dazwischen zieht er ihn wieder ein.
Der Weg ist lang, er geht durch viele Straßen, und je weiter wir gehen, desto grauer wird die Gegend. Wir gelangen an einen Quai. Das Wasser des Kanals schillert ölig, und hinter düsteren Häusern geht eine müde Sonne schlafen. Die Wolken sehen aus wie staubige Vorhänge aus rotem Plüsch. Dann werden die Gassen eng, wir kehren ein... Weißwein, ein trockenes belegtes Brot... Vater Andreas ißt nichts. Er trinkt nur zwei Gläser einer Flüssigkeit, die nach Anis riecht...
Und dann gehen wir weiter, langsam, langsam. Die Gassen werden eng, wir biegen um viele Ecken, und doch scheint es immer die gleiche Gasse zu sein... Die Häuser sind alt und schwarz und hoch. Kinder spielen vor ihren Türen – und durch die Türen sieht man Höfe und wieder Höfe, und man ist sicher, daß hinter dem letzten Hof, den schon Dunkelheit füllt, andere Höfe kommen, Höfe und wieder Höfe, hintereinander, bis in die Unendlichkeit hinein...
Aber da hält Vater Andreas vor einem niederen Backsteinhaus, das eingehüllt ist in häßliche Trostlosigkeit, wie in einen Sumpfnebel. Ein bleicher junger Mann hält vor dem Tore Wache; er trägt eine flache Kappe und eine braune Joppe mit blauem Kragen und sieht aus, als sei er dazu verdammt, nie zu altern, sondern seine verstaubte Jugend ewig mit sich herumzuschleppen. Er grüßt Vater Andreas wie einen Bekannten, aber mein alter Vogel erwidert den Gruß nicht; ächzend klettert er mit meiner Hilfe die Stufen hinan – ein Gang – und dann hält er vor einem Schalter. Hinter dem Klappfenster sitzt ein weißbärtiger Mann; ein dickes Buch liegt aufgeschlagen vor ihm, darein schreibt er unsere Namen. Er nickt dazu und nickt, und dann weist er mit dem Ende seines Federhalters ins Innere. Wir treten ein...
– – Wann war das? Vor einem Monat?...
Ich sitze ja jetzt auf meinem Tisch, der irgendwo auf dem Meeresgrunde steht. Die staubige Lampe glüht an der Decke.

Nebenan, in der Küche, rasselt der Chef mit den Pfannen, und neben mir sitzt Marcel. Er nimmt gerade einen Schluck aus der Flasche, schiebt sie mir zu und sagt leise: »Weißt du noch, wie Vater Andreas gestorben ist?«
Wir haben uns in jener Nacht kennengelernt. – –
... Vater Andreas, der alte krächzende Vogel, schiebt mich vorwärts.
Ich solle nicht Angst haben, es werde mir nichts geschehen. Eingeschrieben seien wir jetzt, das bedeute, daß wir aufgenommen seien. Vor morgen früh um fünf Uhr werde uns niemand mehr stören. Man müsse nur alle Zeremonien mitmachen, die hier vorgeschrieben seien. Auch in den Himmel komme man nicht umsonst, man müsse fleißig beten und die Knie beugen. In diesen Nachthimmel, in dies Schlafparadies komme man auch nur, wenn man peinlich genau alles Vorgeschriebene erfülle.
Da ist ein kahler Raum mit Bänken an den Wänden, in dem es stinkt. Der Raum ist gerade leer. Ein ebenfalls bleicher junger Mann, braun uniformiert – er scheint ein Bruder zu sein des Hüters der Schwelle –, befiehlt: »Ausziehen.« Vater Andreas ist früher fertig als ich. Wie mager er ist! Er zittert, und dann muß er husten. Der Husten zerreißt ihm die Brust, seine Augen tränen, ich möchte ihm gerne auf den Rücken klopfen, wage es aber nicht. Der Husten hört auf. Vater Andreas stopft seine Kleider und seine Schuhe in einen Sack, den er abgibt, und dafür erhält er eine Medaille, die er sich an einer Schnur um den Hals hängt. Auch ein Handtuch, dies knüpft er um seine Lenden. Ich habe Mühe, die Lappen von meinen Füßen zu lösen. Sie kleben fest. Meine Fersen sind noch wund vom letzten Marsch »dort unten«. Wann war das? Vor vierzehn Tagen? Oder sind nicht schon Jahrzehnte seither verronnen? ...
Dann geht eine Türe auf, und weißer Dampf quillt uns entgegen. Duschen! Das Wasser ist heiß. Sobald wir fertig sind, ziehen wir ein rauhes Hemd an, das uns bis zur Mitte der Waden reicht. Über der Brust ist es offen. – Die Medaille, die

auf Vater Andreas' Brust baumelt, sieht aus wie ein Amulett – oder wie eine Hundemarke ...

Lange Gänge, lange graue Gänge ... Die Fenster sind klein. Draußen müssen Bäume wachsen, denn ein verschlafener Spatz tschilpt, und Blätter rauschen leise.

Wir stehen auf einer Terrasse und blicken in einen Hof, in dessen Mitte ein Ahornbaum steht. Der Wind, der müde mit den Blättern tanzt, riecht nach Staub und Rauch und Armut. Leise nur dröhnen die Pauken der großen Stadt über die Dächer.

Dann stehen zwei Körbe vor uns, gefüllt mit riesigen Brotstücken. Wir greifen zu und kauen. Und der Wind, der von der großen Stadt kommt, spielt mit den Zipfeln unserer Hemden.

Vater Andreas hält sich dicht neben mir. Er zeigt auf ein gegenüberliegendes Fenster, ein Stockwerk tiefer. Dort sitzt der alte Weißbärtige über sein großes Buch gebeugt, seine Lippen bewegen sich ... Er zählt. Was zählt er? ...

»Schau!« sagt mein alter Vogel. Zwei Gestalten stehen vor dem Schiebefenster. Der Alte blickt auf. Er spricht. Eifriger als vorher bewegen sich seine Lippen. Er blättert in seinem Buch und nickt. Dann weist sein Federhalter in unsere Richtung.

Wir stehen alle am Geländer und sehen voll Spannung hinüber. Nun können wir die beiden Gestalten erkennen. Sie tragen dunkelblaue Uniformen und glänzende Ledergamaschen. Der Weißbärtige schließt sein Schiebefenster, schlägt das dicke Buch zu. Aus einer Schublade nimmt er einen Schlüsselbund, steht auf ...

Und nun erscheint er im Hof. Ihm auf dem Fuße folgen die beiden Uniformierten: Polizisten. Sie gehen in den Bau, auf dessen Dachterrasse wir stehen. Schwere Tritte auf der Treppe, die in einem Gang verhallen ... Und dann, nach fünf Minuten etwa, wird ein schlanker Mann in Espadrilles fortgeführt; unbeschwert ist sein Schreiten, ein wenig Spott drückt es aus und viel Sicherheit.

»Heute er, morgen ich, übermorgen du!« sagt eine Stimme neben mir. Sie hat einen tiefen Klang.
»Das war Ernest!«, fährt die Stimme fort. Das lange Hemd, das der Sprecher trägt, macht ihn nicht lächerlich. Er bewahrt seine Würde. Schwarze Schatten liegen unter seinen Augen, die hart sind, blau, aber sehr hart... Waagrecht über die Stirne ziehen sich drei Falten, und wenn er mich, gesenkten Hauptes, von unten her ansieht, vertiefen sich die Falten... Breit sind seine Schultern, die Zehen an seinen Füßen – merkwürdig klein sind diese Füße, mit hohem Rist – sind unverbildet und sehr beweglich. Sie krümmen, strecken sich auf dem Steinboden der Terrasse wie freie, zarte Tierlein...
»Ah, Marcel!« sagt mein alter Vogel. »Bist du auch da? ...Hab dich nicht gesehen... Ja ja, das war Ernest, den sie abgeführt haben...« Dann hustet er lange und andauernd. Seine Hände umkrallen die Eisenstange des Terrassengeländers. Die Venen auf seinem Handrücken sind dicke blaue Schnüre...
»Großvater«, sagt Marcel, »was gibt's? Bist du krank?«
»Ach, Söhnlein«, sagt Vater Andreas keuchend. »Man wird alt. Und das ist gut. Ich hab genug. Ich möcht gern schlafen gehen und dann nicht mehr aufwachen... Das da ist Frédéric. Ich hab ihn im Luxembourg getroffen. Ein braver Junge. Hat den Vater Andreas bis hierher geführt. Wißt ihr was, ihr beiden? Wir wollen sehen, daß wir diese Nacht zusammenbleiben können. Ich will zwischen euch schlafen, dann bin ich nicht allein...«
»Gewiß, Großvater«, sagt Marcel mit seiner tiefen, ruhigen Stimme. Dann zu mir: »Salü Frédéric!« Seine Hand ist glatt und warm. Er lehnt sich über das Eisengeländer, so, daß sein Rücken gerade vor meinen Augen ist, und erzählt Vater Andreas die Geschichte des Burschen Ernest, den die Polizisten verhaftet haben.
Ernest ist aus der belgischen Armee desertiert und hat sich in Paris ohne Papiere aufgehalten, hin und wieder gearbeitet... Ein guter Kamerad...

Ein guter Kamerad!... Das war schon »dort unten« – »drüben« –, kurz in dem Lande, aus dem ich komme, ein Ehrentitel. Ein guter Kamerad war derjenige, der seine letzte Zigarette mit den Freunden zusammen rauchte – jeder einen Zug –, der bei Verhören den Dummen spielte und nie etwas wußte, der nicht renommierte, sondern lieber schwieg, wenn er über die Vergangenheit nicht sprechen wollte...

»Letzte Nacht«, erzählt Marcel, »hat Ernest einem Gemüsehändler geholfen, der die Gassen um Denfert-Rochereau mit Gemüse versorgt. Er hat ihm geholfen, den schweren Karren den ganzen Boulevard St. Michel« (Marcel sagt Boul-Misch) »hinaufzustoßen. Dann hat ihm der Krämer nur einen Kaffee bezahlt, und Ernest hat natürlich Krach geschlagen...«

»Ja, so sind die Leute heute«, nickt Vater Andreas. »Ich, zu meiner Zeit, ich hätte ihm ein Silberstück in die Hand gedrückt und ihn zum Essen eingeladen... Aber die Leute heutzutage...«

»Gewiß«, sagt Marcel, »wir wissen alle, Großvater, daß du ein guter Kerl warst. Also Ernest hat Krach geschlagen und den Krämer ein wenig angepackt...«

»Angepackt!« krächzt Vater Andreas. Dann muß er husten. Marcel richtet sich auf, sein Arm schiebt sich hinter meinem Rücken durch, und seine Hand klopft auf Vater Andreas' Rücken.

»Du solltest ins Bett, Großvater«, meint Marcel energisch. »Und wir wollen es machen, wie du es gewünscht hast. Du liegst zwischen uns beiden. Wir könnnen zwar nicht viel helfen. Aber du spürst dann, daß du nicht allein bist...«

Vater Andreas hustet weiter; und trotz seines Hustens ist ein eifriges Nicken, das entschieden Dankbarkeit ausdrücken soll, ganz deutlich festzustellen...

Es ist sehr still im Hofe. Der Himmel wölbt sich über uns, zartfarbig wie ein Stiefmütterchen und durchscheinend. Dann ist es, als mische sich Tusche in die Farbe, die Schwärze durchdringt das Blauviolett, und eine riesige Glocke aus Rauchglas stülpt sich über die Stadt. Ein Nebel von Licht

sprüht aus dem dumpfen Lärmen und gerinnt – gelbleuchtende, zitternde Tropfen hängen im Innern der Kuppel... Unter uns, im Gang, läutet ein Glöcklein...
»Nun müssen wir schlafen gehen«, sagt Marcel leise. Er stützt Vater Andreas rechts und ich links. So gelangen wir in einen kahlen Raum, Bänke ohne Lehnen stehen hintereinander. Vorn ist ein Pult, und über dem Pult, in einer Wandnische, steht eine Mutter Gottes aus Porzellan, die ein goldgekröntes Knäblein auf dem Arm trägt. Ihr Mantel ist blau, und zu ihren Füßen welkt ein Strauß gelber Blumen.
Dann steht plötzlich hinter dem Pult ein knochiger Herr. Er hält einen Rosenkranz in Händen und beginnt laut zu beten. Und wir alle, die, nur mit einem Hemd bekleidet, auf den Bänken sitzen, sprechen im Chor die einfachen Worte mit. Wir sind nicht sehr andächtig. Wir spielen mit den Zipfeln unserer Hemden, manche von uns haben die Füße auf die Bank gezogen und beschäftigen sich mit ihren Zehen. Der Herr hinter dem Pult läßt seine Hand in die Höhe flattern – es ist eine graue Hand –, und wir erheben uns... Das schwammige Geräusch der nackten Füße auf dem Holzboden... Ein schweres Schweigen hockt im Raum, es riecht süßlich nach Hunger. Der Herr betet das Vaterunser.
»Amen!« sagt er erleichtert.
Wir müssen Vater Andreas tragen, der nicht mehr gehen kann. Er flüstert:
»Laßt es die andern nicht merken! Besonders den Aufseher nicht! Sonst schicken sie mich ins Spital. Ich will nicht im Spital sterben. Ich will bei euch bleiben...«
Wir reden ihm zu, wie einem kleinen Kind, wir versprechen, bei ihm zu wachen. Wir tragen ihn eine Treppe hinauf.
Der Schlafsaal ist hoch. Vier Reihen Betten stehen darin. Die Betten: drei Bretter auf Eisenständern und auf diesen Brettern Matratzen, vier Finger dünn. Zwei gelbliche Leintücher, eine braune Decke.
Marcel kennt sich aus; er bahnt sich mit seiner freien Linken einen Weg durch die Menge. Wir erobern drei Betten. Vater

Andreas' Bett steht gerade unter einem geöffneten Fenster. Der alte Vogel atmet oberflächlich und gierig. Wir legen ihn ins Bett und decken ihn zu. Seine rechte Hand hält krampfhaft einen Zipfel seines Nachthemdes.

Nun liegt er still auf der dünnen Matratze. Er will die Decke nicht, sie drückt ihn – aber das Oberleintuch zieht er bis unters Kinn. Seine Nase, gelb und krumm, hebt sich ab von einem hellen Hintergrund: Marcels Hemd...

Und Schweigen sinkt über den Saal; unmerklich geht es über in ein leises Zischen, das langsam anschwillt. Man meint, man sitze neben einem Kessel, der undicht geworden ist. Pfeifend, schnarchend, röchelnd entweicht der Dampf.

Die Armen schlafen.

Sie sind den ganzen Tag durch die Straßen der riesigen Stadt gewandert, haben gebettelt, vielleicht gearbeitet, eine Stunde oder zwei. Sie haben ihre Hände ausgestreckt, bittend, gegen jeden, der vorüberging, so wie die Nonne an der Kirchentür ihr Zinntellerchen... Ihre Augen sind nie zur Ruhe gekommen, sondern hin und her geflitzt, wie bei den Hasen zur Jagdzeit, die den Hund fürchten... Der Hund: für sie ist es der uniformierte Polizist, der an der Straßenecke steht... Sie haben ein Stück Brot gekaut, ein Glas dicken Weins getrunken und sind weitergewandert. Ihre Füße sind müde, und müde ist ihr Rücken, und ihr Hals schmerzt, weil ihr Kopf so schwer geworden ist. Ich weiß es, Müdigkeit ist schwerer zu tragen als ein gewichtiger Sack.

Im Hintergrund des Saales flammt eine grüne Lampe auf und erhellt eine Art Tribüne, auf der ein Bett steht. Der Torhüter tritt ein, durchquert den dunklen Saal, besteigt das Postament und flüstert in den Saal: »Gute Nacht.« Angezogen legt er sich aufs Bett. Die grüne Lampe brennt weiter.

Wir beide, Marcel und ich, sitzen aufrecht auf unseren Betten. Zwischen uns liegt Vater Andreas. Durch das offene Fenster kommt ein kleiner Wind und streichelt den alten Vogelkopf.

Der Druck im Dampfkessel nimmt ab. Es wird stiller im Saal.

Nur aus einer Ecke dringt lautes Schnarchen. Marcel steht leise auf, eine kurze Weile verschwindet er, das Schnarchen hört auf, dann sitzt er wieder auf seinem Bett. Vater Andreas nickt dankbar. Der Aufseher, auf seiner Bühne oben, hat sich nicht bewegt.
Vater Andreas' Atem geht schwer. Mir ist heiß und gleich darauf kalt. Ich lasse mich zurückfallen und sehe, wie Marcel aufsteht. Er kommt an mein Bett und deckt mich zu.
»Fieber?« fragt er und legt seine Hand auf meine Stirne. Vielleicht ist es Fieber. Ich weiß es nicht. Ich schließe die Augen...
-- Wenn nur der Sack nicht so schwer wäre... Warum haben sie die neue Mode eingeführt, den Sack auf dem Kopf zu tragen? Das ist doch dumm. Und den Riemen, der den Sack hält, muß man unter dem Kinn befestigen!...
»Ja«, sagt die Stimme des Hauptmann Chabert. »Das hat der Oberst befohlen. Damit euch die Sonne nicht sticht. Und dann könnt ihr den Sack nicht mehr den Maultieren aufhalsen...«
Die Maultiere traben neben der Kolonne, und wir schwitzen unter unseren Säcken. Mein Maultier trägt keinen Sattel, und es sagt zu mir: »Nun ist der Himmel abgeschafft worden, er war ja bloß dazu da, um die Sonne zu tragen. Seit dem letzten Krieg hat man beschlossen, die Sonne abzuschaffen. Findest du das nicht vernünftig, mein Herr?« Mein Maultier sieht sehr menschlich aus, es stolziert auf den beiden Hinterhufen, aufrecht, und seine Vorderbeine enden in zwei Händen, die gerillte Hölzer halten, die reibt es gegeneinander und macht mit ihnen Musik. »Und du hast immer gemeint, daß wir unmusikalisch seien!« sagt das Maultier und entlockt seinen Kastagnetten Geigentöne...
Oh, wie lang ist der Zug durch die Stadt! An den Fenstern kleben flache Gesichter, die aussehen, als seien sie aus Karton geschnitten und angemalt... – »Siehst du, Herr«, sagt mein Maultier, »das sind die Reichen, denen es gutgegangen ist. Die haben es zu etwas gebracht. Du aber mußt deinen Sack

schleppen, weil du nicht gefolgt hast. Ich darf dir dein Los wohl erleichtern, indem ich dir etwas vorspiele, aber sonst kann ich nichts für dich tun. Sieh dich doch einmal um! ...«

Ein langer Zug dehnt sich hinter mir. Dort marschiert im Takt eine Gruppe, die gestreifte Kleider trägt, und dort eine andere, deren Uniformen vermodert sind, und eine dritte ... Es ist die dichteste: Männer und Weiber, ihre Kleider sind zerrissen, sie haben die Münder geöffnet und schwenken die Arme im Takt, als sängen sie ein Lied. Aber es ist nur ein Schnarchen, ein gurgelndes Schnarchen, ähnlich dem, das entsteht, wenn eine Wassermasse kreisend in ein Loch gesaugt wird ...

»Das ist der neue Gesang«, sagt mein Maultier, das mich so oft auf seinem Rücken getragen hat; es spitzt den Mund und beginnt zu pfeifen ... Dann beugt es sich zu meinem Ohr herab und flüstert, flüstert so zischend, daß es mich schmerzt und ich die Hand hebe, um es abzuwehren – –

Aber das ist ja Marcel! Sein Mund ist ganz nahe an meinem Ohr – droben brennt die Lampe grün, und der Mann in Uniform schläft fest. Er sieht aus wie ein Ertrunkener.

Der Mund an meinem Ohr flüstert immer die gleichen Worte, und ich gebe mir Mühe, ihren Sinn zu verstehen – aber es ist schwer, sehr schwer ...

Endlich!

»Vater Andreas stirbt, verstehst du mich?«

»Ja, ja«, sage ich. Meine Zunge ist faserig wie ein Stück Löschblatt.

»Es war nicht leicht, dich zu wecken«, sagt Marcel.

»Ja, ja«, sage ich noch einmal. Mein Hemd ist durchnäßt, auch die Leintücher sind feucht.

»Du hast ja arg geschwitzt«, meint Marcel. »Komm, steh auf, nimm eine Decke über die Schultern. Aber leise, ganz leise! Der Aufseher darf uns nicht hören!«

... Der Zug, der lange Menschenzug! Und die flachen Gesichter an den Fenstern und die Straße, die endlos lange Straße!

Jetzt weiß ich plötzlich, daß alle, die im langen Zuge mitmarschierten, die Gestreiften, die Vermoderten, die singenden Zerlumpten, auf ihren Köpfen Säcke trugen – und befestigt waren sie mit einem Riemen, der unterm Kinn durchlief, als wie ein Sturmband...

Vater Andreas ist hellwach; seine Augen glänzen im Schein der Lampe, die ihr grünes Licht über den Schläfer auf der Bühne ausgießt. Und mein alter Vogel flüstert – doch jedes Wort ist deutlich zu verstehen: »Sie hat gesagt: ›Du armer Kerl! Ich geh nicht gern fort von dir. Weißt du, wenn ich tot bin, mußt du mich in unserem Garten begraben. Und am Abend stellst du meine Holzschuh zu Füßen des Grabes. Dann steh ich in der Nacht auf und schau zum Rechten. Aber vergiß die Holzschuh nicht! Dann hörst du doch, wenn ich komme und erschrickst nicht. Ich komm ans Fenster unserer Kammer, es liegt ja ebenerdig, und du hörst mich, wenn ich mit meinen Pantinen klappere. Du öffnest mir, und wir besprechen alles: wann du die Bohnen stecken mußt und wann die Erbsen. Wann es günstig ist für die Artischocken, und wann du Karotten säen mußt. Ich werd dann viel mehr wissen als jetzt. Weißt du, ich kann dir sagen, wann Nachtfröste drohen und wie der Sommer sich anläßt, trocken oder regnerisch. Der liebe Gott erlaubt mir vielleicht, daß ein paar gute Gärtnerseelen mir helfen. Mit ihnen werd ich die Treibbeete decken, wenn du es vergessen hast, und dann bitt ich die Sonne, die soll mir ein wenig Hitze schenken, damit heiz ich die Kästen...Weißt du, mein kleiner Bub, es ist schad, daß ich von dir fortgehen muß. Ich hab dich liebgehabt und hab gern mit dir getanzt und gern mit dir gearbeitet. Vergiß unseren Schimmel nicht, den Franz. Er hat genau so dünne Fesseln wie ich, und er ist ein liebes Tier. Am Abend mußt du ihm immer ein Stück Brot geben, so wie er es gewohnt ist, sonst komm ich in meinen Holzschuhen in die Küche und hol dir alles Brot... Am Morgen hast du dann keines mehr zum Frühstück. Der Franz aber wird zufrieden sein und schnaufen... Wirst du nicht erschrecken, wenn meine Holzschuhe über die Steine im Hof klappern? – Nein, du bist ein tapferer Mann – obwohl du eigentlich mein kleiner Junge bist... Kinder haben wir keine gehabt. Und trotzdem war es schön. Weißt du noch, wenn das Wasser aus der Brause der Gießkanne floß, dann sah es aus wie ein wehender Büschel weißer Haare. Und anders duftete das Karottenkraut und anders der Sellerie und anders die Spinatblätter... Weißt du noch, der dicke Mann, der Ziehharmonika spielte, damals, am Dorffest?... Du hast ihm eine Flasche Bier gezahlt, und dann hat er einen langsamen Walzer gespielt, und das Horn sang so sanft... Es war ein schöner Walzer... Und weißt du noch, im Sommer, wenn wir im Bett lagen, und das Fenster stand offen und es regnete: da trommelte der Regen auch im Walzertakt auf die Kohlblätter... Mußt nicht weinen, kleiner Junge, ich komme ganz sicher zu dir, aber du darfst die Holzschuhe nicht vergessen...«

Vater Andreas schweigt. Er hat die Hände über dem Leintuch auf der Brust gefaltet. Wieder kommt ein leiser Wind durchs Fenster, der Alte hebt seine Hände, und der Wind streichelt sie.

»Man darf nie tun, was man möchte«, flüstert er weiter. »Ich habe dem Bürgermeister gesagt: ›Nelly wird in meinem Garten begraben.‹ Da hat er mich ausgelacht. Er war dick und feist und spekulierte mit dem Land. Der Boden ist nicht dazu da, daß man mit ihm Schindluder treibt, der Boden ist da, damit man ihn bestellt, er will Frucht bringen, er will keine Villen tragen und keine sechsstöckigen Häuser... Der Bürgermeister hat mir die Polizei auf den Hals geschickt, weil ich Nelly nicht hergeben wollte. Sie haben sie dann auf dem Friedhof begraben, und ich bin nicht zur Beerdigung gegangen. Sie haben mir zugeredet, ich solle einen Grabstein kaufen... Einen Grabstein, damit Nelly darunter erstickt!... Dann hat mir mein Land keine Freude mehr gemacht. Der Bürgermeister hat den Garten gekauft. Jetzt stehen Häuser auf den Beeten, auch mein Haus haben sie abgerissen. Es war überwuchert mit Glycinien, und am Fuße der Mauern hatte

Nelly Eisenhut gepflanzt und Rittersporn und Akelei und weiße Lilien... Wenn wir zum Tanz gingen, trug Nelly immer einen kleinen Strauß Akelei an ihrer Bluse... Einmal hat sie gesagt: ›Wenn wir tot sind, fängt das Leben erst an. Es war schön, hier unten, aber dort oben wird es sicher noch schöner werden. Weißt du, ich denke immer, der liebe Gott ist sehr groß, über alle Maßen groß... Wenn er uns dann gut kennt, so nach hundert, zweihundert oder tausend Jahren – das wird ja nicht länger sein, als ein Tag hier unten –, dann bitten wir ihn einmal, daß er uns tanzen läßt auf seiner Hand... Das wird schön sein. Aber ich will mit keinem andern tanzen als mit dir, Andreas. Ich warte auf dich...‹«
Die Augen sind geschlossen, zu beiden Seiten der gekrümmten Nase stechen die Backenknochen spitz hervor und spannen die Haut. Um den Mund liegt ein Lächeln. Nun heben sich die Lider noch einmal: »Du bist's, Marcel. Paß auf! Such dir eine gute Frau: eine Frau, weißt du, die tanzen und arbeiten kann. Und dann bleib nicht in der Stadt! Jetzt drängen alle in die Stadt und stehen vorm laufenden Band und hocken auf Stühlen und klappern auf ihren Buchstabenmaschinen und rechnen und springen in die Untergrundbahn und die Stiegen hinauf und werden dick und bleich –, aber sie sind flach... Und wenn sie ganz ausgewalzt sind, dann machen sie Krieg, weil sie vergessen haben, daß Blut in ihren Adern rinnt, und sie wollen doch wieder sehen, daß sie Blut haben... Der Krieg wird in den Städten gemacht. Das Land will keinen Krieg. Das Land will Frucht tragen und keine Leichen, es will grün sein im Sommer und weiß ruhen im Winter. Es will kein Blut, es braucht nur das Rot der Blumen...«
Schweigen: Vater Andreas' Atem geht schwer und schnell. »Ah«, sagt mein alter Vogel plötzlich, »da ist ja noch der Neue! Frédéric, dich hab ich aufgelesen auf einer Bank im Luxembourg. Hilf ihm ein wenig, Marcel, damit er sich zurechtfindet. Er war drüben – in Afrika –, er findet sich in der Stadt nicht zurecht. Sorg ein wenig für ihn, Marcel. Du

kannst ihm doch eine Stelle suchen. Und dann, Marcel, geh du auch wieder einmal arbeiten! Ja? Es tut dir nicht gut, das Leben, das du jetzt führst – die Politik und alles andere ... Schau, ich will nicht Moral predigen, aber es wird dir guttun – die einfachste Arbeit, nimm sie an, wenn du eine findest. Und such auch dem Frédéric eine. Wenn ihr dann genug Geld habt, so geht aufs Land ... Und wenn ihr auch weniger verdient ... Ich wäre auch aufs Land zurück, aber wenn ich einen Garten sehe, muß ich an Nelly denken und an ihr Grab ... Geht aus der Stadt, meine Buben. Wartet einmal, ihr beiden ...« Vater Andreas fährt mit der rechten Hand unter das Leintuch, er zerrt dort, zerrt ... Einen Zipfel seines rauhen Hemdes zerrt er hervor, der verknotet ist. Die alten Finger versuchen den Knoten zu lösen, es gelingt ihnen nicht ... »Hilf mir, Marcel ...« sagt er ganz leise und kämpft dabei mit seiner Lunge. Sie will nicht mehr atmen.

»So, hast du es gefunden? Zwei Fünfzigernoten ... Teilt das Geld. Wißt ihr, ich hatte es aufgespart für mein Begräbnis. Aber wozu soll ich ganz allein in einem Grab schlafen? Vielleicht begraben sie mich zusammen mit anderen, die auch kein Geld haben, mit denen, die im Winter an den Eingängen der Untergrundbahn hocken, mit den alten Weibern, die an den Straßenecken verwelkte Blumen verkaufen – und manchmal haben sie eine blaue Nase, man weiß nicht, ist's von der Kälte oder vom Schnaps ...« Vater Andreas kichert leise, dann schnauft er wieder mühsam. »Eine gute Frau«, flüstert er, »eine Frau, die schaffen kann und tanzen ... Und tanzen!« wiederholt er energisch. »Wir werden wieder zusammen tanzen, Nelly und ich, in einhundert, in zweihundert, in tausend Jahren vielleicht ... Aber sie werden vergehen wie ein Tag – wir werden tanzen auf der großen Hand. Was glaubst du, Marcel, werd ich dann immer noch so häßlich aussehen wie jetzt?«

Marcel schweigt. Da hebt Vater Andreas die Hände, er legt sie aneinander, so, daß nur die Fingerspitzen und die Handballen sich berühren. So entsteht eine kurze Röhre. Und in

diese Röhre fängt Vater Andreas den Wind ein, den lahmen Wind, der zögernd durchs Fenster schleicht, schwer beladen mit dem Staub und dem Ruß der großen Stadt, um sich zufrieden in der Höhlung der alten Hände zur Ruhe zu legen.
»Tanzen!« flüstert Vater Andreas. Dann fallen seine Hände auf seine Brust, und sein letztes Wort haben wir erraten müssen.
Nun erst weckt Marcel den Aufseher. Er kommt, zieht einen Rosenkranz aus der Tasche, setzt sich auf den Bettrand und beginnt zu beten. Es ist ein katholisches Nachtasyl...
»Komm!« sagt Marcel. Vater Andreas' Bett ist leer. Vor dem Fenster hängt ein grauer Morgen...
Zwischen den Mietskasernen ist die Luft frisch und feucht. Eine sonderbare Fröhlichkeit ist in mir. Marcel schreitet lautlos neben mir. Seine grauen Leinenschuhe sind mit zweifach gekreuzten Bändeln über seinen Fußgelenken befestigt. Er trägt Hosen aus geripptem Stoff, die unten mit Veloklammern zusammengehalten sind. Er ist hemdärmelig, mit einem grauen Halstuch, das er wie eine Krawatte zu einem dicken Knoten gebunden hat.
Dann ist da eine kleine Bar; der Wirt hat dicke Arme. Er schenkt uns schwarzen Kaffee ein, und Marcel verlangt Rum dazu. Die Fröhlichkeit steigert sich, der leichte Fettgeschmack, den das zerbröselnde Kipfel im Munde zurückläßt, ist angenehm.
»Da!« sagt Marcel und drückt mir eine Banknote in die Hand. Fünfzig Franken. »Wir haben eine Erbschaft gemacht, diese Nacht«, fährt er fort. »Vater Andreas! Es ist doch gut, daß er nicht allein gestorben ist. Aber wie geht's dir? Hast viel Fieber gehabt diese Nacht... Warst unruhig... Hab dich oft zudecken müssen... Und geschwitzt hast du! Wir gehen dann Chinin kaufen... Oder willst du ins Spital?«
Ich schüttle den Kopf. Ich will nicht zu Kranken. Ich bin ganz gesund. Vater Andreas hat gesagt, wir sollen uns Arbeit suchen. Wir wollen ihm folgen...
»Wenn du mir eine Stelle verschaffen kannst...« sage ich

leise. Marcel lacht. Er deutet auf unsere leeren Gläser und blickt dabei den Wirt an. Der füllt sie aufs neue. Der Geruch des warmen Rums liegt über dem Raum.
»Arbeit? Soviel du willst. Ich kann als Ausläufer zu einem Metzger, und dir weiß ich eine Stelle als Plongeur...«
»Plongeur? Was ist das?«
Marcel erklärt mir, was das ist. Es wird schwer sein, sagt er, aber ich werde mich schon daran gewöhnen. Und es sei ganz gesund. Ich werde etwas dabei lernen. Er fragt mich mit keinem Wort, was ich früher getrieben habe...
Auf den großen Boulevards sind die Äste der Bäume eingehüllt in ein Gespinst von Nebel und feinstem Staub. Und dann kommen wir zum Fluß; er trägt das gleiche Gespinst... Dann aber, nach der Brücke, vor dem schwarzen Justizpalast, leuchten die lautesten Farben. Auf kleinen Karren liegen Blumen zuhauf, Pfingstrosen und safrangelber Mohn, und bunt wie die Blumen sind die Kopftücher der Frauen...
Marcel kauft mir Schuhe – Leinenschuhe, gleich denen, die er trägt. Man geht lautlos auf ihren gestrickten Sohlen...
Die Sonne ist schon hoch, wir sind durch viele Straßen gewandert, plötzlich ist Marcel verschwunden. Dann tritt er aus einem Metzgerladen.
»Morgen kann ich eintreten«, sagt er. »Als Ausläufer. Der Meister beliefert das Hotel, in dem ich dich unterbringen will.«
Eine kleine Wirtschaft. Chauffeure in Lederjoppen, Maler in weißen Leinenanzügen hocken an den kleinen Tischen. Papierservietten knistern unter den Tellern. Ein blondes Mädchen mit einer großen Hornbrille serviert. Wir essen aus kleinen Platten, Fleisch in Tomatensauce, Salat. Der Wein, den wir dazu trinken, ist dick und dunkel und fast so sauer wie jener, der lau wurde in unseren Feldflaschen, auf den langen Märschen...
Und nun hat die Sonne wieder den Asphalt der Straße aufgeweicht. Lang ist der Nachmittag. Wir wandern, wandern. Es gibt kleine Gassen, in denen es kühl ist, es gibt winzige

Anlagen, in denen Kinder mit Staub spielen, und ihre Mütter schwatzen auf den Bänken... Es gibt die weißgekachelten Gänge der Untergrundbahn, in denen es nach Lysol und erhitzten Schienen riecht... Und der Zug klappert durch die Gänge unter der Erde, dann kriecht er auf eine Brücke und läuft weiter, auf einem Damm. Häuser, Häuser... Fenster, an denen Gesichter kleben.

Der Abend kommt.

»Jetzt können wir es riskieren«, sagt Marcel. Wir stehen vor einem hohen Haus. Auf seiner Front ein Schild. Darauf, mit Goldbuchstaben: »Hôtel Suisse«.

»Geh nur hinein«, sagt Marcel. »Du stellst dich vor, zeigst deine Papiere. Sie werden dich gleich nehmen. Komm dann noch schnell heraus und sag mir, wie's gegangen ist...«

Eine halbe Stunde später stehe ich schon vor dem Abwaschbecken und spüle Silbergeschirr. Dann sausen mir hintereinander zwei heiße Pfannen zwischen die Beine. Der Chef hat seinen Rappel und muß sich austoben.

So bin ich ins »Hôtel Suisse« gekommen...

Marcel steht auf, drückt mir die Hand und erkundigt sich, wann ich meinen freien Tag habe.

»Übermorgen«, sag ich. Ich bin nun schon anderthalb Monate im Hotel und habe nie meinen freien Tag genommen, weil ich hab sparen wollen. Wenn ich den freien Tag nicht nehme, gibt mir der Direktor zwanzig Franken extra. Sonst verdiene ich dreihundert Franken im Monat. Der Chef hat mir einen alten Anzug gekauft. Er ist grau und riecht ein wenig nach Schweiß. Ich hab ihn ausbügeln lassen, hab mir ein Paar Schuhe gekauft. Nun kann ich ruhig einmal einen freien Tag nehmen.

»Übermorgen?« fragt Marcel. »Das trifft sich gut. Der vierzehnte Juli! Feiertag! Überall wird getanzt! Wir gehen dann zusammen spazieren... Auf Wiedersehen, Fred! Adieu Chef...« Der Chef brummt Unverständliches. Er steht schon wieder auf der Leiter und macht Fußsohlenstudien.

So kommt der Mittag heran. Um halb zwölf essen die Angestellten in einem kleinen Raum, ganz nahe bei der Küche. Ich muß den Kellner spielen. Grace hat keinen Hunger. Sie blickt traurig auf ihren Teller, stochert ein wenig im Fleisch herum, steht dann plötzlich auf und verschwindet. Der elsässische Valet de Chambre reißt einen unflätigen Witz, wahrscheinlich um seiner Frau zu imponieren, die Grace nicht leiden kann. Aber Giovanni weist ihn zurecht. Giovanni ist eigentlich ein Gentleman. Kein Wunder, daß ihn die Engländer oft am Abend einladen. Er muß sie dann durch die Nachtlokale führen. Wahrscheinlich zahlen ihm die Besitzer dieser Kneipen Prozente.

Auch mit mir ist Giovanni sehr anständig. Wenn es schnell gehen muß, kann man das Silberbesteck nicht immer ganz sauber waschen. Es geht dann so: zwei Kessel, in dem einen fast kochendes Sodawasser, in dem andern heißes, sauberes Wasser. Löffel, Gabel, Messer werden ins Sodawasser hineingeworfen, umgerührt, herausgefischt, ins klare Wasser geschmissen, umgerührt, herausgenommen, abgetrocknet, in die Kiste verstaut, die Kiste in den Aufzug, der Aufzug nach oben geschnellt. Und wenn man den Aufzug in die Höhe schnellen läßt, hofft man immer, der spanische Commis werde gerade seinen Kopf in die obere Öffnung stecken. Dann fährt ihm der Aufzug an die Nase, und man ist zufrieden für den Rest des Tages. Der spanische Commis drückt sich gerne. Er hat es durchgesetzt, daß ich am Morgen die schweren eisernen Rolläden vor den Restaurantfenstern aufwinden muß. Das verzeiht ihm weder der Chef, noch ich. Auch Giovanni hat es gemein gefunden. Aber der Spanier hat es verstanden, sich beim Direktor beliebt zu machen; er spielt dort den Angeber.

Nun, wenn man so schnell abwäscht, kann es vorkommen, daß das Besteck nicht ganz sauber ist; es gibt ekelhafte Leute unter den Gästen, die es sich zur Gewohnheit gemacht haben, das Besteck noch einmal mit ihrer Serviette abzuputzen. Dann kann es vorkommen, daß die Serviette schwarz wird.

Der Gast reklamiert bei Giovanni. Aber merkwürdigerweise nimmt mich Giovanni immer in Schutz. Das mag daher kommen, daß ich mit ihm Italienisch spreche...
Zwei Tage noch, dann kann ich einmal vierundzwanzig Stunden als freier Mensch leben. Es ist wahr, ich bin manchmal, wenn ich nicht zu müde bin, am Abend ausgegangen. Aber es war meist schon spät. Marcel hat mich abgeholt, und wir haben uns zusammen einen Film angesehen...
Manchmal hat es geregnet... Und dann war es schön... Wenn es über Paris regnet, sind die Straßen fett und schlüpfrig, ganz vorsichtig fahren die Autos, damit sie nicht bremsen müssen – denn täten sie dies, so kämen sie ins Gleiten. Viel Licht quillt aus den Schaufenstern, und die Regentropfen müssen durch ungezählte Strahlen fallen, bevor sie auf dem schillernden Asphalt Ruhe finden.
Marcel ist meist schweigsam. Ich weiß wenig von ihm. Er hat einmal angedeutet, er sei auch in Afrika gewesen. Bei welchem Regiment, habe ich gefragt. – Bei keinem, hat er geantwortet. Er habe im Bataillon gedient... Da hab ich nicht weiter gefragt, denn ich habe gewußt, was das zu bedeuten hat. Bataillon d'Afrique nennt man die Truppe, in der die Vorbestraften dienen müssen. Bat' d'Af' nennt man sie kurz. »Drüben» – »dort unten« herrscht Feindschaft zwischen der Fremdenlegion und dem Bataillon d'Afrique...
Manchmal habe ich mit Marcel ausgehen wollen, da hatte er keine Zeit. Er müsse in die Versammlung... – In welche Versammlung?... – Schweigen. Er blickt mich an. Seine Augen sind hart, blau, aber sehr hart, und dunkle Schatten liegen über den Wangen.
»Hast du kein Vertrauen zu mir, Marcel?« frage ich.
Er schweigt weiter. Wir sitzen einander gegenüber, auf meinem Tisch, in der »Plonge«, auf dem Meeresgrunde. Seine gefalteten Hände umspannen sein Knie.
»Ich mag dich gern«, sagt er nach einer Weile, leise, damit der Chef es nicht hört. »Ich hab auch Vertrauen zu dir. Aber, wie soll ich dir sagen? Mir ist es ernst... Ich muß Partei

ergreifen... Es hat viel Elend auf der Welt. Soll man nicht versuchen, es zu ändern? Ich möchte es ändern... Aber du? Du bist ein Zuschauer. Du wirst nie Partei ergreifen. Ich weiß, du gehörst nicht zu uns. Was willst du denn? Zu uns kommen, wie du in einen zoologischen Garten gehen würdest, um unbekannte, fremde Tiere neugierig zu begaffen? Das geht nicht, Fred. Versteh das. Vielleicht später, wenn du etwas weiter bist... Aber ich glaub nicht, daß du es je begreifen wirst. Du bist ein guter Kamerad, sicher, ich weiß, du würdest mir Geld geben, du würdest mir helfen, wenn es nötig wäre... Aber darauf kommt es nicht an. Es kommt auf die Gesinnung an...«

Er hat recht. Und ich weiß, warum er so spricht.

Es war an einem Morgen, als er gerade das Fleisch brachte. Der Chef war daran, Homard à l'Américaine zu rüsten, Hummer auf amerikanische Art... Die großen Meertiere lagen auf dem Küchentisch, auf dem Herd brodelte die Sauce, eine Sauce, in der Tomaten, Gewürze, allerlei duftende Dinge schwammen – und der Chef hatte soeben eine Flasche alten Malagas entkorkt – zwei Gläser voll kamen in die Sauce, den Rest trank der Chef, und ich bekam auch ein halbes Glas.

Da sagte ich und deutete auf die roten Schalentiere: Die Ursache des Klassenkampfes sei doch eigentlich nur die Tatsache, daß es Leute gäbe, die sich Hummer leisten könnten, und andere, die es nicht könnten. Wenn alle einmal Hummer essen könnten, dann würde es auch keinen Klassenkampf mehr geben...

Der Chef lachte. Marcel sah mich lange an. Dann ging er, ohne Gruß, ohne mir die Hand zu geben...

Es war doch nur ein dummer Witz gewesen. Am nächsten Tag tat er, als sei nichts vorgefallen...

Und so kam der vierzehnte Juli heran...

Die Straßen sind beflaggt, es wehen Fahnen, rot-weiß-blau. Der Morgen ist noch kühl, die Straßen sind noch leer. Ich denke an andere Straßen, die im Winter grundlos wurden, wenn es regnete und der Regen seinen Vorhang spannte über die roten Berge ... Auf den harten Blättern der Feigenbäume trommelte der Regen sein eintöniges Lied. Und grauer noch als sonst war das Laub der Oliven ...

Nun sind es nicht mehr die Straßen, in denen die schweren Camions einsinken bis zur Nabe, nun dehnen die breiten Straßen der Stadt sich vor mir aus, Menschen gehen vorbei in Sonntagskleidern ...

»Wo gehen wir hin, Marcel?«

»Zu meinen Eltern.«

Marcel trägt lederne Halbschuhe mit Kautschuksohlen. Immer ist sein Gang lautlos, und das ist sonderbar, denn er ist groß, größer als ich, breitschultrig – und da meint man, seine Schritte müßten laut sein. Aber nein, er *will* lautlos gehen. Vielleicht, weil er etwas damit ausdrücken möchte, etwas wie: »Wir kommen leise, aber wir haben uns auf den Weg gemacht ... Wir ...« Denn sein Gang ist kein Schleichen, er ist kraftvoll – kraftvoll, aber ohne nutzlosen Lärm ...

Ein Haus am Kanal. Ein Stiegenhaus, in dem es nach Kohlsuppe und Staub riecht. Eine Wohnungstüre mit blankgeputztem Messingknopf. Eine kleine Frau macht uns auf. Sie hat blaue Augen, wie Marcel, nur sind die Augen der Frau weniger hart.

»Marcel!« sagt sie erstaunt. Sie wischt ihre Hände an ihrer Schürze ab und gibt mir die Hand. Eine rauhe, rissige Hand. Dann reckt sich die Frau auf die Zehenspitzen und küßt Marcel auf die Stirn.

»Guten Tag, Mutter«, sagt Marcel. Er streichelt das alte Gesicht, in dem viele Runzeln sind. Ich hätte Marcel nicht so viel Zärtlichkeit zugetraut.

»Der Vater ist daheim«, sagt die Frau. »Aber ärgere ihn nicht, Marcel. Du weißt, wie er ist.«

Der Vater ist ein kleines Männchen, dessen Beruf nicht schwer zu erraten ist. Er ist sicher in einem Büro tätig. Er hat sich ein Handtuch unters Kinn gebunden, seine Wangen sind mit Seifenschaum bedeckt, und pedantisch, mit langsamen Bewegungen, denen man anmerkt, daß er sie so viele Male

wiederholt hat, bis sie exakt geworden sind wie die Bewegungen einer Maschine, zieht er sein Messer ab.
»Guten Tag, mein Sohn, gibst du uns auch wieder einmal die Ehre ...« Eine Stimme, die die Worte ganz präzis ausspricht. Vielleicht verleiht diese Genauigkeit den Worten etwas Boshaftes. »Geh nur in die Küche ...«
Es ist Feiertag, und man hat den Eindruck, daß die Familie unter dem Feiertag leidet. Es fehlt etwas. Auch die Straßen sind nicht wie sonst, ihr Lärm ist anders als an den Arbeitstagen. Es scheint, als sehne sich alles nach dem morgigen Tag, an dem es wieder Arbeit gibt – Arbeit und Regelmäßigkeit, auch wenn beides nur darin besteht, in einem Büro zu sitzen und nutzlose Dokumente auszufertigen oder hinter einem Schalter zu hocken und das Publikum warten zu lassen.
Die Küche ist klein, und ihr Fenster geht auf einen engen Lichthof. Auf dem Herd steht eine weiße Emailkanne. Marcels Mutter füllt zwei Tassen mit Kaffee, und auch diesem einfachen Tun merkt man es an, daß es Tausende von Malen wiederholt worden ist. Die Mutter füllt die Tassen, wie sie es regelmäßig automatenhaft tut, wenn irgend jemand zu Besuch kommt. Auch die Schnapsflasche wird auf den Tisch gestellt.
In einem Eimer schwimmen geschälte Kartoffeln. Auf dem Herd summt eine große Pfanne, stößt bisweilen Dampf aus, und dann zerplatzen Wassertropfen auf der heißen Platte. Ein Wecker tickt.
Marcels Vater hat sich fertig rasiert. Er schüttelt mir die Hand: »Sehr erfreut, mein Herr. Wollen wir nicht in den Salon gehen?« Er trägt einen hohen, steifen Umlegkragen, und seine Krawatte ist über einen Halter gebunden, dessen Zelluloidflügel weiß schimmern ...
Der Salon: ein Tisch aus Nußbaumholz mit einer gestickten Decke. Die Möbel unter bleichen Hüllen versteckt. An den Wänden Bilder: große Dampfer in voller Fahrt, und der Rauch, der aus den Kaminen quillt, sieht aus wie gesträhltes Frauenhaar. Das Meer ist von einer verrückt blauen Farbe

und das Kielwasser weiß wie Seifenschaum. Möwen flattern...
Wir haben uns auf den Stühlen niedergelassen. In der Küche war es gemütlicher. Aber Marcels Vater will wohl auf den Begleiter seines Sohnes Eindruck machen...
Er sitzt auf der Kante des Stuhles, gerade aufgereckt. Seine Hände liegen gefaltet auf seinem rechten Schenkel. Er hat die Beine nicht übereinandergeschlagen, sehr korrekt sitzt er da. Marcel hat sich zurückgelehnt, er raucht eine Zigarette, auch mir hat er eine angeboten. Es ist, als seien wir beide unerwünschte Eindringlinge.
»Bleibst du zum Essen da mit deinem Freund?« Marcels Mutter steht unter der Tür, sie hat ihre Hände unter der Schürze versteckt. Ihr Gesicht ist klein und spitz und blaß. Marcel schüttelt den Kopf.
»Nein, wir wollen weiter. Heut nachmittag ist große Versammlung. Ich will Frédéric mitnehmen.«
Erstaunt blicke ich auf. Marcel will mich mitnehmen? Er aber sieht beiseite. Fast ist es, als sei er verlegen geworden. Marcels Vater seufzt.
»Versammlung!« sagt er vorwurfsvoll. »Willst du denn nie vernünftig werden? Du bist jetzt achtundzwanzig Jahre alt. Ich habe dich gut erzogen, du hast lernen dürfen... Und was tust du jetzt? Willst du mir sagen, was du jetzt tust?«
»Ich bin Ausläufer bei einem Metzger«, antwortet Marcel entschuldigend.
»Ausläufer!« Marcels Vater steht auf. Er hebt seine dürftigen Schultern, er sieht ängstlich aus, er schielt zu seinem Sohn hinüber. Dann begibt er sich in eine Ecke des Raumes, ein hölzerner Kasten steht dort, der vorn ein quadratisches Loch hat, mit Tuch überspannt. Der Vater dreht an ein paar Knöpfen. Gurgeln. Dann dröhnt eine Blechmusik, und sie spielt die Marseillaise.
»Ein Butterbrot!« sagt die Mutter, die noch immer unter der Tür steht, in den Lärm hinein. »Kommt, ihr beiden, kommt zu mir in die Küche... Ihr müßt etwas essen.«

Wir folgen ihr. Der Vater bleibt beleidigt im Salon zurück. So dunkel ist die Küche. Wir hocken um den Tisch, der mit einem blaukarierten Wachstuch überzogen ist. Das Wachstuch ist alt, uralt, und die blauen Vierecke sind an manchen Orten gelb gebleicht.

Butterbrot, Schinken, Senf. Zwei Flaschen Bier.

Die Mutter trägt Pantoffeln, darum ist ihr Gang ebenso lautlos wie der ihres Sohnes. Zweimal geht sie hinter Marcels Rücken vorbei, und jedesmal fährt sie mit ihrer alten rauhen Hand über die Haare ihres Sohnes. Dann duckt sich Marcel ein wenig. Beim dritten Mal hascht er nach der streichelnden Hand, hält sie fest und küßt sie. Die Mutter bleibt stehen, mit ihrer freien Hand hat sie den Kopf des Sohnes gepackt und drückt ihn an ihre Brust.

»Mein kleiner Junge!« flüstert sie. Ich blicke beiseite...

Warum steigt plötzlich ein Bild vor mir auf? Ein Bild, das ich seit langem nicht mehr gesehen habe?...

Es war vergraben, nun steigt es auf und schüttelt den Staub ab.

– Die Wiese ist gemäht, und es duftet nach Heu. Ich bin den ganzen Morgen mit nackten Füßen herumgelaufen, die Stoppeln haben mich in die Sohlen gestochen... Wie klein meine Füße sind!... Ich trage ein Paar gelbe Höslein, die mit Stoffträgern über den Achseln befestigt sind. Und mein Leibchen ist rotgestreift. Nun lieg ich auf dem Bauch, und über mir breiten sich die Äste eines Apfelbaumes aus, an deren Zweigen grüne Kugeln hängen. Tock! Eine der grünen Kugeln ist neben mir auf den Boden geklatscht. Ich nehme sie in die Hand, beiße hinein; wie sauer!...

Am Stamme des Apfelbaums steht eine Bank. Darauf sitzt eine Frau in einem roten Morgenrock. Durch das dichte Blätterdach des Baumes stechen Sonnenstrahlen, und wenn der leichte Wind durch die Äste streicht, tanzen die Sonnenstrahlen auf den Haaren der großen Frau...

»Pfui!« sagt die Frau. Sie hat gesehen, daß ich in den Apfel gebissen habe. »Wirf das weg, kleiner Bub...« Ihre Sprache

ist weich, und weich ist auch das Lächeln, das um ihren Mund liegt.
»Komm, kleiner Bub!« Sie ist aufgestanden, hat mich gepackt, aufgehoben ... Nun steh ich auf der Bank. Ich bin so groß wie die Frau im roten Morgenrock. Sie steht vor mir, hat die Arme ausgebreitet.
»Hopp, kleiner Bub!« ruft sie. Ich schaue noch einmal über die Wiese, die Heuhaufen sehen aus wie unbekannte bucklige Tiere, dann, am Rande der gemähten Wiese, schlängelt sich die Straße, weiß, sehr weiß, und hinter ihr ragen Tannen auf – dunkelgrün.
»Hopp, kleiner Bub!«
Da stoße ich mich ab von der Bank, es ist ein großer Sprung, den ich wage, aber die Arme fangen mich auf. Es ist weich, wenn man gehalten wird. Der rote Morgenrock riecht so frisch nach Kölnisch Wasser. Ich greife mit der Hand in die braunen Haare, halte mich fest und rufe: »Ich kann fliegen, Mama, ich kann fliegen ...«
»Natürlich kann der Bub fliegen ...« sagt die Stimme.
Und dann (sind ein paar Tage vergangen?) schiebt mich der Vater in ein Zimmer, in dem es dunkel ist; die Läden vor den Fenstern sind geschlossen. Ein Bett: und die große Frau liegt darin.
Ich darf die Mama besuchen.
Der Vater sieht ernst aus und traurig. Er spricht französisch mit mir – und das ist von jeher so gewesen, mit der Mutter habe ich deutsch gesprochen, mit dem Vater französisch – und sagt: »Sie ist sehr krank, deine Mama.«
Aber nun darf ich doch ans Bett treten, ich halte eine Rose in der Hand, ich lege sie aufs Leintuch, das mit Spitzen gesäumt ist. Und das Kissen hat einen weißen Überzug, rechts und links vom Kopf der Liegenden laufen zwei senkrechte durchbrochene Streifen, und darunter ist die Kissenhülle rot ...
Die Frau im Bett sieht meiner Mutter gar nicht mehr ähnlich. Sie ist bleich und mager, und ihre Gesichtshaut schim-

mert gelb. – Sie nimmt die Rose auf, ihr Mund verzieht sich – sicher hat sie Schmerzen. Und jetzt – muß sie erbrechen? Schnell führt mich der Vater aus dem Zimmer. Am Abend kommt ein dunkler Krankenwagen, es scharren die Pferde, mit denen er bespannt ist, und auf einer Bahre tragen zwei Männer die Mutter fort. Der Kutscher steigt auf den Bock, der Wagen fährt davon, in die Nacht... Ich habe die Mutter nie mehr gesehen.

Später hab ich einmal das Lied singen hören: »Laß scharren deiner Rosse Huf...«

Ich habe das Lied immer gern gehabt, manchmal summe ich es vor mich hin – und auch auf den Wegen, zwischen den roten Bergen, hab ich es gesummt...

»Ich kann fliegen!« und die Frau im roten Morgenrock, und die Wiese mit den Heuhaufen – bucklige Tiere, unbekannte –, die Straße, weiß, sehr weiß, und hinter ihr ragen Tannen auf, dunkelgrün. –

Und dann ein anderes Bild:

Abendlicht fließt durch eine offene Tür in einen Raum, der mit braunem Holz getäfelt ist. In einer Ecke steht ein alter Flügel. Ein kleines Fräulein mit einer Hornbrille spielt. Und May tanzt. Das grüne Trainingskleid wandelt sich an ihren Gliedern – und hölzern, starr sind die Falten des Nonnengewandes.

May tanzt.

Sie betet, sie fleht zum Erlöser, will ihn herabbeten in ihre Arme, beschwörend gegen den einsamen Leib senken sich die Hände; machtlos sind sie, denn fern und unerreichbar bleibt der himmlische Geliebte. Nutzlos verklingt das Gebet, und des Klosters Bogen drücken auf die Stirn. Dann schweigt die Musik, das kleine Fräulein nimmt ihre Hornbrille ab. Ich lehne an der Wand, da kommt May auf mich zu: »Wir wollen spazierengehen, wart einen Augenblick auf mich...« Die andern sehen mich neidisch an.

Wir liegen nebeneinander auf einer Wiese (und war die Wiese nicht schon einmal da, früher, sehr früh?), May, die Tänzerin, und ich. Wir schweigen. Sehr zart liegt der Abend über dem See, die Kämme der Wolken blenden wie geschmolzenes Silber. Morgen reist May ab. Es ist unser letzter Abend. Sie hält meine Hand, die Dämmerung weht über die Berge – und dann ist die Nacht mondlos.

»Hab ich schön getanzt?« fragt May. Ich nicke und streichle ihre Hand. Es ist eine große, warme Hand.

May steht auf. »Leb wohl«, sagt sie, und dann geht sie fort. Auch sie habe ich nie wiedergesehen. Ich hab ihr geschrieben, aus der Legion, sie hat mir geantwortet. Sie ist jetzt berühmt geworden, ihr Bild blickt aus allen Illustrierten.

Aber der Abend am Hügelabhang, und unten lag der See...

»Laß scharren deiner Rosse Huf...«

– Warum muß ich an all das denken, gerade jetzt, in der Küche, während Marcels Mutter sich die Augen wischt und ihr Sohn, ein wenig mürrisch – oder scheint es nur so? – sein Bierglas leert?

Warum habe ich plötzlich Angst? Ich habe keinen Grund, Angst zu haben. Aber man sagt, die Angst entstehe im Sonnengeflecht. Ich will es gern glauben, denn das Sonnengeflecht hat seinen Sitz in der Gegend der Magengrube, und es gibt Leute, Astrologen, Okkultisten, die behaupten, das Sonnengeflecht sei verbunden mit dem Kosmischen... Kosmisch? – Bleiben wir einfach! Manchmal war die grundlose Angst bei mir eine Art Warnung...

Das »Schicksal«, wie bequeme Leute sagen, denen der Glauben zu anstrengend ist und die sich damit begnügen, abergläubisch zu sein – das »Schicksal«, sagen sie, warne uns, um uns vor Schaden zu bewahren.

Aber das, was wir in der Rückschau »Warnungen« nennen, ist doch am ehesten dem Thema einer Symphonie zu vergleichen; zuerst taucht es auf, schüchtern, in ein paar Takten, breiter wird es später, dröhnt mit Pauken und Posaunen, mit Bläsern und Holz, und vielleicht endet es in einem tosenden Finale...

Die Mutter, May die Tänzerin – und Marcel, mein einziger

Freund in Paris. Vielleicht bedeutet die grundlose Angst eine Warnung. Oder ist sie nur ein Thema, das anklingt?

»Kommst du mit, Marcel?« frage ich. »Ich will dir noch etwas zeigen...«

Marcel blickt auf, nickt. Er sieht mich an, lange, ein wenig erstaunt. So, als sei er plötzlich aus einem Traum geweckt worden.

Vielleicht ist er erstaunt, weil meine Augen glänzen. Auch die alte Frau betrachtet mich prüfend. Dann begleitet sie uns zur Tür. Der Vater wird nicht gerufen. Aus dem Salon gurgelt der Lautsprecher.

Marcel beginnt die Stufen hinabzusteigen, er hat die Mutter zerstreut auf die Stirne geküßt. Nun hält mich die alte Frau zurück, sie hält mich an der Hand und will sie nicht loslassen.

»Nicht wahr, Sie geben auf Marcel acht. Er ist so gut, aber manchmal... manchmal so unvorsichtig...«

»Ja, ja, Mutter«, sage ich, vielleicht ein wenig ungeduldig, weil immer noch die Angst in mir sitzt – es ist nicht gut, plötzlich, nach zwei Monaten strenger Arbeit, einen Ruhetag leben zu müssen, es wirkt störend. – »Ja, Mutter, ich will tun, was ich kann. Viel wird's nicht sein...«

Die alte Frau beugt sich über das Stiegengeländer, um uns länger nachschauen zu können...

Wir gehen zu Fuß, und wir schweigen. So kommt es, daß wir erst Viertel vor zwei im »Hôtel Suisse« anlangen. Wir steigen in die Küche hinab, mein Stellvertreter ist am Abwaschen, der Chef putzt sich. Er hat gerade eine grasgrüne Krawatte umgebunden. Und über meinem Tisch hängt das Gestell, aus rohen Brettern gefertigt, gestützt von rechtwinkligen Eisenträgen, auf dem schmutzige Schürzen, verbeulte Konservenbüchsen, Holzkisten herumstehen...Nur ganz links, fast über den Wasserhähnen, ist ein kleiner Platz sauber. Ein Briefblock zuunterst, zwei Bücher darauf. Die Briefumschläge kann man nicht sehen, weil sie sich hinter den Büchern verbergen.

Ich nehme die Bücher herab. Marcel setzt sich auf seinen gewohnten Platz, mir gegenüber, auf den Tisch. In der aufgeräumten Küche nebenan stöhnt der Chef: er kann den Kragenknopf nicht durch die zu engen Knopflöcher bringen... Mein Stellvertreter verschwindet, nachdem er mich gefragt hat, ob er sich auf mein Bett legen dürfe. Ich nicke. Von zwei bis vier ist in der Küche gewöhnlich nichts zu tun. Dann verschwinden Koch und Plongeur und begeben sich zur Ruhe. Aber heute will der Chef scheinbar nicht der Ruhe pflegen, er macht sich schön, es ist 14. Juli, Feiertag, er will durch die festlichen Straßen wandern und die buntgestreiften Fahnen flattern sehen im Winde...

In dem einen Buche... Da zögere ich. Man verfällt immer wieder in den gleichen Irrtum: Jeder meint, daß alles, was ihn angehe, auch notwendigerweise den Nächsten interessieren müsse. Und doch möchte der andere nur von dem sprechen, was ihm selbst zugestoßen ist, was er selbst erlebt hat – denn das findet er wichtig, interessant, spannend... So redet jeder von sich und am andern vorbei, denn jeder ist arm und möchte seine wenigen Reichtümer – Reichtümer? Armseligkeiten! – vor dem andern ausbreiten, um Gewicht zu gewinnen in den Augen des andern. Und das Traurigste ist, daß jeder weiß, daß es nur Armseligkeiten sind – Armseligkeiten! Keine Reichtümer! –, die er aufzuzeigen hat.

Ich will Marcel zwei Bilder zeigen. All die Jahre hindurch habe ich sie mit mir herumgeschleppt. »Meine Mutter«, sage ich, und dann, beim zweiten Bild: »eine sehr liebe Freundin...« und dann warte ich, ein wenig rot, was Marcel sagen wird.

Er schweigt, wendet die Bilder hin und her. Er ist verlegen... Und daß er nun Verlegenheit empfindet, ist so arg, daß ich am liebsten fortgehen möchte, weit fort, um Marcel nie wiederzusehen...

Aus der Küche kommt der Chef, seine Krawatte sitzt, er hat die Weste angezogen, und um seine Hemdsärmel liegen, dicht über dem Ellbogen, weiße Gummibändel.

»Frédéric«, sagt er in seinem Esperanto-Französisch, »ich gehen schnell zu Direktor, für wegen Menü von morgen. Du aufpassen...«
Es ist wie eine Erlösung. Ich lasse Marcel mit den Bildern in der Hand auf dem Tisch hocken und gehe in die Küche. Der Küchenschrank, in dem der Chef kleinere Dinge wie Krawatten, ein Hemd, Socken verwahrt, und dessen Türe sonst immer verschlossen ist, steht offen. Im oberen Fach – und merkwürdigerweise seh ich dies beim ersten Blick – liegt eine Brieftasche, prall gefüllt. Ich stehe allein, mitten in der Küche. Nebenan, in der »Plonge«, knackt der Tisch (Marcel wechselt wohl die Stellung), da mache ich leise die paar Schritte zum Kasten hin, ergreife die Brieftasche, öffne sie: einige Staatspapiere, etwa zwanzig Hundertfrankenscheine. Einen von diesen nehm ich heraus, lege die Brieftasche wieder zurück und schleiche in den Abwaschraum zurück. Marcel sitzt immer noch am gleichen Platz, er hört mich nicht kommen. Erst als ich vor ihm stehe, blickt er auf – und die Bilder hält er immer noch in der Hand. Er sieht die Banknote, die ich halte, öffnet den Mund, als ob er etwas sagen wolle, schließt ihn wieder und senkt den Kopf.
Ich will das Geld nicht auf mir behalten, der Chef könnte den Verlust gleich bei seiner Rückkehr bemerken, er könnte Lärm schlagen, mich durchsuchen lassen, Marcel anklagen... Da seh ich die rohen Bretter wieder, die, gestützt von rechtwinkligen Eisenträgen, ein Gestell bilden. Hinten, in der Ecke über den Hähnen, liegt ein Briefblock – diesen nehme ich herab und verstecke die Note ganz oben, etwa in der Mitte zwischen den weißen Blättern, und lege ihn auf seinen Platz zurück. Marcel sieht mich an, ich kann seinen Blick nicht recht deuten... Da steht er auf, geht in die Küche nebenan, sieht den offenen Schrank, sieht die Brieftasche – ich bleibe aufrecht stehen am Ende des Tisches, und ich glaube, meine Hand ist noch immer aufgereckt und läßt den Briefblock nicht los, den ich an seinen Platz zurückgelegt habe – Marcel kehrt zurück. Und plötzlich sagt er, indem er mit der Ecke

der einen Fotografie auf die andere klopft: »Das ist deine Mutter?«
Ich nicke. Sprechen könnte ich nicht. Nun ja, ich bin ein Dieb, aber wie darf Marcel sich erlauben, mich zu verurteilen? Habe ich ihn nicht in einem Nachtasyl kennengelernt? War er etwa immer ehrlich?
Er schweigt und sieht mich an.
Da sage ich, und meine Stimme klingt wohl ein wenig heiser: »Wollen wir in die Versammlung gehen, in die du mich hast mitnehmen wollen?«
Marcel schweigt noch immer.
Er antwortet mir gar nicht, sondern fragt noch einmal – wie müßig! ... warum stellt er die Frage? – er fragt: »Dies ist also deine Mutter?«
»Ja!« schreie ich. Marcel lächelt.
»Du mußt nicht böse werden«, meint er. »Was du da drin« – er deutet mit dem Daumen nach der Küche – »was du da drinnen genommen hast, geht mich ja nichts an. Aber glaubst du nicht, daß es besser wäre, du tätest die Note an ihren Platz zurück? Du weißt, wo wir uns kennengelernt haben; du wirst mir glauben, daß ich dir nicht Moral predigen will – aber es wäre besser ...« Pause. Dann fügt er leise hinzu, fast schüchtern: »Scheint mir ...«
»Aber er hat mich doch übers Ohr gehauen!« schreie ich. »Der Chef! Hat mir hundertfünfzig Franken für einen Anzug abgeknöpft, und ich hab's ihm in Raten abzahlen müssen – hundertfünfzig Franken! Und zu dem gleichen Preise hätte ich in der ›Samaritaine‹ oder sonst in einem Geschäft einen nagelneuen Anzug bekommen! Ich nehm nur das Geld zurück, das mir gehört!«
»Schrei nicht so«, sagt Marcel leise. »Ich bin nicht schwerhörig. Hör, Fred, der alte Vater Andreas hat mir gesagt, ich solle auf dich aufpassen, dir helfen ... Ich hab – hör mir gut zu – ich hab weniger gestohlen als das, was du dort oben versteckt hast, und ich war auch im Recht. Fünf Monate hab ich erwischt. Und dann hab ich in den Bataillons d'Afrique

dienen müssen, mit Zuhältern, mit Apachen ... Ich bin auch dafür, daß man es den Reichen nimmt, aber nicht so ... Nicht auf diese Art ... Im ehrlichen Kampf ... Weißt du? Und der Chef? Er ist selbst ein armer Kerl ... Vielleicht hat er gespart ...«

Aber ich bin trotzig, ich will nichts hören. Vielleicht ist an dem Trotz nur die Tatsache schuld, daß die Angst, die seit heute morgen mich quält, plötzlich verschwunden ist. So, als ob der Diebstahl – denn ein Diebstahl ist es doch! – die Angst vertrieben hätte. Nein, nicht vertrieben! Sie ist nicht mehr grundlos, die Angst, sie hat eine Richtung bekommen, in der sie sich bewegen kann, sie hat sozusagen ein Fundament: Ich kann verhaftet werden, ich kann ins Gefängnis kommen! Das sind wirkliche Dinge, die man fürchten kann. Aber die grundlose Angst? Sie ist schwer zu ertragen.

Und plötzlich sage ich: »Weißt du, Marcel, die Diebe, die sogenannten Gelegenheitsdiebe, die stehlen sicher nur aus Angst – du mußt mich verstehen ...« ich rede ganz eifrig, ich stehe vor ihm ... »sie stehlen, die kleinen Diebe, nicht um der Vorteile willen, sie denken im Augenblick des Stehlens gar nicht an die Vorteile, verstehst du, die ihnen ihr Diebstahl bringt, sondern sie stehlen, das mußt du mir glauben, und jetzt weiß ich es ganz sicher, sie stehlen aus Angst – und vielleicht töten die Mörder auch aus Angst, und vielleicht machen die Menschen auch Krieg, nur um aus der Angst herauszukommen, die in ihnen hockt ... Verstehst du? Und die Angst, die wirst du auch nicht mit einer besseren Weltordnung beseitigen können, die Angst ist in die Menschen hineingepflanzt – wer die Angst ausrotten könnte, der würde die Menschen erlösen ... Ich weiß noch, wie ich klein war, Marcel, – ja, das ist das Bild meiner Mutter, sie ist gestorben, wie ich viereinhalb Jahre alt war – und ich war mit meinem Vater allein. Und später, wie ich etwa achtjährig war, habe ich auch meinen Vater bestohlen, ihm Geld genommen aus dem Portemonnaie, und er hat mich geschlagen dafür – aber glaubst du mir, nach jedem Diebstahl war ich befreit, es war keine Last mehr da –, das Grauen ließ sich doch begründen –, verstehst du? Und heute, bei deiner Mutter, habe ich immer an die Bilder hier denken müssen« – ganz aufgeregt klopfe ich mit dem Zeigefinger auf die Kartonblätter, die Marcel in der Hand hält, »ich hab sie dir zeigen wollen, und zugleich war die Angst wieder da, die Angst von damals, als ich klein war ...«

Ich schweige, mir ist sehr heiß. Marcel sieht mich an. Noch nie sind seine Augen so hart gewesen, blau, aber sehr hart. Er wirft die beiden Fotografien auf den Tisch, steht auf und sagt: »Gern hätt ich dich in die Versammlung mitgenommen ... In der Partei können wir Köpfe brauchen ... Leute, die etwas wissen, die sprechen können ... Sprechen kannst du. Sprechen? ... Schwätzen! ... Das sind Haarspaltereien ... Eine neue Theorie des Diebstahls! Der Diebstahl aus Angst! Laß dich ausstopfen! Die Diebe stehlen, weil sie Hunger haben – und wenn Diebe aus einem andern Grunde stehlen, so sind sie verrückt. Interessieren uns nicht. Zuerst muß die Stellung des Arbeiters verbessert werden, das soziale Elend muß verschwinden, dann wird automatisch auch das Verbrechen verschwinden ...«

Er steht da und sieht aus wie ein Volksredner ... Ich würde gern die Hunderternote zurücklegen, aber ich habe das Gefühl, als ob das gar nichts ändern würde ... Er steht dort, ich stehe hier ... Ich bin ein Dieb, ein ziemlich mieser Dieb, unromantisch, ungeschickt, ein kleiner Gelegenheitsdieb; gewiß, Marcel hat ganz recht, wenn er mich verachtet ...

Im Gange kommen Schritte näher.

»Adieu Chef«, sagt Marcel und geht fort. Zu mir hat er kein Wort gesagt.

»So, Fritz«, sagt der Chef, und er spricht Deutsch, weil wir allein sind, »geht dein Freund allein? Und du? Was machst du?«

Ich zucke mit den Achseln.

»Hör«, sagt der Chef da, »ich hab dich schon lange etwas fragen wollen ...« Er stockt, kratzt sich am Arm, holt ein

sauberes Tuch aus der Küche und breitet es auf meinem Tisch aus, bevor er sich setzt. »Also, Fritz, kannst du mir sagen, warum wir uns so abrackern?« Er schweigt, schweigt lange. Ich warte. Dann fährt er fort: »Aber nein, nicht das hab ich dich fragen wollen. Du hast doch viel Bücher gelesen, oder nicht? Und hast Kranke gepflegt... Was ist das bei mir, ich hab so einen Druck – weißt du, einen Druck, oder nein, es ist kein Druck, es ist wie ein saugendes Gefühl, so als ob sich ein Tier bei mir festgesaugt hätte... Du, es gibt doch Vampire? Nicht wahr? Geister von Verstorbenen, die sich an unserm Blut satt trinken. Bei uns daheim hat's einen alten Mann gehabt, wie der gestorben ist, da hat sein Enkelkind auch die Bleichsucht bekommen, und alle Leute haben gesagt: ›Das ist der Großvater, der in der Nacht aus dem Grab kommt und seinem Großkind das Blut aussaugt...‹ Ich glaub, bei mir im Zimmer hockt auch ein Vampir. Aber nein, das ist ja nur Unsinn. Doch, weißt du, manchmal mein ich, daß es kein Unsinn ist, daß wirklich... Weißt du, ich kann nicht schlafen, und dann ist unter dem Herzen oder in der Magengrube, oder wie soll ich dir das erklären, ein leeres Gefühl...«
Ich hocke da, die Blicke gesenkt. Der Chef schweigt. Ich höre, wie seine Haare sich an seinem steifen Kragen scheuern...
»Es ist eben die Angst«, sage ich leise. Da lacht der Chef. »Die Angst? Vor wem soll ich Angst haben? Ich hab nie etwas verbrochen, niemanden bestohlen...« Und da fühle ich, daß ich rot werde, aber der Chef fährt fort: »Aus der Schweiz bin ich fort, weil mich ein Notar übers Ohr gehauen hat. Er hat mir ein Hotel in Altdorf verkaufen wollen, ich hab den Vertrag schon unterschrieben gehabt, aber das Geld noch nicht bezahlt... Da hab ich hintenherum gehört, das Geschäft laufe schlecht... Ich hab mich gedrückt, bin über die Grenze... Der Notar hat einen Prozeß gegen mich angestrengt, aber der kann lang warten, bis er mich in Frankreich findet... Und mein Geld ist bei einer französischen Bank deponiert...«

»Also wird er den Verlust der hundert Franken verschmerzen können«, denke ich. Und ich sehe den Schein deutlich vor mir, die Ecke rechts oben ist ein wenig eingerissen, wenn er, der Chef, den Schein findet, erkennt er ihn sicher wieder… Und zu gleicher Zeit denke ich, daß ich im Hotel noch die Hälfte meines Monatsgehaltes zugut habe – hundertfünfzig Franken, und die gestohlenen hundert, das macht zweihundertfünfzig, damit könnte ich eine Zeitlang leben… Eigentlich möchte ich am liebsten den Chef bei der Hand nehmen und ihm sagen: »Chef, Sie haben Ihr Portefeuille liegenlassen, ich hab Ihnen hundert Franken gestohlen… Hier nehmen Sie… Seien Sie nicht böse… Auch mir geht's nicht gut… Auch ich kenne das Tier… Manchmal treibt uns das Tier zu bösen Taten…« Aber das geht nicht, denn plötzlich steht der Chef auf, sagt: »Also, Fritz, mach's gut. Ich muß noch ein paar Staatspapiere umwechseln…«
»Heute?« frag ich erstaunt. »Heute ist doch Feiertag?«
»Das macht nichts«, sagt der Chef. »Ich gehe zu einem Freund. Morgen hab ich keine Zeit…«
Und ich denke: Wenn er die Papiere umwechselt, dann merkt er vielleicht nicht, daß ihm hundert Franken fehlen. So laß ich ihn gehen, denn schließlich bin ich feige. Aber was soll ich mit meinem Nachmittag machen? Marcel ist fort… Und was wird Marcel morgen sagen, wenn er das Fleisch bringt?… Ich habe den ganzen Nachmittag vertrödelt. An den Gassenecken, vor jeder Wirtschaft wurde getanzt. Ich habe nicht getanzt. Ich habe getrunken, hier eine Anisette, dort eine. Mit Leuten gesprochen – was? Ich weiß es nicht mehr. Um zehn Uhr bin ich heim. – Heim! In mein Zimmer unterm Dach. Ich hab mich ins Bett gelegt. Eine Viertelstunde später klopft es.
Grace fragt, ob ich schon schlafe. Ich rufe: »Nein!« Da kommt sie zu mir ins Zimmer, zündet meine Kerze an, und ich sehe, daß sie weint. Ihr Taschentuch ist naß, Tränen laufen ihr über die Backen, und die Tränen lassen schwarze Striche zurück: sie hat ihre Wimpern geschwärzt…

Jetzt sei alles aus, erzählt sie, ihr Verlobter habe sie im Stich gelassen. Er gehe mit einer anderen. Ob ich ihr nicht raten könne?
Nein, ich kann nicht raten, ich habe selbst soviel mit mir zu tun – und ich muß an den heutigen Nachmittag denken: Jeder redet von sich, am andern vorbei, er erzählt, was ihm Spannendes zugestoßen ist, und der andere hört mit halbem Ohre zu, er will nicht sehen, daß der andere seine Armseligkeiten nur deshalb ausbreitet, damit man ihm sagt, es seien Reichtümer (Reichtümer? – Armseligkeiten!), und auch Graces' Kummer ist im Grunde kein echter Kummer. Vielleicht tue ich ihr unrecht, vielleicht leidet sie wirklich, aber für wie viele ist Leid doch nur eine interessante Situation, in der sie sich gefallen?...
»Schlaf wohl, Frédéric«, sagt Grace und streicht mir über die Haare. Ich bin für Zärtlichkeiten nicht zu haben.
»Blas die Kerze aus!« sage ich. Dann lege ich mich auf die andere Seite und schließe die Augen. Ich will nichts mehr wissen...
Hundertfünfzig und hundert macht zweihundertfünfzig...
Da schrecke ich auf. Ein grelles Licht brennt im Zimmer. Der Chef steht an meinem Bett und hält eine Kerze in der Hand. Schweigend steht er da, lange, sehr lange – und sagt kein Wort. Ich starre ihn an, aber meine Lider flattern. Er nickt, nickt. Und ohne ein Wort gesprochen zu haben, geht er zur Tür hinaus, das Schloß schnappt ein. In der Nebenkammer ein langer, fast schluchzender Seufzer. Durch die Luke sehe ich den Mond: wie ein bösartiges gelbes Tier kriecht er über die Dächer. Immer höher kriecht das Tier. Und ich sehne mich nach dem sauberen weißen Monde Afrikas...
Am nächsten Morgen warte ich auf Marcel. Um zehn Uhr kommt ein anderer Bursche und bringt das Fleisch. Marcel sei in einem Straßenkampf verwundet worden, schwer verwundet, Schädelbruch, und liege im Spital...
Straßenkampf?... Der Chef ist ohnehin schlechter Laune, er

tut, als ob ich nicht vorhanden sei. So laufe ich schnell von der Arbeit weg. »Matin«, »Journal«, »Petit Parisien« tragen große Aufschriften: »Straßenkämpfe im Quartier Latin! Royalisten gegen Kommunisten! Ein Toter, vier Schwerverletzte! Verhaftungen!«

Marcels Name ist nicht genannt. In welchem Spital soll ich ihn suchen? Soll ich auf die Polizei laufen und nach ihm fragen? Damit ich auch verhaftet werde?

Ich tue etwas anderes: Ich gehe zum Direktor und kündige. Ich könne morgen gehen, lautet die Antwort, bis dahin habe man einen Stellvertreter. Auch der Direktor ist sehr merkwürdig mit mir. Hat der Chef mich angezeigt?

In der Küche sage ich nicht, daß ich gekündigt habe. Am Nachmittag nehme ich meine zwei Ruhestunden. Der Chef bleibt in der Küche. Er hat noch nicht drei Worte mit mir gesprochen. Um fünf Uhr komme ich in die Küche zurück. Der Chef ist nicht da. Ich nehme den Schreibblock von den rauhen Brettern, suche, suche... Die Note ist verschwunden...

Ich durchblättere den Block viele Male. Ich suche und suche. Jedes Couvert öffne ich, die beiden Bücher blättere ich durch. Und während ich dies tue, fühle ich, daß jemand hinter mir steht. Ich drehe mich um.

»Etwas verloren?« fragt der Chef. Seine roten Haare wachsen wie ein Hahnenkamm aus seinem Kopf. Er gleicht wirklich einem boshaften Hahn... Ich schweige. Auch während des ganzen Abends sprechen wir kein Wort. Soll ich zu Marcels Mutter? Sie wird doch wissen, wo ihr Sohn liegt. Sie hat mir aufgetragen, auf ihren Sohn aufzupassen, ich habe es nicht getan... Ich habe gestohlen, statt mich um Marcel zu kümmern... Ich habe auch Grace nicht geholfen, als sie zu mir kam...

Was werden sie mit mir machen? Werd ich ins Gefängnis müssen? Merkwürdig, aber die Angst ist verschwunden, dafür ist eine gewisse Spannung zurückgeblieben. Was wird nun wohl geschehen? Und die Vergangenheit, die gestern wieder

einmal ihre Macht gezeigt hat, die Vergangenheit ist nicht mehr da. Die Mutter? May? Ich schlafe tief und traumlos. Um acht Uhr bin ich reisefertig.
Vom Chef, der noch im Bett liegt, verabschiede ich mich durch die Türe. Seine Stimme klingt nicht unfreundlich. »Viel Glück!« und »Gute Reise!«
Unten muß ich mit meinem Bündel warten, bis der Direktor erschienen ist. Er zahlt mir den Lohn aus. Dann verlange ich ein Zeugnis – man kann nie wissen, ob man nicht einmal ein Zeugnis wird brauchen können...
– Nein, ein Zeugnis könne ich nicht bekommen – Warum? – Das werde ich selbst am besten wissen... – Ich wisse gar nichts! Der Herr Direktor sei verpflichtet, mir ein Zeugnis auszustellen!...
Schweigen. Der Herr Direktor hat eine beginnende Glatze, die wie eine Tonsur aussieht. Sein Haar glänzt fettig.
– Ob ich das kenne? fragt der Direktor. Dabei hält er mir eine Hunderternote, die in der Ecke eingerissen ist, vor die Nase... Ja? – diese Note sei mir bekannt? Gut! Dann möge ich meinem Schutzpatron oder sonst einem Heiligen dafür danken, daß man nicht Anzeige erstattet habe. Der Chef habe sich für mich verwendet... Was ich da in dem Päckli habe? Auspacken!...
Ich bin froh, daß die Halle leer ist, und knüpfe die Schnur auf: zwei Paar Socken, ein Paar schmutzige Unterhosen, ein sauberes Hemd. Seife. Kamm. Bürste. Zahnbürste.
»Einpacken!« sagt der Direktor. »Sie können gehen!«
Dann habe ich den Nachtzug nach Brüssel genommen. Ich wollte versuchen, eine Stelle in Belgisch Kongo zu finden.

Otto

Tagsüber leiste ich Frau Vandevelde in der Küche Gesellschaft, wenn ich nicht gerade schlafe, oben, im kleinen Zimmer. Und dann fällt mir die Bewegungsfolge auf, die Madame

während des Tages etliche Male wiederholt. Durch diese unregelmäßig wiederkehrende Verrichtung wird die Zeit, die aus träge fließenden Stunden besteht, in ganz bestimmte Abschnitte zerteilt.
Madame nimmt das Heißwassergeschirr vom Herd, hängt es an den Wasserhahn – und nur in dünnem Strahl darf das Wasser ins Gefäß rinnen –, dann kehrt sie zum Herd zurück, stochert in den Kohlen, rasselt mit den Eisenringen, kehrt endlich zum Ausguß zurück und holt die Pfanne. Die gebauchte Metallwand ist mit winzigen Wassertröpfchen übersät, die sammeln sich nun zu größeren, kollern über die Wölbung und rollen weiter über die heiße Herdplatte – zischend zergehen sie dort zu Dampf. Und während dies leise Zischen noch in der Luft schwebt, läßt sich Madame auf ihren Stuhl fallen und spitzt die Lippen. Der Laut, der ihnen entströmt, bildet mit den prasselnden Wassertropfen einen harmonischen Zwieklang, und solange er andauert, werden die Dinge, die in der Küche hausen, lebendig: ein dreibeiniger Stuhl mit einer schiefen Lehne knackt, und es antwortet ihm ein zweiter, dessen geflochtener Sitz durchlöchert ist. Ein dritter, langbeiniger, der Alice gehört, Frau Vandeveldes Töchterlein, knarrt laut und frech; aber vornehm knistert der breite Rohrstuhl mit den Armlehnen, der eine dicke Wolldecke trägt wie einen Königsmantel – und er darf vornehm tun, denn auf ihm sitzt immer der »Patron«, Frau Vandeveldes Gemahl, ein kleines Männchen, das einen Dachshaarpinsel am Kinn trägt. Dann zwinkert auch der Küchenschrank mit seinen Glasscheiben, unmerklich ändern die Vorhänge ihren Faltenwurf, und der Herd summt mit seinen Pfannen und klirrt mit seinen zersplitternden Kohlen …
Alles lebt in Frau Vandeveldes Küche, raunt und raunt … Es ist gut, daß die zahmen Dinge zu Worte kommen und das wilde Surren des Schwungrades übertönen, das Quietschen der Bennen, die über das Haus schaukeln. Dann vergißt man minutenlang den Regen, der tagtäglich rieselt und rieselt,

den kalten Regen, den schwarzen – er schluckt den Kohlenstaub, den unter Kreischen und Zetern die Sortiermaschinen ausspucken …

Der Regen, der kalte, schwarze Regen …

Wenn seine Tropfen die Hände oder das Gesicht treffen, so lassen sie dunkle Flecken auf der Haut zurück. Aber das schadet nichts. Wir alle, die wir in den Kohlengruben schaffen, haben schwarze Augenlider, genau wie die Filmschauspieler. Nur ist das Schwarz bei uns keine Schminke; der Kohlenstaub hat sich in die Haut eingefressen. Du kannst dir das Gesicht mit Seife abbürsten – aber die Augenwinkel, die Lider bleiben schwarz.

Morgens um fünf, wenn die Nachtschicht zu Ende ist, tanzen unsere Lämpchen über den Hof, wie Irrlichter. Der Oktobermorgen ist kalt und naß.

In einem großen Saale wechseln wir unsere Kleider, die schwarzen Hemden, die schwarzen Hosen, die schwarzen Leinenschuhe. Unten haben wir mit nacktem Oberkörper gearbeitet, jetzt frieren wir. Doch nur eine dünne Wand trennt uns von den Duschen, und wir gehn hinüber.

Dampf schlägt uns entgegen …

Wie metallene Galgen sehen die Duschen aus, und das warme Wasser strömt so freundlich über unsere müden Körper. Man könnte fast wieder guter Laune werden, weil nun die Nacht vorbei ist und die Plackerei und das Geschimpfe.

In einem geleerten Kohlenflöz bin ich auf dem Rücken gelegen und habe mit einer kurzstieligen Schaufel das Geröll nach unten schaufeln müssen, das der Vorarbeiter, aufrechtstehend im ausgebauten Gang, mir zugeworfen hat.

Er stand – ich mußte liegen. Knapp einen halben Meter war das Kohlenflöz hoch.

Schaufeln, schaufeln.

Die Stunden wollten nicht vergehen, und sie vergingen doch. Um Mitternacht durfte ich die Zwischenverpflegung essen, die mir Frau Vandervelde eingepackt hatte: ein Stück Brot, ein Täfelchen weiche Milchschokolade, dünn wie Tischlerleim, und sie schmeckte auch so. Dazu eine Flasche mit ungezuckertem schwarzem Kaffee. Der Vorarbeiter hatte immer zu schimpfen, weil es nicht schnell genug ging, der Poriou – so nennen sie hier den Obersteiger – wollte auch seinen Senf dazugeben ... Aber dem habe ich »Merde« gesagt, ganz herzhaft; der Mann soll sich doch nicht einbilden, daß ich zwei Jahre Legion gemacht habe, um mich von ihm ansingen zu lassen. Und dann ist gesprengt worden, das hat zwei Stunden Ruhe bedeutet. Hernach habe ich wieder geschaufelt, der Vorarbeiter war selber müde, er hat nicht mehr so gehetzt. Und endlich war es halb fünf.

Um halb fünf hören wir mit der Arbeit auf, denn wir brauchen zwanzig Minuten, um den Aufzug zu erreichen. Bis alles dort versammelt ist, dauert es noch fünf Minuten, dann »fahren wir aus«. Der Obersteiger und die Vorarbeiter nehmen im siebenstöckigen Aufzug die unteren Abteile ein. Dort tropft es nicht, dort zieht es weniger. Wir werden in die oberen Abteile gepfercht ... Wir: die ungelernten Handlanger, Polen, Tschechen, Russen, Italiener ... Die Herrschaften in den unteren Abteilen haben elektrische Berglampen, wir müssen uns mit Petrolfunzeln begnügen und sorgfältig mit ihnen umgehen, sie ja nie schief halten oder gar kippen. Sonst verlöschen sie. Das gibt Buße.

Man lernt viel in einer Nacht.

Während ich so unter der Dusche stehe und das freundlichwarme Wasser mir die Kruste von Kohlenstaub und Schweiß von den Schultern spült, summe ich und summe, wie es die Reichen in ihren Badezimmern beim Planschen in der Wanne oder beim Rasieren tun; ich summe: »Die bange Nacht ist nun herum ...« Und überall, auf der anderen Seite des Ganges, fern im Hintergrund und ganz nahe, neben mir, summen andere ... Das Summen schwillt an, die vielen verschiedenen Lieder, die deutschen, die italienischen, die französischen, die slawischen, sie sind ein einziges Lied geworden ... Nein, es ist kein Lied, eher ein gespenstisches Tongemisch, aber sein Sinn ist nicht mißzuverstehen.

Doch während wir unter der Dusche summen, befreit, sorglos für sechzehn Stunden, fahren andere ein, Kameraden ...
Warm ist es in der hohen Halle, und zu Wolken ballt sich in ihr der Dampf. Warm ist das Wasser ... Aber plötzlich steht man draußen, eine schmierige Dämmerung hängt am Himmel, es regnet, regnet, und über dem Städtchen Charleroi liegt ein heller Schein.
Frau Vandeveldes Laden ist dunkel, und auch im ersten Stock brennt noch kein Licht. Aber dort hinten leuchtet das Küchenfenster sehr hell. Ich drehe die Klinke, unter der Tür am Ende des Ganges liegt ein dünner Lichtbalken ...
Da ist Wärme! Der Aluminiumkessel summt auf dem Herd. Im Rohrstuhl mit den Armlehnen hockt der kleine Herr Vandevelde und hat eine Kaffeemühle zwischen seine Schenkel geklemmt. Er dreht und dreht ... Das Knirschen der Bohnen, das Summen des Kessels! ...
Der Küchenschrank steht im Dunkel, das Zifferblatt eines Weckers leuchtet, und der Wecker schwatzt und schwatzt ... Manchmal verstummt er kurz, zwei drei Sekunden lang, dann grochst er, wie ein herzkranker Asthmatiker ...
Eine Flasche steht auf dem Tisch. Herr Vandevelde sieht mich an mit verquollenen Augen, die noch voll Tränen stehen – wahrscheinlich hat der Herd geraucht –, und fragt, ob es schwer gewesen sei. Ich nicke. Da nimmt er die Flasche vom Tisch, füllt ein Gläschen, schiebt es mir hin, legt dazu den Zeigefinger auf die Lippen und weist nach oben – es sieht aus wie der mohammedanische Gruß, aber Herr Vandevelde meint nicht: »Gelobt sei, der da schweiget in Ewigkeit«, nein, er will mir zu verstehen geben, daß Schnapstrinken eine Männerangelegenheit sei und Frauen nichts angehe. Frauen! Beispielsweise Frau Vandevelde. Ich nicke. Wir verstehen uns. Ganz sachte, damit nur ja das Glas nicht klirre, stoßen wir an, trinken die wasserklare Flüssigkeit, Herr Vandevelde kaut sie kurz. Dann füllt er noch einmal die Gläser, seine Hand zittert bedenklich. Wir stoßen noch einmal sachte an, trinken ... Dann deute ich auf den Dachshaarpinsel, der

Herrn Vandeveldes Kinn ziert. Zwei Tropfen Genièvre glitzern darin. Eilig werden sie mit einem Nastuch abgetrocknet, dann verschwindet die Flasche. Eintönig knarrt wieder die Mühle, schweigt... Und der Duft von frischem Kaffee blüht auf in der Küche...

Im oberen Stockwerk knarren die Dielen, und ein Gähnen dröhnt zu uns herab. Madames Erwachen ist nicht leicht. Die Tagesschicht, die um sieben Uhr einfährt, wird durch ein Pochen aus dem Schlaf geschreckt. Dann hören wir ein erbostes Entlein quäken, zwei Ohrfeigen klatschen: Alice, das Jungfräulein Vandevelde, steht nicht gerne früh auf und haßt die Schule...

Vor mir steht ein riesiger Napf, bis zum Rande gefüllt mit schwarzem Kaffee. Ich schlürfe eifrig, mein Kinn liegt auf der Tischkante. Herr Vandevelde hat den Zucker nicht gespart. Übrigens steht auch vor ihm ein Napf von der gleichen Größe. Blumen ringeln sich an seinen Seiten. Und plötzlich, flink, flink, wie eine Maus, huscht Herr Vandevelde zum Küchenschrank, noch einmal erscheint die Flasche: ein Strahl in meine, ein Strahl in seine Tasse. »Schnell, schnell, Frédéric!« flüstert Herr Vandevelde. Er liebt es, mit der Gefahr zu spielen. Käme seine Gemahlin jetzt die Treppe herab – es wäre nicht auszudenken, was alles passieren könnte! Eine Eheszene am frühen Morgen ist erschütternd, furchtbar. Aber wir haben Glück. Wir trinken mit Tapferkeit, verbrennen uns die Lippen, die Zunge, den Gaumen... Aber was schadet dies, wenn erst die Wirkung sich einstellt. Die müden Muskeln halten Feiertag, die Lider, unter denen der Kohlenstaub sich gesammelt hatte, gleiten sanft über die Augäpfel – und wir sind einig, Herr Vandevelde und ich: das Leben ist schön, trotz Regen, Schwungrad und Ruß. Unser beider Augen stehen voll Tränen. Schnell schüttet Herr Vandevelde vier große Schöpflöffel mit heißem Wasser in den Kaffeerest, der in der Kanne verblieben ist – wir haben unsern Teil gehabt –, füllt meine Tasse aufs neue und seine auch (damit ja nichts Auffälliges zurückbleibe), entzündet seine Pfeife und

läßt sich mit einem Seufzer in seinen Lehnstuhl fallen, der mit allen Fasern seiner Rohre knistert... Jetzt kann die Gebieterin erscheinen.
Und sie erscheint. Zwar schnuppert sie – aber das nützt ihr nicht viel. Sie hält selbst schon eine brennende Zigarette in der Hand – eine selbstgedrehte, dick wie eine kleine Zigarre. Dann schreitet sie majestätisch zum Schrank, nimmt die Schnapsflasche in die Hand – ich fühle, wie Herr Vandevelde den Atem anhält, aber das Gewitter geht vorüber –, Frau Vandevelde genehmigt selbst, den Tag würdig zu beginnen, ein Gläschen Genièvre...
»Liebling«, sagt Herr Vandevelde, »hast du gut geschlafen?«
Der Liebling gähnt und zischt. Der Liebling tritt an den Herd, hebt das Aluminiumgeschirr von der Platte, hängt es an den Wasserhahn... Es rasseln die Eisenringe, es prasselt die Glut – Tropfen kollern über die gebauchte Rundung des Kessels, zerzischen auf der Herdplatte –, Frau Vandevelde sinkt auf einen Stuhl, spitzt die Lippen: der harmonische Akkord steigt auf, die Küche beginnt zu leben. Ein neuer Tag beginnt...
Wir wissen es, warum wir die Ellbogen auf den Tisch stützen und, statt die Tasse zum Munde zu führen, den Kopf senken, um die Lippen dem Tassenrande näher zu bringen – und dann schlürfen. Nicht schlechte Manieren sind an diesem Benehmen schuld – wir sind müde, ganz einfach müde, und da bedeutet es eine zu große Anstrengung, die Tasse bis zum Mund zu heben, ohne den Ellbogen aufzustützen und womöglich noch den kleinen Finger abzuspreizen. Wir schmieren Margarine aufs Brot, tauchen es in die braune Brühe, und wenn wir die Brocken in den Mund stecken, dann schlürfen wir...
Otto tut dies und auch Luigi, und Wladimir, der Pole, macht es uns nach – oder haben wir es im Gegenteil von ihm gelernt? Das ist nicht mehr festzustellen...
Ich muß dazu bemerken, daß Otto sonst sehr wohlerzogen ist, er ist Kaufmann gewesen in Amsterdam, aber, wie er mir erzählt hat – er teilt das Bett mit mir, oben in der Kammer, in

der wir zu viert in zwei Betten schlafen –, ist er in geschäftliche Schwierigkeiten geraten. In Holland hat er seine Frau zurückgelassen und zwei kleine Mädchen. Alice, das Jungfräulein Vandevelde, hat ihn in ihr Herz geschlossen. Das sieht man gleich. Soeben erscheint sie in der Tür, und bevor sie Vater und Mutter guten Morgen wünscht, stürzt sie sich auf Otto, klettert auf seine Knie: »Lieber Otto! Guter Otto! Erzähl mir eine Geschichte!« Nun ist dies aus verschiedenen Gründen eine vollkommene Unmöglichkeit. Erstens ist man am Morgen – Otto nicht ausgeschlossen – von einer so unbeschreiblich schlechten Laune besessen, daß man wegen eines simplen Flohbisses zum Beispiel das Blaue vom Himmel herunterfluchen könnte. Zweitens hat weder Otto noch Alice Zeit – Otto muß um sieben Uhr einfahren, Alice um dieselbe Zeit in der Schule sein. Aber Otto wird trotz seiner schlechten Laune, von der alle Falten seines Gesichtes sprechen, nicht böse. Er behält Alice einen Augenblick auf seinen Knien und sagt in seinem harten Französisch, in dem die rauhen Kehllaute schnarren: »Heut abend, kleines Mädchen, heut abend, ich verspreche es dir!« Alice ist beruhigt, wirft mir ein »Bonjour, Frédéric!« hin, wie man einem Huhn ein Brotbröcklein zuwirft, kümmert sich nicht um ihre Eltern, sondern trinkt im Stehen ihre Tasse Milch aus, haucht in einem Laufen Herrn und dann Frau Vandevelde einen Kuß auf die Stirn, gebraucht, um ja keine Zeit zu verlieren, ein Wort für beide: »Wiedersehen, Eltern!« und verschwindet durch die Tür. Madame und Otto blicken ihr nach, Monsieur saugt gedankenvoll an seiner Pfeife. »Alice liebt Sie sehr, Otto«, stellt Frau Vandevelde fest, und Otto nickt, fragt aber gleich darauf, ob die Zeitung noch nicht gekommen sei.

Die Zeitungen sind Ottos Rappel. Mag es sich um den Brüsseler »Soir« handeln, den sich Madame hält, weil er auf vielem Papier gedruckt ist, oder um die »Gazette de Charleroi«, die Monsieur wegen der darin erscheinenden Todesanzeigen abonniert hat – Otto nimmt sie, sobald er ihrer ansichtig wird, in Beschlag. Fieberhaft reißt er sie an sich, vertieft sich in ihre Neuigkeiten, blättert raschelnd um, von vorn nach hinten und wieder zurück, sucht, sucht – man weiß nicht recht, was er sucht, aber sein Tun erregt Aufsehen. Ich habe Otto Mäßigung gepredigt, habe ihm gesagt: »Hör mal, wenn du in Holland etwas ausgefressen hast und schwarz über die Grenze bist, so mußt du das nicht so auffällig zeigen. Was war es denn? Mir kannst du es sagen ...« Aber Otto hat geschwiegen, zwei Falten sind auf seiner Stirn entstanden, sein winziges Schnurrbärtchen, das über seiner vorspringenden Oberlippe einen kaum sichtbaren blonden Strich bildet, hat sich gesträubt – aber er hat geschwiegen, verstockt geschwiegen und sich am Abend wieder rabiat auf die Zeitungen gestürzt. Hat er sie durchsucht, ist er beruhigt. Dann nimmt er die kleine Alice auf seine Knie und erzählt ihr unsere Märchen, die den Wallonen, den französisch sprechenden Belgiern, unbekannt sind: Das Mädchen vom Schaffhauser im grünen Tannenwald und vom Holländermichel, vom Kalifen Storch, er erzählt vom Rattenfänger mit der bunten Feder, der die Kinder in den Berg geführt hat ... Er erzählt gut, der Otto, schade, daß er immer so blaß wird, wenn er die Zeitungen an sich reißt ... Vorläufig schadet das ja nichts, wir schreiben das Jahr 1923, die belgische Regierung nimmt es mit den Anmeldungen nicht so genau, und Frau Vandevelde ist zufrieden, wenn sie unsere Zahlsäcklein am Samstag holen kann. Was aber die »Vereinigten Bergwerke von Charleroi« betrifft, in deren einer Grube wir arbeiten, so sind sie in der Person ihres Grubeningenieurs gottfroh, daß wir da sind. Denn die Deutschen haben während der Besetzung des Landes die Gruben ziemlich heruntergewirtschaftet, es braucht Arbeiter und wieder Arbeiter – ganze Züge voll Arbeiter rollen in den Bahnhof ein: aus Polen, aus der Tschechei, aus Italien ...

Luigi ist Italiener. Vorerst sind es seine Haare, die seine Nationalität verraten (bläulichschwarz sind sie, wie ein Krähenflügel), und sodann seine Eleganz. Diese ist etwas schäbig geworden, aber seinem Kittel merkt man es immer noch an, daß er einmal auf Taille geschnitten war. Und – dies ist das

Wichtigste – er besitzt Brillantine, den Rest einer Tube, von der er nur des Sonntags zehrt. Das Haarmittel ist stark parfümiert, und Luigi ist der Meinung, daß der Wohlgeruch den Herrn mache. Ein Mann ohne Wohlgeruch ist nur ein Mann und kein Herr. Luigi aber hält sich für einen Herrn – er sei früher Journalist gewesen, erzählt er, aber der Faschismus (»il Fascismo!« sagt er verächtlich) habe ihn aus der Heimat vertrieben. Rizinusöl hätten ihm die »Briganten« einmal eingeschüttet. Rizinus! Das Merkwürdige aber ist, daß er jeden Rappen, den er von Madame ergattern kann, dazu verwendet, um sich in der Apotheke dieses vielgeschmähte Öl zu verschaffen und es zu trinken ... Sein Zusammentreffen mit dem »Fascismo« muß bei ihm eine Art Schock verursacht haben, einen Schock, der ihm das widerwillig Aufgezwungene unentbehrlich erscheinen läßt. Auch er hockt vor seinem Kaffeenapf, schlürft und seufzt von Zeit zu Zeit. Während der Tagschicht muß in Grube V die Hölle los sein. Die Hauer arbeiten im Akkord, und die Handlanger müssen nachkommen, koste es, was es wolle: Schweiß, Übermüdung, Zusammenbrechen ... Die Hauer wollen ihren hohen Lohn – was schert es sie, daß die Handlanger nur ihren kleinen Taglohn verdienen?

Wladimir, der Pole, sieht aus wie ein Dichter, den ein Stümper gemalt hat. Er muß sehr jung sein, denn er braucht sich noch nicht zu rasieren. Ein schimmernder Flaum sproßt auf seinen Wangen. Sproßt! Es ist das einzig richtige Wort. Manchmal blicken seine Augen starr, seine Hände ballen sich, dann entspannen sich die Finger, und wieder ballen sich krampfhaft die Hände ...

In meinem Magen brennt der Morgenschnaps, den mir Herr Vandevelde kredenzt hat. Wahrscheinlich ist er mit daran schuld, daß die Umrisse der Gesichter verfließen: Wladimirs Haut erinnert mich an weiches Wachs, Luigis harte Bartstoppeln sehen aus wie der schwarze Flaum eines aus dem Ei geschlüpften Kükens ... Nun stehen die drei auf, nehmen ihre Säcklein mit Mundvorrat, die Madame am Abend vorher für sie gefüllt hat – Brot, schwarzer Kaffee, Schokolade –, dann sagen sie, dreistimmig, »Guten Tag«. Die Küche scheint nach ihrem Fortgang merkwürdig leer, es ist, als flattere noch Alicens Schatten durch den Raum, ihr Schatten mit dem kleinen Vogelköpfchen, auf dem die mit Wasser gestrählten Haare fest angeklebt sind, und zwei winzige Zöpfchen liegen auf ihren Schultern, glatt und braun, wie Haselnußstecken, kein Härchen steht vor...

Wie nutzlos ist es doch, daß ich weiß, der Tag bestehe aus vierundzwanzig Stunden! Wie unnötig darüber nachzudenken, daß ich in acht von ihnen – von neun Uhr abends bis fünf Uhr morgens – das Geld verdienen muß, das ich notwendig brauche, um dies Leben weiterzuführen... Frau Vandeveldes Zeitrhythmus ist ein anderer, die Zeremonie des Kesselfüllens wird so und so oft wiederholt, und das gibt dem weichen Ablauf der Stunden ein ganz bestimmtes, festes Gerüst. Das gibt Sicherheit, und auch Herrn Vandevelde genügt diese Sicherheit. Er ist in seinem Stuhle eingeschlafen und schnarcht leise. Madame hat inzwischen die zweite Zigarette gerollt, sie setzt sie an der Pfeifenglut in Brand, legt dann die Pfeife ihres Mannes auf den Küchenschrank. Dann schüttet sie aus einer Markttasche Kartoffeln auf den Tisch. Die geschälten wirft sie in einen Eimer, wo sie im Wasser schwimmen. Sie sehen aus wie gerupfte Kanarienvögel...

»Gute Nacht, Madame!« sage ich und stehe auf.

»Schlaf gut, Frédéric«, antwortet Madame und läßt eine geschälte Kartoffel ins Wasser pflotschen, »ich gebe Ihnen nicht die Hand, weil sie naß ist. Aber heut nachmittag mußt du Alice eine Klavierstunde geben. Sie haben es versprochen, Frédéric, und du weißt, Versprechen muß man halten...«

»Ja, ja, Madame«, sage ich. Der Nachmittag ist noch in weiter Ferne. Vorläufig ist es kaum sieben Uhr. Und ich stolpere die Stiegen hinauf in mein Zimmer – mein Zimmer! –, in dem wir zu viert in zwei Betten schlafen. Die Leintücher sind noch lau von meinem Vorschläfer, Otto, dem Holländer. In der Nacht vom Sonntag auf den Montag müssen wir zusammen schla-

fen; das ist unangenehm, denn das Bett ist schmal...
Nun, heute schlafe ich allein. Die Leintücher sind grau wie der Morgen vor den Fenstern. Ein Schwungrad summt, schweigt, summt wieder. Es muß die Trommel drehen, eine große Trommel, sie rollt das Kabel auf, an dem der siebenstöckige Aufzug hängt, rollt es auf, läßt es wieder laufen – auf und ab steigt der Aufzug mit seinen »Hunden«, die mit Kohlen gefüllt sind. Nur wenige Male am Tag stehen Menschen im Aufzug. Das Seil kann reißen – auch dies ist schon vorgekommen. Aber daran denken wir nie. Es ist uns genau so gleichgültig wie der Gedanke an eine Grubenexplosion. Das können die Leute, die nie in einem Bergwerk gearbeitet haben, nicht verstehen. Sie meinen, wir müßten umkommen vor Angst. Aber wir sind fatalistisch, gleichgültig. Die täglich drohende Gefahr wird verneint, verdrängt, vergessen. Und der menschliche Körper ist so beschaffen, daß er sich auch an schwere Arbeit in schlechter Luft gewöhnt. Gewöhnung! Nichts sonst... Seit der Achtstundentag eingeführt ist, sind die älteren Arbeiter zufrieden und denken mit Schrecken an die Zeit zurück, da der Arbeitstag vierzehn, zwölf Stunden zählte... Uns Handlangern, uns Fremdlingen fällt die Arbeit schwerer. Die Gewöhnung fehlt uns...
Vor dem Fenster schwebt eine Benne vorbei; ihre kleinen Räder schaben am Drahtseil, das über das Haus führt. Und es regnet... Der Bauch der Benne ist rund – rund, wie der Heißwasserkessel auf Madames Herdplatte. Und auch Wassertropfen kleben daran.
Über die Straße führt ein Schienenstrang, das Eisen, aus dem er besteht, ist schwarz und feucht.
Ich werde den Eindruck nicht los, daß alles, was ich sehe, unwirklich ist. Es ist, als sähe ich die Bauten, die Benne, die Schienen in einem jener alten Spiegel, die manchmal in Trödlergeschäften hängen.
Dann liege ich im Bett, und auch *dieses* Zimmer wird lebendig: Die Beine der Stühle beugen, strecken sich, und Wellen werfen die rotgestrichenen Latten des Fußbodens, während

das zweite Bett schaukelt wie ein rechteckiger Kahn. Und doppelt unwirklich wird alles: nicht nur in einen Spiegel glaube ich zu schauen, es ist, als rolle ein abgespielter Film vor meinen Augen ab. Auch in einem solchen regnet es und regnet, und alles ist dunkel und verschwommen wie hier. Ich kann nicht recht glauben, daß einzig Herrn Vandeveldes Morgenschnaps an dieser verregneten Pantomime der Dinge schuld ist. Ich träume von dem Nachmittag, an dem mein Leben hier begonnen hat...

Der Grubeningenieur trug in einem feisten Gesicht zwei winzige Grübchen, rechts und links vom Mund. Nachdem mich der Arzt untersucht und tauglich befunden hatte, wurde der Herr Ingenieur ganz menschlich.

»Mein lieber Freund«, sagte er, »ich sehe aus Ihren Papieren, daß Sie in der Fremdenlegion gedient haben. Aber Ihre Art zu sprechen verrät mir, daß Ihre Erziehung eine gute war. Meine Ohren trügen mich nicht – und auch mein Blick ist scharf, das können Sie mir ruhig glauben. Nur die Art Ihrer Begrüßung!... Nein, nein! Mir machen Sie nichts vor! – Wissen Sie was? Ich bin kein Unmensch. Leben und leben lassen! Das ist mein Prinzip. Sie können Nachtschicht arbeiten, denn, glauben Sie mir, unseren Tagesbetrieb würden Sie nicht aushalten, hähähä... Am Tage fördern wir Kohlen, und da unsere Hauer im Akkord bezahlt werden, so hetzen sie die Handlanger, und die Handlanger werden im Stundenlohn bezahlt. Verstehen Sie? Es ist eine Ungerechtigkeit, ganz sicher! Aber bin vielleicht ich, Arthur Laya, dazu da, Ungerechtigkeiten aus der Welt zu schaffen? Ich bin dazu da, Schwierigkeiten zu planieren, auszugleichen, zu glätten...« Er vollführte mit seiner gepolsterten Hand eine wunderbar sanfte Bewegung.

»Nachtschicht! In der Nacht brechen wir keine Kohlen, wir bauen Gänge aus. Verstehen Sie? Die Arbeiter erhalten Stundenlohn, sie haben also durchaus kein Interesse, die Handlanger zu hetzen. Deshalb werden Sie es leicht haben. Nicht wahr, ich bin kein Unmensch? Dies werden Sie mir zugeben. Ich bin ein weicher Mensch, ich versuche Gutes zu tun, wo ich kann... Und wo wohnen Sie, wenn ich fragen darf?... Noch nirgends... Sehen Sie, da kann ich auch helfend eingreifen. Ich kenne eine Arbeiterpension, dort werden Sie aufgehoben sein wie im Himmel! Frau Vandevelde steht ihr vor. Sie liegt, diese Arbeiterpension, gerade unserer Grube gegenüber... Madame wird wie eine Mutter für Sie sorgen. Und zweiter Vorteil: Frau Vandevelde hat auch einen Laden, dort werden Sie alles kaufen können, was Sie für die Arbeit brauchen. Überkleider, Espadrilles – ich sehe, daß es mit Ihrer Garderobe nicht gerade glänzend bestellt ist. Dies Paket, das Sie unterm Arm tragen, ist Ihre ganze Habe?... Ja? Nun, bei Frau Vandevelde können Sie sich eindecken und dann nach und nach abzahlen. Wir haben ein Abkommen getroffen. Um Ihren Zahltag brauchen Sie sich nicht zu kümmern. Madame kommt ihn für Sie holen und rechnet dann mit Ihnen ab...«

Der Ingenieur schwieg und spielte mit einem winzigen roten Bleistift. Er starrte durchs Fenster. Über den grauen Hof liefen junge Mädchen, ihre Holzpantinen klapperten; und ich sah ihre bunten Kopftücher leuchten...

»Sie sind nicht reich geworden in Frankreichs Sold«, sagte Herr Arthur Laya, Ingenieur der Grube V. Sein Blick hatte das Fenster verlassen und sich an meinem Bündel festgesehen: braunes Packpapier, Schnüre kreuzweise darumgewickelt – und klein war es vor allem, sehr klein.

»Wie gesagt: Frau Vandevelde! Sie können ihr Haus gar nicht verfehlen. Über dem Laden hängt ein Schild, darauf steht der Name... Eine tüchtige Frau, diese Frau Vandevelde. Sie werden Studien betreiben können, an Menschen, mein junger Freund«, (»mon jeune ami!« sagte der Frechling), »denn, wie ich aus Ihrem Paß ersehe, ist Ihr offizieller Beruf: Journalist. Welche Zeitungen beehren Sie mit den Werken Ihrer Feder?... Sie schweigen?... Sie lieben die Diskretion?... Schön! Wie Sie wollen. Ich fragte aus Interesse, denn ich muß Ihnen offen sagen, mein junger Freund, daß Sie mir sympathisch sind, ein väterliches Wohlwollen bringe ich Ihnen

entgegen. Sollten Sie je einen Wunsch haben, sollten Sie etwas brauchen oder eine Reklamation anzubringen haben, so stehe ich zu Ihrer Verfügung – ich werde Ihnen helfen, wo ich kann... Auf Wiedersehen, junger Freund!... Ah, daß ich's nicht vergesse. Sie erhalten drei Franken und zwölf und einen halben Centime Stundenlohn, das macht im Tage – in der Nacht, hähähä – fünfundzwanzig Franken. Damit läßt sich leben, glauben Sie mir. Frau Vandevelde verlangt zwanzig Franken im Tag... Sie sehen... Und dann noch eins: Da es öfters vorgekommen ist, daß uns Arbeiter ohne Kündigung verlassen haben – von einem Tag auf den andern –, hat die Direktion beschlossen, jeweils den Zahltag einer Woche stehenzulassen. Sie erhalten also erst in vierzehn Tagen den Lohn einer Woche, verstehen Sie? Es wird nicht langen, um Madame Vandeveldes Pension zu zahlen, aber das schadet nichts. Madame hat Geduld, Sie werden nach und nach abzahlen. Natürlich, wenn Sie die Kündigungsfrist von vierzehn Tagen einhalten, wird Ihnen auch der stehengebliebene Wochenlohn anstandslos ausbezahlt... Auf Wiedersehen, mein junger Freund!« Ein Winken mit der feisten Hand – ich war entlassen. Nein, doch noch nicht. Herr Arthur Laya drohte mit seinem Zeigefinger, der dick und bleich war wie eine ungesottene Bratwurst, und sagte:
»Hüten Sie sich vor der Politik, junger Freund! Politik dürfen nur organisierte Arbeiter betreiben! Fremde Handlanger hingegen lassen besser die Finger davon. Die jetzige Regierung hat eine Schwäche: sie läßt gerne Ausländer über die Landesgrenzen führen... Merken Sie sich das!«
Herr Arthur Laya, Ingenieur der Grube V, hat auch eine Schwäche: er hört sich gerne sprechen...
Es regnete. Eine Maschine kreischte und krächzte, eine andere, unsichtbare, summte irgendwo...
Scheppernde Ladenglocken gibt es und andere, die man nicht hört, weil sie nur hinten in der Wohnung schrillen; aber es gibt auch musikalische, sie bestehen aus fünf bis sechs metallischen Stäben, die beim Öffnen der Ladentüre einander be-

rühren und eine Fülle von Wohlklang über den Eintretenden ausgießen. Frau Vandeveldes Ladenklingel gehörte zu dieser Sorte. Überhaupt schien es in diesem Hause musikalisch zuzugehen, denn als das Glockenspiel ausgesungen hatte, beschäftigte sich irgendwo, in den Tiefen der Wohnung, ein Klavier mit Tonleitern ...

Frau Vandevelde erschien, und sie war dick, breit, aufgequollen. Ihr Lächeln war süß, aber die Süße wurde sauer, als ich ein wenig stotternd fragte, ob ich hier wohnen könne. Herr Arthur Laya, Ingenieur, habe mich empfohlen ...

Madames Worte strömten, wie draußen der Herbstregen. Ihre Schamlosigkeit war herzergreifend. Zwanzig Franken kostet die volle Pension; aber das Zimmer, in dem ich schlafen sollte, müsse ich mit drei Kollegen teilen. Das wäre gar nicht schrecklich, da ich doch auf Nachtschicht arbeite. Dann hätte ich doch tagsüber ein Bett für mich ... Was ich denn noch mehr wolle? Eine Nacht müsse ich das Bett mit Kollegen teilen! Eine Nacht! Und das Essen sei ausgezeichnet! Und ich könne doch keine Garantie leisten! Kein Gepäck! Ob ich denn so verwöhnt sei, daß ich wegen einer Nacht ...! Nun, sie wolle niemanden zwingen, ich könne mich ja an einem andern Orte umsehen ... Das wollte ich auf keinen Fall. Ich war so müde ... Die Nacht hatte ich im Zug verbracht, den Morgen war ich in Brüssel herumgelaufen – aber für Belgisch Kongo konnte man nur gelernte Arbeiter brauchen! So war ich weitergefahren, nach Charleroi, da man mir auf dem Arbeitsamt gesagt hatte, man brauche Handlanger in den Kohlenminen. Und nun war es fünf Uhr geworden, heut abend sollte ich einfahren, ich hatte kein Geld mehr, um in einem Hotel zu übernachten – fünf Franken besaß ich, fünf Franken und das braune Paket. Ich hatte Madame beleidigt, ich mußte sie versöhnen. Darum fragte ich, um die Lage zu retten, wer denn hier Klavier spiele? Ob ich das Instrument sehen dürfe? Seinen Klang versuchen?

Madame musterte mich mißtrauisch. Vielleicht sah ich wirklich nicht sehr vertrauenerweckend aus in meinem Anzug, den mir der Küchenchef in Paris verkauft hatte, und eigentlich begriff ich die eingehende Musterung, der mich Madame unterzog. Sie stand unter der Türe, die vom Laden in die hinteren Räume führte. Doch da tauchte plötzlich neben ihr ein winziges Männlein auf – Madame hatte die Fäuste in die Hüften gestützt, ihre Arme standen vom Körper ab, und unter einem der Arme schob sich der Kopf des Männleins durch. Dann wurde die Frau beiseite geschoben. Nun stand Herr Vandevelde im Türrahmen, in der Hand hielt er ein Schnapsglas, das mit einer wasserklaren Flüssigkeit gefüllt war. Von Zeit zu Zeit sog er an dem Gläschen...

»Melanie«, sagte das Männlein. »Laß ihn doch vorspielen!« Das schien den Ausschlag zu geben. Melanie machte eine einladende Bewegung. Es ging durch einen finsteren Gang und dann...

Ein phantastischer Salon, in dem alle Möbel weiße Tücher trugen und Gespenster spielten. Frau Vandevelde lupfte den Zipfel eines der Tücher: grüner Plüsch...

»Alles Samt!« erklärte Madame, und ihre Stimme bebte ein wenig: so erschüttert war sie über den Reichtum ihrer Einrichtung. Die Wände waren geschmückt mit schwer vergoldeten Rahmen, in denen gefärbte Fotografien staken. Sie stellten dar: Frau Melanie Vandevelde in ihrer Jugend Blüte mit einem Myrtenkranz im Haar und einem weißweißen Schleier. Ihre Blicke waren gerichtet auf das Konterfei ihres Mannes: Herrn Vandeveldes Bäcklein schimmerten zartrosa, und die Nase war schmal (wie grausam hatte die Zeit gehaust! nun waren die Backen bläulich und die Nase so dick und schwer, daß man meinen konnte, ihr Gewicht zöge Herrn Vandeveldes Kopf auf die Brust); auch ein Baby war zu sehen: »Meine Tochter Alice!« erklärte Frau Vandevelde stolz. Über dem Klavier zwei Paar Großeltern. Die Haare dieser Greise waren von so makellos schneeiger Weiße, daß der Kolorist sicher geschwindelt hatte.

Das Klavier glänzte schwarz, sicher wurde es jeden Tag gewichst. Nur seine Tasten waren gelb wie Raucherzähne. Auf

einem Drehstuhl davor saß ein kleines Mädchen, das sich durch unseren Eintritt nicht hatte stören lassen, es klimperte weiter seine Tonleitern und half mit der Zunge nach: bei den tiefen Lagen erschien die Spitze im linken Mundwinkel, bei den hohen im rechten, in den mittleren Lagen erreichte sie fast die Nasenspitze.
»Alice!« sagte Frau Vandevelde streng. »Spiele dem Herrn etwas vor!« Alice zog eine Schnute, betrachtete mich und mein Päcklein mit niederschmetternder Geringschätzung; dann hieb sie ein gebundenes Buch auf den Notenständer, netzte den Zeigefinger, blätterte, klopfte die Seiten mit den Händlein glatt. Hierauf streckte sie ihr dünnes Bein, bis die Fußspitze das Pedal erwischt hatte – und während des ganzen Stückes ließ sie den Hebel nicht fahren ... Sie begann: »Das Gebet einer Jungfrau«.
Madame neigte sich zu meinem Ohr und flüsterte: »Dies ist das Lied, das die Sterbenden auf der ›Lusitania‹ gesungen haben. Ein Choral! Kennen Sie ihn?« Ich nickte. – Was hat es für Sinn, Irrtümer zu berichtigen? Besonders wenn die Leute glücklich sind, besagte Irrtümer verkünden zu dürfen? – Madame war so stolz, zu wissen, welches Lied die Todgeweihten auf dem großen Schiff gesungen hatten, daß ich nicht den Mut fand, sie eines anderen zu belehren. Und ich mußte mich doch beliebt machen! ...
»So, mein Herr, nun zeigen Sie Ihre Kunst!« sagte Madame energisch. Unter der Tür stand der schüchterne kleine Herr Vandevelde, er wagte es nicht, den Salon zu betreten, wahrscheinlich war der Parkettboden für ihn geheiligtes Land.
Und so setzte ich mich vors Klavier. Alice lehnte sich gegen meine Schulter, bohrte eifrig in ihrer Nase und fragte: »Spielst du auswendig? Ohne Noten? Wie heißt du? Frédéric?« Madame erklärte mir, ihre Tochter sei dreizehn Jahre alt; sie sah aus wie elfjährig. Zutraulich war sie und frech.
D-Dur-Akkord: im Baß, in den Mittellagen, im Diskant. Und dann: »Sous les ponts de Paris«. Es war ein uralter französischer Schlager. Aber er wirkte. Monsieur hatte sein

Schnapsgläslein gegen eine Pfeife eingetauscht, er stand unter der Tür und schlug den Takt mit der Spitze seines Filzpantoffels. Madame ließ sich auf einen der gespensterspielenden Fauteuils nieder, sie lauschte andachtsvoll, und ich konnte sie gut sehen, wenn ich ein wenig schielte. Bei ihr war es der Kopf, der den Walzertakt aufgenommen hatte. Alice summte die Melodie. Zweite Strophe. Schlußakkord im Baß, und dann plätscherte ich noch ein wenig in den oberen Tönen.
»Bravo!« rief Madame. »Sie spielen ausgezeichnet. Und du wirst meiner Tochter Klaiverstunden geben. Verstehen Sie? Du wirst es nicht zu bereuen haben...«
Madame duzte und siezte mich im gleichen Satze. Und diese Gewohnheit behielt sie bei. Sie besiegelte meine endgültige Aufnahme in die Familie Vandevelde, und sie war zugleich ein Zeichen ehrlicher Zuneigung. Das merkte ich erst später. Wladimir, Luigi und Otto siezte Madame mit eiserner Konsequenz...
Warum muß ich jeden Morgen, bevor ich einschlafe, an diesen ersten Nachmittag in der grauen Stadt denken? Er hatte nichts Besonderes an sich. Er war merkwürdig. Merkwürdig? Gespenstisch eher...
Später sagt Madame oft und seufzt zischend dazu: »Bei deiner Bildung, Frédéric! Daß du so schwere Arbeit verrichten mußt! Ich muß einmal mit dem Ingenieur reden, daß er dir einen leichteren Posten verschafft. Weißt du, ich habe viel Einfluß! Du glaubst es vielleicht nicht, aber es ist doch so. Und wenn Sie noch so zweifelhaft dreinsehen!«
Sie meint, daß meine Mienen Zweifel ausdrücken, aber das tun sie ganz und gar nicht. Ich glaube es Madame ohne weiteres, daß sie Einfluß auf Herrn Arthur Laya, Ingenieur der Grube V, hat. Ich bin sogar überzeugt, daß Herr Laya für jeden Pensionär, den er an Madame Vandevelde empfiehlt, ein Trinkgeld bekommt... Eine Kommission wollen wir es lieber nennen. Eine Hand wäscht die andere, sagt das Sprichwort, und wo wäre das Sprichwort wahrer als in einer Kohlenstadt, wo die Hände immer schmutzig sind?...

Wir sind Gewohnheitsmenschen. Von klein auf haben wir in der Nacht geschlafen und am Tage gearbeitet. Daher kommt es wohl, daß mein Schlaf so dünn ist, so leicht... Die Wände des Hauses sind aus Brettern, selbst ein Flüstern würde man hören... Aber Madame brüllt: »Frédéric!«

Der Ruf bedeutet, daß es halb zwei Uhr ist, daß ich in die Küche kommen soll, um zusammen mit Madame, Monsieur und Mademoiselle Vandevelde einen Teller Gemüsesuppe zu essen. Eine Auszeichnung! Der Lohn für die Klavierstunden! Keiner meiner Kameraden kommt mittags heim.

In seinem Rohrstuhl mit den Armlehnen sitzt Herr Vandevelde, aber der Sitz ist nicht hoch genug für ihn. Darum schwebt der Dachshaarpinsel des Männchens knapp über der Tischkante, und seine Spitze berührt den Tellerrand. Manchmal setzt sich eine Nudel darin fest.

»Vandevelde, putz deinen Bart!« sagt Madame. Sie gehört zu jener Sorte Frauen, die ihren Mann stets beim Familiennamen nennen. Darum ist es mir bis zuletzt unmöglich gewesen, den Vornamen meines Wirtes zu erfahren.

Klavierstunde...

Tonleitern. Dreiklang. Dominantseptakkord. Alice ist nicht dumm. Sie begreift ziemlich rasch, daß es gar nicht so schwer ist, eine Melodie nach dem Gehör zu begleiten. Die Noten lasse ich beiseite. Aber ich gebe mir Mühe, dem Jungfräulein die Schädlichkeit des Pedals begreiflich zu machen; es gelingt. Bald wird Alice »Sous les ponts de Paris« genauso schön spielen können wie ich, und dann werden wir einen andern Schlager in Angriff nehmen: »Lippen schweigen, 's flüstern Geigen« oder »Dort draußen im duftigen Garten, gebannt blieb ich plötzlich zurück«. Wir werden sehen. Bisweilen steckt Madame ihren Kopf durch den Türspalt: »Und? Geht's? Macht sie Fortschritte?« Wir nicken beide.

Aber manchmal machen wir Pausen. Dann muß ich dem kleinen Mädchen von Otto erzählen, von Otto, dem Holländer, mit dem blonden Schnauz über der Oberlippe. Alice liebt den Erzähler, *ein* Märchen vor allem hat diese Liebe geweckt: es handelt von dem Manne, der zuerst die Mäuse in den Fluß lockt, mit einem Liedlein, das er auf seiner Pfeife spielt – doch nein, die Bürger wollen ihn nicht dafür bezahlen ... Da kommt er wieder, ein anderes Liedlein pfeift seine Flöte, und aus den Häusern strömen die Kinder, und den lockenden Tönen folgen Buben und Mädchen. Sie ziehen hinter dem bunten Manne her, eine grüne Hahnenfeder winkt von seinem Hute, er führt die Schar in den Berg hinein ... »Ja, in den Berg!« sagt Alice ganz ernst. »So viele Gänge hat es im Berg und einen Saal. Alle Kinder haben Platz darin und tanzen dort, während der bunte Mann aufspielt. Dann werden die Kinder müde und schlafen ein und wachen wieder auf; wieder tanzen sie und vergessen Vater und Mutter. Sie bleiben im Berg, bis sie sterben ...« Otto ist über den Schluß, den Alice seinem Märchen andichtet, ein wenig erstaunt, aber er läßt ihn gelten ... Und andere Märchen erzählt er, aber die höre ich nicht mehr, denn ich muß zur Arbeit. Doch das Nachtessen hat uns alle versammelt, wie das Morgenessen. Das Nachtessen!

Kartoffeln – hier nennt man sie »Canadas« – in Salzwasser gekocht. Montag Ragout, Dienstag Gulasch, Mittwoch Saucenfleisch, Donnerstag Geschnetzeltes, Freitag Ragout, Samstag Braten. Ein wunderbares Wochenmenü, das Madames Phantasie alle Ehre macht. Aber es sind nur verschiedene Namen für ein und dasselbe: eine Sauce, darin braune Mehlkügelchen und schwärzliche Zwiebeln zusammen mit einigen zähen Roßfleischbrocken schwimmen. »Geben Sie Ihren Teller her, damit ich ihn dir fülle!« befiehlt Madame. Hochauf werden die Kartoffeln geschichtet, verschwenderisch ergießt sich Sauce darüber, und auch zwei Fleischstücke haben noch Platz. Die andern dürfen sich selbst bedienen, aber Madame wacht mit scharfem Auge darüber, daß keiner zuviel nimmt.

Und mindestens einmal während des Essens steht Frau Vandevelde auf. Es gluckst das Wasser aus dem Hahnen, es rasseln die Ringe – und, abhockend, spitzt Madame die Lip-

pen, während auf der Herdplatte die Wassertropfen zerzischen.
»Suppenverkäufer« – »Marchand de soupe« nennt man in den französisch sprechenden Ländern die Inhaber von Arbeiterpensionen. Der Name ist eine Beleidigung. Aber sie ist verdient. Der Suppenverkäufer streicht das Geld ein, das wir mit schwerer Arbeit verdienen müssen, wir sind ihm ausgeliefert, wir, die ungelernten Arbeiter, die Proletarier des Proletariats. Die organisierten Arbeiter haben ihre Gewerkschaften, sie haben Mittel, Kampfmittel, um ihre Lage zu verbessern. Sie gehören zur »guten proletarischen Gesellschaft«, falls der Ausdruck gestattet ist. Aber wir? Wir Handlanger? Tschechen, Polen, Russen, Italiener... Wir sind wehrlos. Nach den ersten vierzehn Tagen erhalten wir sechsmal fünfundzwanzig Franken: hundertfünfzig Franken, während wir dem »Suppenverkäufer« schon dreihundert für Wohnung und Essen allein schuldig sind. Und daneben haben wir Überkleider gebraucht, Zigaretten. Wie sollen wir freikommen? Frau Vandevelde geht unseren Zahltag holen. Manchmal ist sie gnädig und gibt uns am Sonntag zehn Franken. Aber auch das wird aufgeschrieben...
Wir Fremden aus allen Ländern, wir sind nicht organisiert, wir können uns nicht wehren gegen die niederen Löhne, wir müssen schuften und dem Suppenverkäufer unser Geld geben und arbeiten, arbeiten, bis wir verbraucht sind und in die Heimat zurücktransportiert werden. Auch dort sind wir nicht willkommen. Die Armenhäuser sind überfüllt, die Altersheime auch... Was sollen die Behörden mit uns machen? Wir sind eine Last. Laut wagt man es nicht zu sagen, aber leise denkt man es: Schade, daß der Berg sie nicht erdrückt hat, schade, daß sie nicht begraben sind...
Vier Fundamente seien es, schreibt ein französischer Dichter, auf denen unsere Zivilisation ruhe: die Kohlengruben, die Gießereien, die Papierfabriken, die Schlachthöfe. Und bist du nicht in die Mine hinabgestiegen, hast du nicht den schwefligen Dunst der Papierfabriken eingeatmet, kennst du

nicht den faden Blutgeruch des Schlachthofes, und bist du nicht vor dem Hochofen gestanden, wenn er sein fiebrig gleißendes Metall fließen läßt, dann weißt du nichts von der Trauer der Welt, o mein Freund, und dann verstehst du nichts von der Verzweiflung der Menschen.

Sonntag.

Den Morgen haben wir verschlafen, Otto und ich, und haben uns gegenseitig nicht allzu arg gestört in unserem schmalen Bett. Nur einmal: Wir lagen angekleidet auf dem Bett, und ich erwachte, packte meinen Kameraden an der Schulter, weil er mir zu wenig Platz ließ. »Otto«, sagte ich, »rück ein wenig, du drückst mich ja ganz gegen die Wand...« Otto fuhr entsetzt in die Höhe, riß den Mund auf, als müsse er am Schrei ersticken, der ihm in der Kehle steckengeblieben war, und aus seinen Augen blickte die Angst.

»Otto!« sagte ich, »ich bin's! Was ist los?«

»Ah! Du bist's, Fred! Das ist gut!« Er packte meine Hand und drückte sie. Nicht loslassen wollte er sie. »Was willst du, Fred?«

»Rück ein wenig, Otto, ich hab keinen Platz. Du drückst mich gegen die Wand!«

»Verzeih, Fred! Bitte, verzeih! Es war unwillkürlich, weißt du, im Schlaf. Und vergiß, daß ich so erschrocken bin. Ich bin so schreckhaft geworden in der letzten Zeit. Weißt du, Fred, die harte Arbeit ist daran schuld. Ich habe früher nie körperlich gearbeitet. Auf einem Büro, weißt du, Fred, da verkümmern die Muskeln. Jetzt muß ich so schwer arbeiten und bin übermüdet, du verstehst das doch, ich schlafe schlecht, weil ich übermüdet bin, und dann drückt mich der Alp...«

»Natürlich, Otto! Schlaf weiter.«

Ich konnte nicht sogleich wieder einschlafen. Darum hörte ich noch lange Ottos keuchenden Atem.

Nach dem Mittagessen schliefen wir weiter, bis gegen drei Uhr. Dann weckte uns Frau Vandeveldes dröhnender Ruf: »Frédéric!«

Die Möbel, die während der Woche im Salon Gespenster

gespielt haben, sind besetzt. Der Klavierlehrer Fräulein Vandeveldes ist gekommen, nach seiner ungetreuen Schülerin zu sehen. Und außer ihm haben sich einige Arbeiterfrauen in schwarzgefärbten Hochzeitskleidern eingefunden, Frauen der »guten proletarischen Gesellschaft«; ihre Männer sind nicht mitgekommen. Sie haben wohl anderes zu tun.
Ich werde vorgestellt, feierlichst, denn ich bin Madames große Attraktion; fast so interessant wie eine dressierte siamesische Katze.
Der Klavierlehrer ist überall mit Fett gepolstert, aber man merkt gleich, daß es ein ungesunder, ein krankhafter Fettansatz ist. Es kommt nicht vom vielen und guten Essen. Im Gegenteil, es sieht aus, als habe der Musiker sich feistgehungert. Übrigens riecht er wie Luigi, der oben unser Zimmer mit seiner Brillantine verpestet hat. Herr Doriot sieht mich ungern. Sein Lächeln sitzt locker, man hat stets Angst, es werde herunterfallen wie ein schlechtangepaßtes Gebiß... Ich aber muß Madame Ehre machen, mich ans Klavier setzen und Schlager spielen. Ich haue sehr oft daneben; es tönt falsch, aber ich kann nichts dafür, weil meine Finger vom Schaufeln steif geworden sind und meine Handballen Risse haben. Die Frauen sind entzückt, Madame ist stolz wie ein Pfau. Es sieht aus, als habe *sie* Klavier gespielt und dürfe nun die Komplimente für *ihr* Können einheimsen. Der Klavierlehrer möchte mich gerne ducken und mir eins auswischen. Aber er traut sich nicht. Frau Vandevelde, die Suppenverkäuferin, ist mächtig in ihrem Kreis. Sie hat Freundinnen, und alle diese Freundinnen sind Mütter. Sicher denkt Herr Doriot, daß ich vermaledeiter Außenseiter ihm das Geschäft verpatze und daß er jetzt den Preis für seine Privatstunden noch tiefer wird ansetzen müssen. Er weiß, der Winter steht vor der Tür, er braucht einen neuen Anzug, einen Mantel – als Lehrer muß er korrekt aussehen –, und seine Hosen sind ausgefranst.
Nun muß er sich ans Klavier setzen, nun muß er spielen. Seine Finger sind kurz – am Ringfinger trägt er einen Ehering.

Auch verheiratet ist der Mann! Ich möchte mich verabschieden, möchte mit Otto spazierengehen – vielleicht kann ich ihn zum Reden bringen, das wird ihn erleichtern –, aber ich weiß nicht, wie ich mich verabschieden soll... Der Klavierlehrer gibt sich große Mühe, er mischt viel Schmalz und Süße in seine Improvisationen, aber niemand hört ihm zu. Er ist bekannt, oft genug haben die Damen sein Spiel gehört. Ich hingegen bin eine Neuigkeit... Laut und ungeniert werden die Kartoffelpreise besprochen. Die »Canadas« sind nicht billiger geworden. Sie kosten noch immer vierzig Centimes das Kilo! Der Staat sollte...

Die Vorhänge sind aus dickem Plüsch, sie lassen wenig Licht in den Raum. Und dann beginnt auch schon die Dämmerung. Die Dunkelheit ist daran schuld, daß ich erst jetzt die stumme Gestalt sehe, die in einer Ecke sitzt. Es läßt sich nicht viel erkennen: ein dunkler Rock, ein blauer Schleier, der das Gesicht frei läßt, dafür aber Nacken und Schultern verdeckt.

Immer noch klimpert der Klavierlehrer. Otto und ich wollten Madame bitten, uns ein wenig Geld zu geben, dann hätten wir ins Kino gehen und nachher ein Glas Bier trinken können... Aber Madame hat Besuch! Ihr Mann ist ausgegangen. Sonntags geht er kegeln, das wissen wir.

Da steht die dunkle Gestalt auf.

»Willst du schon fort, Juliette?« fragt Frau Vandevelde. Die Gestalt nickt.

»Weißt du was? Du könntest Frédéric ein wenig die Stadt zeigen, willst du?« Und zu mir gewandt: »Das ist Juliette Melon. Sie ist Krankenschwester im Spital... Willst du mit Frédéric gehen?« Die Gestalt nickt. Ich werde gar nicht um meine Meinung gefragt.

Juliette ist groß, breitschultrig. Sie hat ein volles Gesicht, und ihre Augen sind weich und gütig wie ihr Mund. Sie lächelt mir zu, sehr schwesterlich. Frau Vandevelde begleitet uns hinaus. Im Gang wartet Otto. Ich mache ihm ein Zeichen, lasse Juliette vorangehen. Endlich haben wir Madame in eine Ecke

gedrängt und bringen unser Anliegen vor. Madame ist gut gelaunt. Sie gibt jedem von uns zehn Franken. »Amüsiert euch gut!« sagt sie. Aber Otto hat noch ein Anliegen. Er möchte Alice mitnehmen. Vielleicht erinnert ihn das kleine Mädchen an seine Töchter in Holland, denen er nichts schikken kann, weil Madame seinen ganzen Zahltag einsteckt...
Es dauert noch eine Weile, bis Alice fertig ist. Wir hören, wie sie im ersten Stock herumspringt, freudig erregt wie ein Geißlein. Sie darf mit ihrem großen Freund spazierengehen, sie braucht nicht daheimzubleiben und vorzuspielen! Wir drei, unten im dämmerigen Gang, schweigen uns an; Juliette zeichnet mit der Spitze ihres Regenschirmes geheimnisvolle Zeichen in den weißen Sand, mit dem die Fliesen des Ganges bestreut sind.
Endlich ist die Kleine fertig. Sie ist stolz, weil sie ihre neue Boa aus Kaninchenfell tragen darf. Sie meint, es sei ein teurer, eleganter Pelz; denn er hat einen Fuchskopf, dessen Kiefermuskeln durch Stahlfedern ersetzt worden sind, so daß sich die spitzen Zähne tief in den buschigen Schweif graben können.
Alice geht vor uns mit ihrem großen Freund. Groß ist er für sie; in Wirklichkeit ist Otto klein, er geht gebückt, mit gerundeten Schultern. Manchmal dreht er sich blitzschnell um, so, als wolle er einen Verfolger ertappen. Dies blitzschnelle Umdrehen ist verwandt mit der Hast, mit der er sich auf die Zeitungen stürzt. Und dann ist da noch das peinliche Entsetzen von heute morgen... Konkurs? Ist man wegen eines Konkurses so ängstlich? So schreckhaft?
Er geht vor uns und hält die Hand des kleinen Mädchens. Ja, ja! Er hat nicht allein bleiben wollen! Er hat Angst gehabt vor der Einsamkeit. Was drückt ihn wohl so schwer? Er ist doch ein tapferer Kerl, der Otto, das weiß ich. Er kann die Zähne zusammenbeißen. Ich habe es gut gesehen, am Anfang schmerzten ihn seine Hände derart, daß er beim Nachtessen Mühe hatte, seine Gabel zu halten. Er arbeitet Tagschicht, aber nie hören wir ihn klagen... Und er hat mich sicher nicht

angeschwindelt mit seinen Töchtern; denn einmal hat er mir eine Photographie gezeigt: zwei kleine Mädchen und eine Frau, eine große, schlanke Frau. Das Kleid, das sie trägt, war sicher sehr teuer. Warum ist Otto aus Holland geflohen? Was hat er dort ausgefressen, der kleine Otto mit dem dünnen, blonden Schnurrbärtchen und den Schreiberhänden ...? Er hat keinen Paß. Das weiß ich, denn ich habe zugehört, wie er es Frau Vandevelde erzählt hat. Er habe seinen Paß verloren, hat er angegeben. Nun, das war sicher eine Lüge ... Der heutige Nachmittag wäre günstig gewesen. Wir hätten in irgendeine Wirtschaft gehen können, um dort Gueuze zu trinken, jenes bittere belgische Bier, dessen Geruch so abscheulich ist, das erste Mal, wenn man es trinkt. – Vielleicht wäre Otto aus sich herausgegangen und seine Last losgeworden. Ich mag Otto gern, ich möchte ihm sein Schicksal tragen helfen. Wie dumm, daß Frau Vandevelde eine alte Kupplerin ist und mir diese Krankenschwester aufgehalst hat. Otto und ich, wir hätten Rat halten können ...

Ich muß wohl unwillkürlich den Kopf geschüttelt haben, denn neben mir fragt eine weiche Stimme: »Wären Sie lieber mit Ihrem Freund spazierengegangen?« Wie tief die Stimme ist! Tief und doch sehr weich. Sie erinnert mich ... An wen erinnert sie mich? ...

... »Natürlich kann der Bub fliegen!« sagt eine Stimme. Der rote Morgenrock riecht so frisch nach Kölnisch Wasser, ich greife mit der Hand in braune Haare, halte mich fest ...

»Nein, nein!« sage ich laut, allzulaut. »Es ist nur ... Er macht mir Sorge, der Otto ...«

»Ja, ja«, meint Juliette. »Er fürchtet sich. Furcht! ... Wie er sich plötzlich umdreht, so, als meine er, jemand verfolge ihn ...«

Ihre Stimme klingt schön. Klug ist sie auch, die Frau. Und nun schiebt sie ihren Arm unter den meinen.

»Ich gehe nicht gern allein«, sagt sie und sieht mir von unten her ins Gesicht. Dazu lächelt sie. Es ist kein kokettes Lächeln. Wie soll man es nennen? Gütig?

Der Schleier, der den Kopf wie eine Haube umschließt, läßt die Ohren frei. Große, wohlgebildete Ohren, die gut zu dem breiten Gesicht passen. Zwei kurze Locken ringeln sich über die Schläfen. Sie sind braun und glänzend – man denkt an Roßkastanien, die, noch von niemandem berührt, aus ihrer soeben geplatzten, stachligen Schale schauen.
»Ma sœur – meine Schwester«, so redet man Pflegerinnen an. Auch Nonnen. Aber wenn ich meine Begleiterin mit »Meine Schwester« anrede, so ist das keine Förmlichkeit, nein, ich drücke mit diesen Worten eine Tatsache aus: Meine Schwester geht neben mir. Eine Schwester, die ich nie gekannt habe – aber ein plötzliches Wunder hat sie mir geschenkt. Und Juliette scheint es ähnlich zu gehen. Sie sagt: »Ich habe mir immer einen Bruder gewünscht, aber daheim waren wir drei Mädchen...« Sie hat den Handschuh ausgezogen, ihre Finger legen sich um mein Handgelenk, und wir gehen im gleichen Schritt; es ist, als ob wir schon oft nebeneinander gegangen wären. Sie trägt schwarze Halbschuhe mit niederen Absätzen. Ihr blauer Regenmantel ist hochgeschlossen. Seine Falten sind streng und doch wieder weich – ich weiß, das ist ein Widerspruch, aber es ist dennoch so: Die Falten sind streng *und* weich.
»Schwester«, sage ich, »Sie haben heute frei? Ist der Dienst schwer im Spital?«
»Ich habe frei, weil ich Nachtdienst mache.« Sie zuckt mit den Achseln. Ihre Schultern sind rund, und auch sie sind weich. Das vermag der starre Regenmantel nicht zu verbergen. »Schwer? Ich weiß nicht. Die Tage vergehen und die Nächte auch. Es gibt immer zu tun. Viel zu tun, wenn man den Dienst ernst nimmt. Und wissen Sie, mir gibt man immer die schweren Fälle, ich kann sagen: die hoffnungslosen. Der Arzt behauptet, ich sei viel beruhigender als Morphium. Ein merkwürdiges Kompliment, finden Sie nicht? Sonst?... Sonst bin ich viel allein. Und heute habe ich einen Kavalier... Nein, verzeihen Sie, das ist dumm... Sie sind kein Kavalier. Sie sind mein Bruder. Wenigstens scheint es mir so.« Sie

lacht; ein tiefes Lachen. Nichts von Verlegenheit. »Ich habe eben nie einen Bruder gehabt...«

»Und ich nie eine Schwester...« Sie drückt meine Hand.

»So?« fragt sie. »Das habe ich mir gedacht...«

Vor uns geht Otto, eifrig spricht er auf das kleine Mädchen ein, das an seiner Seite hüpft. Wahrscheinlich erzählt er ein Märchen. Aber alle zwanzig Schritte verwandelt sich Otto in eine Marionette. Unsichtbare Drähte werden gezogen, Ottos Kopf wird nach hinten gerissen, halb macht sein Oberkörper die Drehung mit. Die Augen sehen uns nicht, ihr Blick starrt erschreckt die Straße entlang. Aber die Straße ist leer. Und dann ist plötzlich keine Marionette mit glasigen Puppenaugen mehr da, sondern ein reifer Mann schreitet ruhig neben einem kleinen Mädchen einher und spinnt Märchenfäden...

»Er erzählt schöne Märchen, der Otto«, sage ich.

»Ja? Und Sie geben Alice Klavierstunden? Das kleine Mädchen hat es gut...«

»Klavierstunden!« widerspreche ich. »Ich kann doch nichts. Ein wenig klimpern! Als ich klein war, hatte ich eine Klavierlehrerin, die war arg parfümiert und plagte mich. Und jeden Mittag, wenn ich von der Schule heimkam, mußte ich üben. Mein Vater kam erst um halb zwei zum Essen. Dann hockte ich vor dem Klavier und übte Tonleitern, meine Großmutter saß hinter mir in einem roten Plüschfauteuil und strickte und beaufsichtigte mich. Von Zeit zu Zeit schlug sie mit ihrem knochigen Zeigefinger den Takt auf einem hölzernen Tischchen, das vor ihr stand, und zählte: eins, zwei, drei, vier... Nachher schlug sie die Bibel auf und las mir ein Kapitel vor, ich mußte aufrecht vor ihr stehen und zuhören. Dann betete sie mit mir – und dann war es gewöhnlich halb zwei... Der Schlüssel meines Vaters rasselte in der Wohnungstür. Die Großmutter und der Vater, sie haben wohl beide nicht gedacht, daß ich einmal in einem niederen Kohlenflöß auf dem Rücken liegen und schaufeln würde, schaufeln... Aber man soll nicht klagen. Man lernt viel... Man lernt viel in den acht Stunden Nachtschicht auf Sohle 732...«

»Haben Sie keine andere Arbeit finden können?«
»Nein. Nichts anderes. Und so muß ich wenigstens nicht verhungern.«
Dann schweigen wir, weil wir den Kern der Stadt Charleroi erreicht haben. Dieser Kern, rund um den Bahnhof, besteht aus Häuserblocks, die ebensogut in Paris oder Brüssel stehen könnten. Es ist fünf Uhr, und die Dämmerung wird langsam dunkel. Hie und da flackert schon eine Gaslaterne auf. Und heller werden die Straßen, weißviolettes Licht strahlt von den Fronten der Kinos und schneidet leuchtende Würfel aus dem Nebel. Die grellen Plakate locken. Ich weiß, daß sie locken von morgens halb zehn bis spät in die Nacht.
»Wollen wir uns einen Film ansehen?« schlägt Juliette vor. »Ich lade Sie ein, Sie und Ihren Freund und Alice. Sie dürfen nicht widersprechen und lange Komplimente machen, ich weiß, wie böse Sie dran sind. Und ich verdiene ganz ordentlich. Übrigens, von einer Schwester darf man alles annehmen...«
Ich sträube mich nicht. Es kommt mir so selbstverständlich vor. Wir holen Otto ein. Der will sich zieren, aber Alice ist begeistert, und da gibt Otto nach.
Das Kino ist klein und dumpf. Es riecht nach nassem Hund. Aber was schadet das? Auf der blendenden Leinwand zittern unsere Träume vorbei, jene Träume, die wir zu müde sind zu träumen. Denn unser Schlaf ist dunkel verhangen von unserer Müdigkeit, und unsere Augen sind geblendet von der Finsternis der Tiefe. Aber da, vor uns, flimmern unsere Wünsche vorbei, und unsere Sehnsucht erfüllt sich: das Meer mit seinen lautlos donnernden Wogen und seinem Strand, die Ebenen, über die wir reiten auf unseren wilden Pferden... Und dann sitzen wir in hellen Sälen, vor reichgedeckten Tischen, Frauen wandeln an uns vorbei, eingehüllt in seidene Kleider; Schlafzimmer, große Schlafzimmer mit hohen Fenstern: Ein Bett steht darin, ein breites Bett, in dem man allein liegt. – Wir sind alles zugleich: der Held und die Heldin, die Gäste der Landschlösser, der Chauffeur, den die Millionärstochter

heiratet, und die Tippmamsell, die von ihrem Chef geliebt wird... Wir waschen unsere Augen mit den flimmernden Bildern und begreifen mit dumpfem Entsetzen, daß wir alle Schönheit vergessen haben und daß nur noch diese Träume voll stumpfer Verlogenheit in unseren Seelen wuchern können...

Und dann, mit leerem Gehirn, treten wir den Heimweg an. Es regnet. Juliette hat ihren Schirm aufgespannt. Wir haben beschlossen, Otto und Alice heimzubegleiten; dann wollen wir zu zweit noch ein wenig spazierengehen. Juliette hat heute keinen Nachtdienst und muß erst um zehn Uhr im Spital sein.

Wir gehen und gehen. Charleroi ist nicht wie andere Städte gebaut. Sobald man den festen Kern rund um den Bahnhof verlassen hat, beginnen die endlosen Straßen, gepflastert mit Steinen, die rund sind wie schlecht verscharrte Kinderschädel. Rechts und links hocken die einstöckigen Häuser, man kann sie nicht voneinander unterscheiden, so sehr gleichen sie einander: die Mauern aus Backsteinen, die einmal braun waren – aber jetzt sind sie schmierig schwarz geworden. Keine Querstraße, ein Haus reiht sich ans andere – aber plötzlich ist die Straße zu Ende. Eine Lücke gähnt, ein kahles Stück Erde; vielleicht erhebt sich ein Hügel auf ihm, der zu ewiger Unfruchtbarkeit verdammt ist. Kein Grashalm, kein Büschelchen Unkraut wächst darauf, denn er besteht aus dem Gestein, das die Minen ausgespien haben. Kinder klettern auf diesen Hügeln herum und sammeln winzige Kohlenstückchen – Kinder, die bleich sind und müde... Und dann beginnt die Häuserreihe wieder, alle Häuser sind gleich hoch, einstöckig und schwarz. Manchmal überquert ein Schienenstrang die Straße, ein Zug fährt langsam vorbei, und ein Mann winkt mit einem roten Fähnlein...

Wir haben Otto und Alice daheim abgeliefert, aber wir sind nicht ins Haus getreten. Wir sind weitergewandert, Arm in Arm und schweigend, während der Regen einen leisen Wirbel auf dem Schirmdach trommelt.

Dann sitzen wir in einem hellgestrichenen Raum, trinken Tee und essen Kuchen. Juliette hat ihre Hand auf meinen Arm gelegt. »Du«, sagt sie und »Fred«. Sie fragt, wie sie mir helfen könne. Aber ich bin trotzig. Ich will mir nicht helfen lassen. Es kommt mir vor, als müsse ich weiter arbeiten, unten, in den niederen Flößen, als müsse ich abverdienen...

»Nein, Juliette«, sage ich, »mir darfst du nicht helfen. Weißt du, daß ich ein Dieb bin?« Und ich erzähle ihr die Geschichte der hundert Franken, erzähle ihr von Marcel, der mich verachtet hat, von Marcel, der einen Glauben hatte und der sein Leben eingesetzt hat für seinen Glauben. Ich hingegen...

Während ich erzähle, blickt mich Juliette an. Ihre Augen sind groß und braun. Und ihre Hand bleibt ruhig auf meinem Arme liegen.

»Wenn du wüßtest«, sagt sie, »wie gleichgültig mir das ist. Du hast gestohlen, nun ja. Meinetwegen. Aber hast du wirklich gestohlen, weil du dich bereichern wolltest? Hast du nicht gestohlen, weil du Angst hattest und deine Angst – wie soll ich dir das erklären – und deine Angst... loswerden wolltest?«

»Woher... woher...« stottere ich, »woher weißt du das?« Ihre Hand hat sich um meine Finger geschlossen.

»Aber Fred«, sagt Juliette, »das ist doch nicht schwer zu erraten. Man sieht es dir doch an, daß du kein Verbrecher bist. Du plagst dich, du willst dich strafen... Ich kenne das auch. Denk dir, ich war zweimal verlobt.« Sie schweigt, eine sehr helle Lampe hängt über unserem Tisch, und ihr Licht wirft zwei scharfe Schlagschatten auf Juliettes Wangen.

– Beide Male, erzählt sie, kurz vor der Hochzeit, seien die Männer verunglückt, gestorben. Der eine sei eine Treppe hinabgestürzt und habe sich das Genick gebrochen, der andere sei beim Abspringen von der Straßenbahn unter ein Auto gekommen. Nun sei sie überzeugt, sagt Juliette und senkt die Lider über ihre Augen, daß sie Unglück bringe – wenn man annehmen wolle, daß der Tod ein Unglück sei. Bei mir aber habe sie diese Angst nicht. Es komme ihr vor, als stünde ich mit dem Tod auf vertrautem Fuß. Sie streichelt meine Hand, blickt dann auf ihre Armbanduhr: Nun müsse sie heim ins Spital. Es sei bald zehn Uhr. Sie werde mir schreiben...

Es hat aufgehört zu regnen. Eine Allee führt zum Spital, und ein lauer Wind klappert mit den kahlen Ästen der Bäume. Dann fällt ein Gitter zu. Einen Augenblick steht Juliette als schwarzer Schattenriß unter einer hellerleuchteten Türe und winkt kaum merklich.

Es ist wohl Zufall, daß mich auf dem Heimweg drei Betrunkene anrempeln; klein sind sie, aber breit in den Schultern, mit langen Affenarmen. Ich lehne mich mit dem Rücken gegen eine Häuserwand und verteidige mich so gut ich kann. Ganz in der Nähe brennt eine Laterne, und ihr Licht spiegelt sich in einer Messerklinge, so daß sie zu flammen scheint, wie eines jener bengalischen Zündhölzchen, mit denen Kinder an Festtagen spielen. Das Messer kann ich mit einem Fußtritt aus der Hand des Angreifers schnellen, dafür trifft ein Faustschlag mein Kinn.

Nach einiger Zeit wache ich auf, ich bin allein. Mein Kopf liegt auf dem Pflaster, meine Zunge ist aufgequollen und hat einen schlechten Geschmack. Ohne Sterne ist der Himmel. Da hinke ich heim, und mir ist sehr übel. Trotzdem murmle ich vor mich hin: »Laß scharren deiner Rosse Huf... Laß scharren deiner Rosse Huf...«, denn ich sehe wieder die gemähte Wiese, auf der die Heuhaufen riesige bucklige Tiere sind...

Das Haus ist dunkel. Ich stolpere die Treppen hinauf. Otto liegt schon im Bett, aber er schläft noch nicht. Der Geruch von Luigis Brillantine hängt in der Luft. Das andere Bett ist leer. Der Italiener kommt erst um Mitternacht heim und eine Stunde später Wladimir. Beide sind berauscht. Ich liege noch lange wach, mein Kopf tut mir weh, der Kinnschlag dröhnt nach. Ich fühle noch immer Juliettes Hand auf meinem Arm; dann muß ich an Marcel denken und an den vierzehnten Juli, an die Wohnung von Marcels Eltern und an die alte Frau in der Küche, an den Büroangestellten, der so stolz auf seinen

Salon war und auf die Bilder, die im Salon hingen: Große Dampfer stellten sie dar, die in voller Fahrt ein Meer durchpflügten, dessen Farbe ein verrücktes Blau war. Und die Möbel versteckten sich unter weißen Hüllen...

Feiertage erzeugen in uns ein zwiespältiges Gefühl: Wir freuen uns, daß wir ausruhen können; aber zu gleicher Zeit denken wir, daß wir fünfundzwanzig Franken verlieren und doch zwanzig Franken Pension zahlen müssen... Der erste November ist ein Feiertag: Allerheiligen. Am Abend vorher hat sich Otto, wie gewöhnlich, auf den Brüsseler »Soir« gestürzt und fieberhaft die Zeitung durchblättert, plötzlich ist er blaß geworden, seine Hände haben gezittert. Als Alice wie sonst auf seine Knie hat klettern wollen, hat er sie abgeschüttelt, so grob, daß das kleine Mädchen begonnen hat zu weinen. Dann ist er aufgestanden: »Ich bin krank«, hat er gesagt und ist aus der Küche gewankt.

Madame hat nicht gemerkt, daß es eine Zeitungsnachricht gewesen ist, die Otto so erregt hat. Auch die anderen haben nichts gemerkt. So kann ich die Zeitung durchblättern. Heute Nacht brauche ich nicht einzufahren.

»*Versicherungsbetrug*. In Amsterdam ist Frau W. verhaftet worden, weil sie die 20 000 Gulden betragende Lebensversicherung ihres verstorbenen Mannes einkassiert hatte. Es hat sich inzwischen herausgestellt, daß Herr W., der knapp vor dem Konkurs stand, gar nicht das Opfer eines Unfalls geworden ist. Wie wir seinerzeit gemeldet haben, ist die Leiche des Herrn W. nie gefunden worden. Der von der Versicherungsgesellschaft mit der Untersuchung des Falles betraute Privatdetektiv hat feststellen können, daß Herr W. den Unfall nur simuliert hat und ins Ausland geflohen ist. Man ist auf seiner Spur.«

Es kann vorkommen, daß einem die Zündhölzer ausgehen. Dann reißt man ein Stück von der Zeitung ab, dreht das Papier zusammen, geht zum Herd und nimmt an den glühenden Kohlen Feuer. Man zündet die Zigarette an und stopft den Papierfetzen in den Ofen.

Es ist unnötig, daß Frau Vandevelde die ganze Zeitung liest.

Alice geht schlafen. Dann beginnt Madame zu gähnen, Luigi und Wladimir sagen »Gute Nacht«, ich bleibe noch ein wenig sitzen, denn ich habe Angst vor den langen Nachtstunden neben Otto. Aber schließlich werde ich wie ein kleiner Junge ins Bett geschickt.

Es ist wirklich eine lange Nacht geworden...

Otto zittert, als ob er Fieber habe. Seine Füße sind eiskalt. Er beißt in sein Kopfkissen, damit die beiden andern sein Schluchzen nicht hören. Später dann – Wladimir schnarcht sanft und Luigi atmet tief – kehrt sich Otto mir zu. »Alles umsonst«, flüstert er. Es sind die einzigen Worte, die er hervorbringen kann. Und er wiederholt sie, eintönig, wie eine Litanei. »Alles umsonst.« Später noch – wir hören eine Turmuhr vier Uhr schlagen – sagt er: »Hedwig wird es nie aushalten! Sie wird im Gefängnis Selbstmord begehen. Sicher, Fred! Sie ist eine stolze Frau. Und ich hab's doch nur für sie getan. Glaubst du, daß sie unten die Zeitung gelesen haben?«

»Die Zeitung ist verbrannt, Otto. Hab keine Sorge.«

»Ich dank dir, Fred. Sag, Fred, was soll ich machen? Warten, bis sie mich holen?«

»Auf keinen Fall, Otto. Können sie deiner Frau nachweisen, daß sie etwas gewußt hat?«

»Nein«, flüstert er zögernd. »Ich glaube nicht...«

»Versuch jetzt zu schlafen, Otto. Morgen gehen wir früh fort, ich glaub, ich kann dir Geld verschaffen. Und dann wollen wir weitersehen...«

Wir liegen nebeneinander im schmalen Bett, unter der dünnen Decke. Es zieht durchs Fenster, der Nordwind weht, am Nachmittag sind die ersten Schneeflocken des Jahres gefallen. Um sieben Uhr morgens ist Juliettes Nachtdienst zu Ende. Um sechs Uhr wecke ich Otto. Er ist endlich doch eingeschlafen, und seine beiden Hände haben meinen Arm umklammert.

Wir ziehen uns im Finstern an, schleichen die Treppen hinab. Auf der Straße liegt eine dünne Schneedecke. Eine Kirchenglocke läutet zur ersten Messe. Wir gehen zusammen in die Stadt und suchen lange nach einem geöffneten Wirtshaus. Wir zählen unser Geld. Wir haben genau fünf Franken. Das wird fürs Frühstück langen. Wir bestellen Kaffee und Brötchen: »Du mußt ordentlich essen, Otto!« Und dann telefoniere ich an Juliette.

Um halb acht Uhr kommt sie. Ich erzähle ihr kurz Ottos Geschichte und sage ihr, daß ich ihm rate, sich in Frankreich anwerben zu lassen. Schließlich ist die Fremdenlegion immer noch erträglicher als das Zuchthaus. Und Otto kann einen falschen Namen angeben, ich kann ihm garantieren, daß er in spätestens sechs Monaten Korporal ist. Die Legion liefert niemanden aus wegen lumpiger zwanzigtausend Gulden. Aber Otto braucht Geld. Er muß seine Spur verwischen, wie man das so schön in Romanen nennt. Ich rate ihm, mit dem Zug bis Jeumont zu fahren, dort zu Fuß über die Grenze zu laufen. Dann kann er den Zug nehmen, bis Lille meinetwegen, und sich dort anwerben lassen.

Juliette nickt. Sie öffnet ihre Handtasche, gibt Otto zwei Hundertfrankenscheine. »Wird das langen?« fragt sie. »Oder brauchen Sie mehr?« Otto hat Tränen in den Augen. Ich klopfe ihm auf die Schulter. Er solle jetzt nicht sentimental werden, sondern auf den Bahnhof gehen und schleunigst abfahren. Er werde nicht auffallen. Heut sei Feiertag, da habe es immer viele Reisende. Aber ich müsse jetzt heim und wieder ins Bett kriechen, damit ich behaupten könne, ich wisse von nichts. Und Juliette habe im Spital zu tun. »Leb wohl, Otto; du wirst sehen, es ist gar nicht so arg. Schreib mir von Marseille eine Karte: ›Viele Grüße von deinem Freunde Marcel.‹ Dann werde ich wissen, daß alles gutgegangen ist.«

Otto hat kein Gepäck. Aber er wird nicht frieren. Er trägt einen dicken grauen Sweater, einen Wollshawl um den Hals. Umständlich beugt er sich über Juliettes Hand und küßt sie. »Leb wohl, Fred. Ich danke Ihnen, Fräulein ...«

Er geht zur Tür hinaus, klein, mit runden Schultern. Die hohe Glasscheibe des Cafés ist angelaufen und undurchsich-

tig. So können wir nur den Schatten des gebeugten Mannes sehen.
»Sehen wir uns heut abend?« fragt Juliette.
»Sicher; ist es dir recht um vier Uhr? Ich warte in der Allee auf dich. Und dann dank ich dir, Juliette.«
»Warum danken? Andern darf ich helfen, aber dir nicht?«
»Du hast mir mehr geholfen, als du glaubst, Juliette. Du wirst mich auslachen, aber ich denke, daß mich Marcel jetzt nicht mehr verachten würde. Warum liegt mir so viel an Marcels Meinung? Marcel! Vielleicht ist er tot! Es hieß damals, er sei schwer verwundet...«
»Ich muß jetzt gehen«, sagt Juliette. Sie wird immer ungeduldig, wenn ich von Marcel spreche. Wir treten auf die Straße, und ich kann gerade noch die Tram erwischen, die fünfzig Meter von Frau Vandeveldes Haus hält.
Wie gut ist es, daß heute Feiertag ist. Es schlägt Viertel vor acht, aber das Haus ist noch dunkel. Das Schwungrad schweigt. Ein weißer Morgen hängt über der endlosen Straße, über den einstöckigen Häusern aus braunen Backsteinen, die der Kohlenstaub vieler Jahre geschwärzt hat.
Das Schnarchen, das aus dem Schlafzimmer des Ehepaares Vandevelde dringt, ist beruhigend. Auch Luigi und Wladimir schlafen fest. Ich krieche ins Bett und muß denken, daß die Leintücher am Morgen nun nicht mehr lau sein werden von meinem Vorschläfer. Und dann lache ich leise, weil ich an Ernest denken muß, Ernest, den zwei uniformierte Polizisten aus dem Nachtasyl geholt haben. Den Otto werden sie nicht abführen können, die Herrschaften mit den blanken Gamaschen! Otto hat mehr Glück gehabt als der arme Ernest, der einen Gemüsehändler hart angefaßt hatte, weil dieser ihm nur einen Kaffee zahlen wollte für den langen Weg von den Hallen bis zu Denfert-Rochereau...
Am Mittagessen fragt Madame nach Otto.
»Er ist vielleicht spazierengegangen«, sage ich, »oder in der Kirche.«
Madame ist beruhigt.

Um drei Uhr erscheinen zwei Herren in Zivil, die sich nach einem Holländer erkundigen. Es sind Geheimpolizisten. Frau Vandevelde regt sich nicht auf. Sie scheint derartige Besuche gewöhnt zu sein. Sie ist nur neugierig und will wissen, warum man Otto verhaften will. Sie stellt den Herren Kaffee auf, spart nicht mit dem Genièvre. Und bald weiß sie die ganze Geschichte. Einer der Herren hat den Auftrag, Ottos Heimkehr abzuwarten. Ich gehe um vier Uhr fort; um sieben Uhr bin ich wieder zurück. Der Herr wartet noch immer. Endlich, um zehn Uhr verabschiedet er sich. Madame schickt alle ins Bett, mir macht sie ein Zeichen, ich solle noch ein wenig warten. Dann ist die Küche leer, Madame füllt zum letzten Male den Heißwasserkessel, rasselt mit den Ringen, stochert in der Glut – der Zwieton zischt auf. Auf dem Tische stehen zwei kleine Schnapsgläser. Madame füllt sie, stößt sachte mit mir an, legt den Finger auf die Lippen, weist nach oben; schließlich zieht sie aus der Schublade des Küchenschaftes zwei Zeitungen und schiebt sie mir zu. Es sind zwei Nummern des Brüsseler »Soir«, beide tragen das gleiche Datum: 31. Oktober. Bei dem einen Blatt fehlt die obere Hälfte der dritten Seite, das andere ist vollständig. Madame deutet mit ihrem grauen Zeigefinger auf einen Absatz: »*Versicherungsbetrug.* In Amsterdam ist Frau ...«
Madame sagt leise und ihre Äuglein funkeln: »Du verfluchter Bengel! Wenn du mir noch einmal Zeitungen zerreißest, um deine Zigarette anzuzünden, so reiß ich dir die Ohren aus. Merk dir eins, mein Sohn: Mama Melanie ist fünfzig Jahre alt, sie hat es nicht leicht gehabt, sie hat einen faulen Mann geheiratet, sie hat schuften müssen und sparen, bis sie das Haus hat kaufen können und den Laden. Zugegeben, sie ist eine ›Suppenverkäuferin‹. Ihr meint, die Mama Melanie sauge euch aus. Es stimmt zum Teil. Aber sie schafft vielleicht gerade soviel wie ihr. Auf alle Fälle aber: Die Mama Melanie hat noch nie jemanden der Polizei ausgeliefert. Im Gegenteil. Sie hat manchem über die Grenze geholfen. Darum darfst du nicht zu stolz sein, mein Sohn. Du hast die Sache richtig

gemacht; du brauchst auch keine Angst zu haben, daß ich etwa schwatze. Ich hab euch heut morgen fortgehen hören. Ich habe nichts gesagt. Das sind Privatangelegenheiten. Ich verliere ja nichts bei der Sache. Der Ingenieur muß mir Ottos Zahltag doch geben. Und meinetwegen kannst du das Geld haben, wenn es der Junge braucht und du weißt, wohin du es ihm schicken kannst. Sonst, wenn du Ausgaben gehabt hast, so sag es nur ruhig. Ich bin dir noch die Klavierstunden schuldig. Otto, will ich dir sagen, war ein viel zu guter Kerl. Er hat auch mir einmal das Bild seiner Frau und seiner Töchter gezeigt. Ich bin eine alte Frau, Frédéric, aber ich kenne mich aus. Ich wünsche dir nur eins, daß du nie einer Frau in die Hände fällst, wie Ottos Frau eine ist. Sonst kommst du ganz vor die Hunde. So... Und morgen rede ich mit dem Ingenieur, daß er dir eine leichtere Arbeit gibt. Verstehst du? Schlaf gut, Frédéric, du wirst müde sein, du hast die ganze letzte Nacht nicht geschlafen.«

Und Madame füllt noch einmal die Gläser, stößt sachte mit mir an. Es ist die längste Rede, die ich aus Madames Munde gehört habe. Ich ärgere mich; denn, wenn ich gegen mich selbst ehrlich sein will, muß ich mir eines eingestehen: Ich fühle Stolz, ich bin angefüllt mit Stolz! Und stolz bin ich auf eine sehr dumme Nebensächlichkeit: Madame hat mich während ihrer Rede nicht ein einziges Mal gesiezt.

Ich sage leise: »Gute Nacht, Madame!«

Frau Vandevelde drückt mir die Hand. Die ihrige ist naß. Sie nützt noch den letzten Rest des heißen Wassers, um ein paar Teller abzuwaschen. Sie ist sparsam, Frau Vandevelde, die »Suppenverkäuferin«, wie sie sich selbst genannt hat.

Ich schlafe sehr gut. Madame hat das Bett frisch überzogen. Und das ist genau so angenehm wie das »Du« ihrer Rede.

Wirklich habe ich nach acht Tagen eine leichtere Arbeit bekommen. An der Erdoberfläche habe ich das Futter für die Pferde zurechtmachen müssen, die unten in der Grube die Züge der Rollwägelchen, der »Hunde«, ziehen müssen. Und ich habe die Luftveränderung nötig gehabt; denn eines schönen Morgens, nach dem Ausfahren, bin ich hingefallen wie ein Sack. Das sind so Sachen, die passieren ... Aber auch die Stelle an der freien Luft hat mir nicht viel genützt. Denn das Fieber, das sich nur sanft gemeldet hatte in Paris – plötzlich ist es ausgebrochen. Man hat mich ins Spital gebracht. Und dort bin ich geblieben, als Krankenwärter. Ich habe mit Juliette zusammen Nachtdienst gemacht. Aber das ist eine andere Geschichte. Doch, während ich krank zu Bett lag, habe ich eine Karte bekommen: »Viele Grüße von deinem Freunde Marcel.«

Auf der Karte war abgebildet ein verrückt blaues Meer und eine Kathedrale, die aussah wie das Kunstwerk eines Zuckerbäckers. Sie kam aus Marseille, die Karte, und ich war sehr froh, daß Otto in Sicherheit war ...

Peter Bichsel
In einem Land, wo es keine Schriftsteller gibt

Ich sitze oft mit ihm zusammen, mit diesem Friedrich Glauser, und trinke ein Glas zu viel. In einer Wirtschaft in Bern gibt es an einer Wand ein riesiges Foto: wohl dieselbe Wirtschaft in den Zwanzigerjahren, behäbige Bauern mit Uhrenketten und Strohhüten und mitten unter ihnen ein junger schlanker Mann, lockige Haare, flotte sportliche Erscheinung – eigenartig, wie ähnlich sportliche Erscheinungen kränklichen oft sind –, er ist leicht vornübergebeugt und schreibt, flüchtige Notizen eines Managers.
Ich habe mich vor Jahren entschieden, daß er Friedrich Glauser ist, und vielleicht ist er es wirklich, zurückgekommen aus der Fremdenlegion, aus Paris, wo er Tellerwäscher war, oder aus belgischen Kohlengruben, kein heruntergekommener Clochard, das war er ein Leben lang nie, sondern ein Herr aus guter Familie, ein gebildeter Herr, ein belesener Herr, ein Intellektueller, ein Schriftsteller.
Ich kenne auch sein Grab – ich besuche es ab und zu, ich weiß nicht warum –, es ist das erste Grab links nach dem Eingang des Friedhofes Manegg in Zürich, ein kleines Kreuz aus Eichenholz, darauf geschnitzt ein aufgeschlagenes Buch mit einem Federkiel, sein Name, seine Daten, »Friedrich Glauser, Schriftsteller, 1896–1938«, die Erwähnung seines Berufs ist mir immer als Härte erschienen – irgendwie erschien es mir in diesem Zusammenhang immer als abqualifizierend, das knappe Wort »Schriftsteller«.
Hugo Leber, sein späterer Herausgeber, liegt inzwischen auch auf diesem Friedhof, und einer seiner legitimsten literarischen Nachfolger, Walter Matthias Diggelmann, liegt auch hier, auch er ein Schreiber, dessen Präsenz man wahrnahm,

der aber auch inzwischen schon fast vergessen ist – er war wie alle anderen zu wenig Thomas Mann.

Friedrich Glauser gehört ganz und gar nur mir selbst. Ich habe ihn als Jüngling ganz allein entdeckt. Ich kaufte damals bei einem Trödler seinen Roman »Gourrama«. Es ist für mich immer noch eines der wichtigsten Bücher, die in diesem Jahrhundert in der Schweiz geschrieben wurden, weil es eines der schweizerischsten Bücher ist; es spielt in einer Außenstation der Fremdenlegion, die Qualen des Legionärslebens werden als totale Langeweile beschrieben, eine kleine Schweiz in der Sahara.

Mit meinem lieben Freund Hugo Leber habe ich mich in dieser Sache schlecht verstanden. Im Grunde genommen stritten wir darüber, ob das nun sein Glauser ist oder ob es mein Glauser sei. Das ist wohl der Grund dafür, daß es so schwer ist und so schwer bleiben wird, die Bücher von Glauser zu verbreiten: wer ihn mag, verinnerlicht ihn und gönnt ihn den anderen nicht.

Ich wußte damals, als ich »Gourrama« kaufte, daß dieser Glauser der Autor der Wachtmeister Studer-Romane war – sie waren auch meinem Vater und meiner Mutter bekannt durch die Verfilmungen mit Heinrich Gretler, biederschweizerische Kriminalfilme. Man wußte, daß Glauser diese Kriminalromane nur geschrieben hat, um Geld zu verdienen, Geld für seine Krankheit und Geld für seine Drogen, Geld für sein so wunderbar romantisch kaputtes Leben.

Was niemand wissen wollte, damals, das ist, daß hier einer als erster versuchte, »Schweiz« zu beschreiben, eine grauenhaft gemütliche Schweiz, eine gesichert bürgerliche Schweiz. Sein Wachtmeister Studer wird eine der wunderbarsten Schweizer Spießerfiguren bleiben, ein lieber Mensch, ein vernünftiger Mensch, ein gütiger – so etwas wie die Gegenfigur des Autors, ich bin nicht sicher, ob Glauser selbst ihn liebte oder haßte, wohl beides: wie seinen Vater in Wien.

Die Geschichten, die in diesem Band gesammelt sind, sind weitgehend Geschichten über diesen Vater – ein strenger, ein gütiger, ein weinerlicher, ein erfolgreicher Mann – ein harter, böser Vater, der später auch seinen Sohn in die Fremdenlegion schickte, wohl um aus ihm einen Mann zu machen.

Glausers Vater sprach übrigens mangelhaft Deutsch. Er war ein Französisch-Schweizer, der in Wien als Professor arbeitete; die Mutter war eine Österreicherin. Glauser selbst ist in Wien aufgewachsen und erst als Jüngling in die Schweiz – in die Deutschschweiz – gekommen. Schweizerdeutsch ist für ihn weder Mutter- noch Vatersprache, und er schreibt seine Geschichten fast konsequent in schweizerischer Syntax. Die Schweiz ist nur auf dem Papier seine Heimat. Er hat offensichtlich versucht, sich sprachlich eine Heimat zu erkämpfen, womit er sich zwei Leserschaften verscherzt hat: die schweizerische, die sich einen Thomas Mann wünschte, und eine deutsche, die keinen Anlaß hatte, ihn verstehen zu wollen.

Damit bricht die Legende vom Mann, der Kriminalromane schrieb, um Geld zu verdienen, zusammen. Friedrich Glauser war ein trotziger Mann, er ist an seinem Trotz zerbrochen. Und er war ein trotziger Autor – seine Sprache sperrt sich gegen den Erfolg. Hätte man ihn damals allerdings entdeckt – als Sprachgewaltigen –, er wäre der Vater einer modernen Schweizer Literatur geworden. Er war zu früh. Das Verdienst, einen Weg gefunden zu haben, Schweiz zu beschreiben, kommt Max Frisch zu. Er ist inzwischen der Vater all jener, die versuchen, Schweiz engagiert zu beschreiben. Aber nicht die Schweizer haben Max Frisch entdeckt – er hatte zu Lebzeiten von Glauser auch schon ein Buch veröffentlicht –, sondern die Deutschen nach dem Krieg. Glauser vor dem Krieg zu entdecken, dafür bestand für die Deutschen keine Möglichkeit und kein Anlaß.

Wäre Glauser entdeckt worden, damals, er gehörte zu den ganz großen Schweizer Autoren. Weil er nicht entdeckt worden ist, ist er nur eine Legende – der Legionär, der Kohlengrubenarbeiter, der Drogensüchtige, der Schwindsüchtige, der Arme, der Geprügelte, der Untergehende. Und ich sitze in der Wirtschaft in Bern, entdecke auf dem alten Foto einen Mann, von dem ich annehme, er sei Glauser, und ich trinke mit ihm ein Glas zu viel. Auch ich kann mich bei aller Verehrung seiner Qualitäten nicht dagegen verwehren, daß er nur eine Legende ist.

Dieses Schicksal – nämlich nur als Legende wahrgenommen zu werden und nicht als schreibender Autor, als einer, der gelesen werden möchte –, dieses Schicksal teilt er mit vielen Schweizer Autoren des frühen zwanzigsten Jahrhunderts, etwa mit Albin Zollinger, mit Robert Walser, mit Ludwig Hohl, um nur ganz wenige von ihnen zu nennen.

Es gab damals im öffentlichen Bewußtsein ganz einfach keine Schweizer Literatur. Also waren jene, die trotzdem schrieben, nur irgendwelche Randexistenzen, und die wenigen, die sie als Autoren wahrnahmen, hatten keine andere Chance, als sie zu Originalen zu machen: Ein richtiger Fremdenlegionär, der sogar richtige Bücher schreiben kann. Ein Ludwig Hohl, der betrunken in seinem Keller lebt. Ein melancholischer Albin Zollinger. Ein Hans Morgentaler (Hamo), der am Rande der Verwirrtheit lebt. Ein Robert Walser, der – gespielt oder echt – das Irrenhaus dem Literaturbetrieb vorzieht.

Ich weiß nicht, wieviel sie alle selbst zu diesen Legendenbildungen beigetragen haben – vielleicht doch nicht wenig –, aber ihr gemeinsamer Hang zur Melancholie und zur Traurigkeit fällt auf. Sie versuchten, nachdem sich überhaupt niemand um ihre Werke kümmern wollte, einzelne Menschen zu ergreifen. Das gelingt ihnen allen bis heute – wer zum Robert-Walser-Leser wird, der wird von ihm nie mehr losgelassen; wer zum Glauser-Leser wird, der geht herum und ruft nach Rehabilitation: Hier ist jemandem Unrecht geschehen und zwar doppelt Unrecht, erstens hat ihm das Leben übel mitgespielt und zweitens war niemand bereit, ihn als Schreibenden wahrzunehmen.

Die Legende, daß Friedrich Glauser ein ehemaliger Legionär war, der durch Zufälle zum Schreiben kam – und welch ein Wunder, der Legionär kann sogar schreiben –, diese Legende ist nicht wahr. Im Gegenteil, Glauser war ein hochgebildeter, belesener Autor, dem nichts anderes übrig blieb als die Legion. Emmy Ball-Hennings schreibt in ihren Memoiren »Ruf und Echo« von einer Begegnung zwischen Friedrich Glauser und Hugo Ball, und sie berichtet von einem hochsensiblen Menschen, der über einen französischen Autor namens Apollinaire sprach – er hatte ihn entdeckt und er hatte ihn übersetzt. Ein Literat in einem Land, das wußte, wie die Dichter heißen – und sie hießen eben nicht Glauser und Walser und Zollinger. Sie werden alle drei nie Leser finden, aber sie bieten sich an für dauernde Wiederentdeckungen, sie bieten sich an für literaturhistorische Arbeiten.

Was ich gern wissen möchte, das ist, ob Robert Walser den Glauser gelesen hat und was er sich dabei gedacht hat. Und ob Glauser den Walser gelesen hat oder ob er ihm durch Zufall oder Schicksal schreibend so sehr gleicht, auch in seinen Frauenbildern etwa, in seinen Mutterbildern, aber noch viel mehr in seiner poetischen Stille – immer kurz vor dem Weinen und immer kurz vor dem Lachen. Und immer mit einem Abstand von der Sache, der fast schmerzlich ist. Der Mann, der »Gourrama« geschrieben hat, der Mann, der »Kuik« und »Kif« geschrieben hat, der könnte eigentlich auch nicht in der Fremdenlegion gewesen sein; in den schrecklichsten Bildern bei Glauser schlägt immer wieder die Langeweile durch.

Ich habe diese Erzählungen vor dreißig Jahren gelesen, und ich habe mich jetzt an jede erinnert. Wie ich sie jetzt wieder gelesen habe, da habe ich mich gleich auf die Geschichte »Kif« gestürzt. Ich erinnerte mich an das Hündchen und an die weißen Gamaschen. Die Geschichte war für mich eine große Enttäuschung, sie wollte in nichts jener Geschichte gleichen, die ich vor dreißig Jahren gelesen hatte. Ich hatte sie mir farbig vorgestellt, aber sie ist grau, ich habe sie mir spannend vorgestellt, aber sie ist langweilig. Inzwischen aber ist es wieder ein paar Tage her, daß ich sie gelesen habe, und sie nimmt wieder die Größe ein, die sie immer für mich hatte.

Friedrich Glauser ist ein großer Erzähler, und er ist es, weil er als einziger so erzählen kann wie die schlechten Erzähler erzählen. Sein wiederholtes Modell, daß ein Betrunkener in der Kneipe zu erzählen beginnt – Robert Walser benützte dieses Modell auch –, hat damit zu tun, daß Glauser nicht eigentlich erzählen will, sondern er will das Erzählen beschreiben – nicht die Erzählung ist bei ihm der Gegenstand, sondern der oder die Erzählende.

Kein Satz in diesem Buch trifft mich so tief wie jener am Anfang der Geschichte »Mensch im Zwielicht«: »Weil ich einen lieb hab, muß ich fort.« Frieda sagt das zum Kleinkind Friedrich, das nicht begreifen kann, wieso die Mutter das Dienstmädchen entläßt. »Warum sind diese Worte in den Sumpf gefallen, als seien sie ein großer Stein? Warum bleibt dieser Stein auf dem Grunde liegen, warum läßt er Blasen aufsteigen, schillernde Blasen?...«

Diesen Satz muß man mitlesen bei jeder Geschichte, dieser Satz macht es aus, daß mich die graue und einfache Geschichte »Kif« so beeindruckt – hier spricht endlich einer davon, daß man davon nicht sprechen kann.

Und weil er nicht sprechen kann, nicht sprechen will, die Stille nicht durchbrechen will, deshalb wird er, Friedrich Glauser, in der »Totenklage« von einer sehr sanften, sehr lieben Frau umgebracht – sie endlich, die ihn umbringt, kann es aussprechen: »Nun werde ich dir niemals mehr in die Ohren blasen; ich machte es so gern. Dann tatest du so, als ob du furchtbar böse würdest. Ich mußte dann lachen...«. Das ist sehr wenig, aber es ist Leben, ein kleines Stück Leben, ein kleiner Lichtstrahl in die Langeweile. Wer wirkliches Leben beschreiben will, der hat Langeweile zu beschreiben. Das ist Friedrich Glauser selbst in seinen spannenden Kriminalromanen gelungen.

Ich werde mit diesen Zeilen gar nichts dazu beitragen können, daß jemandem dieser Friedrich Glauser, mit dem ich ab und zu in Bern ein Glas zu viel trinke, auffällt. Er ist selber schuld – er wollte ein Schriftsteller werden in einem Land, wo es keine Schriftsteller gibt –, und das Land, wo es Schriftsteller gibt, das gibt es nirgends.

Quellennachweis

Beichte in der Nacht, aus: Friedrich Glauser, Gesammelte Werke, Band 4, S. 440ff.

Kuik, aus: Friedrich Glauser, Gesammelte Werke, Band 4, S. 367ff.

Kif, aus: Friedrich Glauser, Gesammelte Werke, Band 4, S. 350ff.

Der Hund, aus: Friedrich Glauser, Gesammelte Werke, Band 4, S. 262ff.

Der Schloßherr aus England, aus: Friedrich Glauser, Gesammelte Werke, Band 4, S. 274ff.

Totenklage, aus: Friedrich Glauser, Wachtmeister Studers erste Fälle, S. 72ff. Gekürzt auch in: Friedrich Glauser, Gesammelte Werke, Band 4, S. 473ff.

Nausikaa, aus: Friedrich Glauser, Gesammelte Werke, Band 4, S. 458ff.

Juliette, aus: Friedrich Glauser, Gesammelte Werke, Band 4, S. 427ff.

Mensch im Zwielicht, aus: Friedrich Glauser, Gesammelte Werke, Band 1, S. 25ff.

Im Dunkel, aus: Friedrich Glauser, Gesammelte Werke, Band 1, S. 93ff.

Friedrich Glausers »Gesammelte Werke« (die Romane und neunzehn Erzählungen) wurden von Hugo Leber ediert und sind in vier Bänden im Arche Verlag, Zürich zwischen 1969 und 1974 erschienen.

Science Fiction und Fantasy

in der Sammlung Luchterhand

Philip José Farmer
Der Dienstagsmensch
Phantastische Geschichten
Hg. und eingeleitet von René Oth
SL 516. Originalausgabe

Als alles anders wurde
Phantastische Geschichten über die Zukunft der Frau von Fantasy-Autorinnen
Hg. von René Oth. SL 530
Originalausgabe

Die Zeitpolizei
Science-fiction-Kriminalgeschichten
Hg. und eingeleitet von René Oth
SL 546. Originalausgabe

Das Lächeln der Gioconda
Satirische Science-fiction-Geschichten
Hg. und eingeleitet von René Oth.
SL 556. Originalausgabe

Philip K. Dick
Eine Spur Wahnsinn
Phantastische Geschichten
Hg. und aus dem Amerikanischen von Michael Nagula. SL 603

Fredric Brown
Das verlorene Paradox
Phantastische Geschichten
Aus dem Amerikanischen von Joachim Körber
Hg. von René Oth. SL 610

Zeit der Frauen
Phantastische Geschichten zur Emanzipation von Science-fiction und Fantasy-Autorinnen
Hg. von René Oth. SL 633
Originalausgabe

Das Leben der Erdbewohner
Literarische Science-fiction-Erzählungen
Hg. von Karl Michael Armer
SL 634. Originalausgabe

Science Fiction und Fantasy

in der Sammlung Luchterhand

Connie Willis
Brandwache
Phantastische Geschichten
Hg. und mit einem Nachwort von René Oth. SL 660
Deutsche Erstausgabe

Ian Watson
Kreuzflug
Politische Science-fiction-Geschichten
Hg. und mit einem Nachwort von René Oth. SL 676
Deutsche Erstausgabe

Der nächste Schöpfungstag
Phantastische Geschichten zur Zukunft der Biotechnik
Hg. von René Oth. SL 701
Originalausgabe

Christopher Priest
Der Traumarchipel
Ein Zyklus um Liebe und Krieg
Hg. von Michael Nagula
SL 706. Originalausgabe

Michael Moorcock
Der Zeitbewohner
Phantastische Geschichten
Hg. von René Oth. SL 707
Originalausgabe

Peter Tate
Grünsucher
Ein ökologischer Fantasy-Roman
Aus dem Englischen von Michael Nagula. SL 786
Deutsche Erstausgabe

Georg Alec Effinger
Der Mars braucht Beatniks
Phantastische Geschichten, Satiren und Grotesken
Hg. von Michael Nagula
SL 794. Originalausgabe

Schöne verkehrte Welt
Phantastische Geschichten zur Geschichte
Hg. von René Oth. SL 798
Originalausgabe

Pierre Pelot
Tod auf Bestellung
SF-Krimi
Aus dem Französischen von Sylvia Brecht-Pukallus
SL 751. Deutsche Erstausgabe

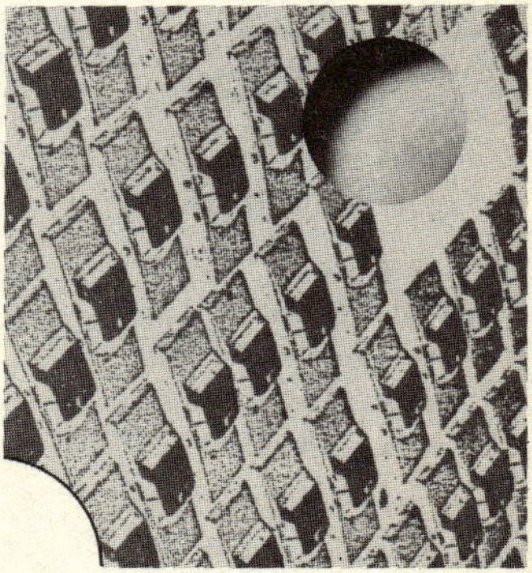

Peter Bichsel

im Luchterhand Literaturverlag

Peter Bichsel über Peter Bichsel: »Ich bin ein Feuilletonist, und ich gehe auch die politischen Probleme schreibend und poetisch an.« »Ein Schriftsteller ist immer ein Risiko für den Staat und die bestehende Gesellschaft. Aber mehr noch sind die Leser ein Risiko. Man wird nicht durch Lesen staatstreu, das wird man nur durch Nicht-Lesen.«

Der Busant
Von Trinkern, Polizisten und der schönen Magelone
137 Seiten. Gebunden
Auch als SL 781

Geschichten zur falschen Zeit
SL 347

Irgendwo anderswo
Kolumnen 1980–1985
Originalausgabe
SL 669

Die Jahreszeiten
SL 200

Kindergeschichten
78 Seiten. Gebunden
Auch als SL 144
Sieben Kindergeschichten.
Sieben Geschichten für Kinder, die, spielerisch zum Denken verführen.

Schulmeistereien
200 Seiten. Gebunden
Auch als SL 697

Der Leser. Das Erzählen
Frankfurter Poetik-Vorlesungen
Originalausgabe
SL 438

Peter Bichsel:
Auskunft für Leser
Hg. Herbert Hoven
Originalausgabe
SL 494

Foto: Peter Peitsch

Kurt Marti

im Luchterhand Literaturverlag

Kurt Marti
Leichenreden
SL 235
»Der Berner Pfarrer Kurt Marti ärgert sich offenkundig über das notwendig zwanghafte Ritual der Leichenfeiern, der Nekrologe und Trauerreden. Da er ein Moralist ist, der auf Worte achtet, also im weitesten Sinne ein Poet, hat er Leichenreden auf neue Art konzipiert.« *Süddeutsche Zeitung*

Zärtlichkeit und Schmerz
Notizen. SL 337
Religiöse Vorstellungen wurzeln im Unbewußten. Zwischen ihnen und unserem privaten oder sozialen Verhalten gibt es mehr Wechselwirkungen, als Gläubigen oder Ungläubigen lieb sein mag.

Bürgerliche Geschichten
156 Seiten. Gebunden
Auch als SL 461

Dorfgeschichten
Erzählungen
SL 487. Originalausgabe

Ruhe und Ordnung
Aufzeichnungen
Abschweifungen 1980–1983
SL 641. Originalausgabe
Studenten wollen von Kurt Marti wissen, welches »Menschenbild seiner Arbeit zugrunde liegt«. Aber wie antworten? Marti beginnt mit dem, worüber er am besten Bescheid weiß: mit seinen persönlichen Erfahrungen und Erlebnissen. Aus dieser Konfrontation mit der eigenen Lebensgeschichte ist dieses Tagebuch, sein zweites nach *Zum Beispiel Bern* (1972), entstanden.

Abendland
Gedichte. 100 Seiten. Broschur

Mein barfüßig Lob
Gedichte. 80 Seiten. Broschur

Nachtgeschichten
128 Seiten. Broschur

Der Gottesplanet
Aufsätze und Predigten
SL 693

Schweizer Autoren

im Luchterhand Literaturverlag

Eine Auswahl

Rahel Hutmacher
Tochter
SL 779
»In 48 knappen Abschnitten fächert sich die ständig wechselnde Problematik wohl jeder Mutter-Tochter-Beziehung von der Geburt des Kindes bis zu seiner Ablösung, bis zur Selbständigwerdung auf . . . Je enger die Verbindung zweier Menschen ist, um so tiefer erleben sie den ganzen Himmel, die ganze Hölle ihrer Bezogenheit. Das wahrhaft poetisch zur Sprache gebracht zu haben ist Rahel Hutmacher eindrücklich gelungen.«
Bücherpick, Bern

Wildleute
168 Seiten. Leinen

Adelheid Duvanel
Anna und ich
Erzählungen. 106 Seiten. Geb.
Auch als SL 662
Ausgezeichnet mit dem »Kranichsteiner Literaturpreis« 1984.

Das verschwundene Haus
88 Seiten. Gebunden
Die Gestalten dieses neuen Kurzromanes sind wahrhafte Helden, allerdings von einer herausfordernd unauffälligen Sorte.
»Der Versuchung, sie zu den ganz großen Autorinnen unserer Zeit zu zählen, sei schamlos nachgegeben.« *Dieter Fringeli*

Rolf Niederhauser
Nada oder Die Frage eines Augenblicks
Roman. 280 Seiten. Gebunden
Ein Mann, 33, Architekt, lebt nach der Trennung von seiner Frau mit seiner fünfjährigen Tochter allein. Rückblickend rekonstruiert er nicht nur, was gewesen ist, sondern ebenso, was vielleicht nur seinetwegen nie hat Wirklichkeit werden können.
Er sieht sich selbst durch die Augen dieses Kindes, und er registriert, wie die wache, fordernde Gegenwart Nadas ihn an seine Grenzen führt, an die Grenzen seiner Person, seiner Lebensmöglichkeiten und Lebensfähigkeit.

Kazimierz Brandys

im Luchterhand Literaturverlag

Kazimierz Brandys
Rondo
Roman
Aus dem Polnischen von
Olaf Kühl
Gebunden. 336 Seiten

Rondo ist ein Spiel mit dem Schrecklichen, sein Schauplatz das Warschauer Theatermilieu unter der deutschen Besatzung. Denn *Rondo* ist der Deckname einer Widerstandsorganisation, einer Scheinorganisation zunächst, die sich im Laufe der Ereignisse verselbständigt. Kazimierz Brandys gilt als der wichtigste Vertreter der polnischen Literatur.

»Die Übergänge zwischen wahr und falsch, gestern und heute, Leben und Theater sind fließend. Doch die Irrealität der Geschichte (und nicht nur der politischen) kann nur als Realität anerkannt werden. Gerade weil die unter dem Namen *Rondo* bekannte Organisation so falsch und künstlich ist, ist sie durch und durch wahr, so sehr, daß sie selbst ihren Erfinder an den Rand drängt und ihn nach dem Krieg in große Schwierigkeiten bringt, aber all das hängt natürlich – wie bei den Kulissen einer Drehbühne – von den Mal zu Mal anders erscheinenden Versionen der undefinierbaren ›Wahrheit‹ ab.«
Giovanni Giudici in L'Unita

Variationen in Briefen
Roman
Aus dem Polnischen von
Roswitha Buschmann
SL 805

In diesem Briefroman, in dem der jeweilige Stammvater der Familie Zabierski und sein Sohn korrespondieren, entfaltet Brandys das Panoptikum von 200 Jahren polnischer Geschichte, die sich aus den Geschichten der Personen zusammensetzt: aus phantastischen Erlebnissen, grellen Grotesken, aber begleitet von der Frage nach den Tiefenströmungen der polnischen Nation.

Foto: Renate von Mangoldt

Michail Bulgakow

in der Sammlung Luchterhand

Arztgeschichten
Aus dem Russischen
von Thomas Reschke
SL 67
Ein junger Arzt, der frisch von der Universität aufs Land kommt, um zu praktizieren, wird mit der rückständigen Realität des zaristischen Rußland konfrontiert, die Praxis lehrt ihn, den Kampf des sich selbst befreienden Volkes zu unterstützen. In diesen Erzählungen hat Michail Bulgakow seine eigenen Erfahrungen als praktizierender Arzt verarbeitet. »Man kann, ohne einen Irrtum zu riskieren, voraussagen, daß der Leser bei der ersten und der wiederholten Lektüre der *Arztgeschichten* oft laut auflachen und fortwährend lächeln wird, nicht nur weil es komisch ist, sondern weil er das Gefühl empfindet, das man künstlerischen Genuß nennt – so lebendig, so talentiert, ist alles geschrieben.«

Aufzeichnungen eines Toten
Roman
Aus dem Russischen
von Thomas Reschke
SL 434
Um nicht Zeit seines Lebens ein kleiner Angestellter der Zeitung *Dampfschiffahrt* zu bleiben, beschließt Sergej Leontjewitsch Maksudow einen Roman zu schreiben. Das vernichtende Urteil seiner Freunde, von Journalisten und Schriftstellern wird nach Beendigung des Romans durch Ablehnung der Verlage bestätigt.
An jenem Tag, an dem Maksudow in Kiew Selbstmord beging, erhielt Bulgakow eine dicke Kreuzbandsendung und einen Brief; beides hatte der Selbstmörder vor seiner Tat abgeschickt. Er bat den Empfänger, als seinen einzigen Freund, die Aufzeichnungen unter seinem, Bulgakows Namen herauszugeben.

Die verhängnisvollen Eier
Aus dem Russischen
von Thomas Reschke
SL 548
Es geht um die geniale Erfindung eines ›Roten Strahls‹ am Zoologischen Institut von Moskau 1928. Bei einer Versuchsanordnung entdeckt der Institutsdirektor, daß sich im Lichtkreis dieses Strahls in rasender, alle bekannten Gesetzmäßigkeiten über den Haufen werfender, Geschwindigkeit neues Leben entwickelt. Noch in der Testphase, wird der ›Rote Strahl‹ zur Hühneraufzucht eingesetzt. Was jedoch später aus den Eiern quillt ist erschreckend: monströses Ungetier, Riesenschlangen, Krokodile von nie erblickter Art. Sie wälzen sich in Massen auf die Hauptstadt zu. Das rote Moskau scheint kaum noch zu retten …

Max von der Grün

im Luchterhand Literaturverlag

Irrlicht und Feuer
Roman. 224 Seiten. Geb.
Der Hauer Jürgen Fohrmann sieht sich, nachdem seine Zeche geschlossen wurde, zum Hilfsarbeiter degradiert. Er wechselt mehrmals den Arbeitsplatz, bis es ihm schließlich gelingt, in einem automatisierten Elektrobetrieb eine Stelle zu bekommen. Doch der ersehnte »weiße Kittel« bringt ihm erschreckend seine Selbstentfremdung zu Bewußtsein: »Wir bedienen hier Werkzeuge und Maschinen, aber im Grunde sind wir selbst Werkzeuge und Maschinen.«

Stellenweise Glatteis
Roman. Mit einem Nachwort von Norbert Schachtsiek-Freitag
Sonderausgabe. 352 Seiten. Geb.
Auch lieferbar als SL 181

Die Lawine
Roman. 364 Seiten. Ln.
Auch lieferbar als SL 733
Frühmorgens im Sommer 1983 entdeckt der Fotograf Edmund Wolff im Turm der katholischen Kirche ein offenes Fenster und im Fenster einen Mann: am Strick hängt sein Schwager, der Halbbruder seiner Frau, der Fabrikant Heinrich Böhmer. Der Tote hinterläßt Frau und Kinder, eine jugendliche Geliebte, seine Elektromotorenfabrik und ein Testament, das ohne Beispiel in der bundesdeutschen Unternehmensgeschichte ist: Heinrich Böhmer vermacht die Hälfte seiner Fabrik der Belegschaft und ernennt den Vorsitzenden des Betriebsrats zum Betriebsleiter mit allen Vollmachten.

»Er ist immer noch der Alte, und doch ist in seinem neuen Roman auch einiges neu, und nicht nur der spürbar utopische Anflug, der aus von der Grüns störrischem Festhalten daran folgt, daß eine Veränderung im entscheidenden Punkt noch immer möglich sei. Neu ist durchaus auch die Souveränität, mit der von der Grün die Techniken des Thrillers im Interesse dessen nutzt, was er so plausibel wie eben möglich mitzuteilen versucht.«
Heinrich Vormweg, Die Zeit

Geschichten aus der Geschichte

in der Sammlung Luchterhand

Die Anthologien *Geschichten aus der Geschichte* … versammeln Erzählungen, die den Alltag und die Lebensverhältnisse in bestimmten politischen Entwicklungen widerspiegeln.

Geschichten aus der Geschichte der Bundesrepublik Deutschland 1949–1979
Hg. von Klaus Roehler
SL 300. Originalausgabe

Geschichten aus der Geschichte der DDR 1949–1979
Hg. von Manfred Behn
SL 301. Originalausgabe

Geschichten aus der Geschichte der Deutschschweiz nach 1945
Hg. von Rolf Niederhauser und Martin Zingg
SL 454. Originalausgabe

Geschichten aus der Geschichte Österreichs 1945–1982
Hg. von Michael Scharang
SL 526. Originalausgabe

Geschichten aus der Geschichte Nordirlands
Hg. von Rosaleen O'Neill und Peter Nonnenmacher
SL 704. Originalausgabe
Seit 65 Jahren gibt es Nordirland – als vom übrigen Irland abgetrennte, von Großbritannien wie eine Kolonie gehaltene Nordostecke der ›Grünen Insel‹, von Unruhen geschüttelt, sozial und konfessionell tief gespalten. In diesem Band entfalten Autoren ein vielschichtiges Bild ihres Landes und der Konflikte und Sehnsüchte, die das Leben in ihm ausmachen.

Geschichten aus der Geschichte der Deutschschweiz nach 1945

Sammlung Luchterhand

Herausgegeben von Rolf Niederhauser und Martin Zingg

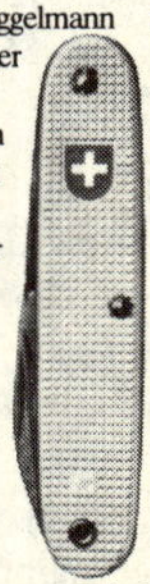

Walter Matthias Diggelmann — Stefan Ineichen
Gertrud Leutenegger — Urs Widmer
Walter Schenker — Franz Hohler
Thomas Hürlimann — Jürg Amann
Christoph Mangold — Peter Bichsel
Lukas Hartmann — Reto Hänny
Hansjörg Schneider — Adolf Muschg
Werner Schmidli — Peter Burri
Margrit Schriber — Rosalie Jaggi
Rolf Niederhauser — Max Frisch
Jürg Laederach — Jörg Steiner
Otto F. Walter — Anne Cuneo
Christoph Geiser — Kurt Marti
Hugo Loetscher — Claudia Storz
Adelheid Duvanel — Erica Pedretti
Friedrich Dürrenmatt — Fritz H. Dinkelmann